全国高校出版社主题出版

以报为证

老报刊见证中华人民共和国成立

马志春　张用贵　朱军华　主编

浙江工商大学出版社｜杭州

图书在版编目(CIP)数据

以报为证:老报刊见证中华人民共和国成立 / 马志春,
张用贵,朱军华主编. —杭州:浙江工商大学出版社,2019.9
ISBN 978-7-5178-3468-7

Ⅰ.①以… Ⅱ.①马… ②张… ③朱… Ⅲ.①新闻报
道—作品集—中国—当代 Ⅳ.①I253

中国版本图书馆 CIP 数据核字(2019)第209145号

以报为证
    ——老报刊见证中华人民共和国成立
YI BAO WEI ZHENG
    ——LAOBAOKAN JIANZHENG ZHONGHUARENMINGONGHEGUO CHENGLI
马志春　张用贵　朱军华 主编

责任编辑	王黎明
责任校对	张春琴
封面设计	观止堂_未氓
责任印制	包建辉
出版发行	浙江工商大学出版社
	(杭州市教工路198号　邮政编码310012)
	(E-mail:zjgsupress@163.com)
	(网址:http://www.zjgsupress.com)
	电话:0571-89995993,89991806(传真)
排　　版	杭州朝曦图文设计有限公司
印　　刷	浙江全能工艺美术印刷有限公司
开　　本	710mm×1000mm　1/16
印　　张	18
字　　数	274千
版 印 次	2019年9月第1版　2019年9月第1次印刷
书　　号	ISBN 978-7-5178-3468-7
定　　价	99.00元

目　录

第一章 　将革命进行到底

　　1949年,中国数千年历史上浓墨重彩的一年,它将是旧的反动政权与新生的人民民主专政政权更替的一年。在这一年的元旦,中国共产党中央委员会主席毛泽东和南京国民党政府"总统"蒋介石分别发表了新年献词和元旦文告。《人民日报》刊登毛泽东撰写的1949年新年献词《将革命进行到底》,号召全党、全军、全国人民坚决、彻底、干净、全部地消灭一切反动势力,推翻国民党的反动统治,建立人民民主专政的共和国,绝不能使革命半途而废。这篇重要文献把建设新中国正式提上了1949年的日程,催生了中华人民共和国。由此,"将革命进行到底"成为中国人民和军队继续斗争的行动口号。

第一节　针锋相对的新年献词

1949年新年伊始,中国共产党领导下的解放区和国民党统治区的各大报刊,头版头条分别发表了一篇新年献词。

"中国人民将要在伟大的解放战争中获得最后胜利,这一点,现在甚至在我们的敌人方面也不怀疑了。"这是1949年1月1日《人民日报》刊登的新年献词《将革命进行到底》的开头,也是毛泽东1948年12月30日为新华社写的社论中的一句话。新年献词虽然没有署名,但《人民日报》巧妙地在头版右上方配发了一张毛泽东戴军帽的标准像,同时,在文章中还配上毛泽东手迹:"军队向前进,生产长一寸,加强纪律性,革命无不胜。"这是1948年11月11日毛泽东致电各中央局、野战军前委时提出的口号(此手迹最早发表于1948年秋天《中国青年》第二次复刊号)。

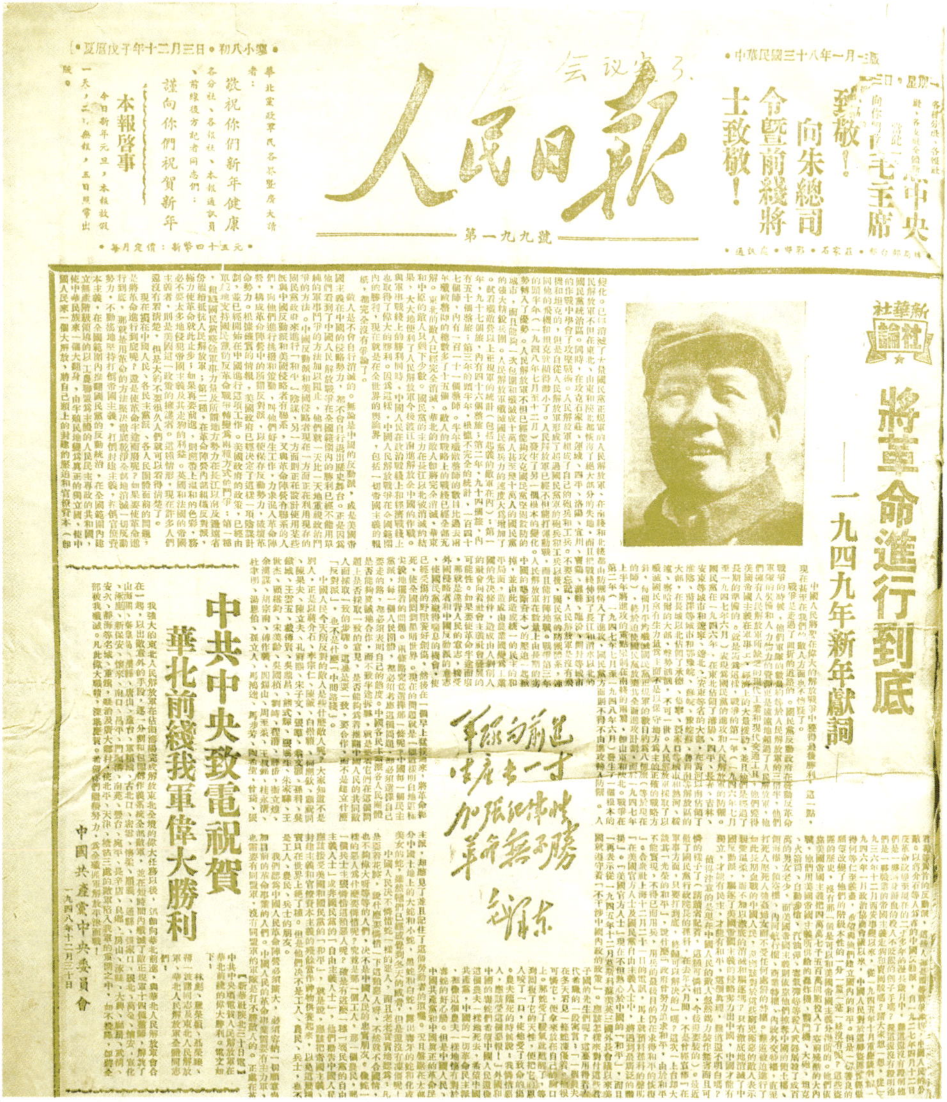
人民日報
向毛主席 朱總司令暨前綫將士致敬!
本報啓事
敬祝你們新年健康
謹向你們祝賀新年
新華社社論
將革命進行到底
——一九四九年新年獻詞
中共中央致電祝賀華北前綫我軍偉大勝利

图 1-1-1 《人民日报》1949 年 1 月 1 日头版

该报刊发毛泽东的新年献词《将革命进行到底》。

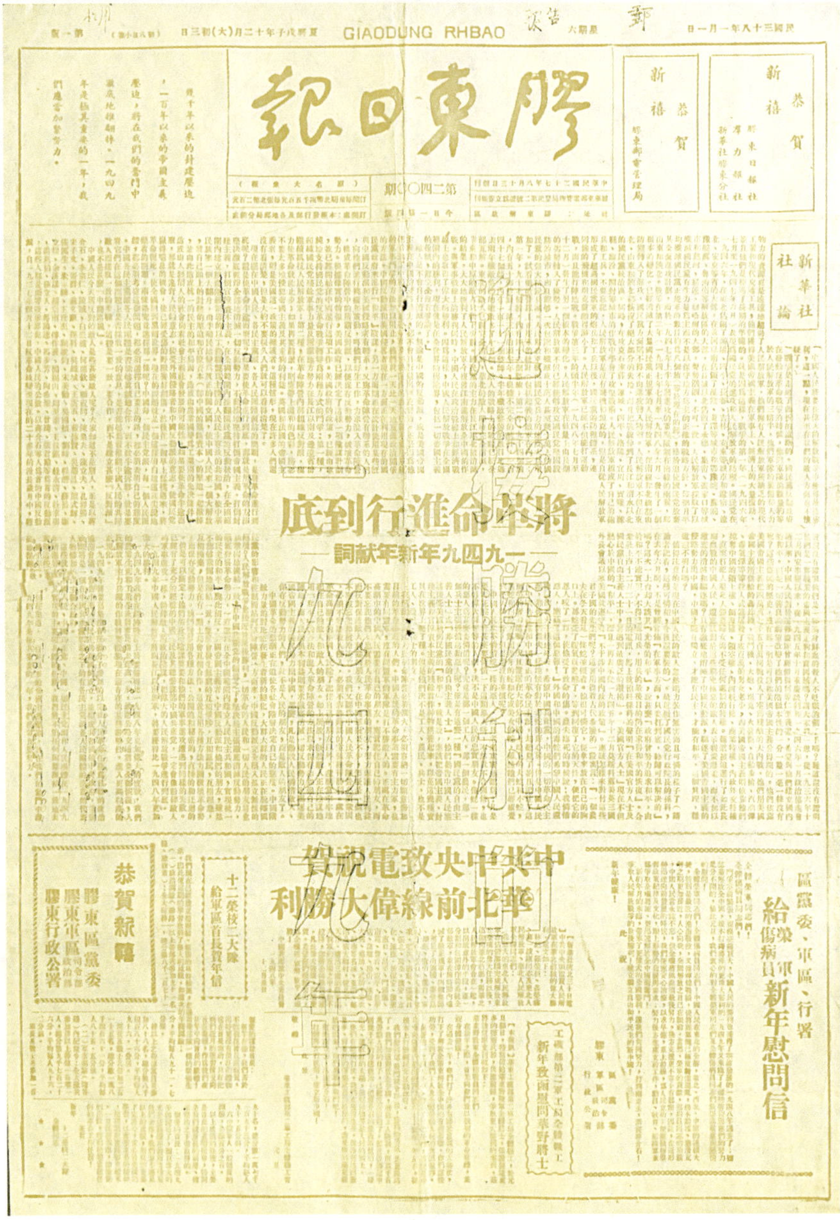
GIAODUNG RHBAO

膠東日報

恭賀新禧

新華社社論

將革命進行到底
——一九四九年新年獻詞——

迎接勝利的一九四九年

中共中央致電祝賀華北前線偉大勝利

區黨委、軍區、行署給榮軍傷病員新年慰問信

恭賀新禧 膠東區黨委 膠東軍區 膠東行政公署

图 1-1-2 《胶东日报》1949 年 1 月 1 日头版

山东解放区的《胶东日报》转发毛泽东的新年献词，全版用红字印刷，并在头版正中用绿色空心字体套印上“迎接胜利的一九四九年”十个大字。

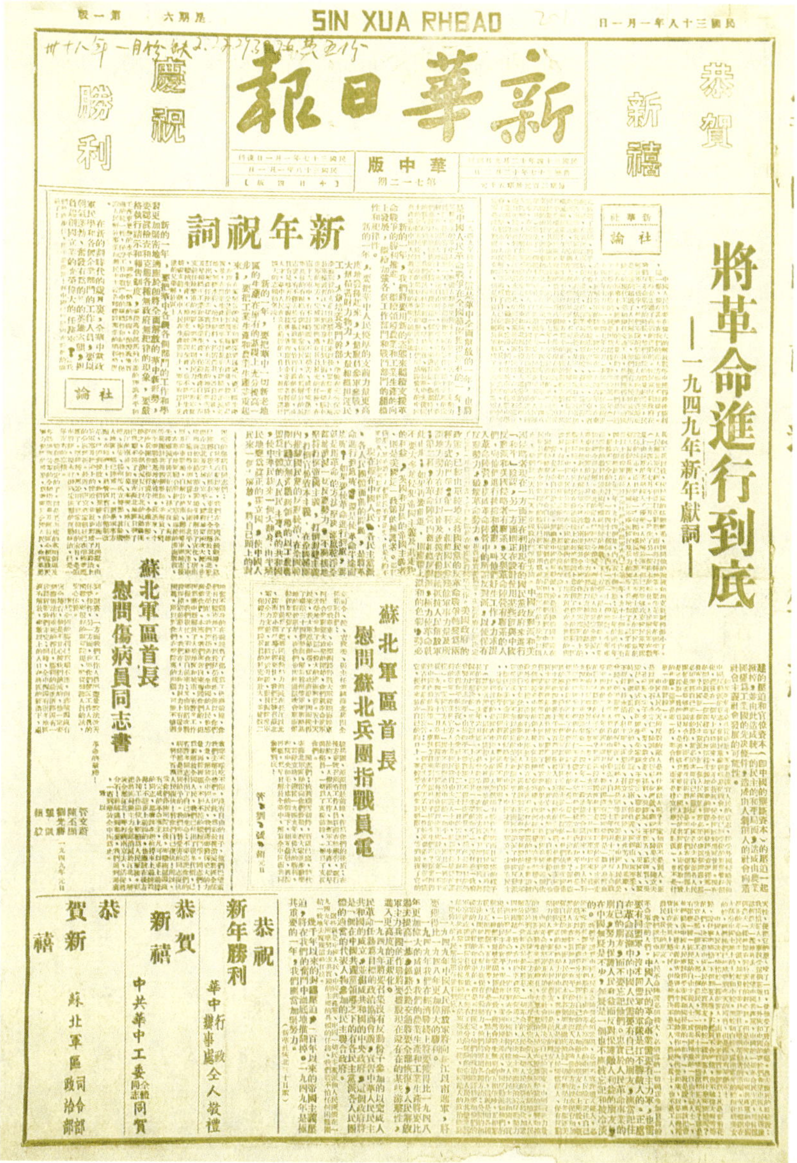
SIN XUA RHBAO

新華日報

華中版

慶祝勝利

恭賀新禧

新年祝詞

社論

將革命進行到底

——一九四九年新年獻詞——

蘇北軍區首長慰問傷病員同志書

蘇北軍區首長慰問蘇北兵團指戰員電

恭賀新禧 蘇北軍區司令部政治部

恭賀新禧 中共華中工委全體同志同賀

恭祝新年勝利 華中行政辦事處全人敬禮

图 1-1-3　《新华日报(华中版)》1949 年 1 月 1 日头版

该报将毛泽东在新年献词中提出的 1949 年奋斗目标全部用比正文大一号的字体印刷，突出强调：“一九四九年中国人民解放军将向长江以南进军，将要获得比一九四八年更加伟大的胜利。”

与此截然不同的是，由蒋介石秘书班子起草的"元旦文告"虽洋洋洒洒数千言，却满纸谎言，无半分和平诚意，唯见推脱内战责任之用心，垂死挣扎的独裁者的面目昭然若揭。

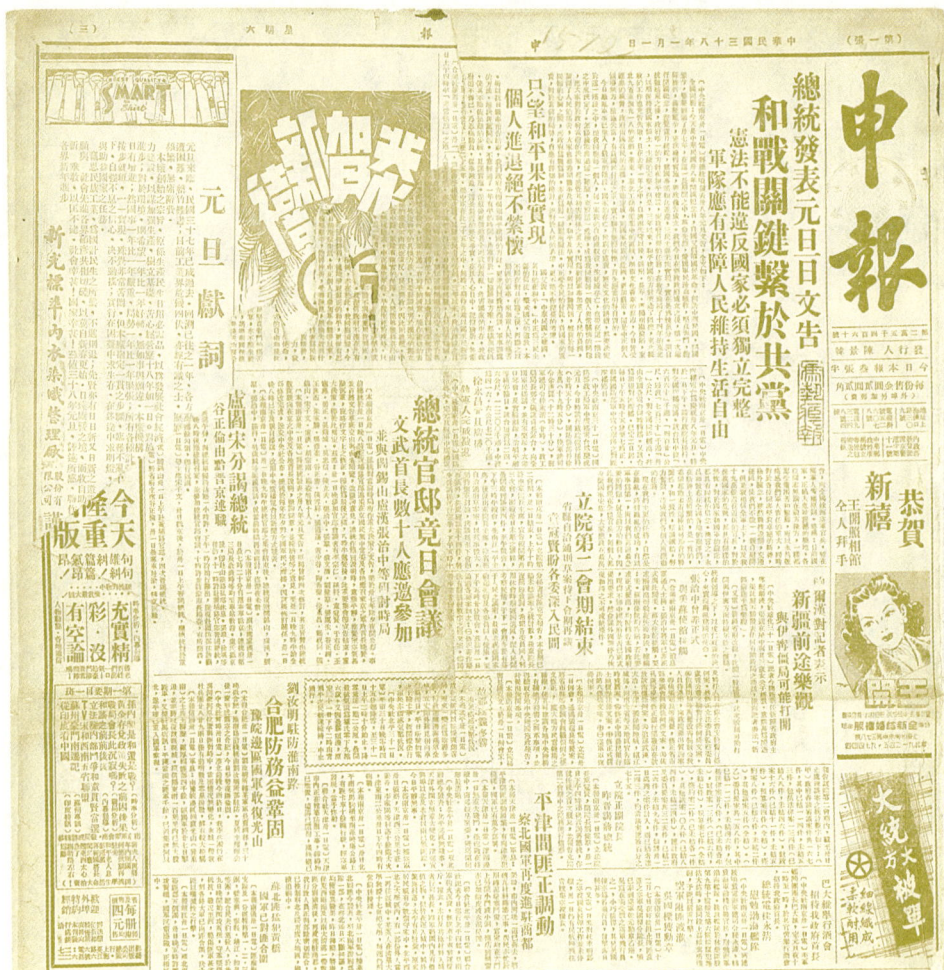

图1-1-4 《申报》1949年1月1日头版

该报头版全部用红字印刷，在醒目的位置用四行标题刊登了蒋介石的"元旦文告"全文。这篇新年文告既是蒋介石向中国共产党的求和声明，也象征着国民党反动政权发出的最后哀鸣。

当时,国内确实有不少人为蒋介石的虚假言辞所蒙蔽,对革命到底的信念不太坚定,对现实十分迷惘。针对人们在这个问题上模糊动摇的态度,毛泽东深入浅出地阐述了除恶务尽的道理,告诫人们决不要怜惜蛇一样的恶人。

毛泽东还旗帜鲜明地宣布:凡是劝说人民怜惜敌人、保存反动势力的人们,就不是人民的朋友,而是敌人的朋友了。他强调说:在这里是要一致,要合作,而不是建立什么"反对派",也不是走什么"中间路线"。

毛泽东的这篇新年献词高屋建瓴地分析中国政治形势,科学指导中国革命发展前途,指出中国各个阶层应当采取的态度,指引中国人民迎来新中国的诞生,表明坚决将中国革命进行到底的信念。

两周以后,针对蒋介石"元旦文告"中提出的求和声明,1949年1月14日,毛泽东代表中国共产党中央委员会发表了关于时局的声明,针锋相对地提出达到真正和平的八项条件:

(1)惩办战争罪犯;(2)废除伪宪法;(3)废除伪法统;(4)依据民主原则改编一切反动军队;(5)没收官僚资本;(6)改革土地制度;(7)废除卖国条约;(8)召开没有反动分子参加的政治协商会议,成立民主联合政府,接收南京国民政府及所属各级政府的一切权力。

中国共产党认为,上述八项条件反映的是全中国人民的公意,只有在这八项条件之下所建立的和平,才是真正的民主的和平。

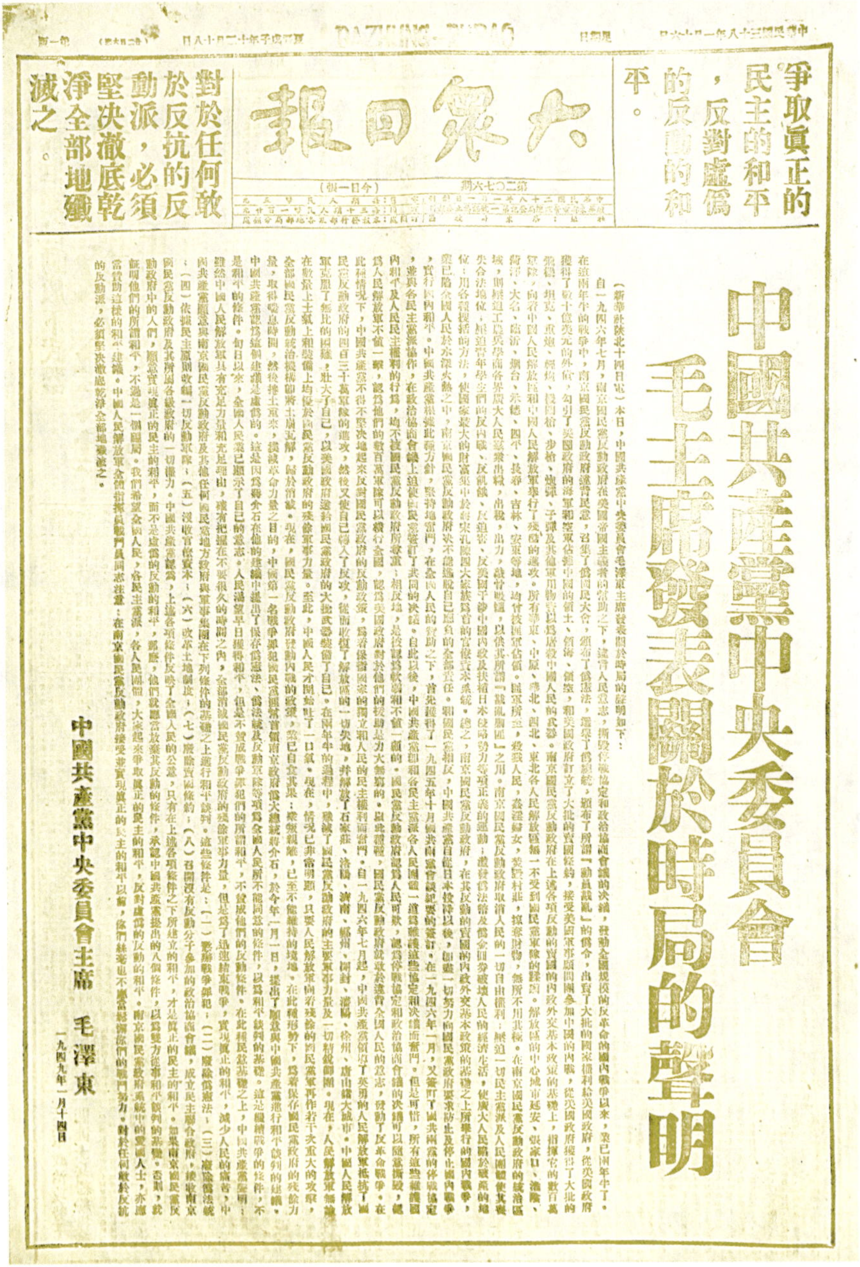
大衆日報

爭取眞正的民主的和平，反對虛僞的反動的和平。

對於任何敢於反抗的反動派，必須堅決澈底乾淨全部地殲滅之。

中國共產黨中央委員會毛主席發表關於時局的聲明

中國共產黨中央委員會主席 毛澤東

一九四九年一月十四日

图 1-1-5 《大众日报》1949年1月16日头版

该报刊发《中国共产党中央委员会毛主席发表关于时局的声明》。

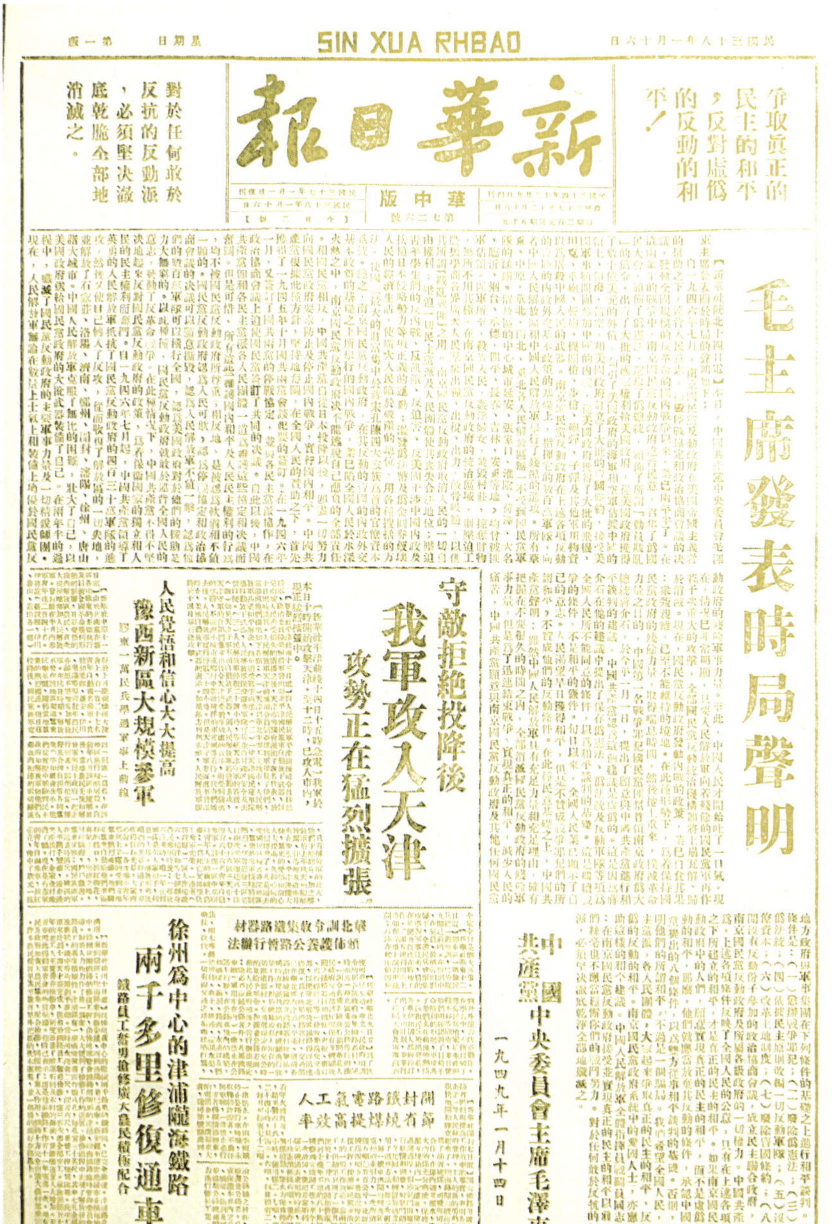
SIN XUA RHBAO

新華日報

華中版

爭取眞正的民主的和平，反對虛僞的反動的和平！

對於任何敢於反抗的反動派，必須堅決澈底乾脆全部地消滅之。

毛主席發表時局聲明

中國共產黨中央委員會主席毛澤東

一九四九年一月十四日

守敵拒絕投降後 我軍攻入天津 攻勢正在猛烈擴張

人民覺悟和信心大大提高 豫西新區大規模參軍

徐州爲中心的津浦隴海鐵路 兩千多里修復通車

華北訓令收集鐵路器材 頒佈護養公路暫行辦法

閘封鐵路電氣工人 節省燒煤提高效率

图 1-1-6　《新华日报(华中版)》1949 年 1 月 16 日头版

该报刊发《毛主席发表时局声明》，同时在报头两侧刊发了两条标语。

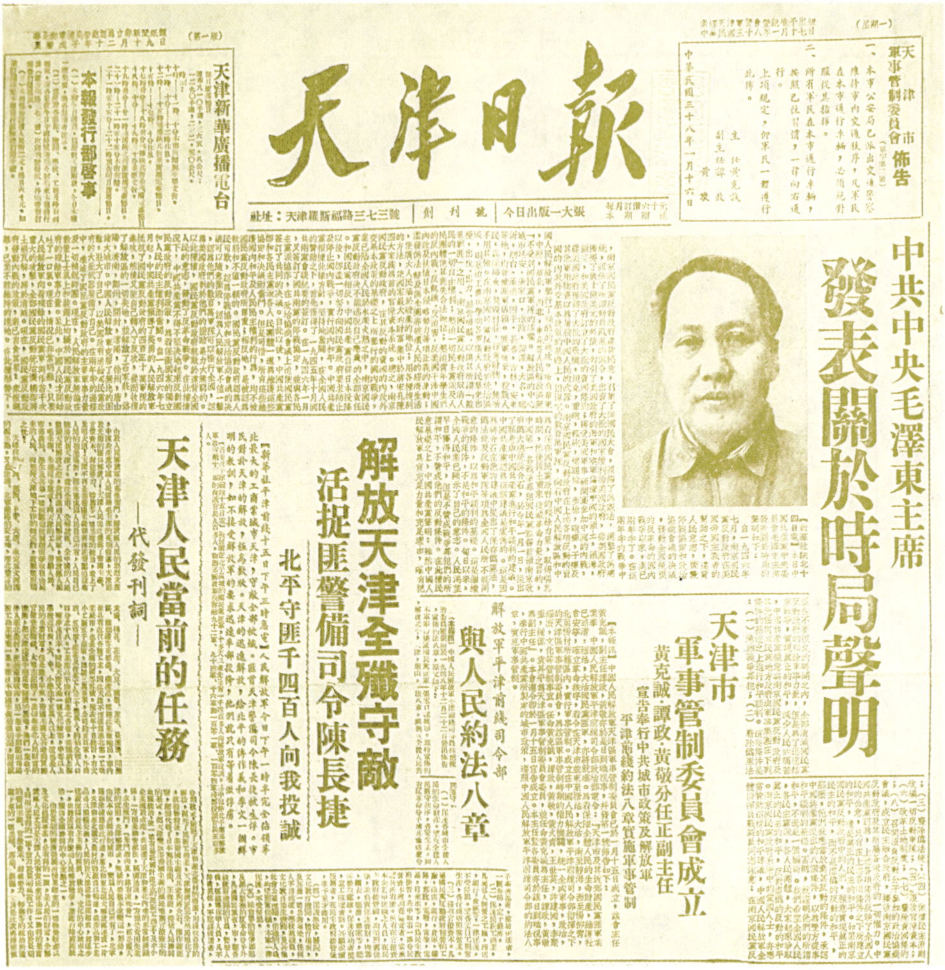

天津日報

社址：天津羅斯福路三七三號　創刊號　今日出版一大張

天津市軍事管制委員會佈告

天津新華廣播電台

本報發行部啓事

中共中央毛澤東主席發表關於時局聲明

天津市軍事管制委員會成立
黃克誠、譚政、黃敬分任正副主任
宣告奉行中共城市政策及解放軍平津前綫約法八章實施軍事管制

解放天津全殲守敵
活捉匪警備司令陳長捷

北平守匪千四百人向我投誠

解放軍平津前綫司令部
與人民約法八章

天津人民當前的任務
—代發刊詞—

图 1-1-7 《天津日报》1949 年 1 月 17 日创刊号头版

该报刊发《中共中央毛泽东主席发表关于时局声明》，同时配发毛泽东标准像。

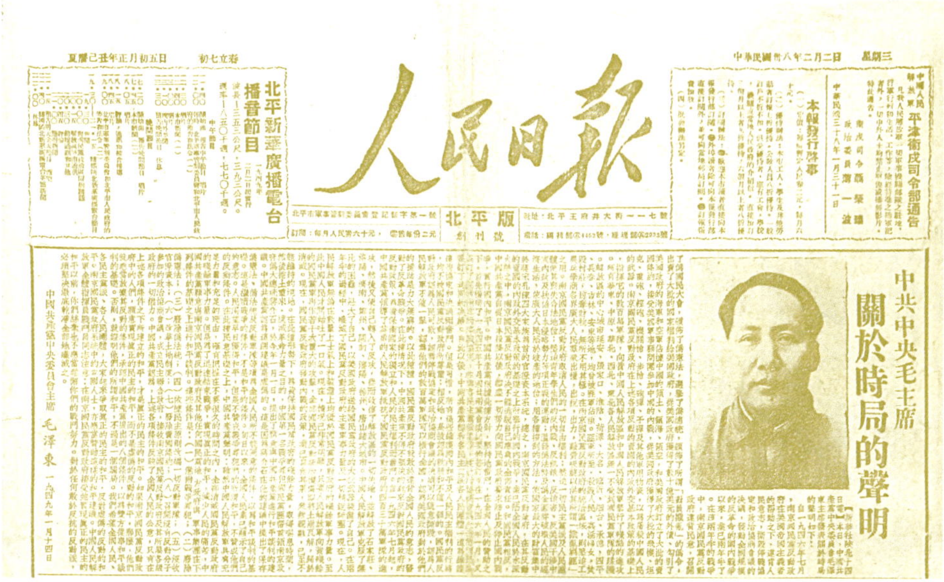
人民日報

北平版

創刊號

北平新華廣播電台播音節目

本報發行啓事

平津衛戍司令部通告

中共中央毛主席關於時局的聲明

中國共產黨中央委員會主席　毛澤東　一九四九年一月十四日

图 1-1-8　《人民日报(北平版)》1949 年 2 月 2 日创刊号头版

该报刊发《中共中央毛主席关于时局的声明》,同时配发了毛泽东的标准像。

毛泽东代表中国共产党发表的时局声明,获得了全国人民及各民主党派的一致赞同和拥护。已经到达解放区的各民主党派、各人民团体代表人物及其他民主人士李济深、沈钧儒、马叙伦、郭沫若等55人,联合发表声明,表示坚决拥护毛泽东的八项和平条件,反对国民党蒋介石的假和平阴谋。

图1-1-9 《新华日报(华中版)》1949年1月25日头版

该报刊发《沈钧儒等五十五人到达解放区 联名发表时局意见》。

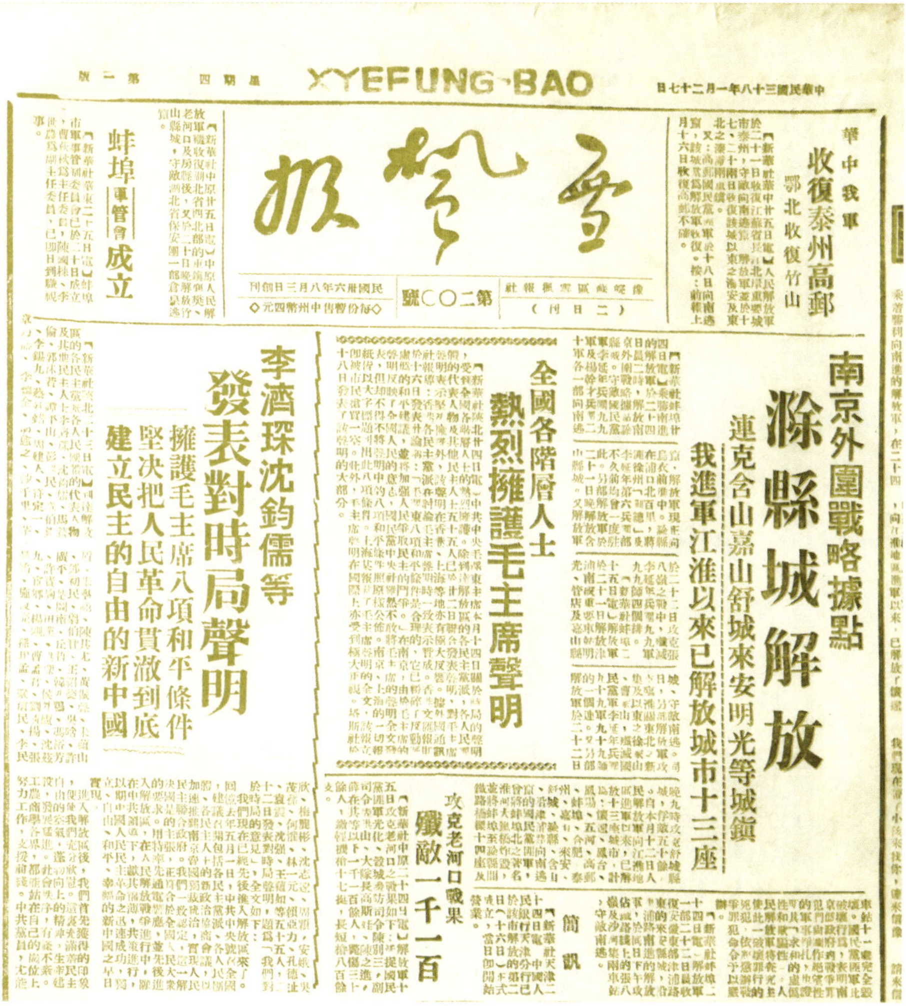
中華民國三十八年一月二十七日　XYEFUNG-BAO　星期四　第一版

雪楓報

豫皖蘇區黨報社（二日刊）

第二〇〇號

民國卅六年八月三日創刊

◇每份暫售中州幣四元◇

華中我軍 收復泰州高郵 鄂北收復竹山

蚌埠軍管會成立

南京外圍戰略據點 滁縣城解放

連克含山嘉山舒城來安明光等城鎮

我進軍江淮以來已解放城市十三座

全國各階層人士 熱烈擁護毛主席聲明

李濟琛沈鈞儒等 發表對時局聲明

擁護毛主席八項和平條件

堅決把人民革命貫徹到底

建立民主的自由的新中國

攻克老河口戰果 殲敵一千一百

簡訊

图 1-1-10　《雪枫报》1949 年 1 月 27 日头版

该报刊发《李济深沈钧儒等发表对时局声明》。

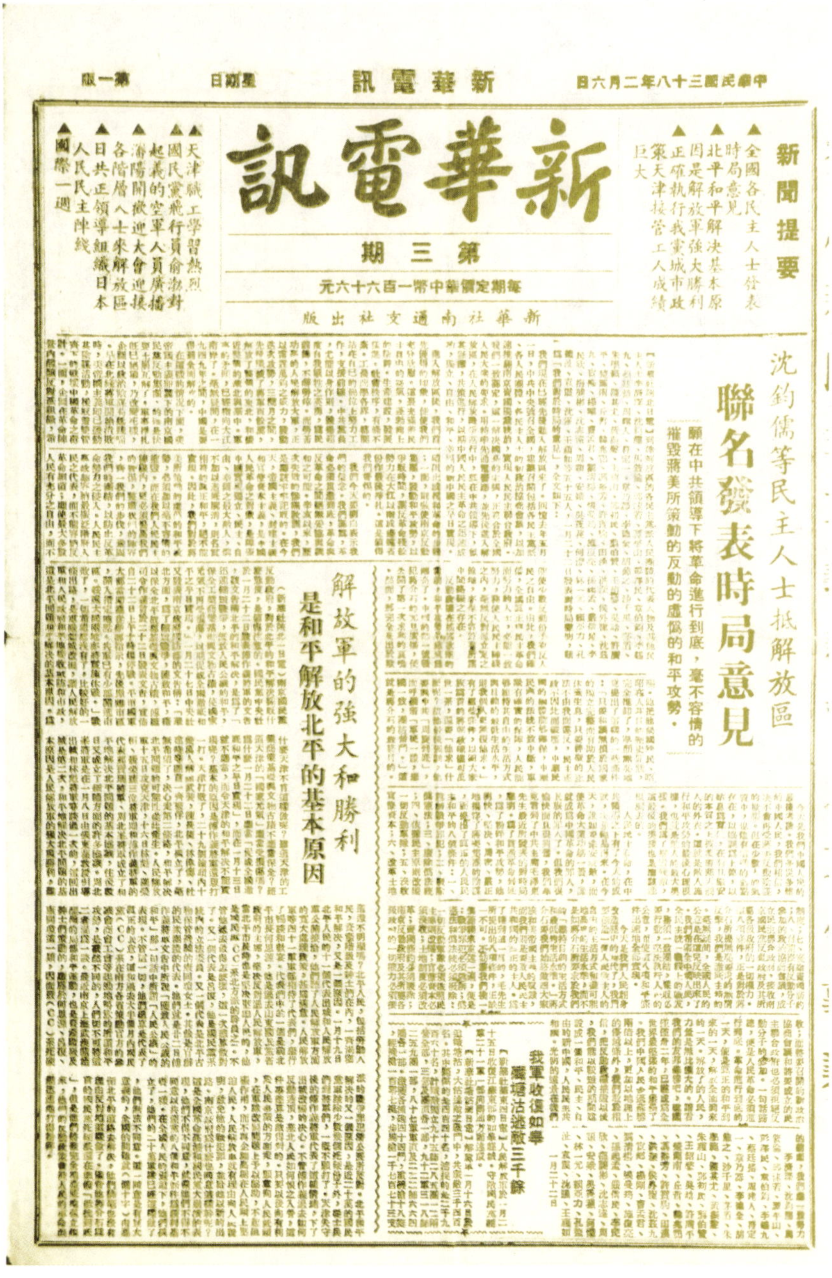
中華民國三十八年二月六日　新華電訊　星期日　第一版

新華電訊

第三期

每期定價華中幣一百六十元

新華社南通支社出版

新聞提要

▲全國各民主人士發表時局意見
▲北平和平解決基本原因是解放軍強大勝利
▲正確執行我黨城市政策天津接管工人成績巨大
▲天津職工學習熱烈
▲國民黨飛行員俞渤起義的空軍人員廣播
▲瀋陽開歡迎大會迎接各階層人士來解放區
▲日共正領導組織日本人民民主陣綫
▲國際一週

沈鈞儒等民主人士抵解放區
聯名發表時局意見

願在中共領導下將革命進行到底，毫不容情的摧毀蔣美所策動的反動的虛偽的和平攻勢。

解放軍的強大和勝利
是和平解放北平的基本原因

我軍收復如皋
殲頑沽逃敵三千餘

图 1-1-11　《新华电讯》1949 年 2 月 6 日头版

该报刊发《沈钧儒等民主人士抵解放区　联名发表时局意见》。

声明不仅在解放区，也在国统区引起强烈反响，甚至在国民党统治的中心，刊登声明全文的报纸都销售一空。毛泽东发表的时局声明，如同新年献词的续篇，不仅以胜利者的磅礴之气，宣告中华大地人民自由和民主的春天的到来，也将蒋介石逼得走投无路。

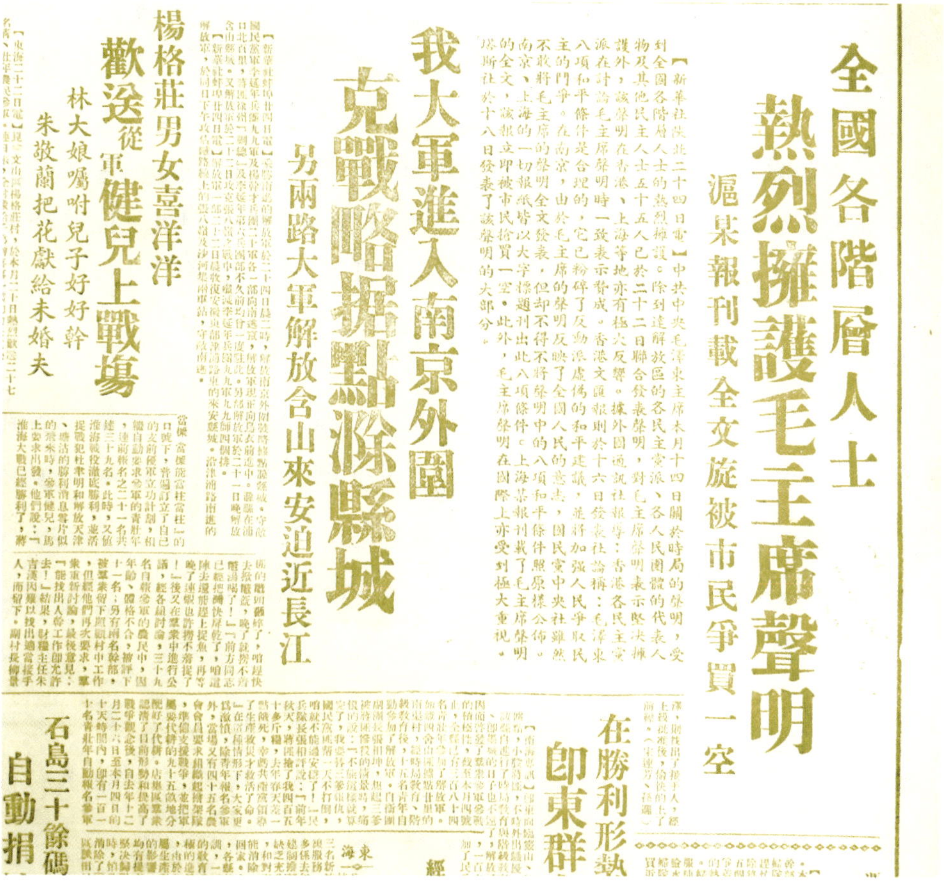
全國各階層人士
熱烈擁護毛主席聲明
滬某報刊載全文旋被市民爭買一空

【新華社陝北二十四日電】中共中央毛澤東主席本月十四日關於時局的聲明，受到全國各階層人士的熱烈擁護。除到達解放區的各民主黨派、各人民團體的代表人物及其他民主人士五十五人已於二十二日聯合發表聲明，對毛主席聲明表示堅決擁護外，該聲明在香港、上海等地亦有極大反響。據外國通訊社報導：香港各民主黨派在討論毛主席聲明時一致表示贊成。香港文匯報則於十六日發表社論稱：毛澤東八項和平條件是合理的，它已粉碎了反動派虛偽的和平建議，並將加強人民爭取民主的鬥爭。在南京，由於毛主席的聲明反映了全國人民的意志，國民黨中央社雖然不敢將毛主席的聲明全文發表，但卻不得不將聲明中的八項和平條件照原樣公佈。南京、上海的一切報紙皆以大字標題刊出此八項條件。上海某報刊載了毛主席聲明的全文，該報立即被市民搶買一空。此外，毛主席聲明在國際上亦受到極大重視。塔斯社於十八日發表了該聲明的大部分。

我大軍進入南京外圍
克戰略据點滁縣城
另兩路大軍解放含山來安迫近長江

楊格莊男女喜洋洋
歡送從軍健兒上戰場
林大娘囑咐兒子好好幹
朱敬蘭把花獻給未婚夫

在勝利形勢……

印東群……

石島三十餘碼
自動捐……

图 1-1-12 《胶东日报》1949 年 1 月 26 日头版

该报刊发《全国各阶层人士热烈拥护毛主席声明》。

第二节　摧枯拉朽的战略决战

　　1949年1月31日,解放战争三大战役中的最后一个战役平津战役胜利落幕。这一天,《人民日报》在头版用半个版面的篇幅刊登中国人民解放军总部公布的解放战争伟大战绩:半年来歼灭匪军169万,两年半共歼敌433万,克城270座,解放人口5000余万。《吉林日报》等解放区各大报纸也在头版头条报道这一重大新闻。这是在向全国人民也是向世界宣布,经过中国人民解放战争中具有决定意义的大决战,敌我力量对比发生了根本性变化,中国人民解放军在数量上由长期的劣势转入了优势。人民解放军不但已经能够攻克国民党设防坚固的城市,而且能够一次包围和歼灭十万人甚至几十万人的国民党的强大精锐兵团。蒋介石用以发动全面内战的国民党军队主力已基本被歼灭,中国人民的胜利已经指日可待了!

　　一切如同毛泽东在新年献词中的预言一样:"中国人民解放战争在全国范围内的胜利,现在在全世界的舆论界,包括一切帝国主义的报纸,都完全没有争论了。"

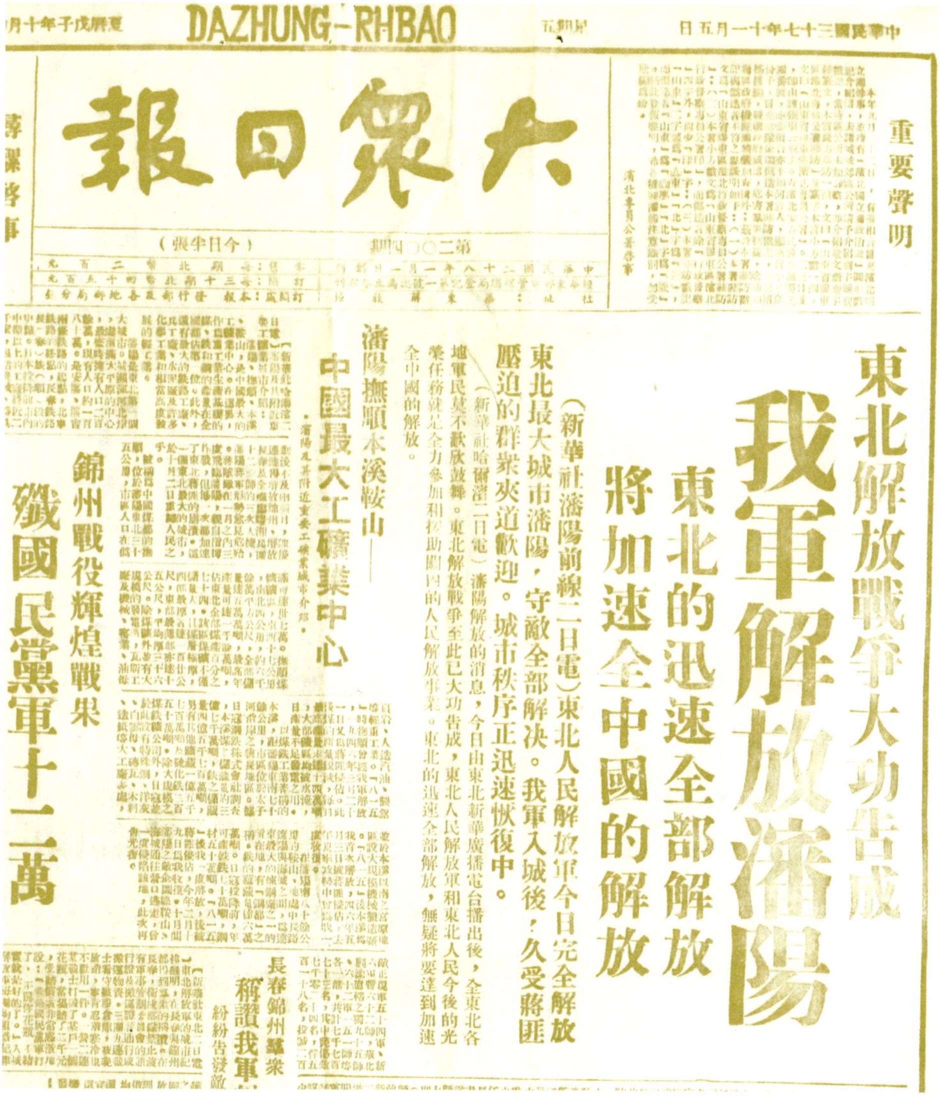

DAZHUNG-RHBAO

中華民國三十七年十一月五日　星期五

大衆日報

第二〇〇四期　（今日半張）

重要聲明

東北解放戰爭大功告成
我軍解放瀋陽
東北的迅速全部解放　將加速全中國的解放

（新華社瀋陽前線二日電）東北人民解放軍今日完全解放東北最大城市瀋陽，守敵全部解決。我軍入城後，久受蔣匪壓迫的群衆夾道歡迎。城市秩序正迅速恢復中。

（新華社哈爾濱二日電）瀋陽解放的消息，今日由東北新華廣播電台播出後，全東北各地軍民莫不歡欣鼓舞。東北解放戰爭至此已大功告成，東北人民解放軍和東北人民今後的光榮任務就是全力參加和援助關內的人民解放事業。東北的迅速全部解放，無疑將要達到加速全中國的解放。

瀋陽撫順本溪鞍山——中國最大工礦業中心

錦州戰役輝煌戰果　殲國民黨軍十二萬

長春錦州羣衆　稱讚我軍

图1-2-1　《大众日报》1948年11月5日头版

该报刊发《东北解放战争大功告成 我军解放沈阳》。

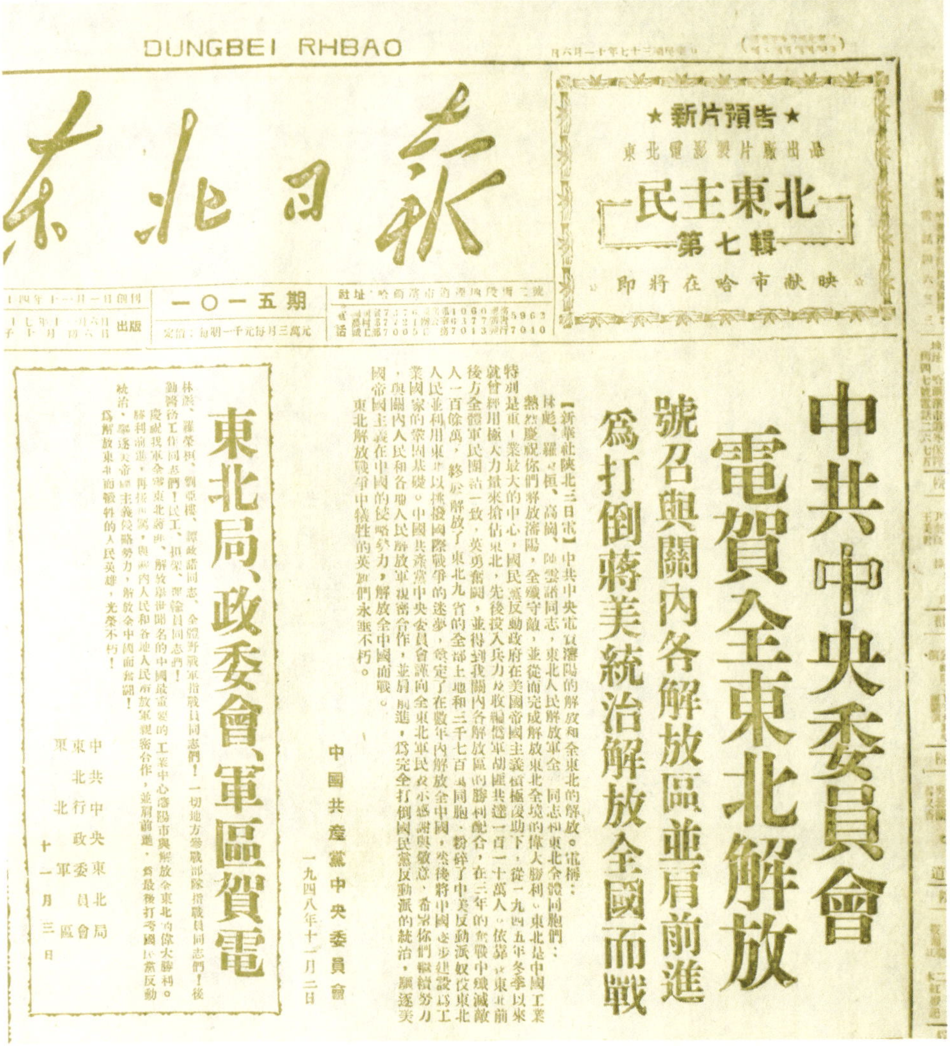
DUNGBEI RHBAO

东北日报

一〇一五期

★新片預告★
東北電影製片廠出品
民主東北
第七輯
即將在哈市獻映

中共中央委員會電賀全東北解放
號召與關內各解放區並肩前進
爲打倒蔣美統治解放全國而戰

【新華社陝北三日電】中共中央電賀瀋陽的解放和全東北的解放。電稱：

林彪、羅榮桓、高崗、陳雲諸同志，東北人民解放軍全體同志和東北全體同胞們：

熱烈慶祝你們解放瀋陽，全殲守敵，並從而完成解放東北全境的偉大勝利。東北是中國工業特別是重工業最大的中心，國民黨反動政府在美國帝國主義積極援助下，從一九四五年冬季以來就曾經用極大力量來搶佔東北，先後投入兵力及收編偽軍胡匪共達一百一十萬人。依靠着東北前後方全體軍民團結一致，英勇奮鬪，並得到我關內各解放區的勝利配合，在三年的作戰中殲滅敵人一百餘萬，終於解放了東北九省的全部土地和三千七百萬同胞，粉碎了中美反動派奴役東北人民並利用東北以挑撥國際戰爭的迷夢，奠定了在數年內解放全中國，然後將中國逐步建設爲工業國家的鞏固基礎。中國共產黨中央委員會謹向全東北軍民表示感謝與敬意，希望你們繼續努力，與關內人民和各地人民解放軍親密合作，並肩前進，爲完全打倒國民黨反動派的統治，驅逐美國帝國主義在中國的侵略勢力，解放全中國而戰。

東北解放戰爭中犧牲的英雄們永垂不朽。

中國共產黨中央委員會

一九四八年十一月二日

東北局、政委會、軍區賀電

林彪、羅榮桓、劉亞樓、譚政諸同志、全體野戰軍指戰員同志們！一切地方參戰部隊指戰員同志們！後勤醫務工作同志們！民工、担架、運輸員同志們！

慶祝我軍全殲東北蔣匪，解放舉世聞名的中國最重要的工業中心瀋陽市與解放全東北的偉大勝利。勝利前進，再接再厲，與關內人民和各地人民解放軍親密合作，並肩前進，爲最後打垮國民黨反動統治，驅逐美帝國主義侵略勢力，解放全中國而奮鬪！

爲解放東北而犧牲的人民英雄，光榮不朽！

中共中央東北局

東北行政委員會

東北軍區

十一月三日

图 1-2-2 《东北日报》1948年11月6日头版

该报刊发《中共中央委员会电贺全东北解放》和《东北局、政委会、军区贺电》。

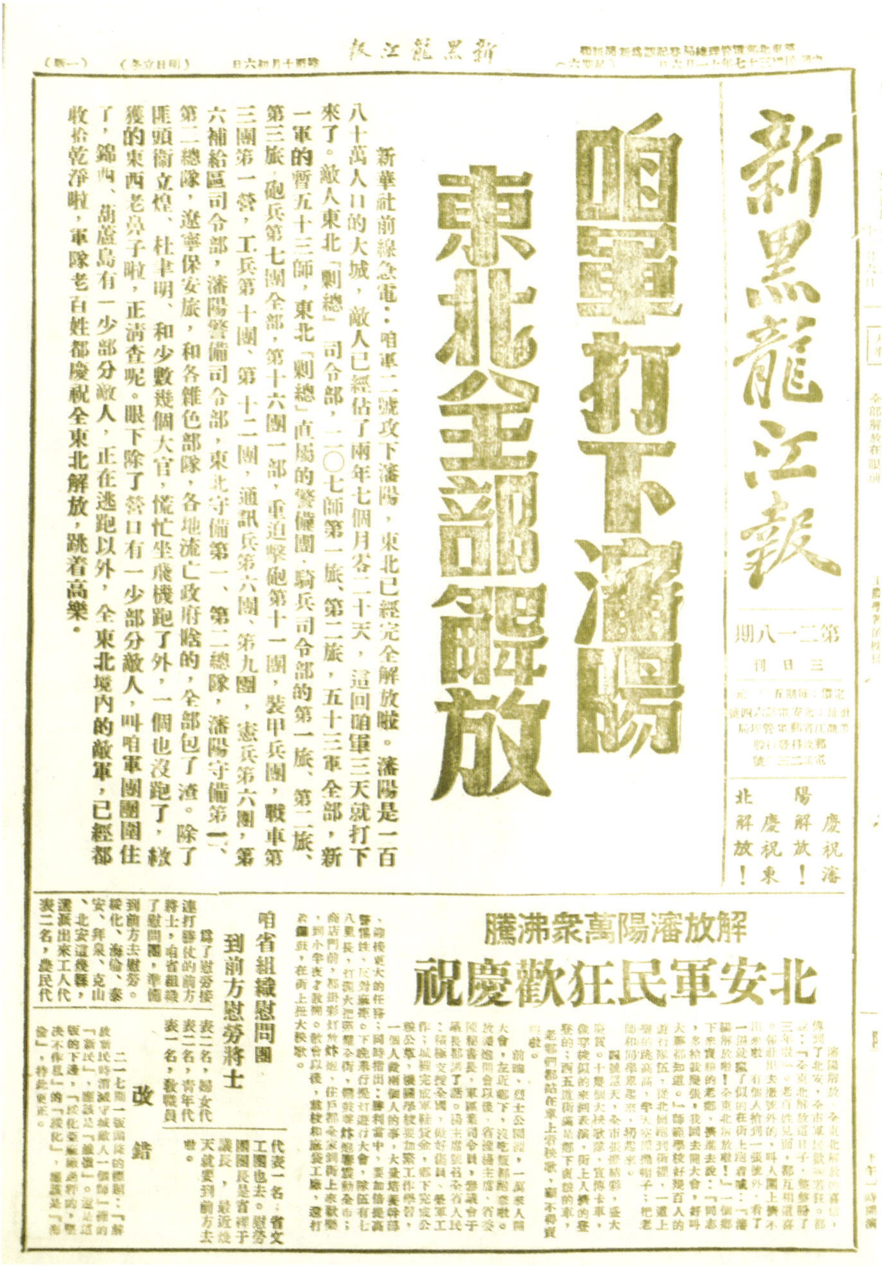

新黑龙江报

咱军打下沈阳
东北全部解放

解放沈阳万众沸腾
北安军民狂欢庆祝

图1-2-3　《新黑龙江报》1948年11月6日头版

该报刊登《咱军打下沈阳 东北全部解放》。

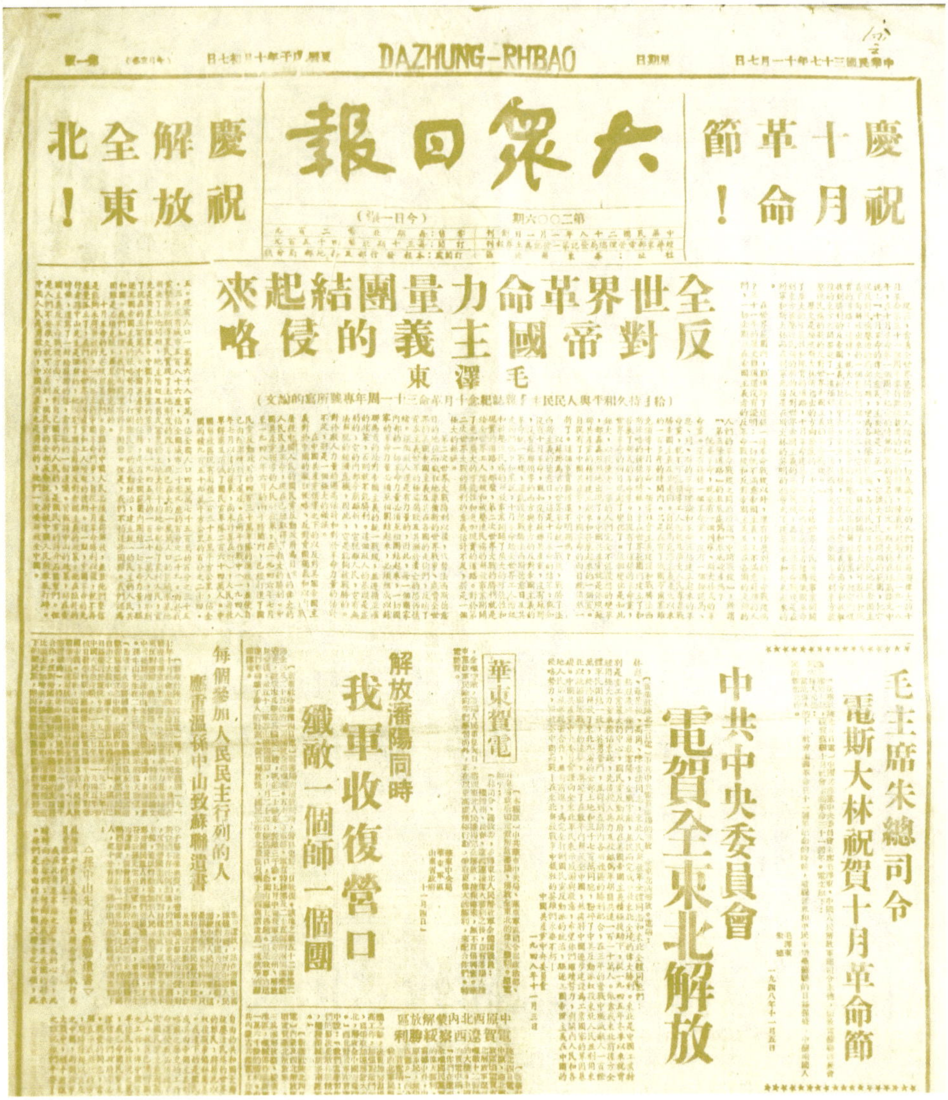
DAZHUNG-RHBAO

大眾日報

慶祝解放全東北！

慶祝十月革命節！

全世界革命力量團結起來 反對帝國主義的侵略

毛澤東

毛主席朱總司令電斯大林祝賀十月革命節

中共中央委員會電賀全東北解放

華東賀電

解放瀋陽同時 我軍收復營口 殲敵一個師一個團

每個參加人民民主行列的人 應重溫孫中山致蘇聯遺書

图 1-2-4 《大众日报》1948 年 11 月 7 日头版

该报头版全部用红字印刷，在显著位置刊登《中共中央委员会电贺全东北解放》和《解放沈阳同时我军收复营口》。

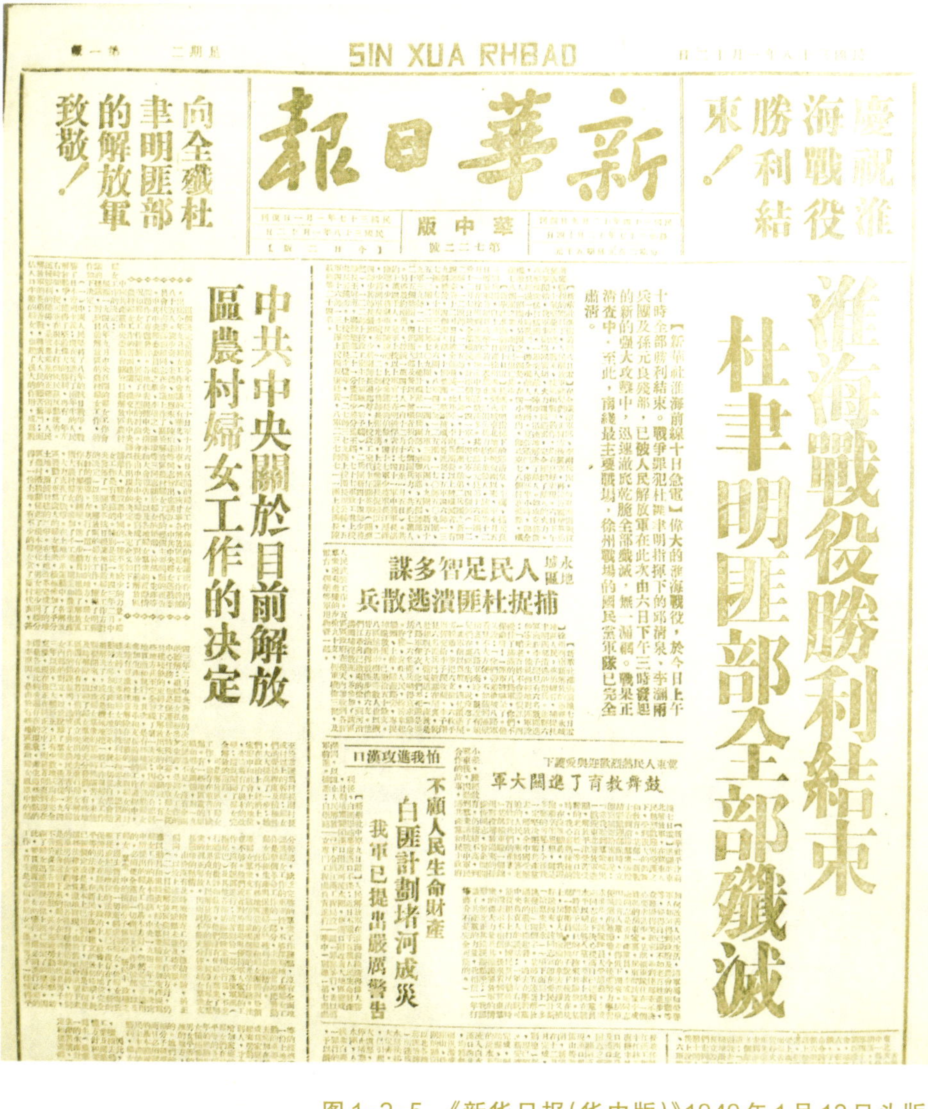

SIN XUA RHBAO

新華日報

華中版　第七二二號

慶祝淮海戰役勝利結束！

向全殲杜聿明匪部的解放軍致敬！

淮海戰役勝利結束
杜聿明匪部全部殲滅

【新華社淮海前線十日急電】偉大的淮海戰役，於今日上午十時全部勝利結束。戰爭罪犯杜聿明指揮下的邱清泉、李彌兩兵團及孫元良殘部，已被人民解放軍在此次由六日下午三時發起的新的強大攻擊中，迅速澈底乾脆全部殲滅，無一漏網。戰果正清查中。至此，南線最主要戰場，徐州戰場的國民黨軍隊已完全肅清。

中共中央關於目前解放區農村婦女工作的決定

永城地區人民足智多謀
捕捉杜匪潰逃散兵

怕我進攻漢口
不顧人民生命財產
白匪計劃堵河成災
我軍已提出嚴厲警告

鼓舞教育了追擊大軍

图 1-2-5　《新华日报(华中版)》1949 年 1 月 12 日头版

该报刊登《淮海战役胜利结束　杜聿明匪部全部歼灭》，并在报头两侧刊发“庆祝淮海战役胜利结束！”“向全歼杜聿明匪部的解放军致敬！”两大标语。

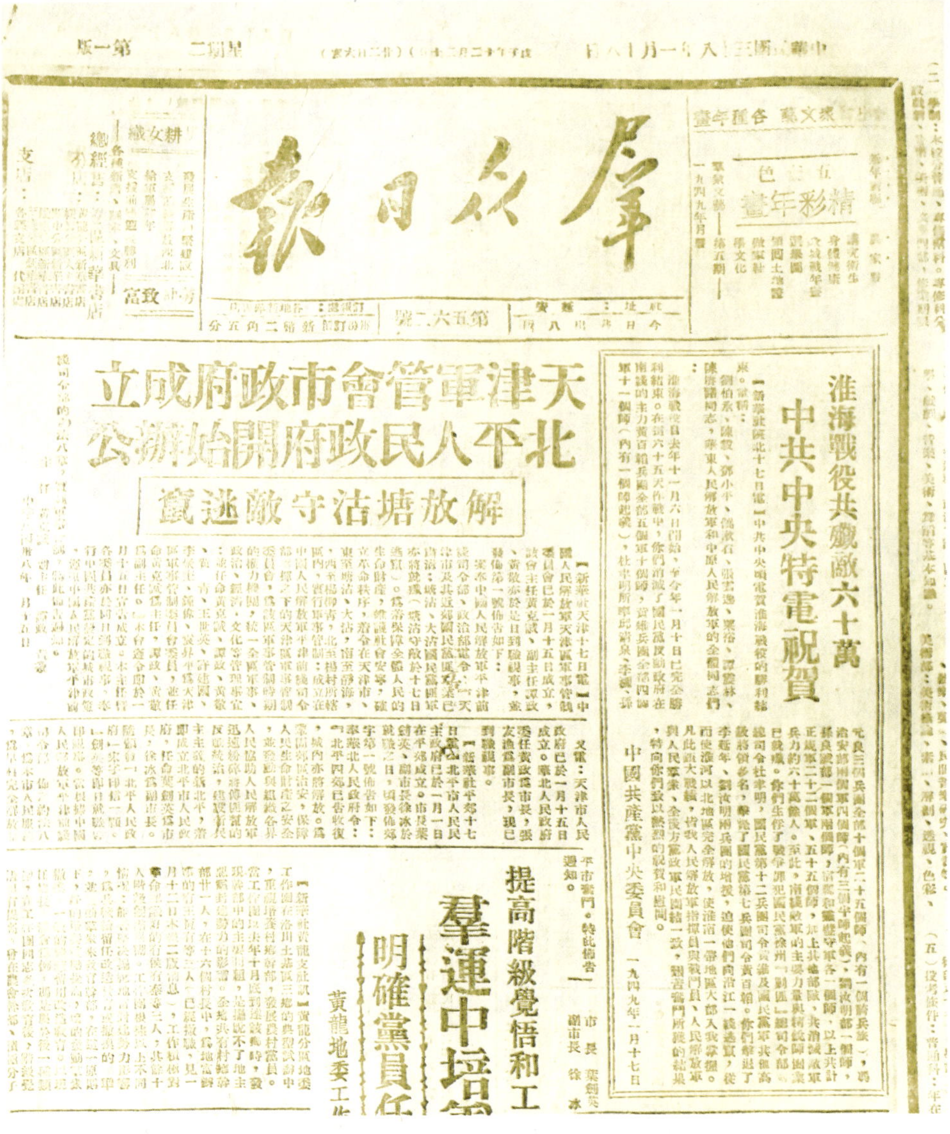
群衆日報

天津軍管會市政府成立
北平人民政府開始辦公
解放塘沽守敵逃竄

淮海戰役共殲敵六十萬
中共中央特電祝賀

中國共產黨中央委員會 一九四九年一月十七日

提高階級覺悟和工
羣運中培
明確黨員任
黃龍地委工作

图1-2-6 《群众日报》1949年1月18日头版

该报以《淮海战役共歼敌六十万 中共中央特电祝贺》为标题，全文刊登了中共中央1月17日的贺电。

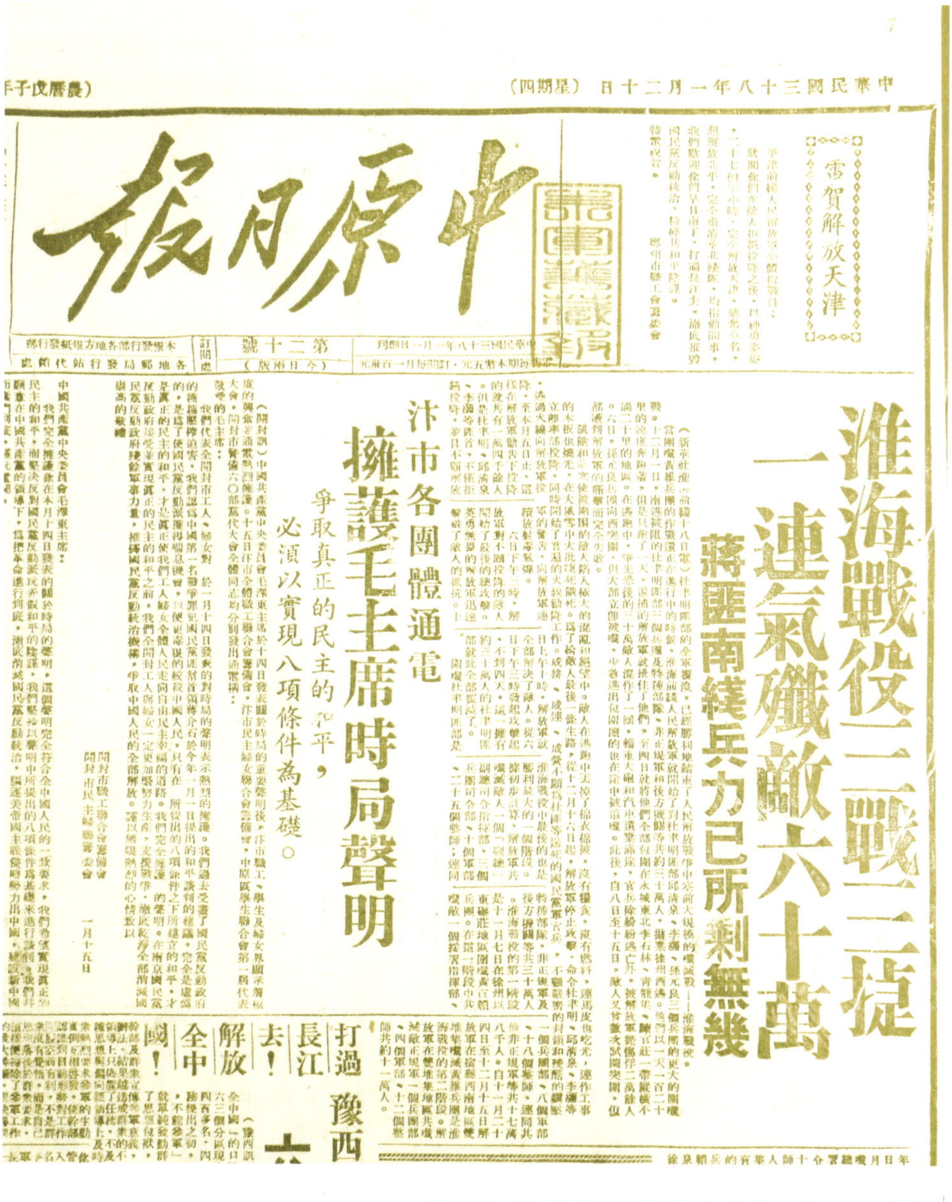
中華民國三十八年一月二十日（星期四）

中原日報

雪賀解放天津

淮海戰役三戰三捷
一連氣殲敵六十萬
蔣匪南綫兵力已所剩無幾

汴市各團體通電
擁護毛主席時局聲明
爭取真正的民主的和平，
必須以實現八項條件為基礎。

打過長江去！
解放全中國！

图 1-2-7　《中原日报》1949 年 1 月 20 日头版

该报刊发《淮海战役三战三捷　一连气歼敌六十万》，称：（新华社淮海前线十八日电）人民解放军已经控制了长江以北的大部分地区，国民党在江南再也难以组织起有效的防御了。

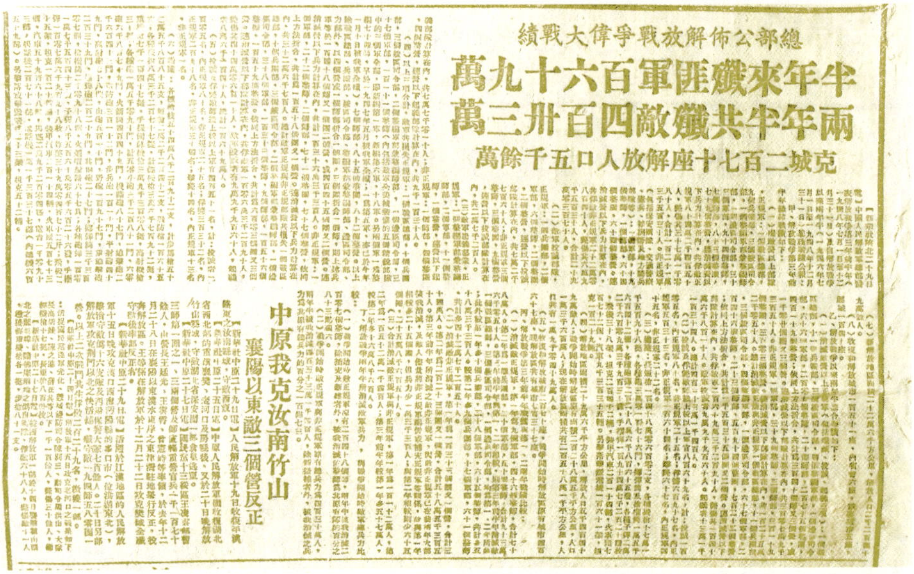
總部公佈解放戰爭偉大戰績
半年來殲匪軍百六十九萬
兩年半共殲敵四百卅三萬
克城二百七十座解放人口五千餘萬

中原我克汝南竹山
襄陽以東敵三個營反正

图 1-2-8 《人民日报》1949 年 1 月 31 日头版

该报刊登中国人民解放军总部公布的解放战争伟大战绩。

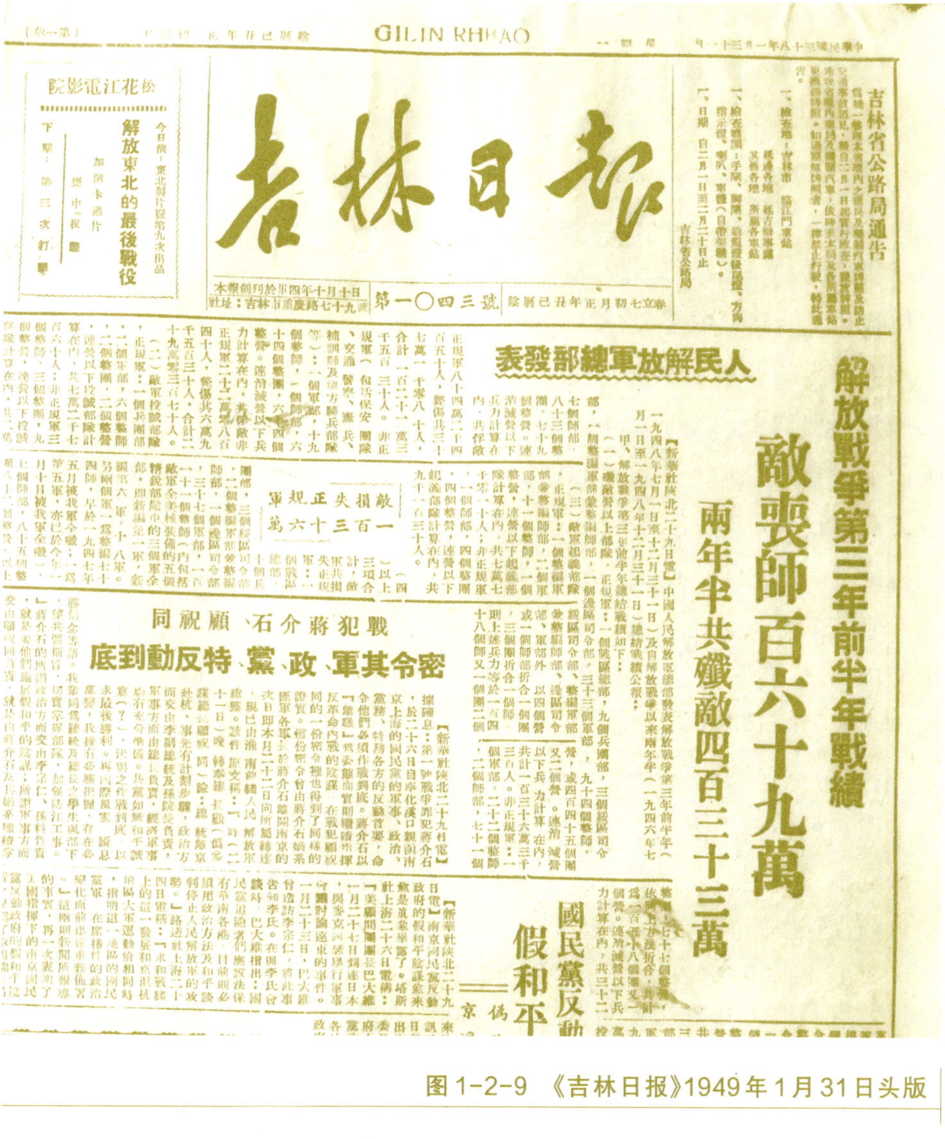
GILIN RHBAO
吉林日報
松花江電影院
解放東北的最後戰役
吉林省公路局通告
人民解放軍總部發表
解放戰爭第三年前半年戰績
敵喪師百六十九萬
兩年半共殲敵四百三十三萬
敵損失正規軍一百三十六萬
戰犯蔣介石、顧祝同
密令其軍、政、黨、特反動到底
國民黨反動
假和平

图 1-2-9 《吉林日报》1949 年 1 月 31 日头版

该报刊登中国人民解放军总部公布的解放战争伟大战绩。

第三节　适时转移的工作重心

辽沈、淮海、平津三大战役结束后,中国的政治形势已经十分明朗:中国人民革命战争在全国范围内的胜利已经不需要太长的时间了!为了解决新形势下所面临的一系列重大问题,中国共产党于1949年3月5日至13日,在西柏坡召开了七届二中全会,擘画新中国的蓝图。

下一步的路该怎么走,是摆在全党面前的重大课题。毛泽东在《在中国共产党第七届中央委员会第二次全体会议上的报告》中指出,在全国胜利的局面下,"党和军队的工作重心必须放在城市,必须用极大的努力去学会管理城市和建设城市"。毛泽东说,从现在起,进入了从城市到乡村并由城市领导乡村的时期。党的工作重心从乡村转移到了城市。

七届二中全会还明确了新中国的国体、政体与政党体制。毛泽东在报告中明确指出,我们要建立的国体是"无产阶级领导的以工农联盟为基础的人民民主专政",以这一新型的国体为基础,"使中国稳步地由农业国转变为工业国,把中国建设成一个伟大的社会主义国家"。全会批准将1949年1月14日毛泽东的声明及其所提八项条件作为与南京国民党反动政府及其他任何国民党地方政府与军事集团进行和平谈判的基础。全会还强调发挥各民主党派的作用,批准了在中国共产党领导下发起并协同各民主党派、人民团体及民主人士,召开没有反动分子参加的新的政治协商会议及成立民主联合政府的建议。

七届二中全会是新民主主义革命时期党中央在"最后一个农村指挥所"召开的最后一次全会。全会结束后,新华社向全国发表通电,1949年3月25日《人民日报》转发新华社电讯稿,提到,中共中央和中国人民解放军总部已经由西柏坡迁到北平。

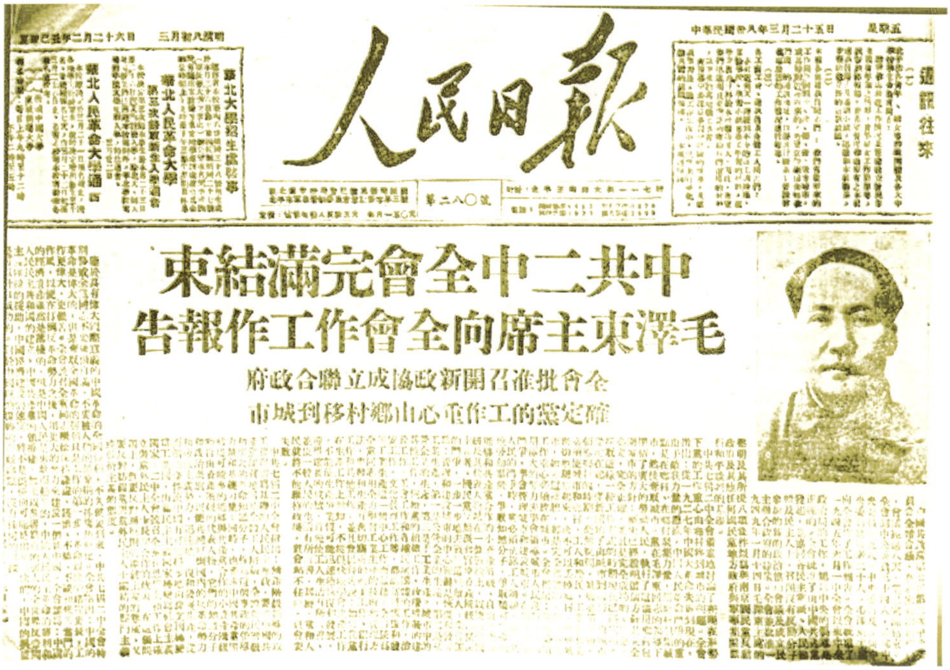

人民日報

中共二中全會完滿結束
毛澤東主席向全會作工作報告

全會批准召開新政協成立聯合政府

確定黨的工作重心由鄉村移到城市

图 1-3-1 《人民日报》1949 年 3 月 25 日头版

该报刊发《中共二中全会完满结束 毛泽东主席向全会作工作报告》。

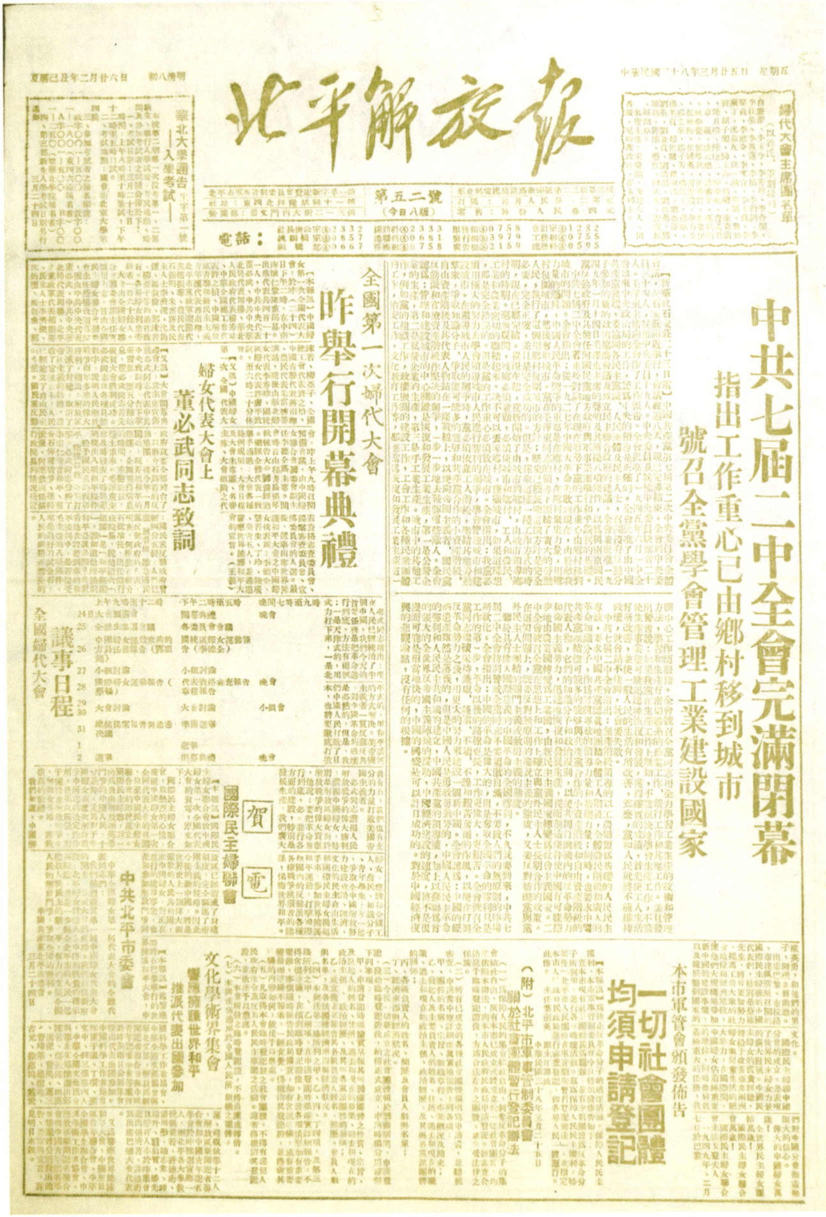
北平解放報
中共七屆二中全會完滿閉幕
指出工作重心已由鄉村移到城市
號召全黨學會管理工業建設國家
全國第一次婦代大會
昨舉行開幕典禮
婦女代表大會上
董必武同志致詞
全國婦代大會
議事日程
國際民主婦聯會
賀電
中共北平市委會
文化學術界集會
響應擁護世界和平
推派代表出國參加
本市軍管會頒發佈告
一切社會團體均須申請登記
（附）北平市軍事管制委員會關於社會團體登記辦法

图1-3-2 《北平解放报》1949年3月25日头版

该报刊发《中共七届二中全会完满闭幕》，指出工作重心已由乡村移到城市，号召全党学会管理工业、建设国家。

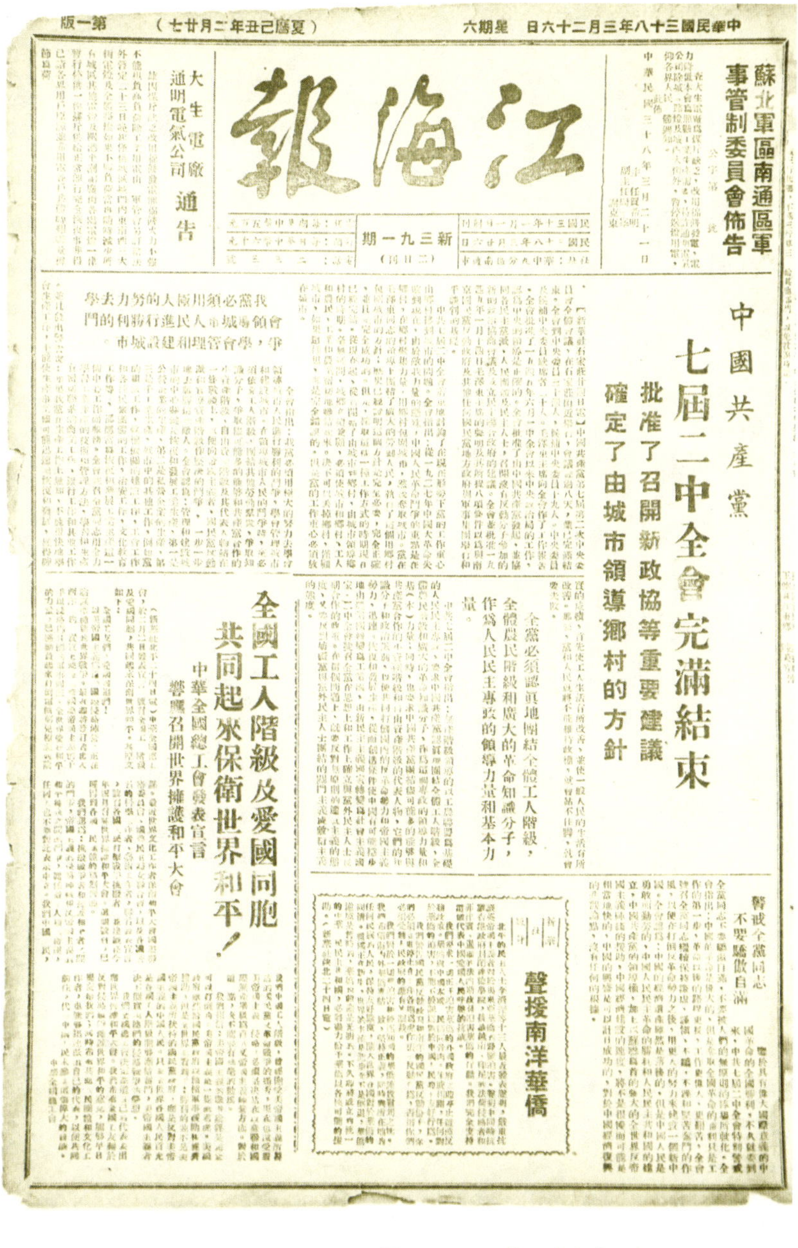
第一版　（夏曆己丑年二月廿七）　中華民國三十八年三月二十六日　星期六

江海報

新一九三期

蘇北軍區南通區軍事管制委員會佈告

大生電廠 通明電氣公司 通告

中國共產黨七屆二中全會完滿結束

批准了召開新政協等重要建議

確定了由城市領導鄉村的方針

全黨必須認真地團結全體工人階級，全體農民階級和廣大的革命知識分子，作為人民民主專政的領導力量和基本力量

我黨必須用極大的努力去學會管理城市和建設城市

全國工人階級及愛國同胞共同起來保衛世界和平！

中華全國總工會發表宣言 響應召開世界擁護和平大會

聲援南洋華僑

警戒全黨同志不要驕傲自滿

图1-3-3　《江海报》1949年3月26日头版

该报刊发《中国共产党七届二中全会完满结束》，宣布党的工作重心适时转移。

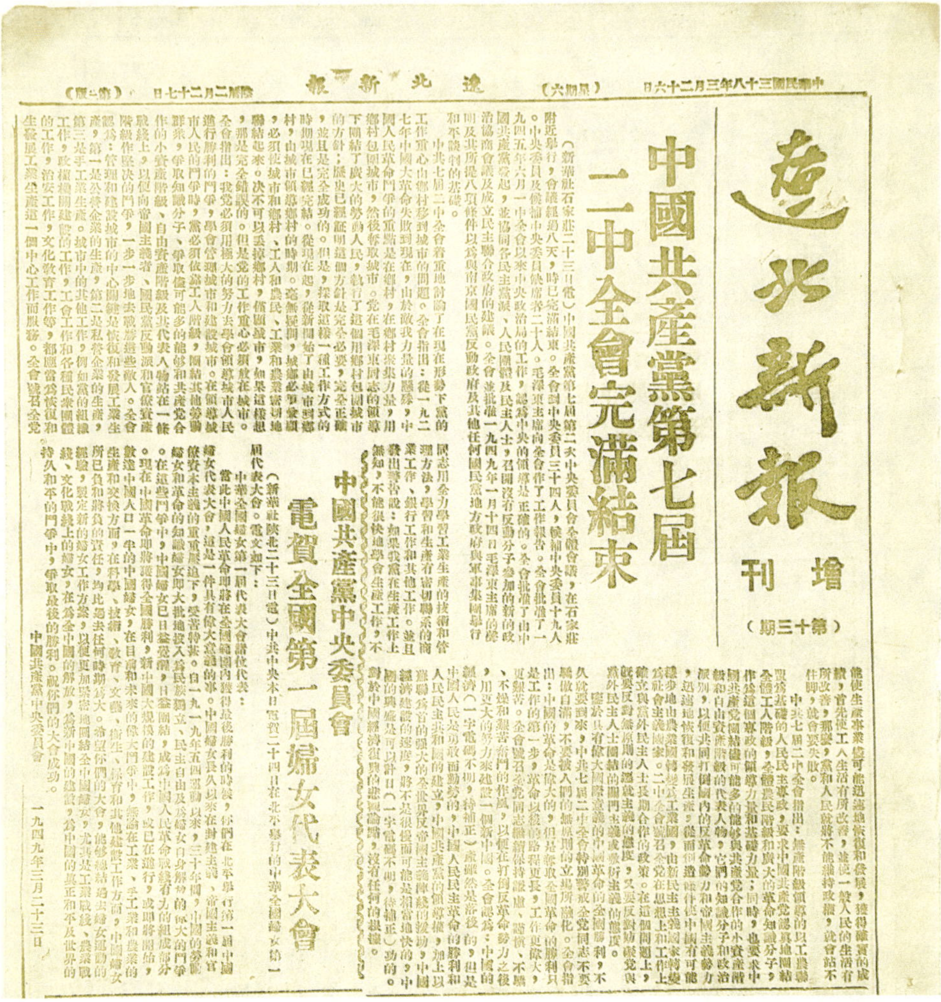

中華民國三十八年三月二十六日（星期六）遼北新報 陰曆二月二十七日（第二版）

遼北新報 增刊 （第十三期）

中國共產黨第七屆二中全會完滿結束

（新華社石家莊二十三日電）中國共產黨第七屆第二次中央委員會全體會議，在石家莊附近舉行，會議經過八天，時已完滿結束。全會到中央委員三十四人，候補中央委員十九人。中央委員及候補中央委員缺席者二十人。毛澤東主席向全會作了工作報告。全會批准了一九四五年六月一中全會以來中央政治局的工作，認為中央的領導是正確的。全會批准了由中國共產黨發起，並協同各民主黨派、人民團體及民主人士，召開沒有反動分子參加的新的政治協商會議及成立民主聯合政府的建議。全會並批准一九四九年一月十四日毛澤東主席的聲明及其所提八項條件以為與南京國民黨反動政府及其他任何國民黨地方政府與軍事集團舉行和平談判的基礎。

中共七屆二中全會着重地討論了在現在形勢下黨的工作重心由鄉村移到城市的問題。全會指出：從一九二七年中國大革命失敗到現在，由於敵我力量的懸殊，中國人民革命鬥爭的重點是在鄉村，在鄉村聚集力量，用鄉村包圍城市，然後奪取城市。党在毛澤東同志的領導下團結了廣大的勞動人民，執行了這個用鄉村包圍城市的方針；歷史已經證明這個方針是完全必要，完全正確的，並且是完全成功的。但是，採取這樣一種工作方式的時期現在已經完結。從現在起，從新開始了由城市到鄉村，由城市領導鄉村的時期。毫無疑問，城鄉必須兼顧，必須使城市和鄉村、工人和農民、工業和農業密切地聯結起來。決不可以丟掉鄉村，僅顧城市，如果這樣想，那是完全錯誤的。但是党的工作重心必須放在城市。全會指出：我党必須用極大的努力去學會管理城市和建設城市。在領導城市人民進行勝利的鬥爭時，党必須依靠工人階級，團結其他勞動群眾，爭取知識分子，爭取儘可能多的能夠和共產党合作的小資產階級、自由資產階級及其代表人物站在一條戰線上，以便向帝國主義者、國民黨反動派和官僚資產階級作堅決的鬥爭，一步一步地去戰勝這些敵人。全會認為：管理和建設城市的中心關鍵是恢復和發展工業生產，第一是公營企業的生產，第二是私營企業的生產，第三是手工業生產。城市中的其他工作，例如黨的組織工作，政權機關建設的工作，工會工作和各種民眾團體的工作，治安工作，文化教育工作等，都應當為恢復和發展工業生產這一個中心工作而服務。全會號召全党同志用全力學習工業生產的技術和管理方法，學習和生產有密切聯系的商業工作、銀行工作和其他工作。並且發出警告說：如果我黨在生產工作上無知，不能很快地學會生產工作，不能使生產事業儘可能迅速地恢復和發展，獲得確實的成績，首先使工人生活有所改善，並使一般人民的生活有所改善，那麼，黨和人民就將不能維持政權，就會站不住腳，就會要失敗。

中共七屆二中全會指出：無產階級領導的以工農聯盟為基礎的人民民主專政，要求中國共產党認真地團結全體工人階級，全體農民階級和廣大的革命知識分子，作為這個專政的領導力量和基礎力量；同時，也要求中國共產党團結儘可能多的能夠與共產党合作的小資產階級和自由資產階級的代表人物，它們的知識分子和政治派別，以便共同打倒國內的反革命勢力和帝國主義勢力，迅速地恢復和發展生產，從而創造條件使中國有可能穩步地由農業國轉變為工業國，由新民主主義國家轉變為社會主義國家。二中全會號召全党在思想上和工作上確立與黨外民主人士長期合作的政策。在這個問題上，既要反對無原則的遷就主義的態度，又要反對妨礙黨與黨外民主人士團結的關門主義或敷衍主義的態度。

鑒於具有偉大國際意義的中國革命的全國勝利，不久就要到來，中共七屆二中全會特別警戒全黨同志不要驕傲自滿，不要被人們的無原則的立場所融化。全會指出：中國的革命是偉大的，但是奪取全國革命的勝利只是工作的第一步，革命以後的路程更長，工作更偉大，更艱苦。全會號召全黨同志繼續保持謙虛、謹慎、不驕、不躁和艱苦奮鬥的作風，以便在打倒反革命勢力之後，用更大的努力來建設一個新中國。全會認為：中國的經濟（一字電碼不明，待補正）產雖然是落後的，但是中國人民是勇敢而勤勞的，中國人民革命的勝利和人民民主共和國的建立，中國共產党的領導權，加上以蘇聯為首的強大的全世界反帝國主義陣線的援助，中國經濟建設的速度，將不是很慢而可能是相當地快的，中國的興盛是可以計日（一字電碼不明，待補正）功的。對於中國經濟復興的悲觀論調，沒有任何的根據。

中國共產黨中央委員會 電賀全國第一屆婦女代表大會

（新華社陝北二十三日電）中共中央本日電賀二十四日在北平舉行的中華全國婦女第一屆代表大會。電文如下：

中華全國婦女第一屆代表大會諸位代表：

當此中國人民革命即將在全國範圍內獲得最後勝利的時候，你們在北平舉行第一屆中國婦女代表大會，這是一件具有偉大意義的事。中國婦女長久以來在封建主義、帝國主義和官僚資本主義的重重壓迫下，受害特甚。自一九一九年五四運動以來，三十年間，中國的勞動婦女和革命的知識婦女即大批地投入為民族獨立、民主自由及為婦女自身解放的偉大的鬥爭。在這些鬥爭中，中國婦女已日益覺醒，日益團結，成為中國人民革命戰線有力的組成部分。現在中國革命即將獲得全國勝利，新中國大規模的建設工作，或已在進行，或即將開始，佔中國人口一半的中國婦女，在目前和未來的偉大鬥爭中，無論在工業、手工業和農業的生產和交換方面，在科學、技術、教育、文藝、衛生、保育和其他建設工作方面，中國婦女所已負和將負的責任，均比過去任何時期為大。希望你們的大會，能夠總結過去婦女運動的經驗，規定新的婦女工作方案，以便更加緊密地團結全中國婦女，尤其是工業戰線、農業戰線、文化戰線上的婦女，在為全中國的解放，為新中國的建設，為中國的真正和平及世界的持久和平的鬥爭中，爭取最後的勝利。祝你們的大會成功。

中國共產黨中央委員會

一九四九年三月二十三日

图 1-3-4 《辽北新报》1949 年 3 月 26 日增刊

该报刊发《中国共产党第七届二中全会完满结束》。

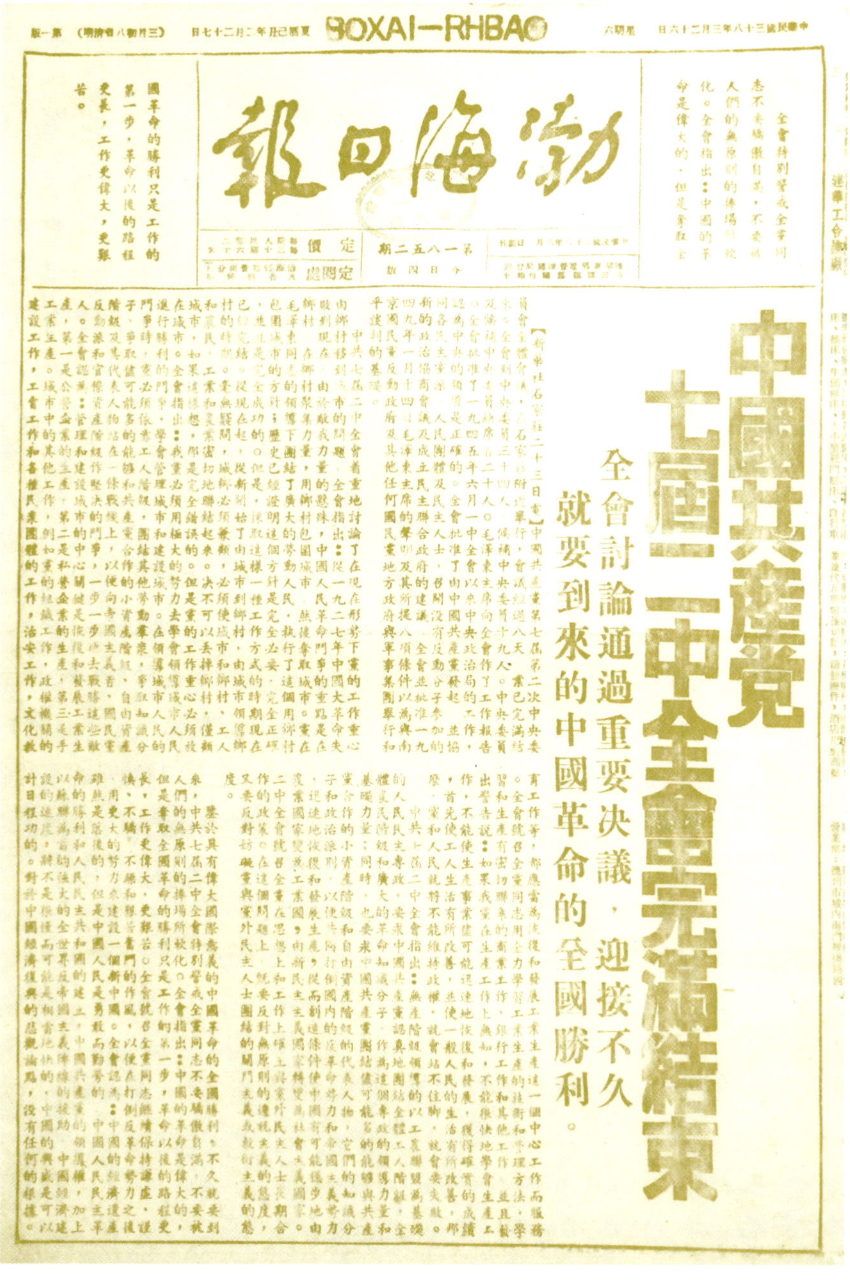

渤海日報

國革命的勝利只是工作的第一步，革命以後的路程更長，工作更偉大，更艱苦。

全會特別警戒全黨同志不要驕傲自滿，不要被人們的無原則的捧場所軟化。全會指出：中國的革命是偉大的，但是革命以

中國共產黨七屆二中全會完滿結束

全會討論通過重要決議，迎接不久就要到來的中國革命的全國勝利。

图 1-3-5　《渤海日报》1949 年 3 月 26 日头版

该报刊发《中国共产党七届二中全会完满结束》。

　　七届二中全会明确中国共产党在夺取全国政权后,在政治、经济、外交、军事等方面将采取的基本政策。在全会讨论和通过的一些决定和决议中,有一个历史细节经常被忽略,即全会肯定了军队的作用,通过了《关于军旗的决议》。这个决议是在周恩来负责中国人民解放军军旗设计工作时,在初步选取三种设计方案提交中央书记处会议审议后,又在广泛征求各界代表意见的基础上将方案提交七届二中全会审议的。1949年3月13日,会议通过了毛泽东亲笔起草的《二中全会关于军旗的决议》,堪称中国共产党中央全会历史上最短的决议,仅有21个字(不含标点符号):"中国人民解放军的军旗应为红底,加五角星,加'八一'二字。"决议虽短,却标志着人民军队正规化、现代化建设迈上新征程。

　　两个月后,毛泽东等中央领导同志和中共中央、中央军委各部门负责同志审定了"八一"军旗的标准样旗后,决定在新政协筹备会议开幕的当天——6月15日公布。6月15日《解放日报》在头版头条发布《中国人民革命军事委员会命令公布人民解放军军旗军徽样式》时,还专门配上毛泽东、朱德、刘少奇、周恩来、彭德怀5位中共中央和中央军委负责同志肖像。同日出版的《浙江日报》在头版整版刊登军旗军徽样式公布消息时,还专门将两幅军旗图片套红,并配发新华社短评《把人民解放军的军旗插遍全中国》。此时,英勇的中国人民解放军指战员们正高擎战旗,奋进在解放全中国的征途上。

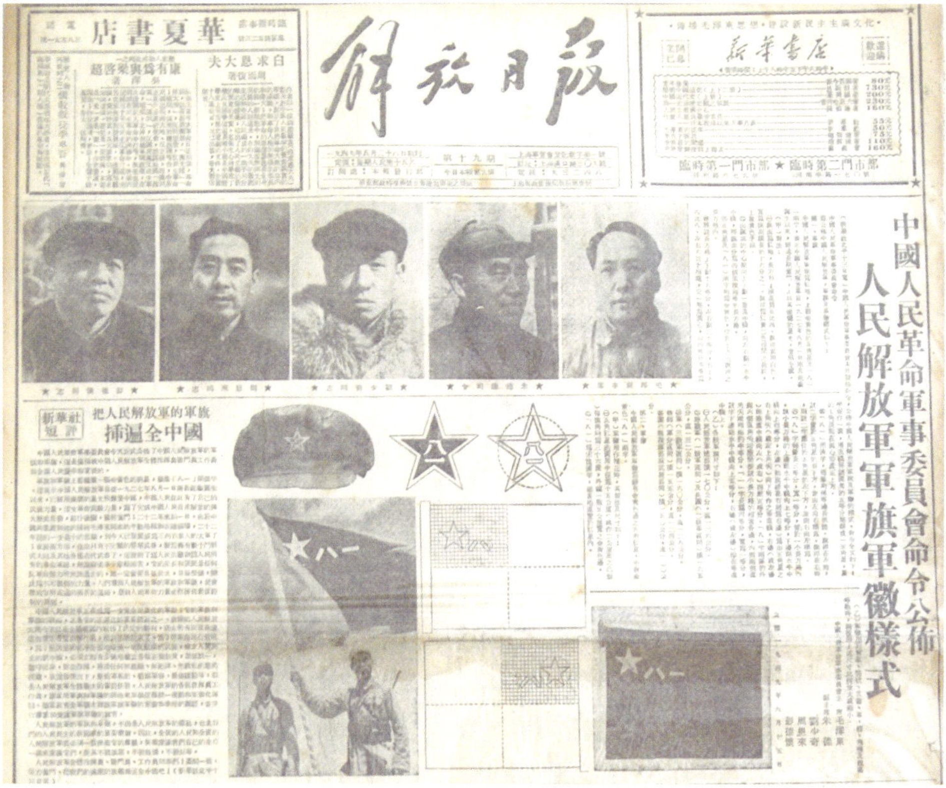
華夏書店

解放日報

新華書店

中國人民革命軍事委員會命令公佈

人民解放軍軍旗軍徽樣式

新華社短評

把人民解放軍的軍旗插遍全中國

图 1-3-6　《解放日报》1949 年 6 月 15 日头版

该报刊发《中国人民革命军事委员会命令公布人民解放军军旗军徽样式》。

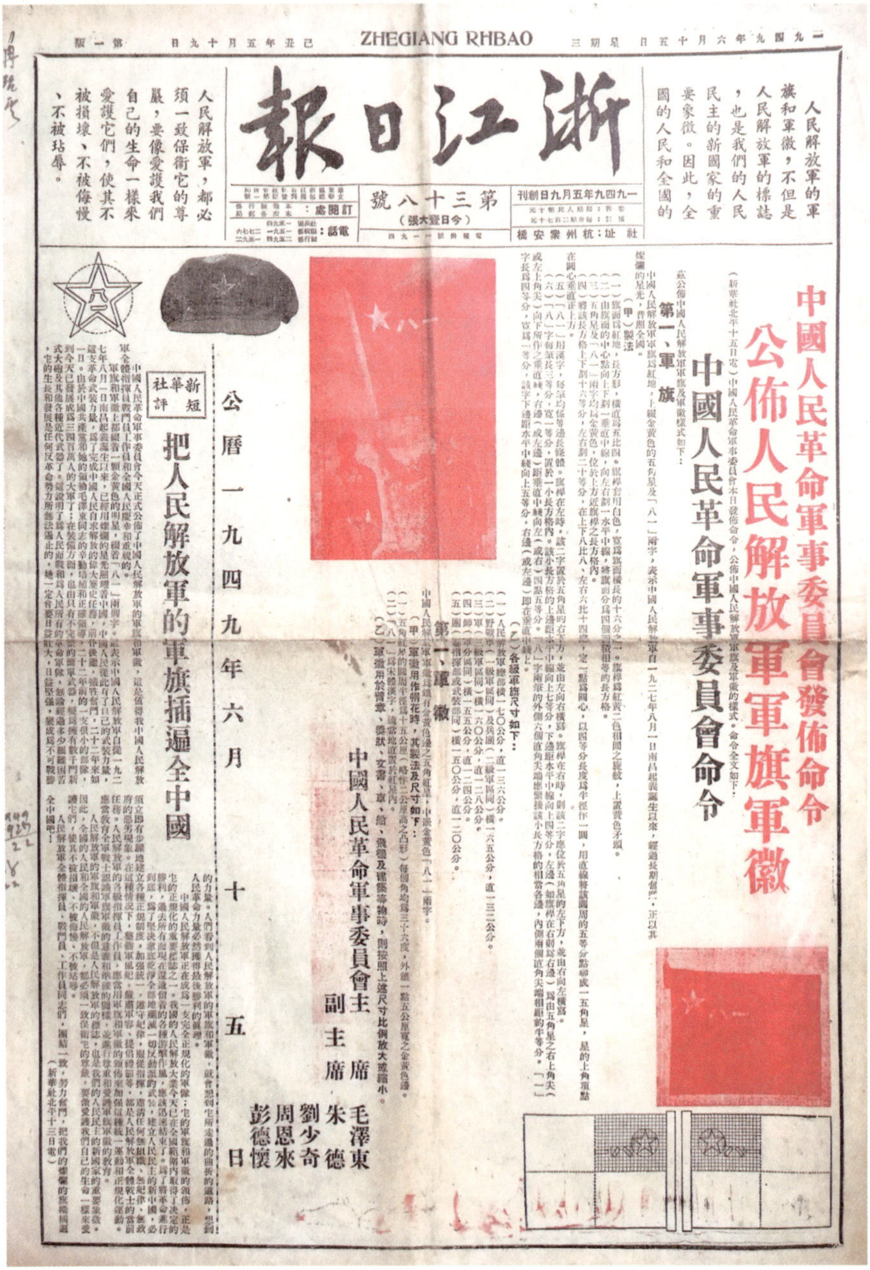
ZHEGIANG RHBAO

浙江日報

第三十八號
（今日壹大張）

人民解放軍的軍旗和軍徽，不但是人民解放軍的標誌，也是我們的人民民主的新國家的重要象徵。因此，全國的人民和全國的

人民解放軍，都必須一致保衛它的尊嚴，要像愛護我們自己的生命一樣來愛護它們，使其不被損壞，不被侮慢，不被玷辱。

中國人民革命軍事委員會發佈命令
公佈人民解放軍軍旗軍徽

中國人民革命軍事委員會命令

第一、軍旗

第二、軍徽

中國人民革命軍事委員會主席 毛澤東
副主席 朱德 劉少奇 周恩來 彭德懷

公曆一九四九年六月十五日

新華社短評

把人民解放軍的軍旗插遍全中國

图 1-3-7 《浙江日报》1949 年 6 月 15 日头版

该报刊发《中国人民革命军事委员会发布命令 公布人民解放军军旗军徽》。

第二章　解放全中国

在中共七届二中全会上,毛泽东提出了解决国民党残余军队的三种方式,即"天津方式,北平方式,绥远方式。天津方式,即用战斗去解决敌人;北平方式,即迫使国民党军队用和平方法,迅速彻底地按照人民解放军的制度改编为人民解放军;绥远方式,即有意保存一部分国民党军队,让它原封不动,或大体上不动,在一个相当的时间之后,再去按照人民解放军制度将其改编为人民解放军"。

其中,天津方式在解放战争进程中应用最广泛。早在天津方式提出前几个月,人民解放军在济南战役中已经积累了攻占大城市的宝贵经验。1948年9月26日出版的《大众日报》全版用红色印刷,所报道的济南攻坚战的成功经验,后来都运用到解放天津的战斗中。

中国人民解放军按照党中央的部署,向全国进军,三种方式并用,实现了祖国大陆的完全解放。

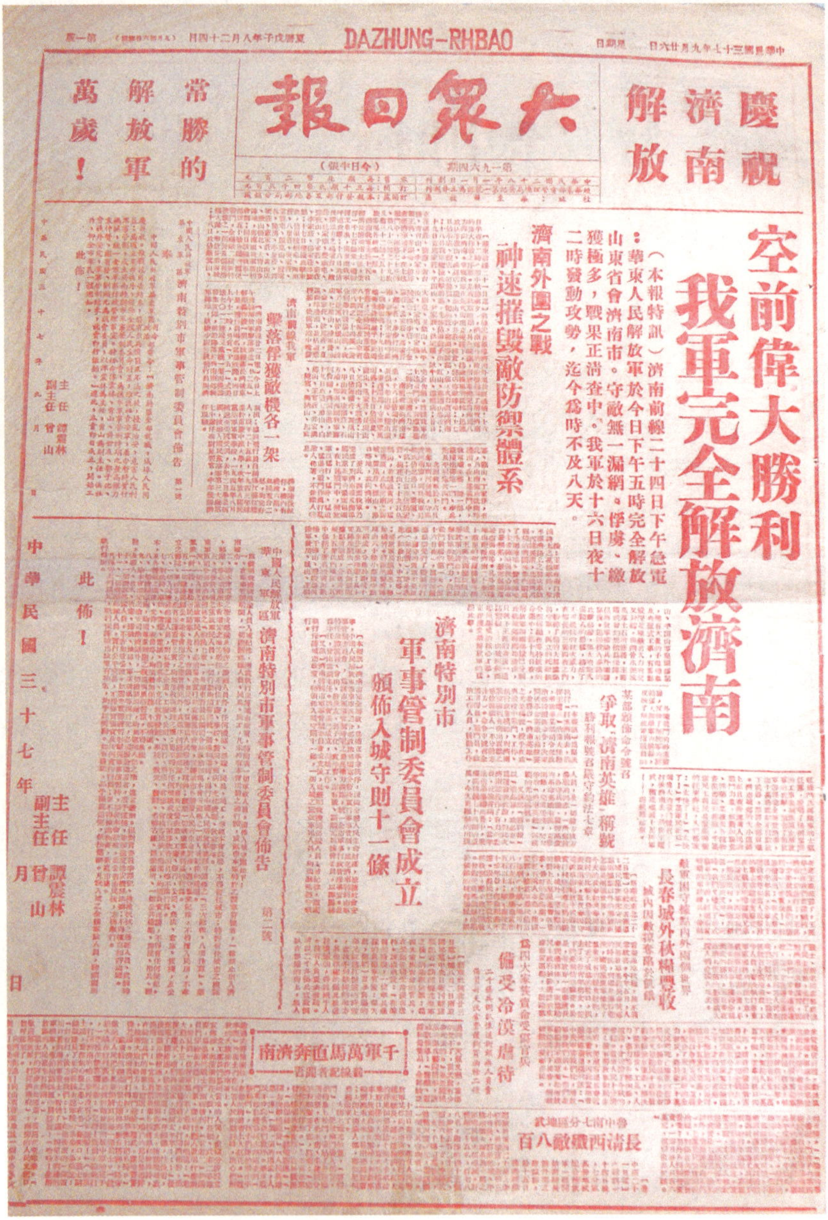
DAZHUNG-RHBAO

大眾日報

慶祝濟南解放

常勝的解放軍萬歲！

空前偉大勝利 我軍完全解放濟南

（本報特訊）濟南前線二十四日下午急電：華東人民解放軍於今日下午五時完全解放山東省會濟南市。守敵無一漏網。俘虜、繳獲極多，戰果正清查中。我軍於十六日夜十二時發動攻勢，迄今爲時不及八天。

濟南外圍之戰 神速摧毀敵防禦體系

擊落俘獲敵機各一架

濟南特別市軍事管制委員會成立 頒佈入城守則十一條

濟南特別市軍事管制委員會佈告

此佈！

主任 譚震林

副主任 曾山

中華民國三十七年 月 日

爭取"濟南英雄"稱號

長春城外秋糧豐收

備受冷漠虐待

千軍萬馬直奔濟南

長清西殲敵八百

图2-0-1 《大众日报》1948年9月26日头版

该报刊发《空前伟大胜利 我军完全解放济南》和《济南外围之战 神速摧毁敌防御体系》。

第一节 北平无战事

"你想顽抗下去,就攻城消灭你!"这是中国人民解放军将领对傅作义下的最后通牒,"给你们四天考虑时间,要是你们胆敢不接受我军提议,想再顽抗,我军就要攻城,把城攻下来的时节,抓住你们一定要严厉惩办。"并提出:"第一,自动放下武器、保证不破坏古迹,不杀革命人民,不破坏公私财产、武器弹药和公文案卷。""第二,要是你们不愿意放下武器,愿意开到城外改编,允许你们到城外改编,我军为了保全北平不受破坏,允许你们开到指定地点,按解放军的制度,改编为人民解放军。""傅作义接到这信以后……把手下的军队开出城外等着改编。咱军就开进城了。"这是毛泽东提出解决国民党残余军队三种方式之一的"北平方式"的有关论述。北平城成为和平解放的"第一个榜样"。

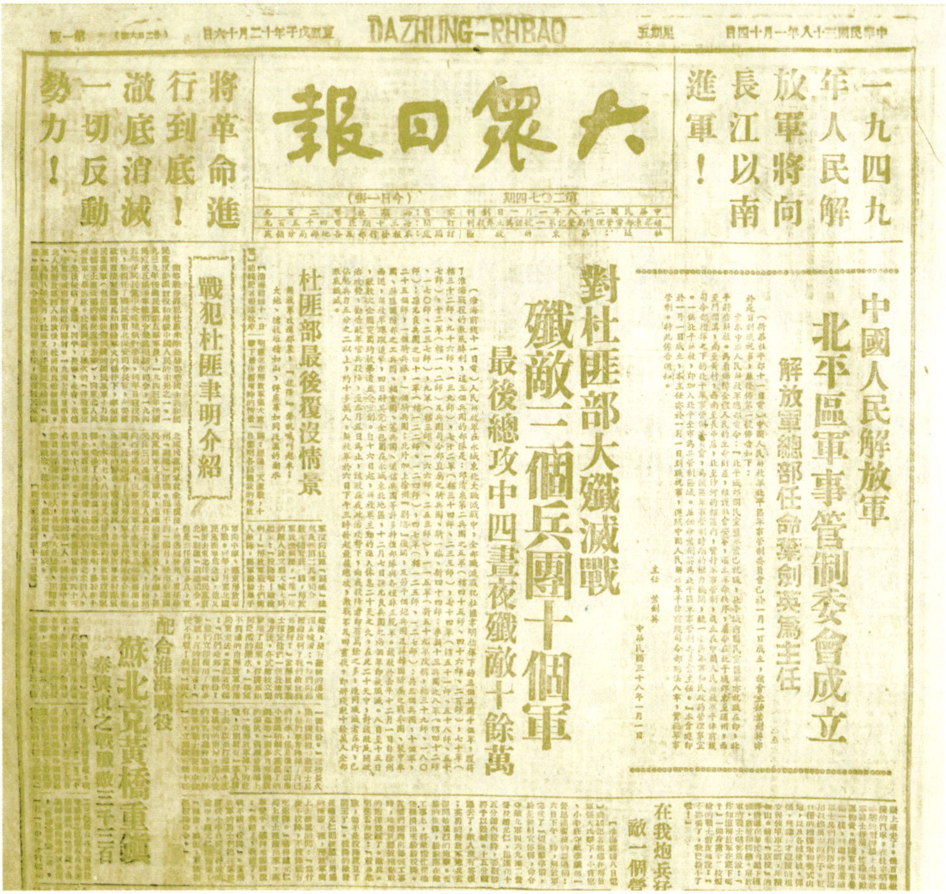
DAZHUNG-RHBAO

大衆日報

將革命進行到底！徹底消滅一切反動勢力！

一九四九年人民解放軍將向長江以南進軍！

中國人民解放軍北平區軍事管制委員會成立

解放軍總部任命葉劍英為主任

對杜匪部大殲滅戰

殲敵三個兵團十個軍

最後總攻中四晝夜殲敵十餘萬

戰犯杜匪聿明介紹

杜匪部最後覆沒情景

蘇北克黃橋重鎮

配合淮海戰役

图2-1-1 《大众日报》1949年1月14日头版

在傅作义决定率部出城接受改编前半个月，《大众日报》刊发“新华社平郊十一日电”发布《中国人民解放军北平区军事管制委员会成立》，称：“中国人民解放军北平区军事管制委员会已于一月一日成立，该会主任叶剑英亦于是日到职视事，并发布第一号布告……”，对北平周边实行军事管制，并“一俟北平解放，即加入北平全市为其管制区域”，保障北平和平解放的平稳过渡。

人民日报

我军完全解放天津

全歼守敌活捉匪首陈长捷

庆祝天津解放！

图2-1-2　《人民日报》1949年1月16日头版

　　该报刊发《我军完全解放天津》："天津的迅速解放，给北平的傅作义和李文一个鲜明的教训：如不接受解放军的要求迅速率部投降，他们就只有等着做俘虏。"

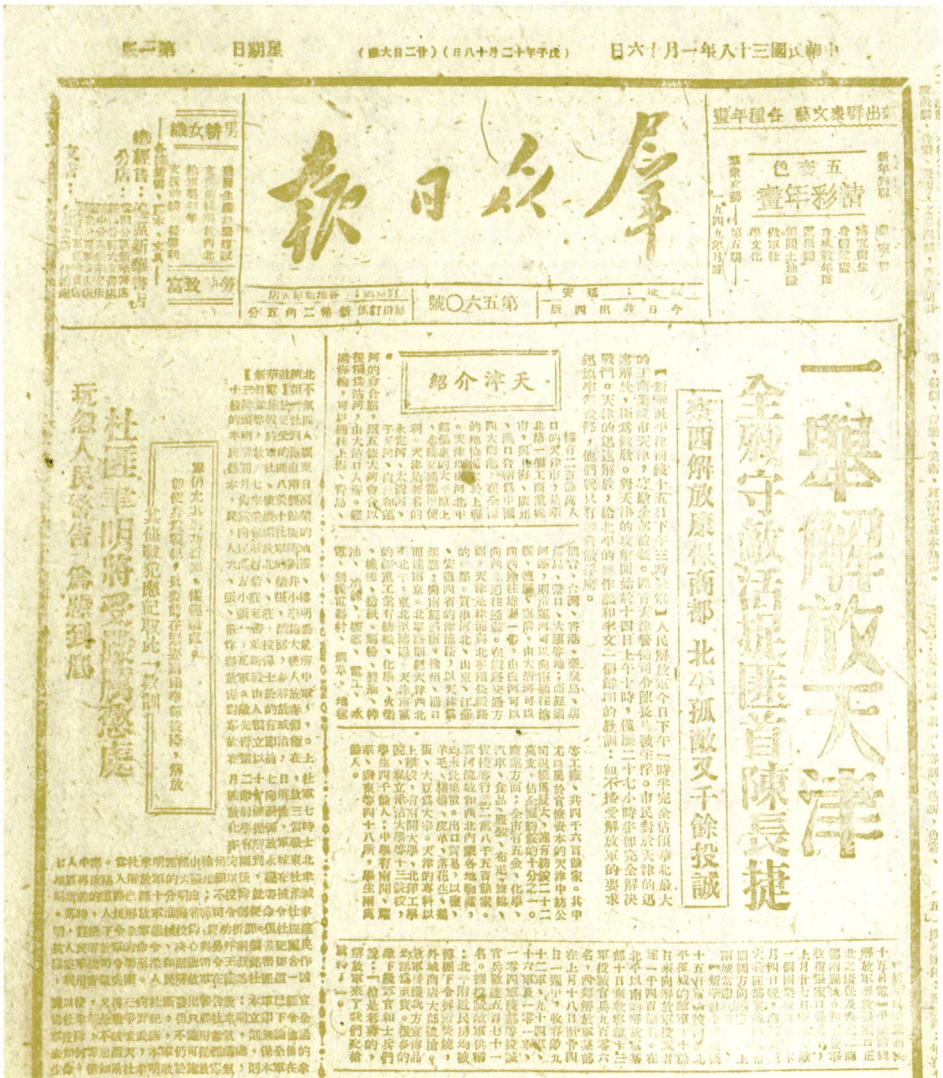

图2-1-3 《群众日报》1949年1月16日头版

该报刊发《一举解放天津》，透露了北平国民党的部队军心已经不稳的消息，"北平孤敌又千余投诚"。《杜匪聿明将受严厉惩处》一文也是告诫傅作义"不投降就要被消灭"，"人民解放军淮海前线司令部便命令杜聿明，赶快下命令全军缴械投降，将功折罪"。

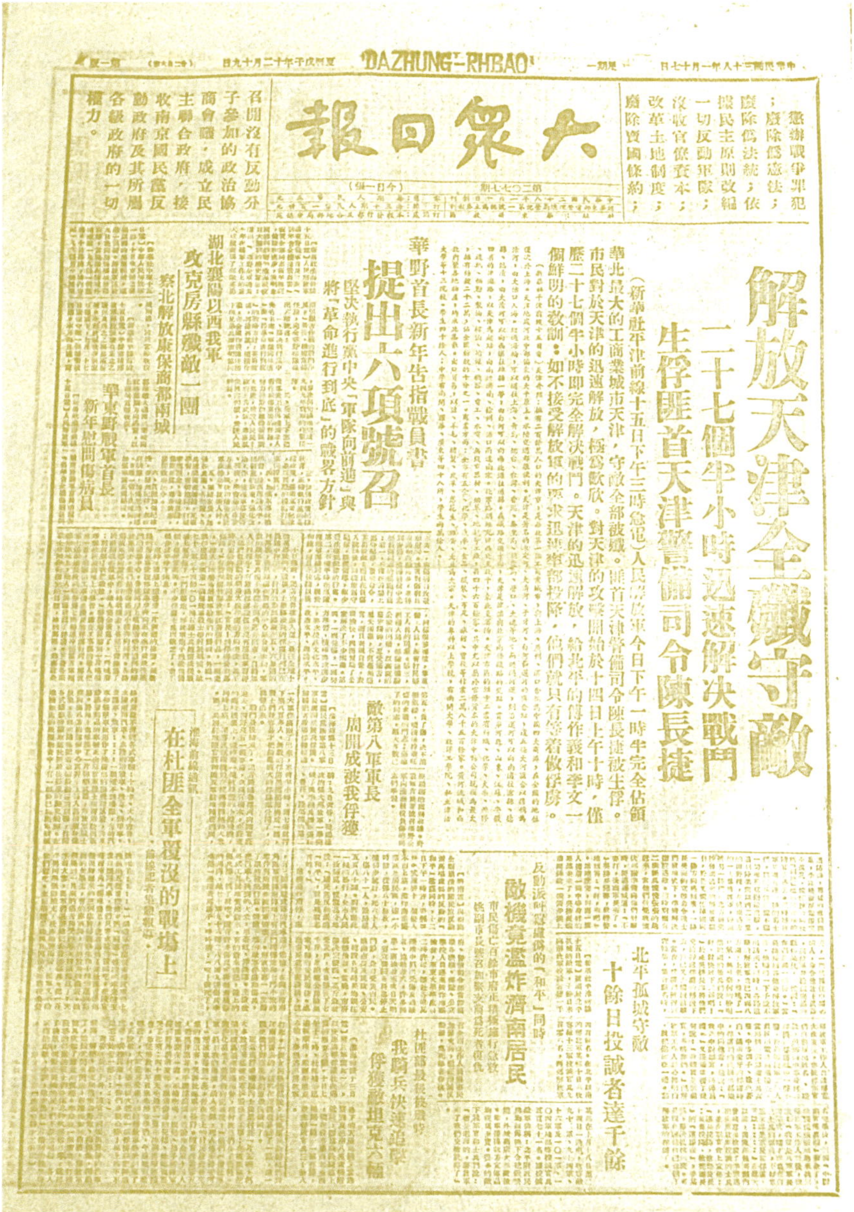
大衆日報

DAZHUNG-RHBAO

懲辦戰爭罪犯；廢除僞憲法；廢除僞法統；依據民主原則改編一切反動軍隊；沒收官僚資本；改革土地制度；廢除賣國條約；

召開沒有反動分子參加的政治協商會議，成立民主聯合政府，接收南京國民黨反動政府及其所屬各級政府的一切權力。

解放天津全殲守敵

二十七個半小時迅速解決戰鬥

生俘匪首天津警備司令陳長捷

（新華社平津前線十五日下午三時急電）人民解放軍今日下午一時半完全佔領華北最大的工商業城市天津，守敵全部被殲。匪首天津警備司令陳長捷被生俘。市民對於天津的迅速解放，極爲歡欣。對天津的攻擊開始於十四日上午十時，僅歷二十七個半小時即完全解決戰鬥。天津的迅速解放，給北平的傅作義和李文一個鮮明的教訓：如不接受解放軍的要求迅速率部投降，他們就只有等着做俘虜。

華野首長新年告指戰員書

提出六項號召

堅決執行黨中央「軍隊向前進」與將「革命進行到底」的戰略方針

湖北襄陽以西我軍

攻克房縣殲敵一團

察北解放康保商都南城

華東野戰軍首長新年慰問傷病員

在杜匪全軍覆沒的戰場上

敵第八軍軍長周開成被我俘獲

北平孤城守敵

十餘日投誠者達千餘

反動派呼喊虛僞的「和平」同時

敵機竟濫炸濟南居民

图 2-1-4　《大众日报》1949 年 1 月 17 日头版

该报刊发《解放天津全歼守敌》，报道天津解放过程，同时刊登“新华社平津前线十五日电”：《北平孤城守敌　十余日投诚者达千余》。

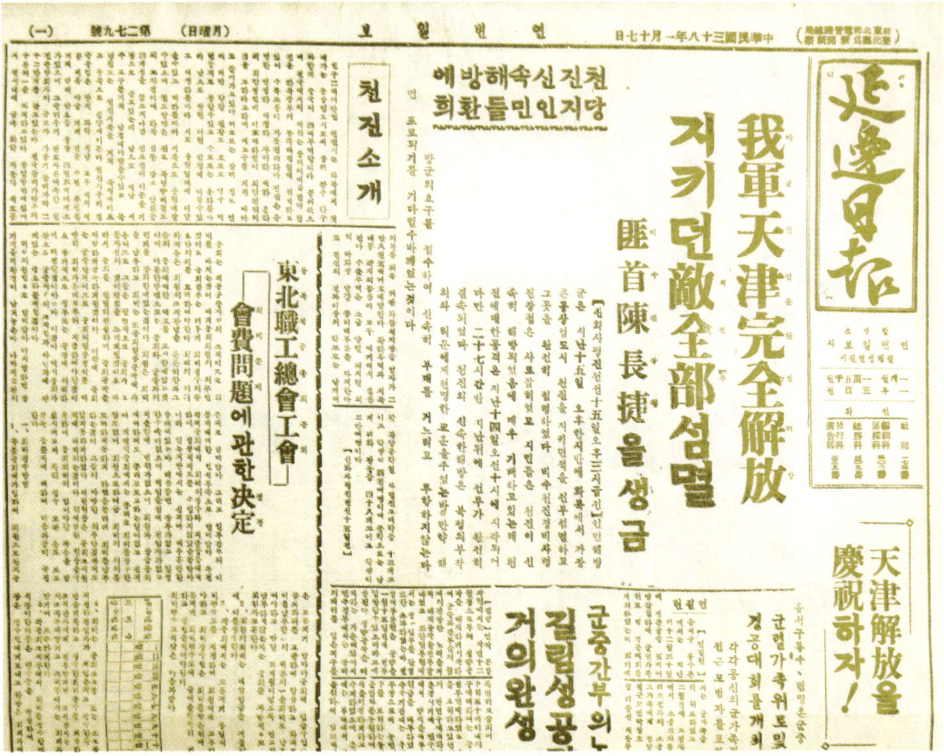
延邊日報
中華民國三十八年一月十七日
연변일보
(月曜日) 第二七九號 (一)

我軍天津完全解放
지키던敵全部섬멸
匪首陳長捷을생금

천진신속해방에
당지인민들환희

천진소개

東北職工總會工會
會費問題에관한決定

天津解放을
慶祝하자!

길림성공…
거의완성

군렬가족위로및
경공대회를개최

图 2-1-5 《延边日报》1949 年 1 月 17 日头版

该报用朝鲜文刊登《我军天津完全解放》。

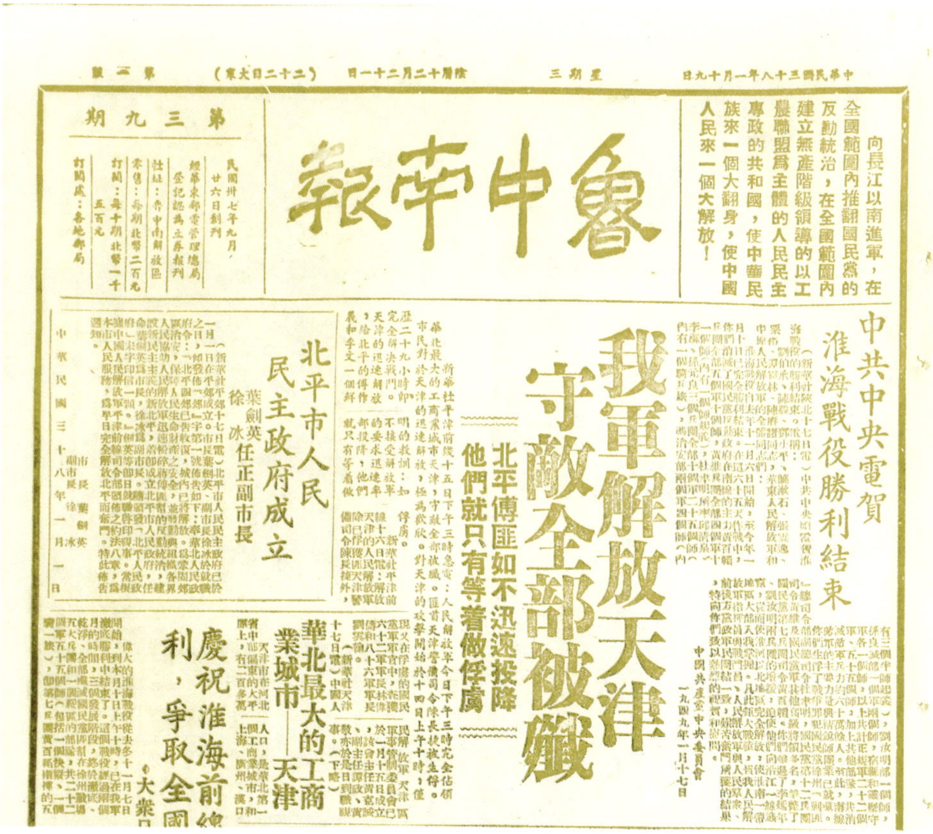
魯中南報

向長江以南進軍，在全國範圍內推翻國民黨的反動統治，在全國範圍內建立無產階級領導的以工農聯盟爲主體的人民民主專政的共和國，使中華民族來一個大翻身，使中國人民來一個大解放！

中共中央電賀 淮海戰役勝利結束

我軍解放天津 守敵全部被殲

北平傅匪如不迅速投降 他們就只有等着做俘虜

北平市人民民主政府成立

葉劍英 徐冰 任正副市長

華北最大的工商業城市——天津

慶祝淮海前線勝利，爭取全國

图 2-1-6　《鲁中南报》1949 年 1 月 19 日头版

该报刊发《我军解放天津 守敌全部被歼》，并以副标题称“北平傅匪如不迅速投降 他们就只有等着做俘虏”。同时还刊发《中共中央电贺淮海战役胜利结束》《北平市人民民主政府成立》。

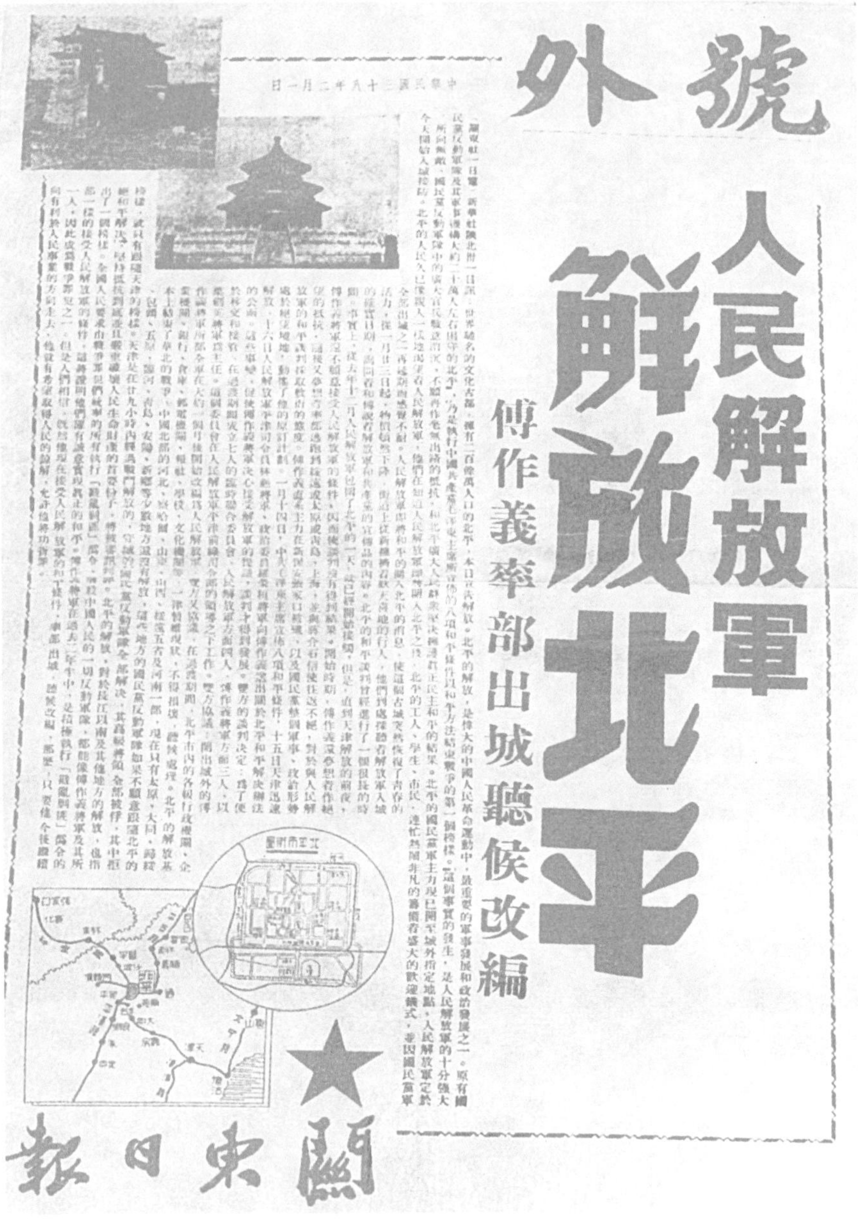
號外
中華民國三十八年二月一日
人民解放軍解放北平
傅作義率部出城聽候改編
關東日報

图 2-1-7 《关东日报》1949 年 2 月 1 日号外头版

该报出版全红印刷的号外，用比报头还大的特大标题刊发《人民解放军解放北平》。

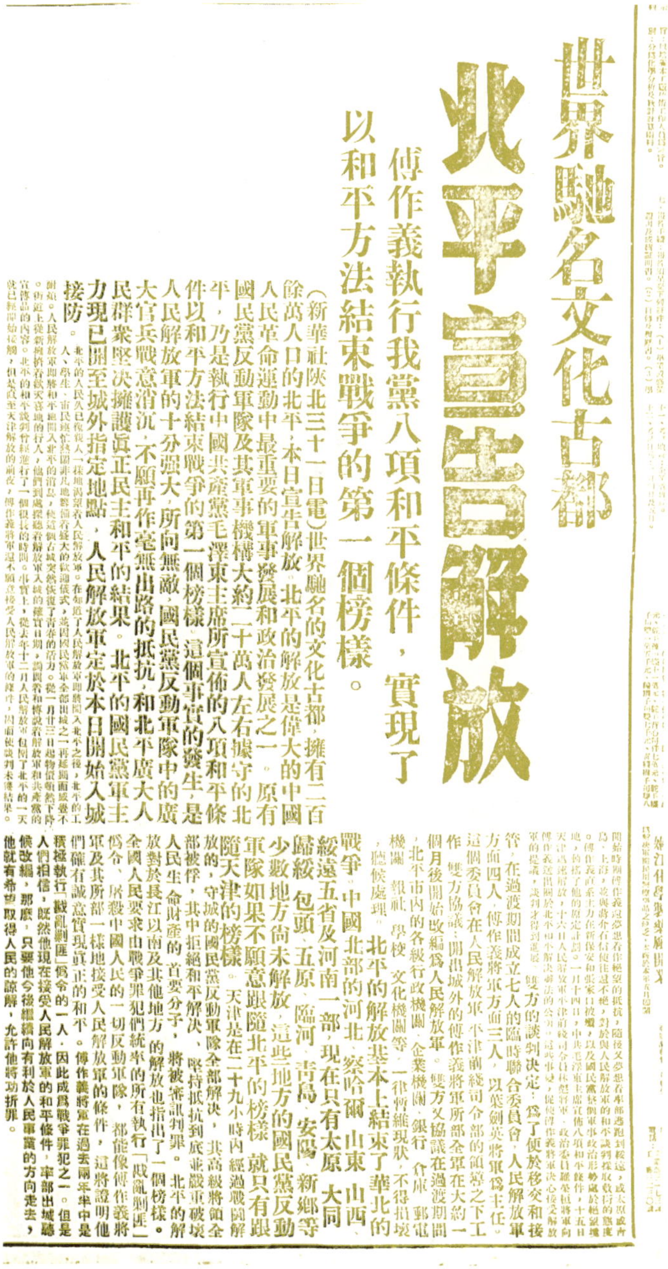

世界驰名文化古都
北平宣告解放

傅作义执行我党八项和平条件，实现了以和平方法结束战争的第一个榜样。

（新华社陕北三十一日电）世界驰名的文化古都北平的解放是伟大的中国人民革命运动中最重要的军事发展和政治发展之一。原有国民党反动军队及其军事机构大约二十万人左右据守的北平，乃是执行中国共产党毛泽东主席所宣布的八项和平条件以和平方法结束战争的第一个榜样。这个事实的发生是人民解放军的十分强大，所向无敌，国民党反动军队中的广大官兵战意消沉，不愿再作毫无出路的抵抗，和北平广大人民群众坚决拥护真正民主和平的结果。北平的国民党反动武力现已围至城外指定地点，人民解放军定於本日开始入城接防。

北平的人民久已盼望人民解放军……国民党反动军队全部解决。其高级将领全部被捕，守城的国民党反动军队是人民……天津基本上经过战阀两个月后即告收降……榜样。

军队如果不愿意跟随北平的榜样，就只有跟随天津的榜样。……

中国北部的河北察哈尔山东山西绥远五省及河南一部现在只有太原大同归绥包头五原临河青岛安阳新乡等少数地方尚未解放，这些地方的国民党反动军及其所部一样地接受人民解放军的条件，这将证明他们确有诚意要实现真正的和平……

北平的解放基本上结束了华北的战争。……这像傅作义将军所执行的一样，居殿中国人民的一切反动军除，都将像傅作义将军……军及其所部一样地接受人民解放军的条件……北平的解放，……一个榜样。

全国人民要求由战争罪犯们统率的全国各地方的一切反动军除，都像傅作义将军放弃对长江以南及其他地方的人民生命财产的首要分子，将被审讯到底，其高级将领全部解决……因此成为战争罪犯之一，但是放下武器，停止抵抗……

人们相信，那麽，只要他们……在接受人民解放军的和平条件，率部出城改编，他就有希望取得人民的谅解，允许他将功折罪。

北平的解放，……当天全红报头。

图2-1-8　《嫩江新报》1949年2月2日头版

该报刊发《世界驰名文化古都北平宣告解放》，当天全红报头。

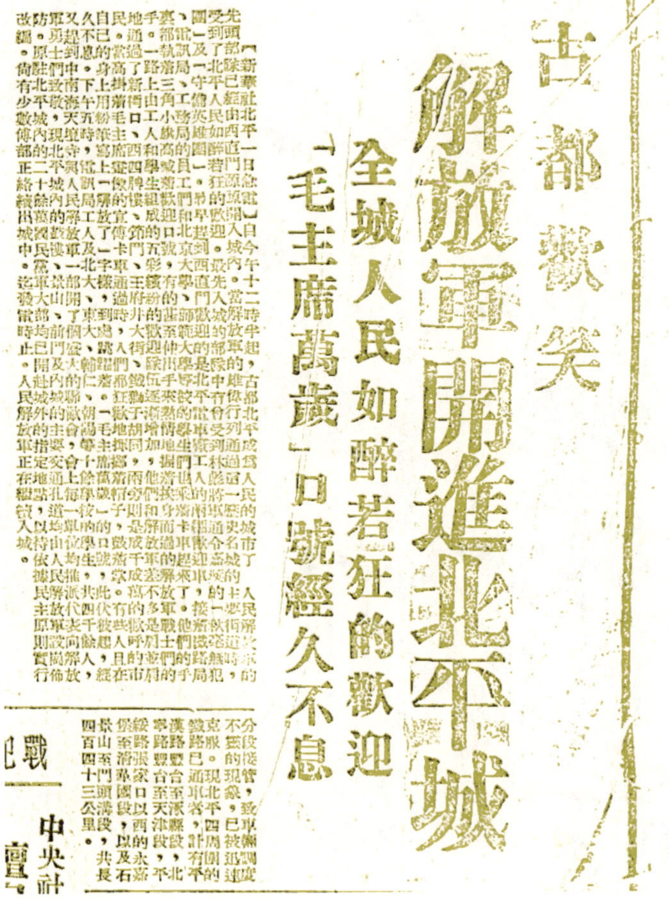
古都歡笑
解放軍開進北平城
全城人民如醉若狂的歡迎
「毛主席萬歲」口號經久不息

图 2-1-9 《新华日报(华中版)》1949年2月3日头版

该报刊发“新华社北平一日急电”《古都欢笑 解放军开进北平城》,详细报道了人民解放军进驻北平的经过:“人民解放军的先头部队已经由西直门源源开入城内”,“受到了北平人民如醉若狂的欢迎”,“一路上由工人和学生组成的五彩缤纷的欢迎队伍逐渐增加,他们和解放军差不多是肩并肩地通过了新街口、西四牌楼、前门、王府井大街、铁狮子胡同,两旁则是成千上万的欢呼的市民。当高挂着毛主席画像的宣传卡车通过时,人们都狂欢地挥掷着帽子,鼓着掌。有些人在自己的身上用粉笔写上‘解放了’字样,到处跳跃着……”

新黑龍江報

● ● ● 中國革命運動的大發展

照毛主席八項和平條件
結束戰爭的第一個榜樣

北平解放了

北平是咋樣解放的

林司令員給傅作義寫信說：
你想頑抗下去，就攻城消滅你！

歡迎人民解放軍入城

图2-1-10 《新黑龙江报》1949年2月4日头版

该报刊发《北平是咋样解放的》。

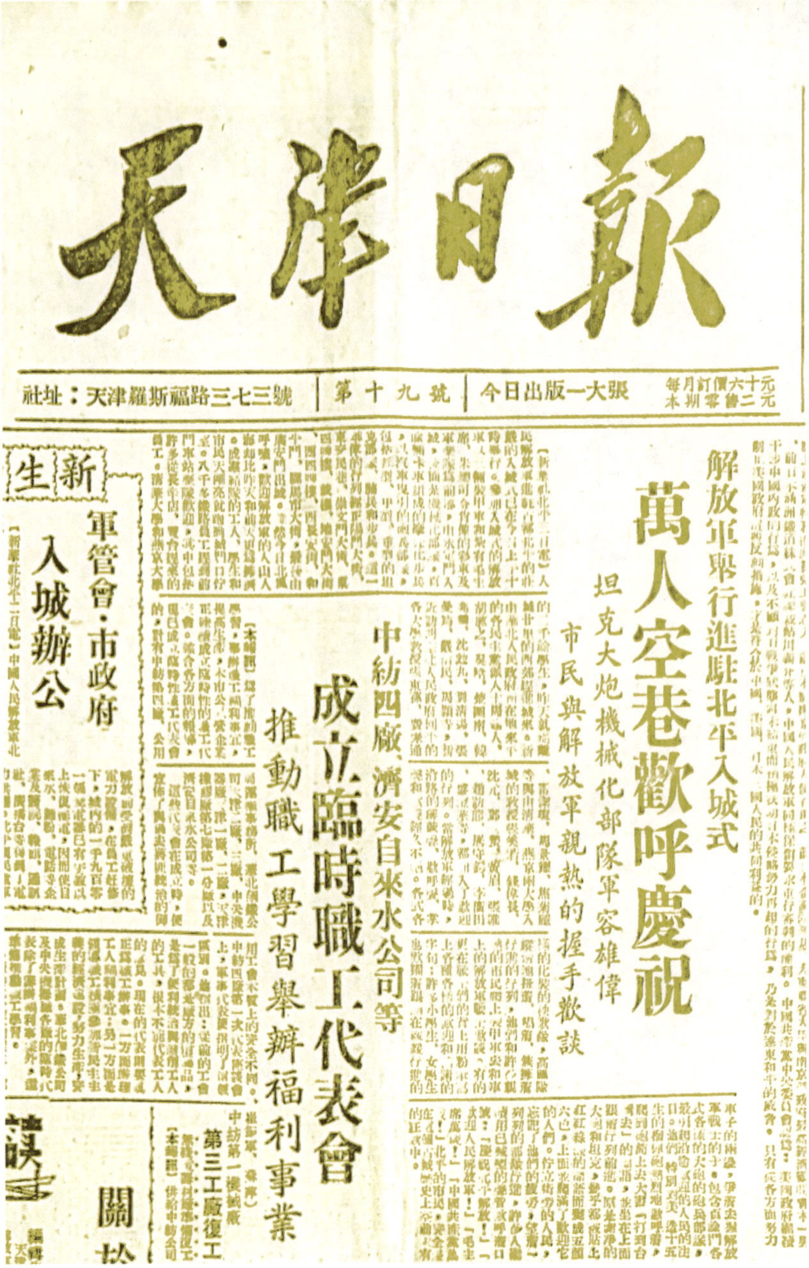
天津日報

社址：天津羅斯福路三七三號 第十九號 今日出版一大張 每月訂價六十元 本期零售二元

解放軍舉行進駐北平入城式
萬人空巷歡呼慶祝
坦克大炮機械化部隊軍容雄偉
市民與解放軍親熱的握手歡談

中紡四廠、濟安自來水公司等
成立臨時職工代表會
推動職工學習舉辦福利事業

新生
軍管會·市政府
入城辦公

第三工廠復工

图 2-1-11 《天津日报》1949 年 2 月 5 日头版

该报刊发《解放军举行进驻北平入城式 万人空巷欢呼庆祝》。

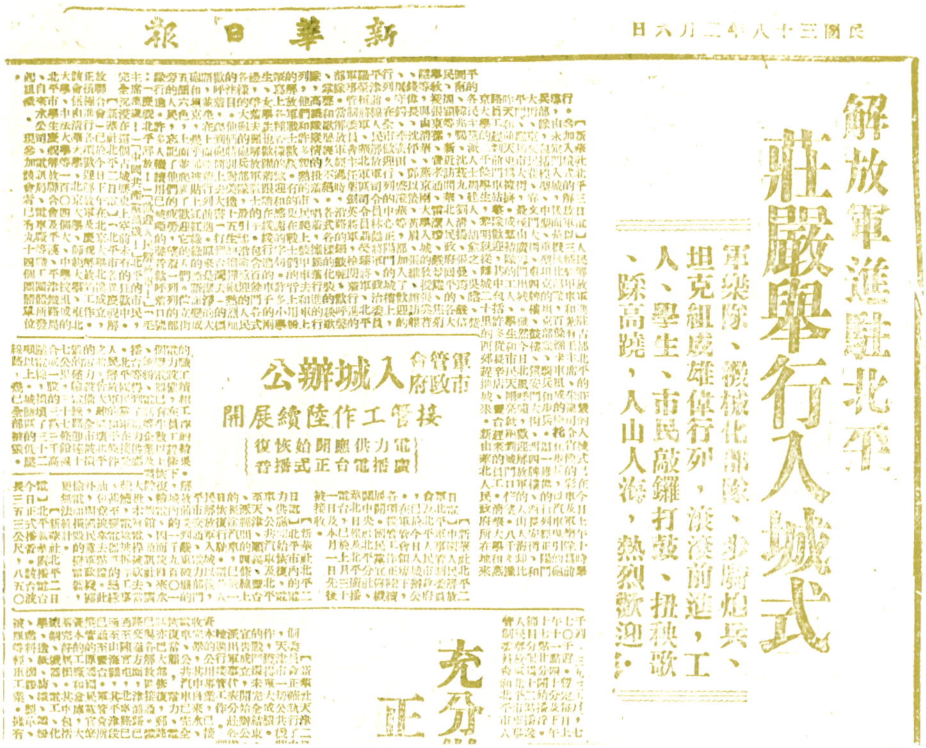
新華日報

民國三十八年二月六日

解放軍進駐北平

莊嚴舉行入城式

軍樂隊、機械化部隊、步騎炮兵、坦克組成雄偉行列，滾滾前進，工人、學生、市民敲鑼打鼓、扭秧歌、踩高蹺，人山人海，熱烈歡迎

軍管會 市政府 入城辦公

接管工作陸續展開

電力供應開始恢復

廣播電台正式播音

图2-1-12　《新华日报》1949年2月6日第二版头条

2月3日，“人民解放军进驻古都北平的庄严的入城式已在今日上午十时举行”，北平城内再次狂欢，一扫往日的沉寂与恐慌。2月6日《新华日报》第二版头条刊发《解放军进驻北平　庄严举行入城式》，“军乐队、机械化部队、步骑炮兵、坦克组成雄伟行列，滚滚前进，工人、学生、市民敲锣打鼓、扭秧歌、踩高跷，人山人海，热烈欢迎”，报道了人民解放军入城仪式盛况：“许多人继续用已喊哑的声音欢呼着口号：‘庆祝北平解放！’‘欢迎人民解放军！’‘毛主席万岁！’‘中国共产党万岁！’”

图2-1-13 《人民日报》1949年2月8日第四版

该报在"人民画刊"栏目整版刊登照片、漫画,以《解放天津 活捉陈长捷》为标题,直观、生动地报道这一历史性画面。

沙市新闻

接受国内和平协定

程潜陈明仁率部起义

我军解放长沙

甘肃境内我军解放天水县城

对伪江陵县警察局接管工作大体完成

满足知识份子学习要求 文教处举办学习讲座

《长江日报》发表社论 奋勇前进消灭华中残余敌人

「江陵解放号」慰难人员 我当地军民予以救济

图2-1-14　《沙市新闻》1949年8月6日头版

该报刊发"新华社汉口五日电":《程潜陈明仁率部起义　我军解放长沙》。

图 2-1-15 《新湖南报》1949 年 8 月 15 日创刊号头版

该报刊发社论《庆祝新湖南的诞生——代发刊词》。

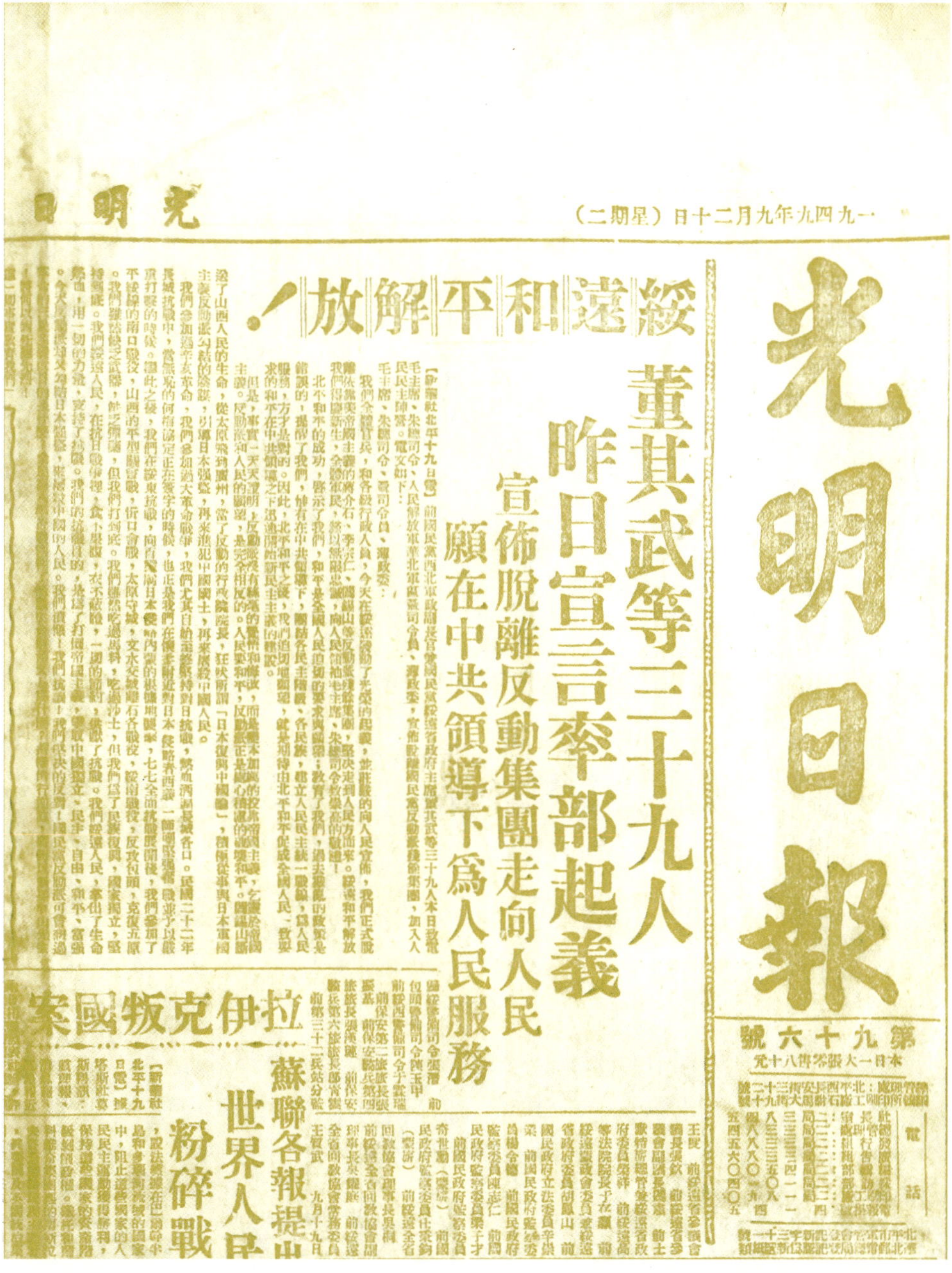

光明日报

第九十六號

一九四九年九月二十日（星期二）

綏遠和平解放！

董其武等三十九人昨日宣言率部起義

宣佈脫離反動集團走向人民

願在中共領導下爲人民服務

拉伊克叛國案

蘇聯各報提出

世界人民

粉碎戰

图2-1-16　《光明日报》1949年9月20日头版

该报刊发《董其武等三十九人昨日宣言率部起义》，宣告：“绥远和平解放！”

图2-1-17 《新闻日报》1949年9月21日头版

　　该报刊发《前国民党西北军政副长官兼绥主席董其武等率部光荣起义》，还配发了起义主要将领董其武、孙兰峰的照片。

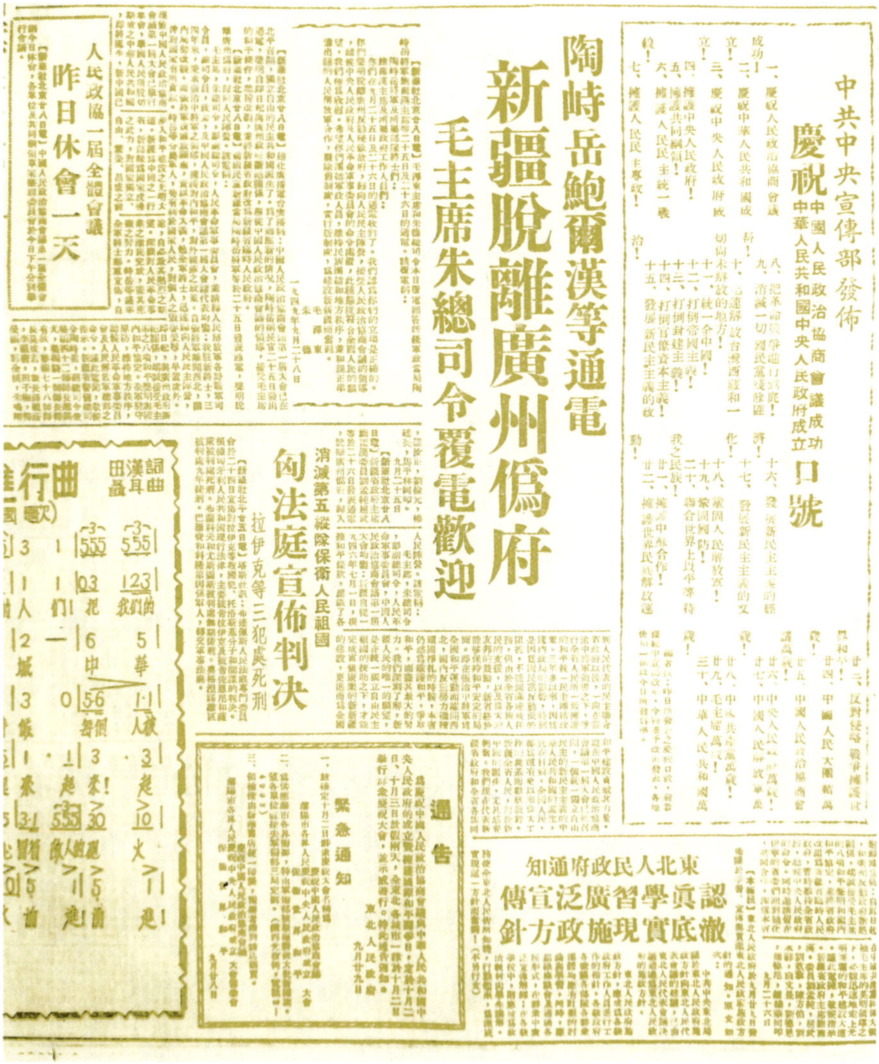

中共中央宣傳部發佈

慶祝中國人民政治協商會議成功 中華人民共和國中央人民政府成立口號

陶峙岳鮑爾漢等通電

新疆脫離廣州僞府

毛主席朱總司令覆電歡迎

人民政協一屆全體會議

昨日休會一天

消滅第五縱隊保衛人民祖國

匈法庭宣佈判決

拉伊克等三犯處死刑

通告

緊急通知

東北人民政府通知

認眞學習廣泛宣傳

徹底實現施政方針

图2-1-18　《东北日报》1949年9月29日头版

1949年9月28日，毛泽东主席、朱德总司令复电陶峙岳、鲍尔汉等："你们在九月二十五日及二十六日的通电收到了。我们认为你们的立场是正确的。你们声明脱离广州反动残余政府，归向人民民主阵营，接受人民政治协商会议的领导，听候中央人民政府及人民革命军事委员会的命令处置，此种态度符合全国人民的愿望，我们极为欣慰。"《东北日报》全文刊发了这一电文。

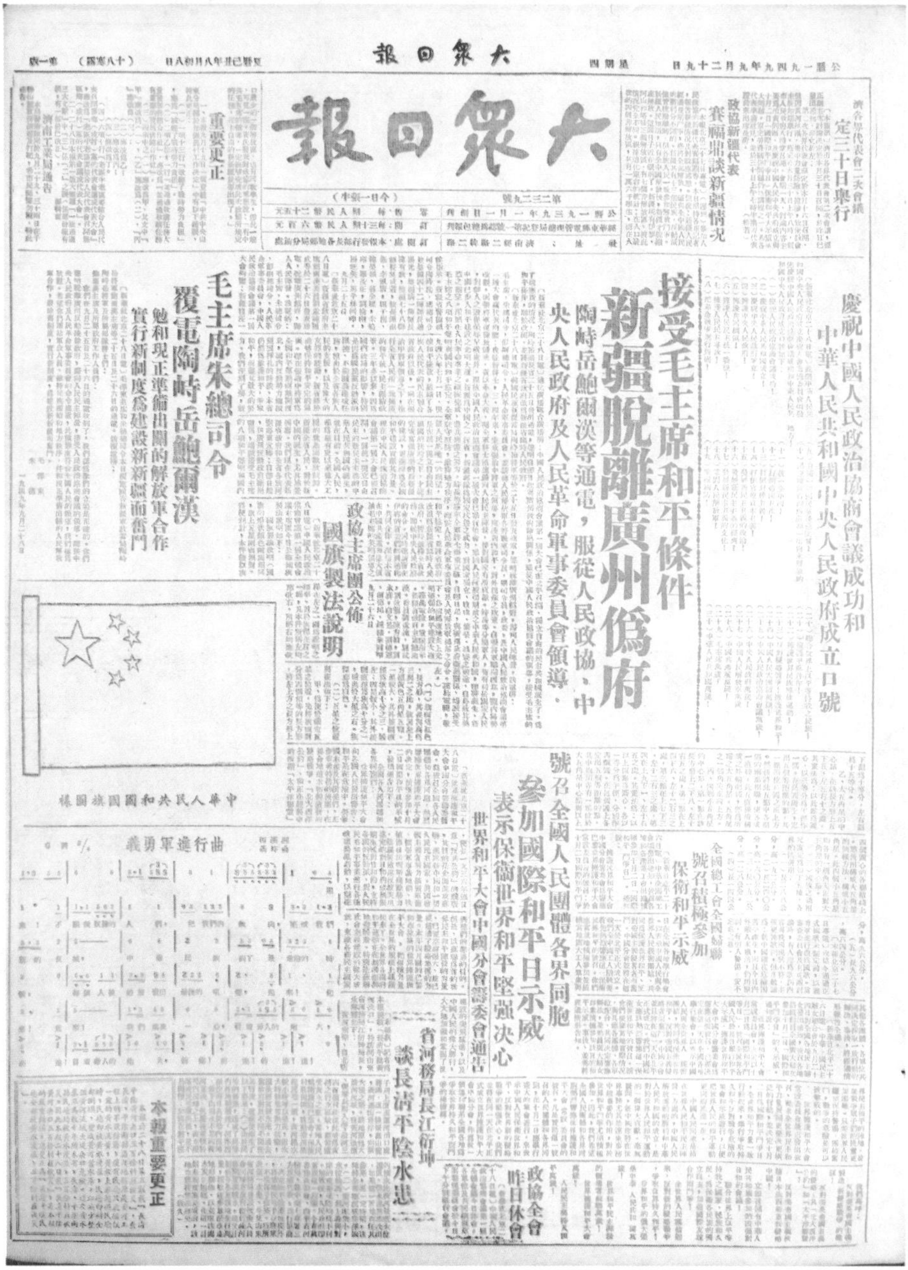

大衆日報

接受毛主席和平條件
新疆脫離廣州僞府
陶峙岳鮑爾漢等通電，服從人民政協、中央人民政府及人民革命軍事委員會領導

慶祝中國人民政治協商會議成功和中華人民共和國中央人民政府成立口號

毛主席朱總司令覆電陶峙岳鮑爾漢
勉和現正準備出關的解放軍合作實行新制度爲建設新新疆而奮鬥

政協主席團公佈國旗製法說明

中華人民共和國國旗圖樣

義勇軍進行曲

號召全國人民團體各界同胞參加國際和平日示威
表示保衛世界和平堅强決心
世界和平大會中國分會籌委會通告

全國總工會全國婦聯號召積極參加保衛和平示威

省河務局長江衍坤談長清平陰水患

政協全會昨日休會

本報重要更正

重要更正

政協新疆代表賽福鼎談新疆情况

图 2-1-19 《大众日报》1949 年 9 月 29 日头版

该报刊发《接受毛主席和平条件 新疆脱离广州伪府》。

新民報
南京

一九四九年十二月十一日 星期日

亞澳工會代表在滬 受工人熱烈歡迎

盧漢率部起義 昆明和平解放
匪幫飛機十一架被扣留

昆明介紹

截斷胡匪西逃退路
我軍迫近成都
敵機不敢飛行大陸 鬧匪流動內閣破產

桂系匪 大圍殲戰 勝利結束

得到周外長警告
緬甸越南有表示
如匪軍入境決繳械扣留

要聞簡報

图 2-1-20　《新民报（南京）》1949 年 12 月 11 日头版

该报刊发《卢汉率部起义 昆明和平解放》。

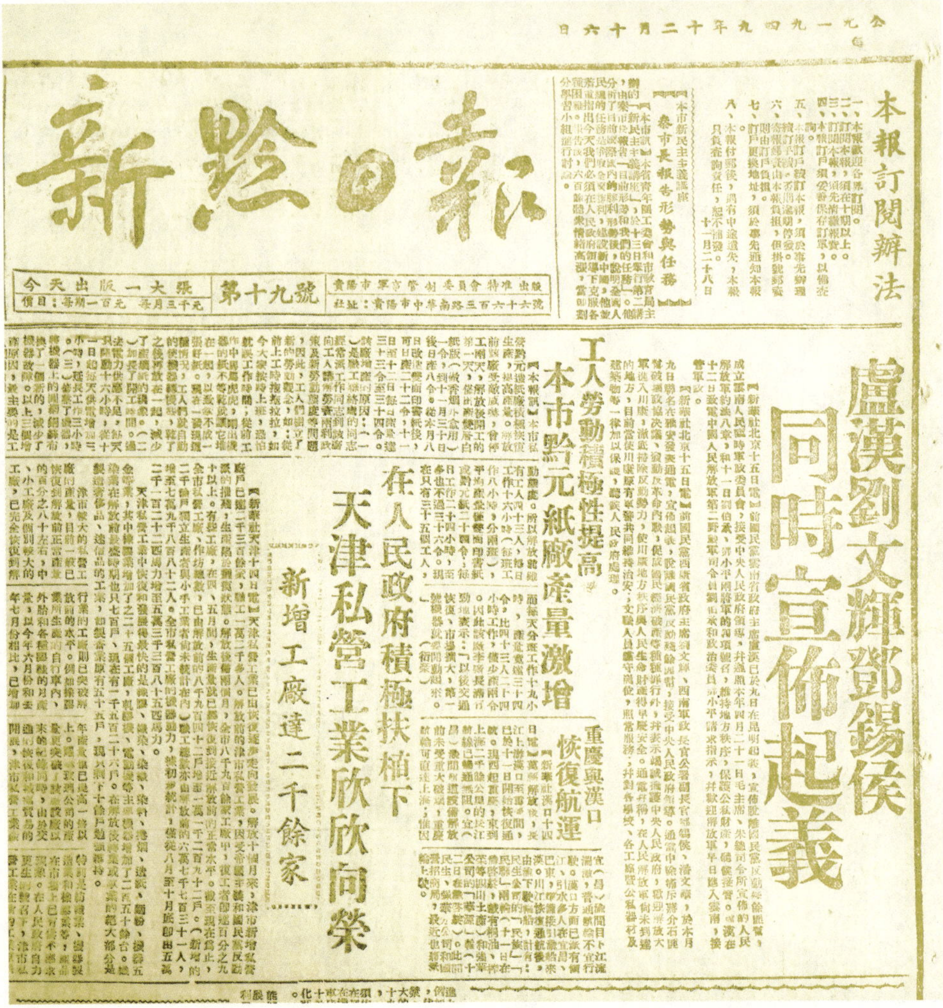
公元一九四九年十二月十六日

新黔日報

第十九號

本報訂閱辦法

本市長報告形勢與任務

盧漢劉文輝鄧錫侯同時宣佈起義

工人勞動積極性提高 本市黔元紙廠產量激增

重慶與漢口恢復航運

在人民政府積極扶植下 天津私營工業欣欣向榮

新增工廠達二千餘家

图 2-1-21 《新黔日报》1949 年 12 月 16 日头版

该报刊登云南、西康两省和平解放消息，用大字标题刊发《卢汉刘文辉邓锡侯同时宣布起义》。

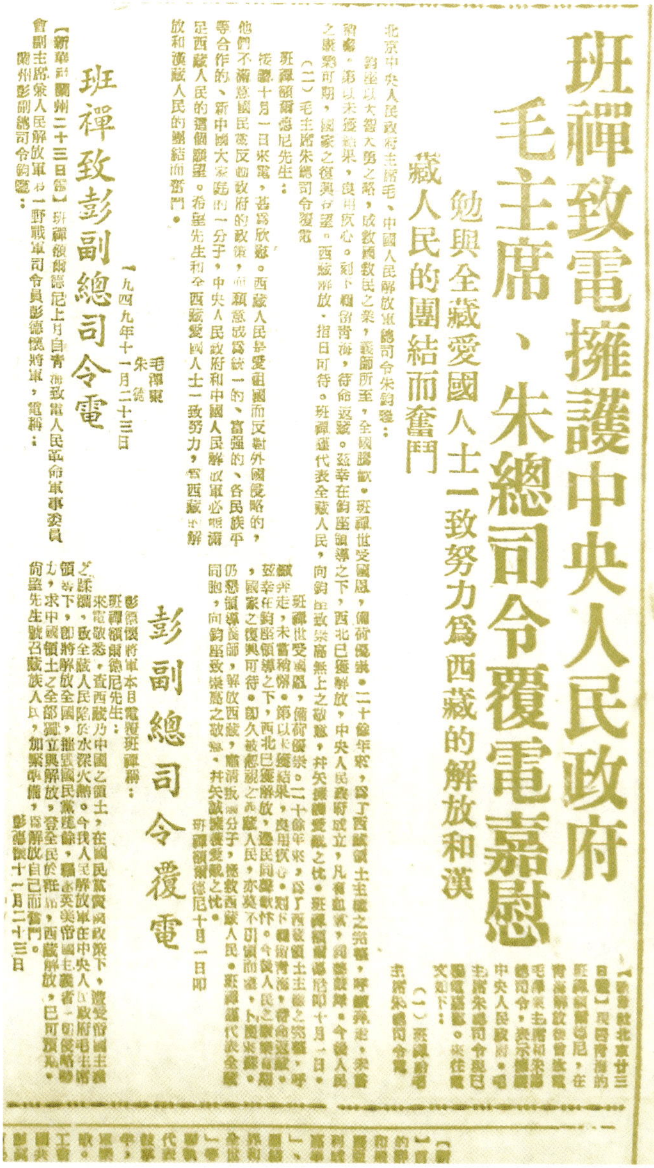

班禪致電擁護中央人民政府
毛主席、朱總司令覆電嘉慰
勉與全藏愛國人士一致努力爲西藏的解放和漢藏人民的團結而奮鬥

【新華社北京廿三日電】現留青海的班禪額爾德尼，在青海解放後曾致電毛澤東主席和朱德總司令，表示擁護中央人民政府。毛主席朱總司令現已覆電嘉慰。來往電文如下：

（一）班禪致毛主席朱總司令電

北京中央人民政府主席毛、中國人民解放軍總司令朱鈞鑒：

鈞座以大智大勇之略，成救國救民之業，義師所至，全國騰歡。班禪世受國恩，備荷優崇。二十餘年來，爲了西藏領土主權之完整，呼籲奔走，未嘗稍懈。第以未獲結果，良用疚心。刻下羈留青海，待命返藏。茲幸在鈞座領導之下，西北已獲解放，中央人民政府成立，凡有血氣，同聲鼓舞。今後人民之康樂可期，國家之復興有望。西藏解放，指日可待。班禪謹代表全藏人民，向鈞座致崇高無上之敬意，并矢擁護愛戴之忱。班禪額爾德尼叩十月一日。

（二）毛主席朱總司令覆電

班禪額爾德尼先生：

接讀十月一日來電，甚爲欣慰。西藏人民是愛祖國而反對外國侵略的，他們不滿意國民黨反動政府的政策，而願意成爲統一的、富強的、各民族平等合作的、新中國大家庭的一分子。中央人民政府和中國人民解放軍必能滿足西藏人民的這個願望。希望先生和全西藏愛國人士一致努力，爲西藏之解放和漢藏人民的團結而奮鬥。

毛澤東
朱德
一九四九年十一月二十三日

班禪致彭副總司令電

【新華社蘭州二十三日電】班禪額爾德尼上月自青海致電人民革命軍事委員會副主席兼人民解放軍第一野戰軍司令員彭德懷將軍，電稱：

蘭州彭副總司令鈞鑒：

班禪世受國恩，備荷優崇。二十餘年來，爲了西藏領土主權之完整，呼籲奔走，未嘗稍懈。第以未獲結果，良用疚心。刻下羈留青海，待命返藏。茲幸在鈞座領導之下，西北已獲解放，邊民同聲歡忭。今後人民之康樂有期，國家之復興可待。即久被忽視之西藏人民，亦莫不引領而望，卜慶來蘇。仍懇領導義師，解放西藏，肅清叛國分子，拯救西藏人民。班禪謹代表全藏同胞，向鈞座致崇高之敬意，并矢誠擁護愛戴之忱。

班禪額爾德尼十月一日叩

彭副總司令覆電

彭德懷將軍本日電覆班禪稱：

班禪額爾德尼先生：

來電敬悉。查西藏乃中國之領土，在國民黨賣國政策下，遭受帝國主義之蹂躪，致全藏人民陷於水深火熱。今我人民解放軍在中央人民政府毛主席領導下，即將解放全國，摧毀國民黨殘餘，驅逐英美帝國主義者一切侵略勢力，求中國領土之全部獨立與解放，登全民於衽席，西藏解放，已可預期。尚望先生號召藏族人民，加緊準備，爲解放自己而奮鬥。

彭德懷十一月二十三日

图2-1-22　《长江日报》1949年12月25日头版

该报刊发《班禅致电拥护中央人民政府　毛主席、朱总司令复电嘉慰》，称："勉与全藏爱国人士一致努力为西藏的解放和汉藏人民的团结而奋斗"。

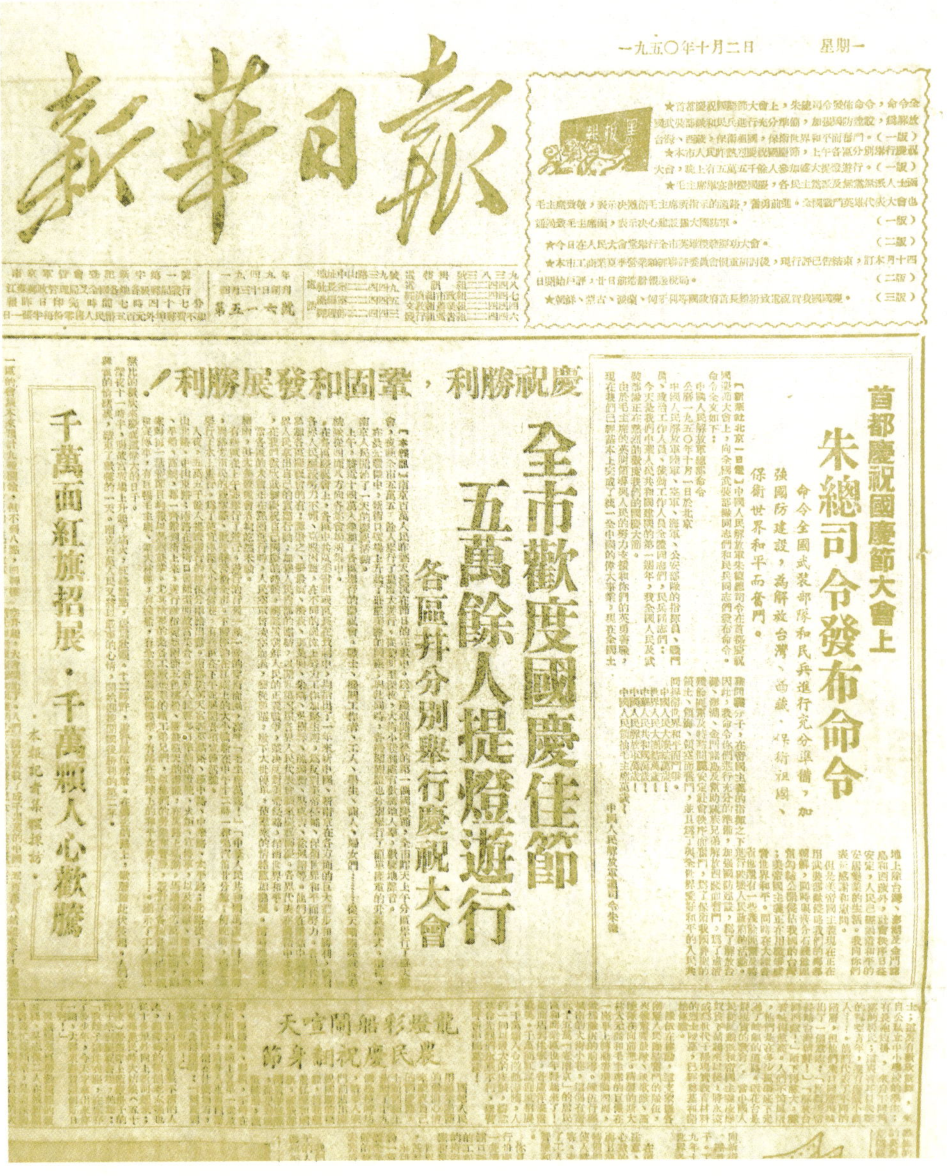
新華日報

一九五〇年十月二日 星期一

首都慶祝國慶節大會上

朱總司令發布命令

命令全國武裝部隊和民兵進行充分準備，加強國防建設，為解放台灣、西藏、保衛祖國、保衛世界和平而奮鬥。

慶祝勝利，鞏固和發展勝利！

全市歡度國慶佳節

五萬餘人提燈遊行

各區幷分別舉行慶祝大會

千萬面紅旗招展·千萬顆人心歡騰

龍燈彩船鬧喧天

農民慶祝翻身節

图2-1-23 《新华日报》1950年10月2日头版

该报刊发《朱总司令发布命令》:“命令全国武装部队和民兵进行充分准备，加强国防建设，为解放台湾、西藏，保卫祖国、保卫世界和平而奋斗。”

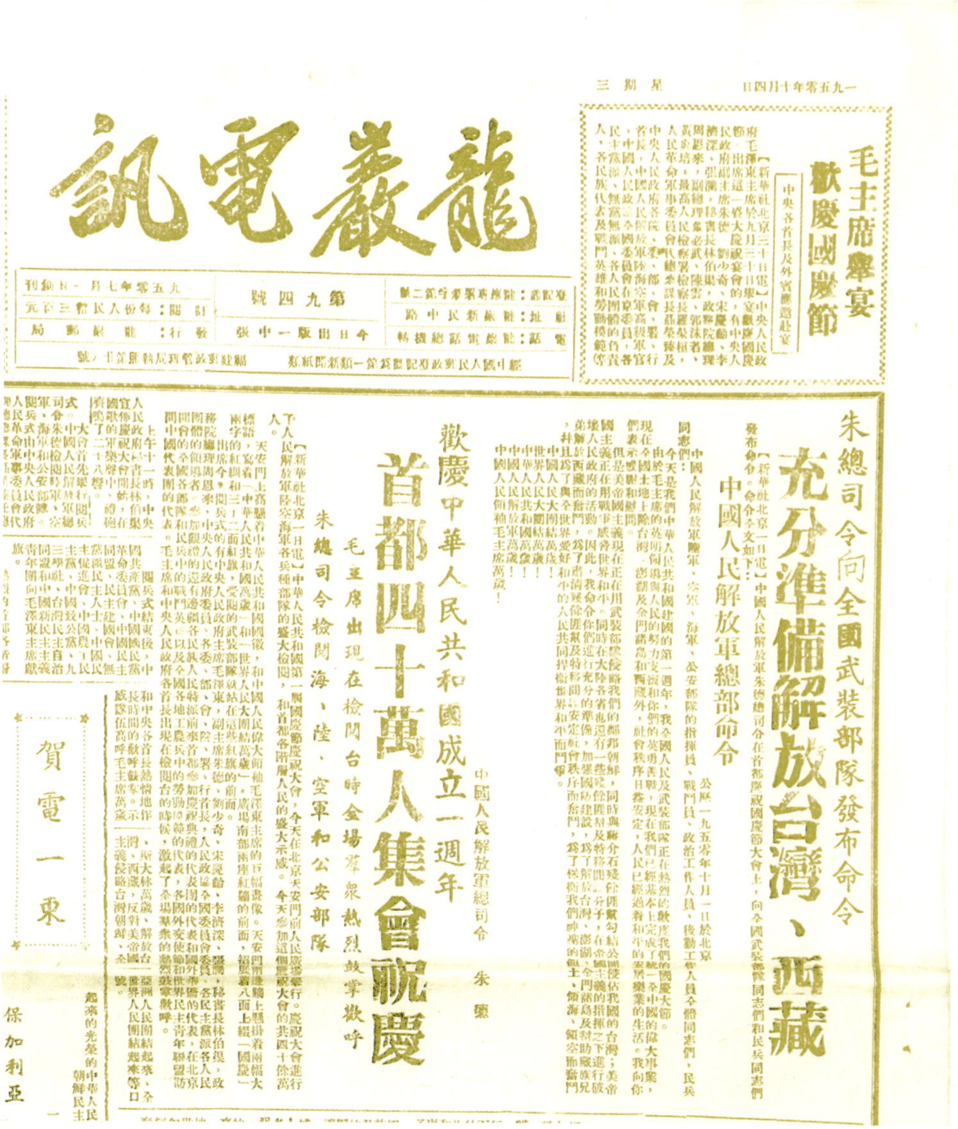

图2-1-24 《龙岩电讯》1950年10月4日头版

该报直接以"充分准备解放台湾、西藏"为标题,刊发《中国人民解放军总部命令》。

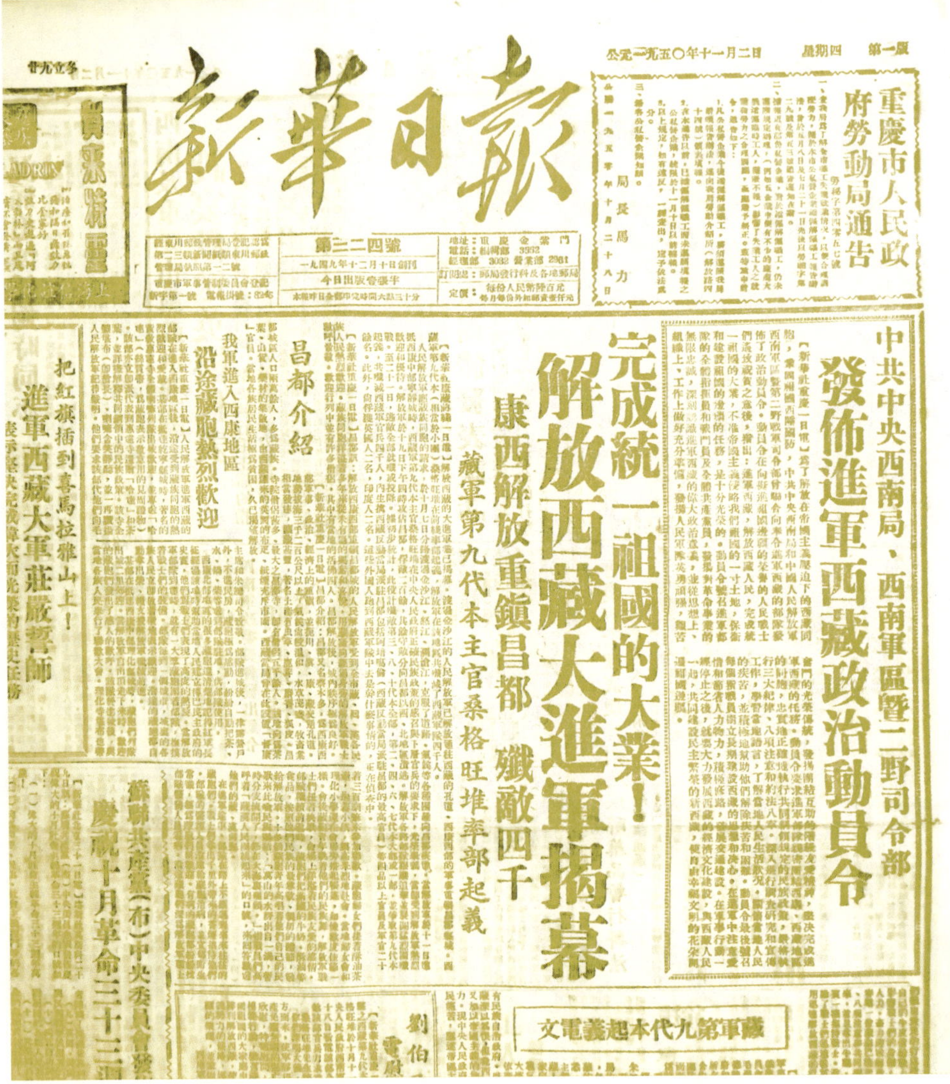

图 2-1-25 《新华日报》1950 年 11 月 2 日头版

承担解放西藏任务的中共中央西南局、西南军区暨第二野战军司令部发布进军西藏政治动员令,《新华日报》予以报道,同时刊登《完成统一祖国的大业!解放西藏大进军揭幕》。

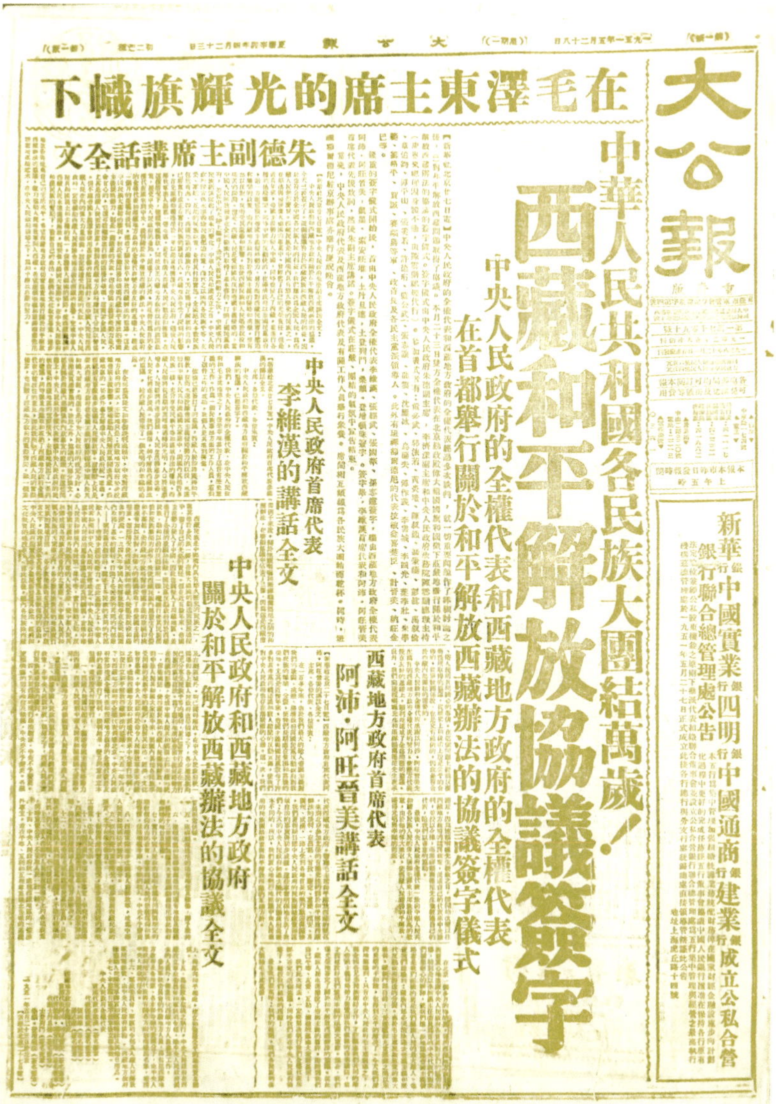

图 2-1-26　《大公报(重庆版)》1951年5月28日头版

在中国人民解放军强大的军事和政治攻势下,西藏地方当局被迫同意和平解决西藏问题。《大公报(重庆版)》以特大字号标题"西藏和平解放协议签字"报道:"中央人民政府的全权代表和西藏地方政府的全权代表,在首都举行关于和平解放西藏办法的协议签字仪式。"

第二节　百万雄师过大江

中国共产党希望以"北平方式"解放全中国,因此积极与南京国民党政府进行和谈。1949年4月10日《北平解放报》头版头条刊登《毛主席电复李宗仁》:"根据八项原则以求具体实现,不难获得正确之解决。在有利于中国人民解放事业之推进,有利于用和平方法解决国内问题的标准下,我们准备采取宽大的政策。"

4月15日,国共双方和谈代表拟定了《国内和平协定(最后修正案)》,并商定于4月20日签字。但国民党政府却拒绝签字,人民解放军按照中央军委的命令,于4月20日晚发起渡江战役。

渡江战役是中国人民解放军实施战略追击的第一个战役,也是向全国进军作战的开始。它是融江河进攻战、陆地追歼战、城市攻坚战三种作战类型于一体的战略性战役,其战场范围之广、参战兵力之多、阶段转换之快,都是中国人民解放军历史上前所未有的。人民解放军以木帆船为主要航渡工具,一举突破国民党军苦心经营的长江防线,彻底粉碎了所谓"长江天险不可逾越"的神话,歼灭了国民党军约43万人的重兵集团,解放了南京、杭州、上海、武汉等大城市及长江南岸大部分地区,上演了"百万雄师过大江"的伟大场景,谱写了一曲埋葬蒋家王朝的凯歌。

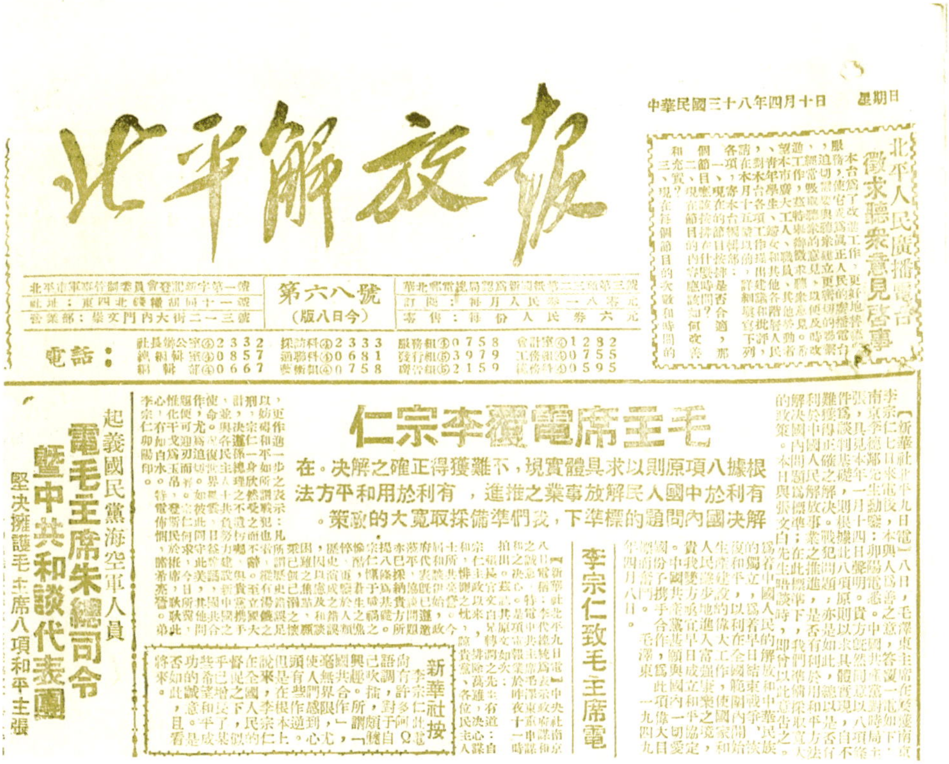

北平解放報

中華民國三十八年四月十日 星期日

第六八號

北平人民廣播電台徵求聽衆意見啓事

毛主席電覆李宗仁

根據八項原則以求具體實現，不難獲得正確之解決。有利於中國人民解放事業之推進，有利於用和平方法解決國內問題的標準下，我們準備採取寬大的政策。

李宗仁致毛主席電

新華社按

起義國民黨海空軍人員電毛主席朱總司令暨中共和談代表團

堅決擁護毛主席八項和平主張

图 2-2-1 《北平解放报》1949 年 4 月 10 日头版

该报刊发《毛主席电复李宗仁》。

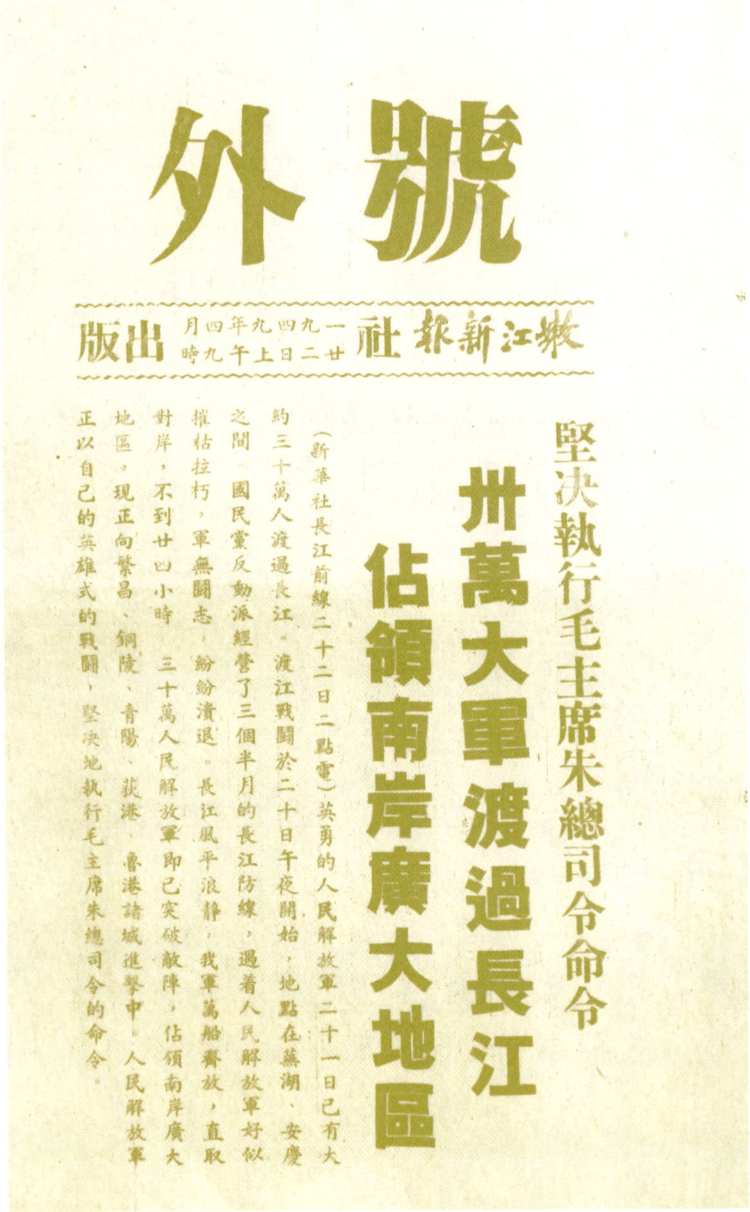

外號

嫩江新报社 出版 一九四九年四月廿二日上午九时

坚决执行毛主席朱总司令命令
卅萬大軍渡過長江 佔領南岸廣大地區

（新華社長江前線二十二日二點電）英勇的人民解放軍二十一日已有大約三十萬人渡過長江，渡江戰鬥於二十日午夜開始，地點在蕪湖、安慶之間。國民黨反動派經營了三個半月的長江防線，過着人民解放軍好似摧枯拉朽，軍無鬥志，紛紛潰退。長江風平浪靜，我軍萬船齊放，直取對岸，不到廿四小時三十萬人民解放軍即已突破敵陣，佔領南岸廣大地區，現正向繁昌、銅陵、青陽、荻港、魯港諸城進擊中。人民解放軍正以自己的英雄式的戰鬥，堅決地執行毛主席朱總司令的命令。

图2-2-2 《嫩江新报》1949年4月22日号外头版

该报于当日上午9时第一时间出版号外，全红印刷，刊发《卅万大军渡过长江 占领南岸广大地区》。

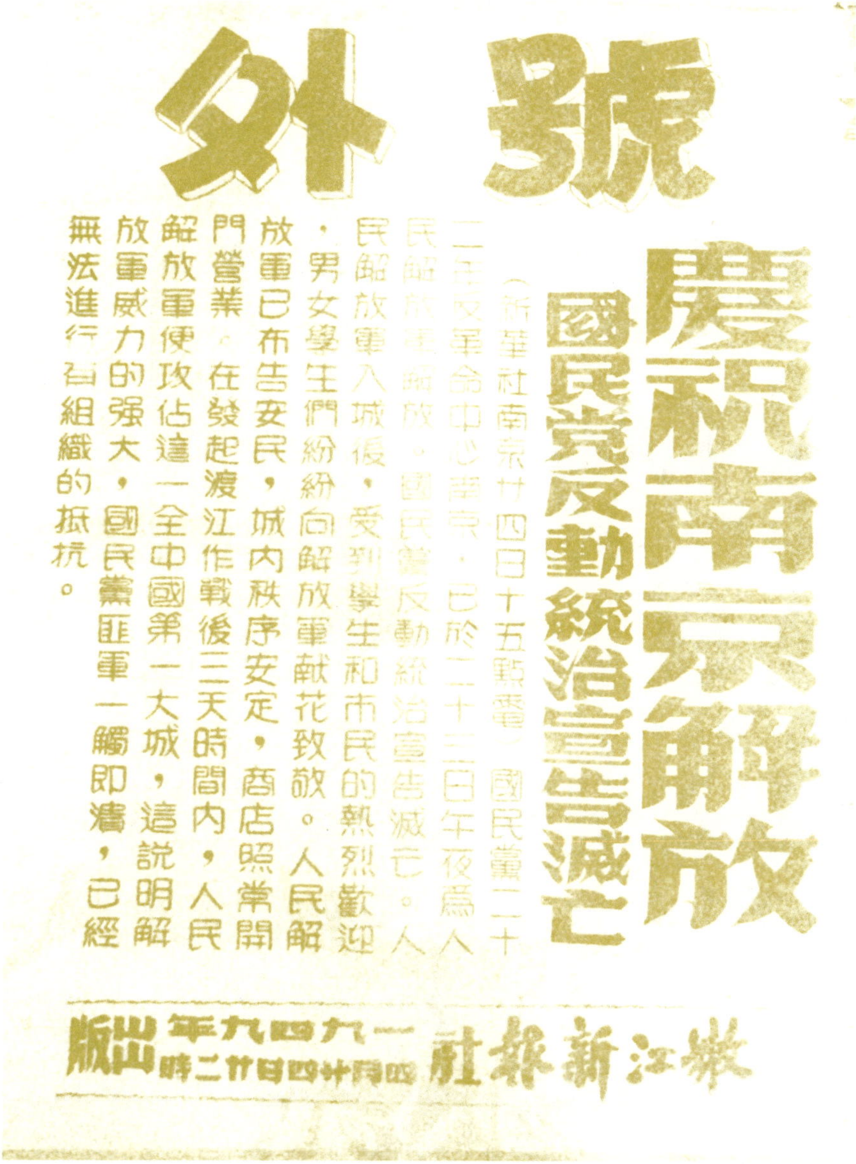

號外

慶祝南京解放

國民黨反動統治宣告滅亡

（新華社南京廿四日十五點電）國民黨二十二年反革命中心南京，已於二十三日午夜爲人民解放軍解放。國民黨反動統治宣告滅亡。人民解放軍入城後，受到學生和市民的熱烈歡迎，男女學生們紛紛向解放軍献花致敬。人民解放軍已布告安民，城內秩序安定，商店照常開門營業。在發起渡江作戰後三天時間內，人民解放軍便攻佔這一全中國第一大城，這說明解放軍威力的强大，國民黨匪軍一觸即潰，已經無法進行有組織的抵抗。

嫩江新報社　一九四九年四月廿四日二十二時出版

图 2-2-3　《嫩江新报》1949 年 4 月 24 日号外头版

该报在“新华社南京廿四日十五点电”后 7 小时，以最快速度刊发号外《庆祝南京解放》，“国民党反动统治宣告灭亡”。难得的是，这期号外用红、绿彩色油墨印刷，红绿之间油墨渐变交融，非常罕见。

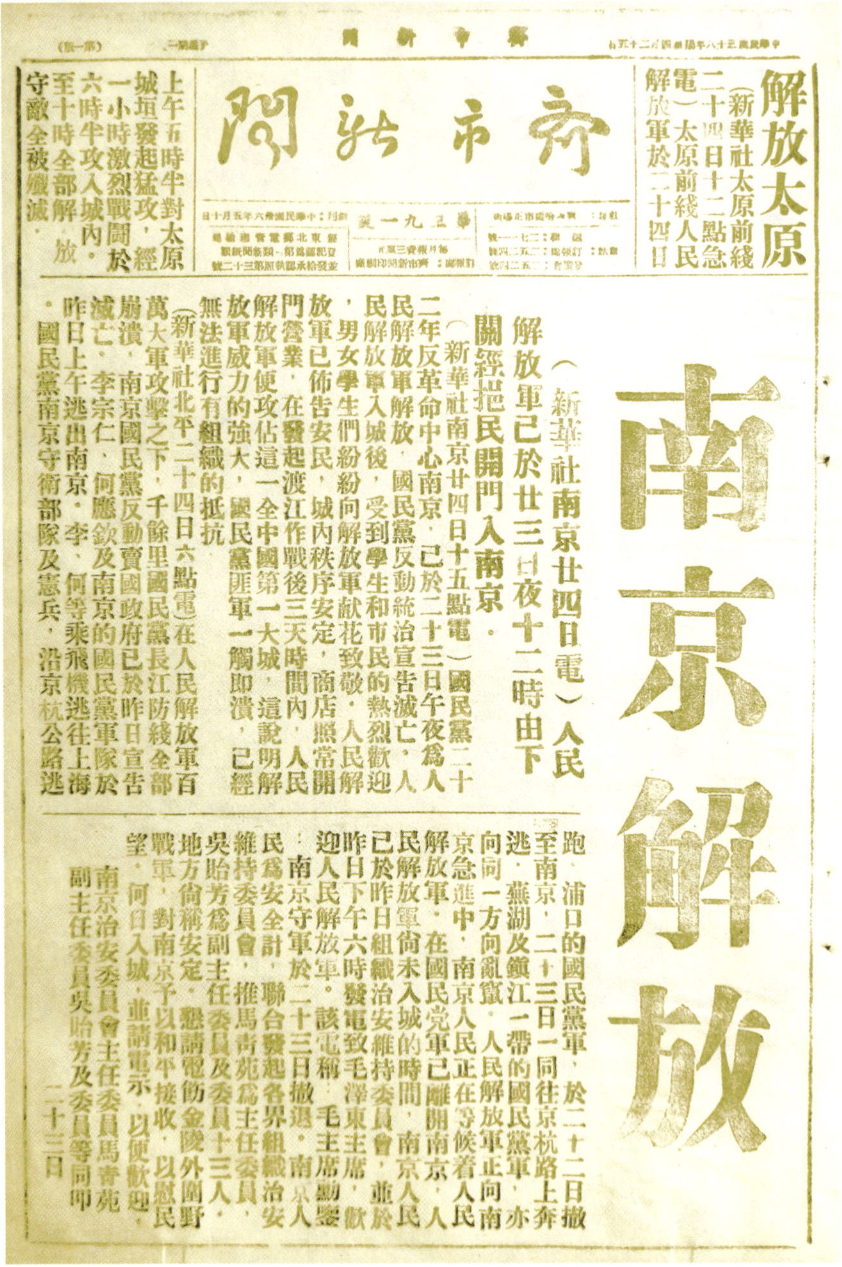

齊市新聞

解放太原

（新華社太原前綫二十四日十二點急電）太原前綫人民解放軍於二十四日上午五時半對太原城垣發起猛攻，經一小時激烈戰鬪，於六時半攻入城內。至十時全部解放，守敵全被殲滅。

南京解放

（新華社南京廿四日電）人民解放軍已於廿三日夜十二時由下關經挹江門入南京。

（新華社南京廿四日十五點電）國民黨二十二年反革命中心南京，已於二十三日午夜爲人民解放軍解放，國民黨反動統治宣告滅亡。人民解放軍入城後，受到學生和市民的熱烈歡迎，男女學生們紛紛向解放軍獻花致敬。人民解放軍已佈告安民，城內秩序安定，商店照常開門營業。在發起渡江作戰後三天時間內，人民解放軍便攻佔這一全中國第一大城，這說明解放軍威力的強大，國民黨匪軍一觸即潰，已經無法進行有組織的抵抗。

（新華社北平二十四日六點電）在人民解放軍百萬大軍攻擊之下，千餘里國民黨長江防綫全部崩潰，南京國民黨反動賣國政府已於昨日宣告滅亡。李宗仁、何應欽及南京的國民黨軍隊於昨日上午逃出南京。李、何等乘飛機逃往上海。國民黨南京守衛部隊及憲兵，沿京杭公路逃跑。浦口的國民黨軍，於二十二日撤至南京，二十三日一同往京杭路上奔逃。蕪湖及鎮江一帶的國民黨軍，亦向同一方向亂竄。人民解放軍正向南京急進中。南京人民正在等候着人民解放軍。在國民黨軍已離開南京，人民解放軍尚未入城的時間，南京人民已於昨日組織治安維持委員會，並於昨日下午六時發電致毛澤東主席歡迎人民解放軍。該電稱：毛主席勳鑒：南京守軍於二十三日撤退，南京人民爲安全計，聯合發起各界組織治安維持委員會，推馬青苑爲主任委員及委員十三人，吳貽芳爲副主任委員。地方尚稱安定。懇請電飭金陵外圍野戰軍，對南京予以和平接收，以慰民望。何日入城，並請電示，以便歡迎。南京治安委員會主任委員馬青苑 副主任委員吳貽芳及委員等同叩 二十三日

图 2-2-4 《齐市新闻》1949 年 4 月 25 日头版

该报整版刊发“新华社南京廿四日电”消息《南京解放》。

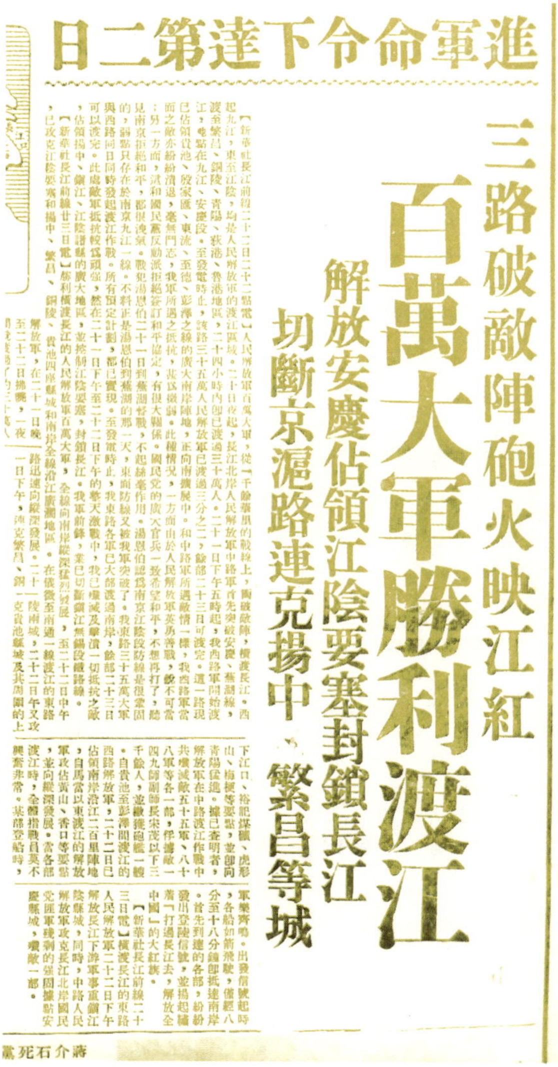

進軍命令下達第二日

三路破敵陣砲火映江紅

百萬大軍勝利渡江

解放安慶佔領江陰要塞封鎖長江

切斷京滬路連克揚中、繁昌等城

图2-2-5　《胶东日报》1949年4月25日头版

　　该报以"进军命令下达第二日","三路破敌阵炮火映江红　百万大军胜利渡江"为标题,刊发新华社长江前线二十二日二十二点电:"人民解放军百万大军,从一千余华里的战线上,冲破敌阵,横渡长江。西起九江,东至江阴,均是人民解放军的渡江区域。"消息副标题传递捷报"解放安庆占领江阴要塞封锁长江　切断京沪路连克扬中、繁昌等城"。

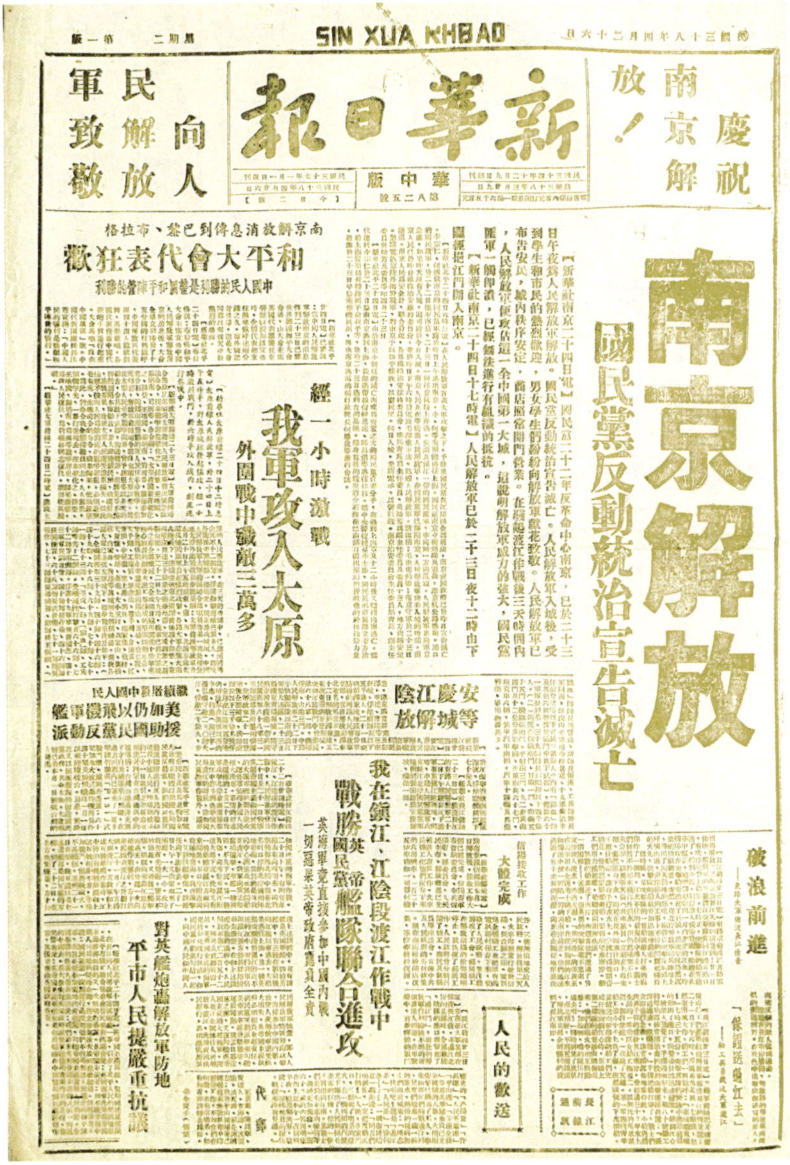

SIN XUA KHBAO

新華日報

華中版

慶祝南京解放！

向人民解放軍致敬

南京解放

國民黨反動統治宣告滅亡

南京解放消息傳到巴黎、布拉格

和平大會代表狂歡

經一小時激戰

我軍攻入太原

外圍戰中殲敵三萬多

安慶江陰等城解放

我在鎮江、江陰段渡江作戰中

戰勝英帝國民黨艦隊聯合進攻

對英艦炮轟解放軍防地

平市人民提嚴重抗議

人民的歡送

破浪前進

图 2-2-6 《新华日报(华中版)》1949 年 4 月 26 日头版

该报用大字号标题刊登《南京解放》，副标题是“国民党反动统治宣告灭亡”，同时报道长江沿线“安庆江阴等城解放”，以及“南京解放消息传到巴黎、布拉格，和平大会代表狂欢”等消息。

国民党苦心经营达三个月之久的长江防线完全崩溃,人民解放军百万大军胜利渡过长江。在人民解放军秋风扫落叶般的攻势下,国民党军纷纷投诚、起义。

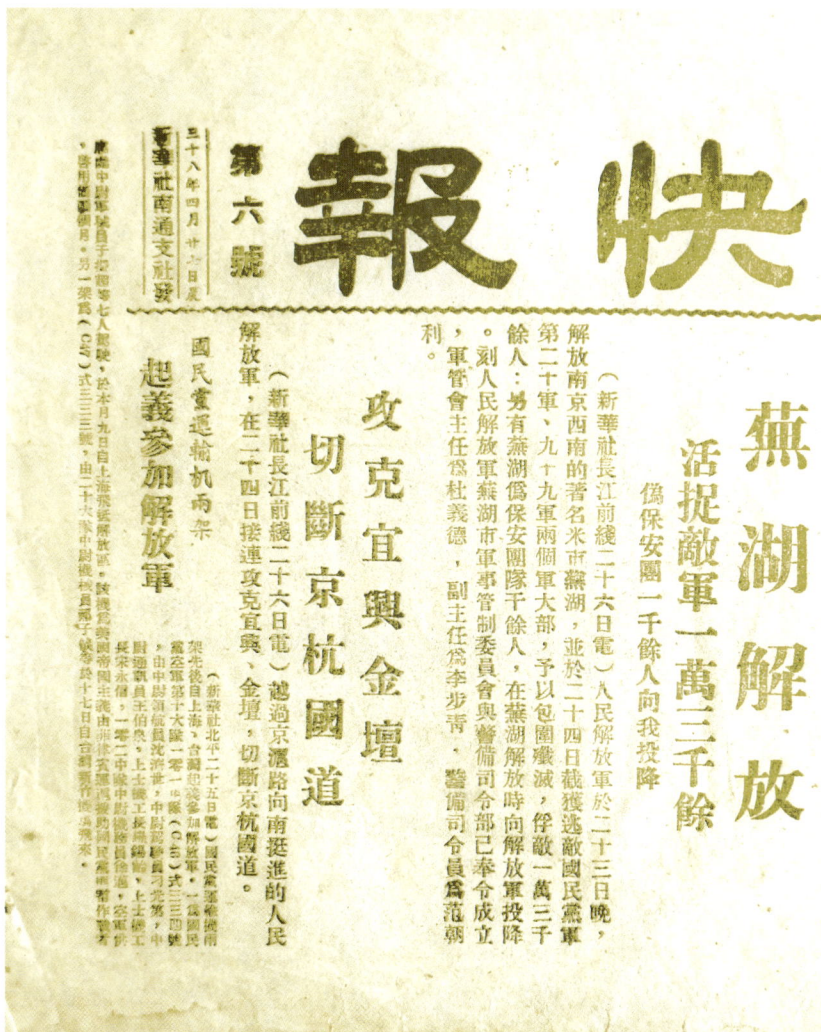

图2-2-7　《快报》1949年4月27日头版

新华社南通支社出版《快报》(第六号),刊发《国民党运输机两架 起义参加解放军》。

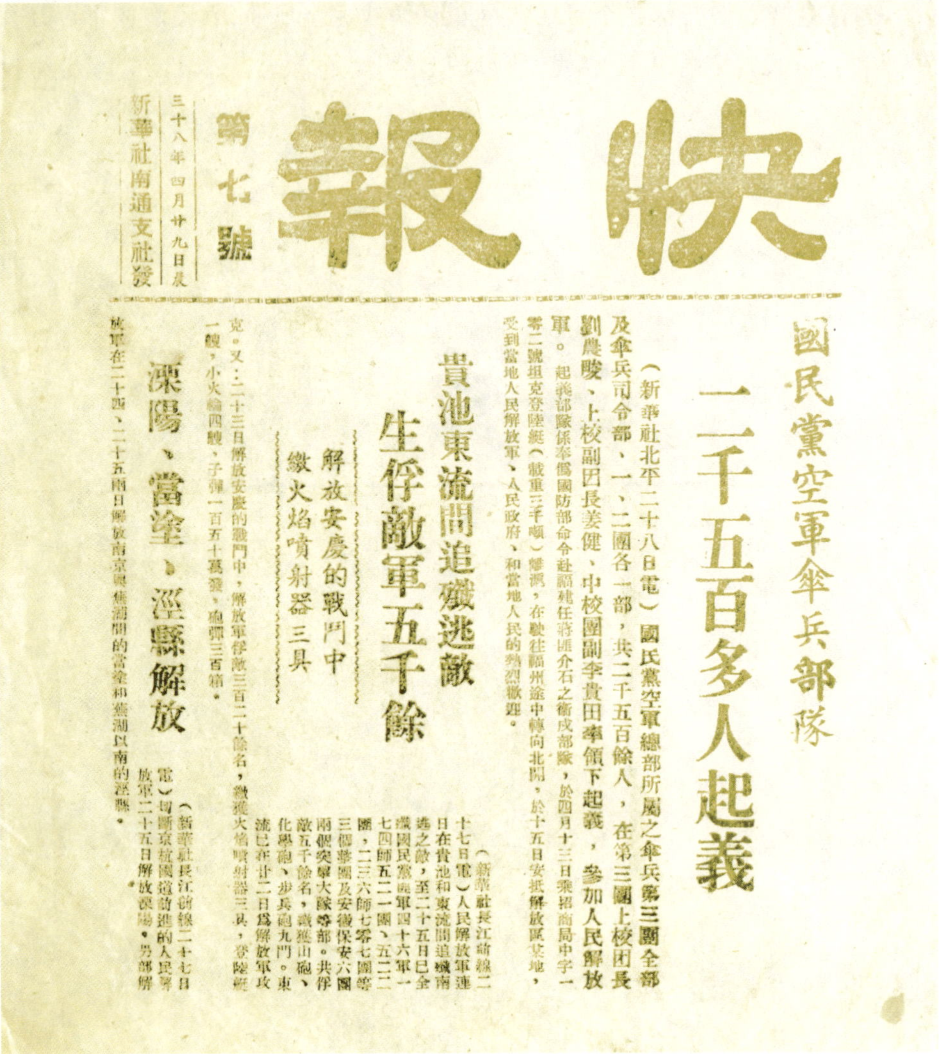

快

第七號

三十八年四月廿九日發

新華社南通支社發

國民黨空軍傘兵部隊 二千五百多人起義

（新華社北平二十八日電）國民黨空軍總部所屬之傘兵第三團全部及傘兵司令部、一、二團各一部，共二千五百餘人，在第三團上校團長劉農畯，上校副團長姜健、中校團副李貴田率領下起義，參加人民解放軍。起義部隊係奉偽國防部命令赴韶往任將匪介石之衛戍部隊，於四月十三日乘招商局中字一零二號坦克登陸艇（載重三千噸）離滬，在駛往福州途中轉向北開，於十五日安抵解放區某地，受到當地人民解放軍、人民政府、和當地人民的熱烈歡迎。

貴池東流間追殲敵 生俘敵軍五千餘

解放安慶的戰鬥中 繳火焰噴射器三具

（新華社長江前線二十七日電）人民解放軍連日在貴池東流間追殲逃竄南逃之敵，至二十五日已全數殲滅民黨第四十六軍、五十二軍七十四師五二一團、五二二團、二三六師五零七團、五零八團等三個整團及安慶保安六團兩個警察大隊等部。共俘敵五千餘名，繳獲山炮二門、步槍九門。東流已於廿二日為解放軍攻克。又二十三日解放安慶的戰鬥中，解放軍俘隊三百二十餘名，繳獲火焰噴射器三具，小火輪四艘，子彈一百五十萬發，炮彈三百箱。

溧陽、當塗、涇縣解放

（新華社江前線二十七日電）句斷京杭道路進的人民軍放軍二十五日解放溧陽。另部解放軍在二十四、二十五兩日解放南京蕪湖間的當塗和蕪湖以南的涇縣。

图2-2-8　《快报》1949年4月29日头版

新华社南通支社出版《快报》（第七号），刊发《国民党空军伞兵部队二千五百多人起义》。

许多起义官兵加入人民解放军，向全国进军。为发扬我军优良传统，1949年4月25日，中国人民解放军总部颁布《约法八章》。《约法八章》公布后解放的第一个省会城市是杭州。

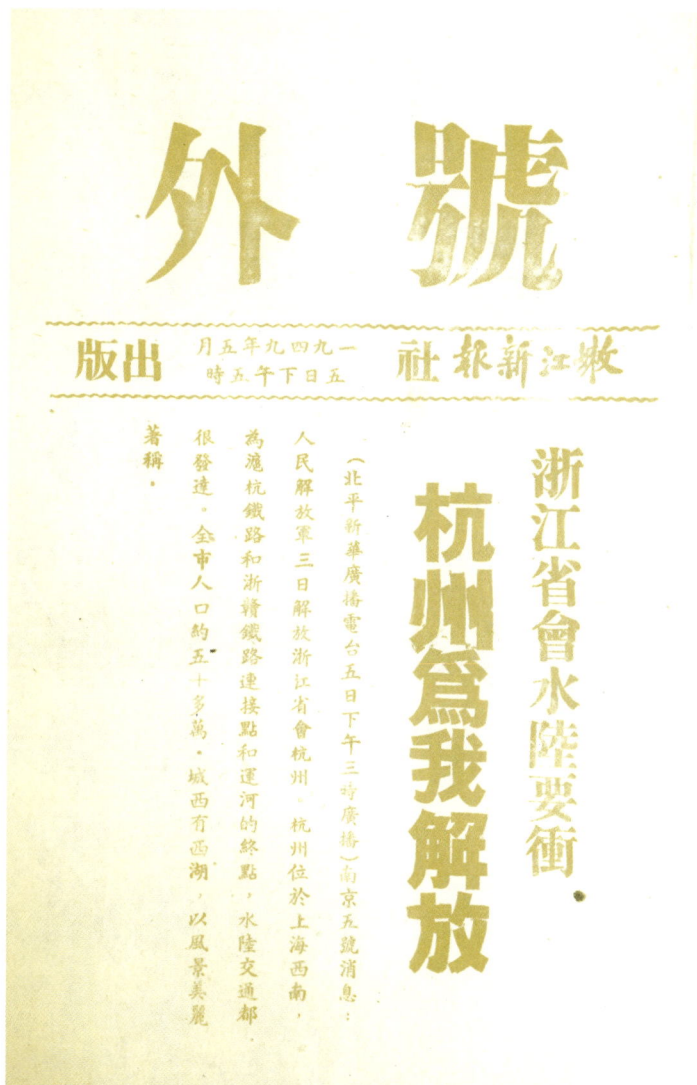

浙江省會水陸要衝．

杭州爲我解放

（北平新華廣播電台五日下午三時廣播）南京五號消息：

人民解放軍三日解放浙江省會杭州。杭州位於上海西南，爲滬杭鐵路和浙贛鐵路連接點和運河的終點，水陸交通都很發達。全市人口約五十多萬。城西有西湖，以風景美麗著稱。

版出　一九四九年五月　嫩江新報社
時五午下日五

外號

图2-2-9　《嫩江新报》1949年5月5日号外头版

该报出版全红号外，刊发《浙江省会水陆要冲杭州为我解放》。

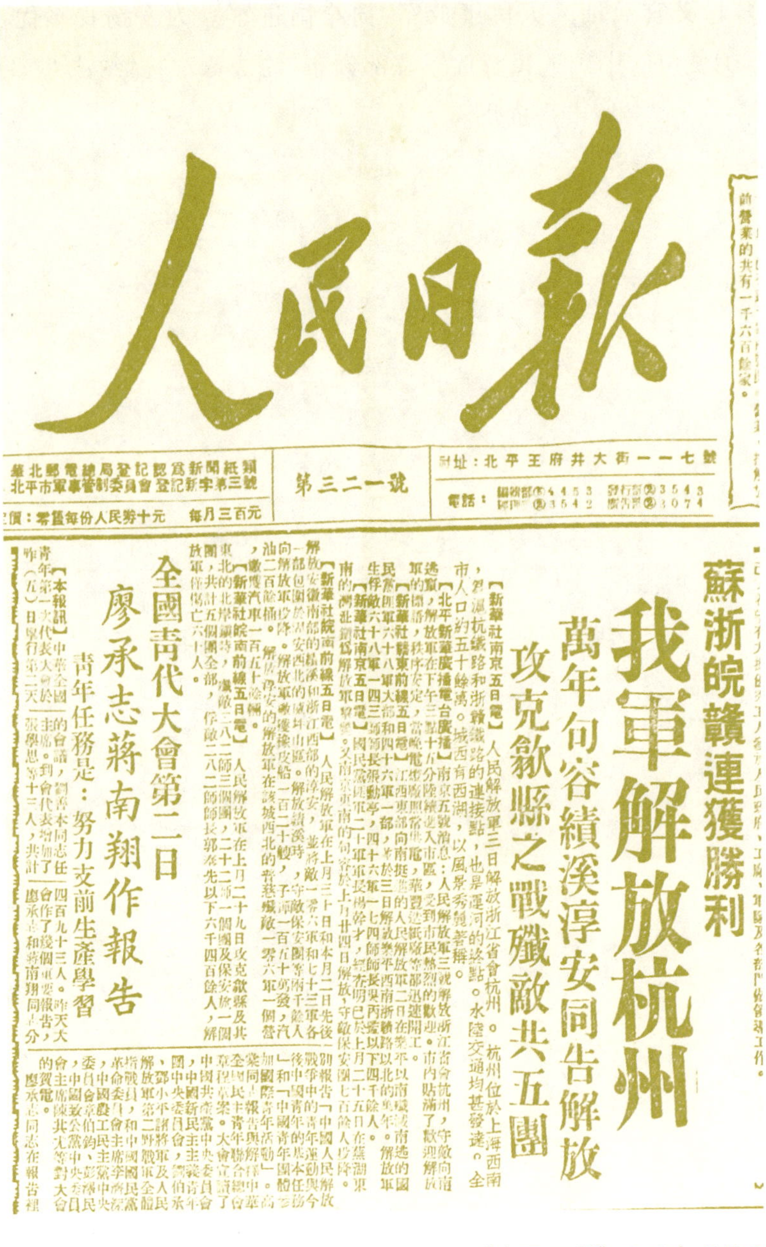

人民日報

第三二一號

社址：北平王府井大街一一七號

華北郵電總局登記認為新聞紙類
北平市軍事管制委員會登記新字第三號

蘇浙皖贛連獲勝利
我軍解放杭州
萬年句容績溪淳安同告解放
攻克歙縣之戰殲敵共五團

全國青代大會第二日
廖承志蔣南翔作報告
青年任務是：努力支前生產學習

图2-2-10 《人民日报》1949年5月6日头版

该报刊发《苏浙皖赣连获胜利 我军解放杭州》，副标题为“万年句容绩溪淳安同告解放 攻克歙县之战歼敌共五团”。

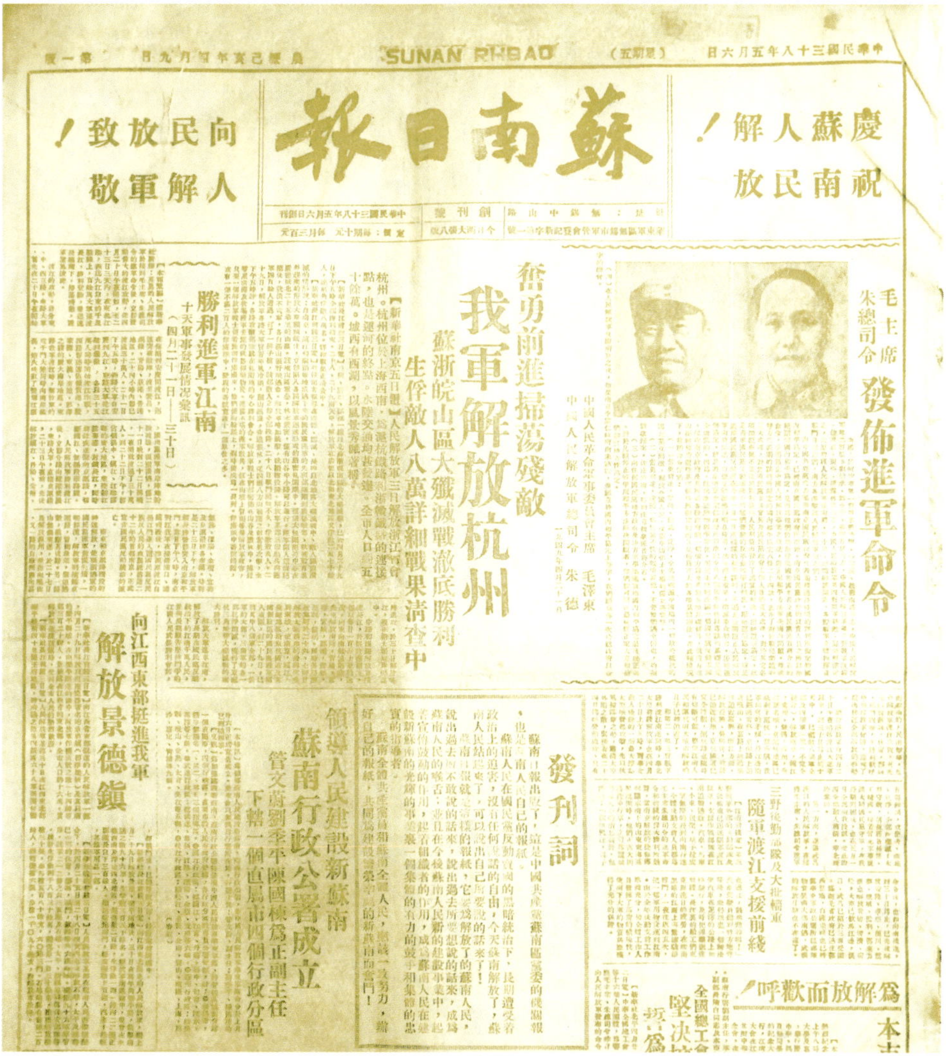
蘇南日報

向人民解放軍致敬！

慶祝蘇南人民解放！

奮勇前進掃蕩殘敵

我軍解放杭州

蘇浙皖山區大殲滅戰澈底勝利

生俘敵人八萬詳細戰果清查中

毛主席 朱總司令 發佈進軍命令

勝利進軍江南

十天軍事發展情况彙誌

（四月二十一日——三十日）

向江西東部挺進我軍

解放景德鎮

領導人民建設新蘇南

蘇南行政公署成立

管文蔚劉季平陳國棟爲正副主任

下轄一個直屬市四個行政分區

發刊詞

隨軍渡江支援前線

爲解放而歡呼

图 2-2-11 《苏南日报》1949 年 5 月 6 日创刊号头版

在江苏无锡创办的《苏南日报》创刊号刊发《奋勇前进扫荡残敌 我军解放杭州》，同时刊发《毛主席、朱总司令发布进军命令》及《向江西东部挺进我军解放景德镇》《苏南行政公署成立》等文章。

图2-2-12 《太岳日报》1949年5月7日头版

该报刊发《解放浙江省会杭州》《赣东我军向南挺进解放万年 乐平以南俘敌四千余名》。

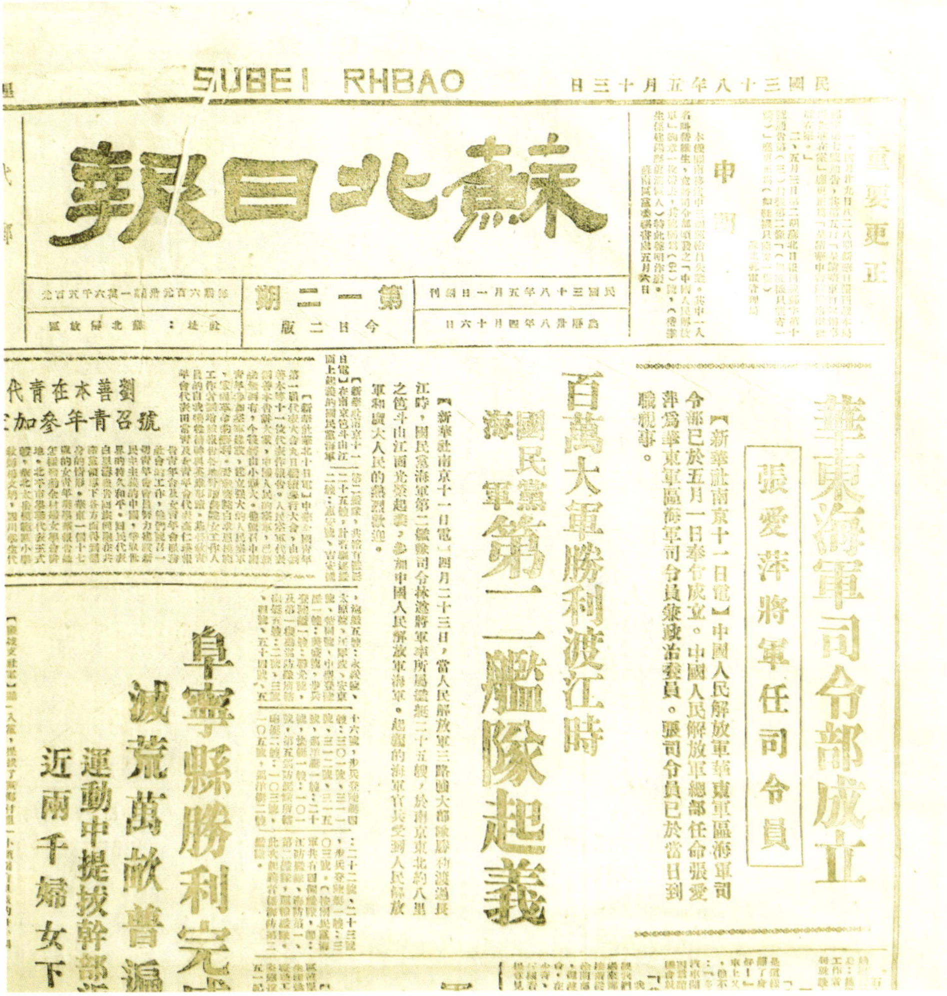
SUBEI RHBAO　民國三十八年五月十三日

蘇北日報

第一二期　今日二版

重要更正

中南

華東海軍司令部成立

張爱萍將軍任司令員

【新華社南京十一日電】中國人民解放軍華東軍區海軍司令部已於五月一日奉令成立。中國人民解放軍總部任命張爱萍為華東軍區海軍司令員兼政治委員。張司令員已於當日到職視事。

百萬大軍勝利渡江時

國民黨海軍第二艦隊起義

【新華社南京十一日電】四月二十三日，當人民解放軍三路百萬大軍勝利渡過長江時，國民黨海軍第二艦隊司令林遵將軍率所屬艦艇二十五艘，於南京東北約八里之笆斗山江面光榮起義，參加中國人民解放軍海軍。起義的海軍官兵受到人民解放軍和廣大人民的熱烈歡迎。

劉善本在青代

號召青年参加

阜寧縣勝利完

減荒萬畝普遍

運動中提拔幹部

近兩千婦女下

图2-2-13　《苏北日报》1949年5月13日头版

在渡江战役胜利的隆隆炮声中，中国人民解放军新的军种——海军正式诞生。《苏北日报》报道《华东海军司令部成立　张爱萍将军任司令员》："（新华社南京十一日电）中国人民解放军华东军区海军司令部已于五月一日奉令成立。中国人民解放军总部任命张爱萍为华东军区海军司令员兼政治委员。张司令员已于当日到职视事。"

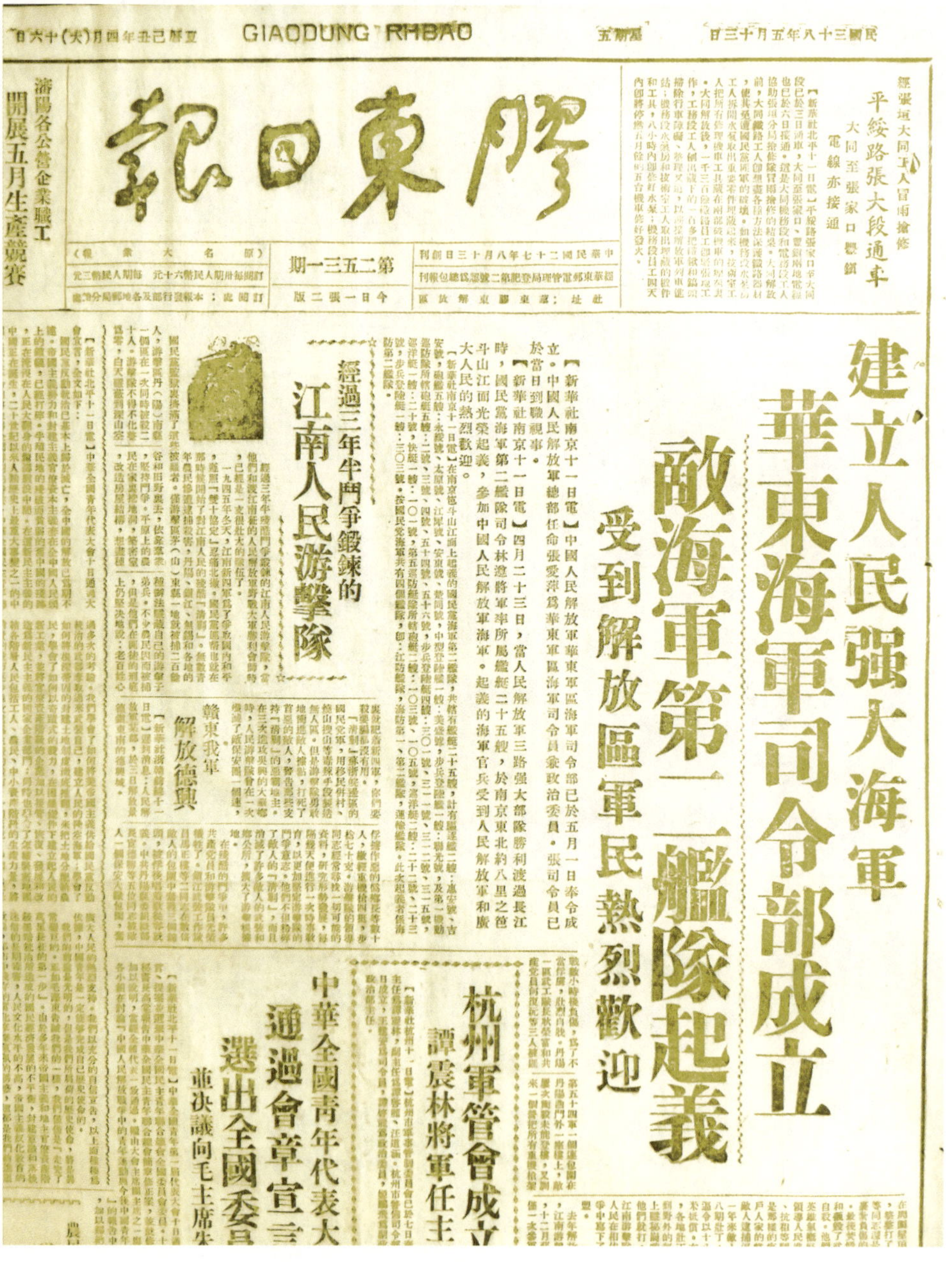

图2-2-14 《胶东日报》1949年5月13日头版

该报报道《华东海军司令部成立 敌海军第二舰队起义》。

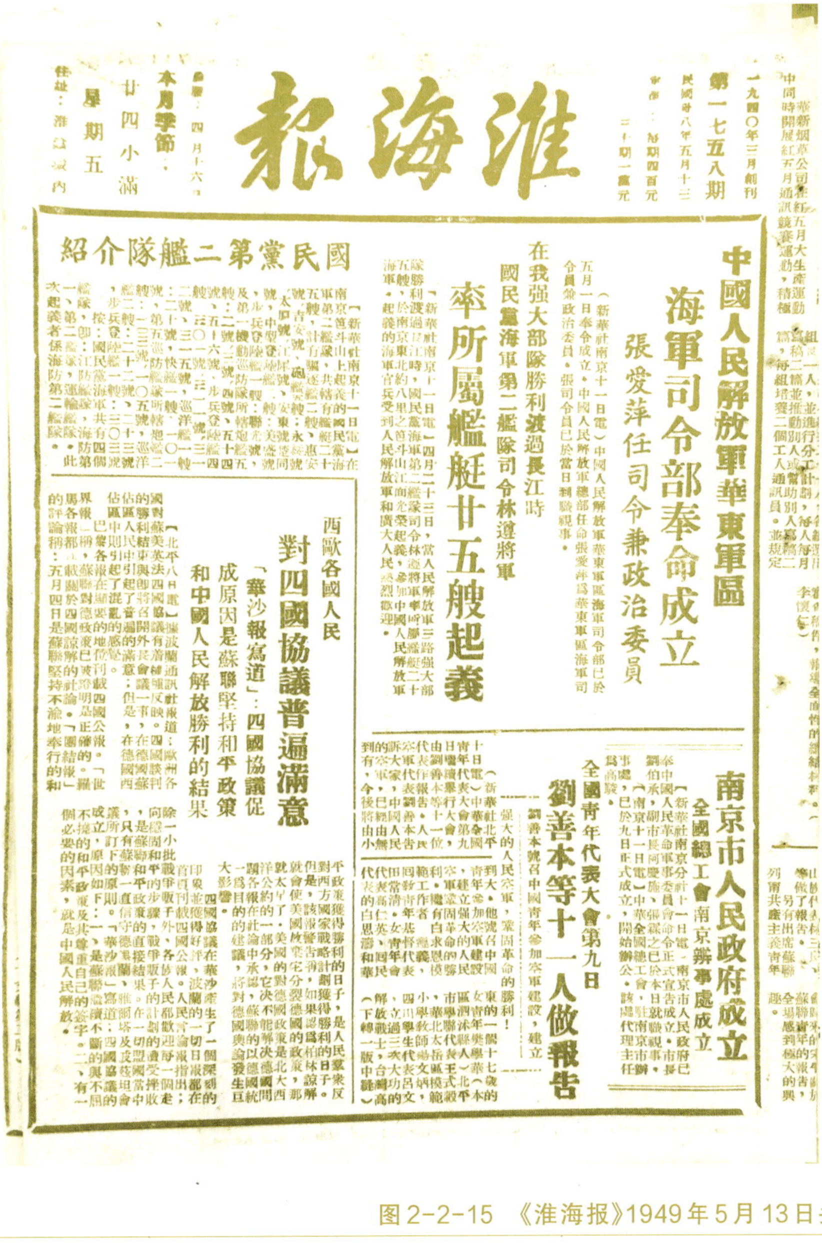

淮海报

一九四〇年三月创刊
第一七五八期
民国卅八年五月十三
零售 四月十六　本月学节·廿四小满　星期五　社址：淮区域内

中国人民解放军华东军区海军司令部奉命成立　张爱萍任司令兼政治委员

（新华社南京十一日电）中国人民解放军华东军区海军司令部已于五月一日本命成立。中国人民解放军总部任命张爱萍为华东军区海军司令员兼政治委员。报司令员已于当日到职视事。

率所属舰艇廿五艘起义　国民党海军第二舰队司令林遵将军　在我强大部队胜利渡过长江时

（新华社南京十一日电）当人民解放军四月二十三日胜利渡过长江时……

绍介队舰二第党民国

（南京）……

对四国协议普遍满意　西欧各国人民

"华沙报写道"：四国协议促成原因是苏联坚持和平政策和中国人民解放胜利的结果

【北平八日电】……

南京市人民政府成立

（新华社南京三日电）南京市军事管制委员会已于一日正式宣告成立，南京市人民政府之已于九日正式成立……

全国青年代表大会第九日　刘善本等十一人做报告

（解放区……）……

图2-2-15　《淮海报》1949年5月13日头版

　　该报刊发《中国人民解放军华东军区海军司令部奉命成立　张爱萍任司令兼政治委员》，同版还刊发了《国民党海军第二舰队司令林遵将军率所属舰艇廿五艘起义》。

第四野戰軍大規模渡江
武漢三鎮全部解放

【新華社武漢十七日下午四時電】武漢三鎮已全部解放。人民解放軍於昨（十六）日下午七時完全解放漢口，隨卽於今日早晨七時進佔武昌和漢陽。解放軍進入武漢時受到人民熱烈歡迎，市內秩序良好，人民解放軍約法八章的佈告已貼滿三鎮。

【新華社長江前綫十七日電】人民解放軍第四野戰軍南下大軍，已於十五日拂曉在武漢以東的團風至田家鎭一綫突破長江中段敵軍防綫，實行二百餘里寬正面的大規模渡江作戰，至十六日晚止，已佔領長江南岸的大冶、石灰窰、黃石港（以上三地在鄂城東南）、段家店、華容（以上二地在鄂城西北）等地，各路大軍仍繼續渡江，並猛烈擴張中。

图2-2-16 《苏南日报》1949年5月19日头版

中国人民解放军胜利渡江后迅速扩大战果。《苏南日报》刊发《第四野战军大规模渡江 武汉三镇全部解放》。

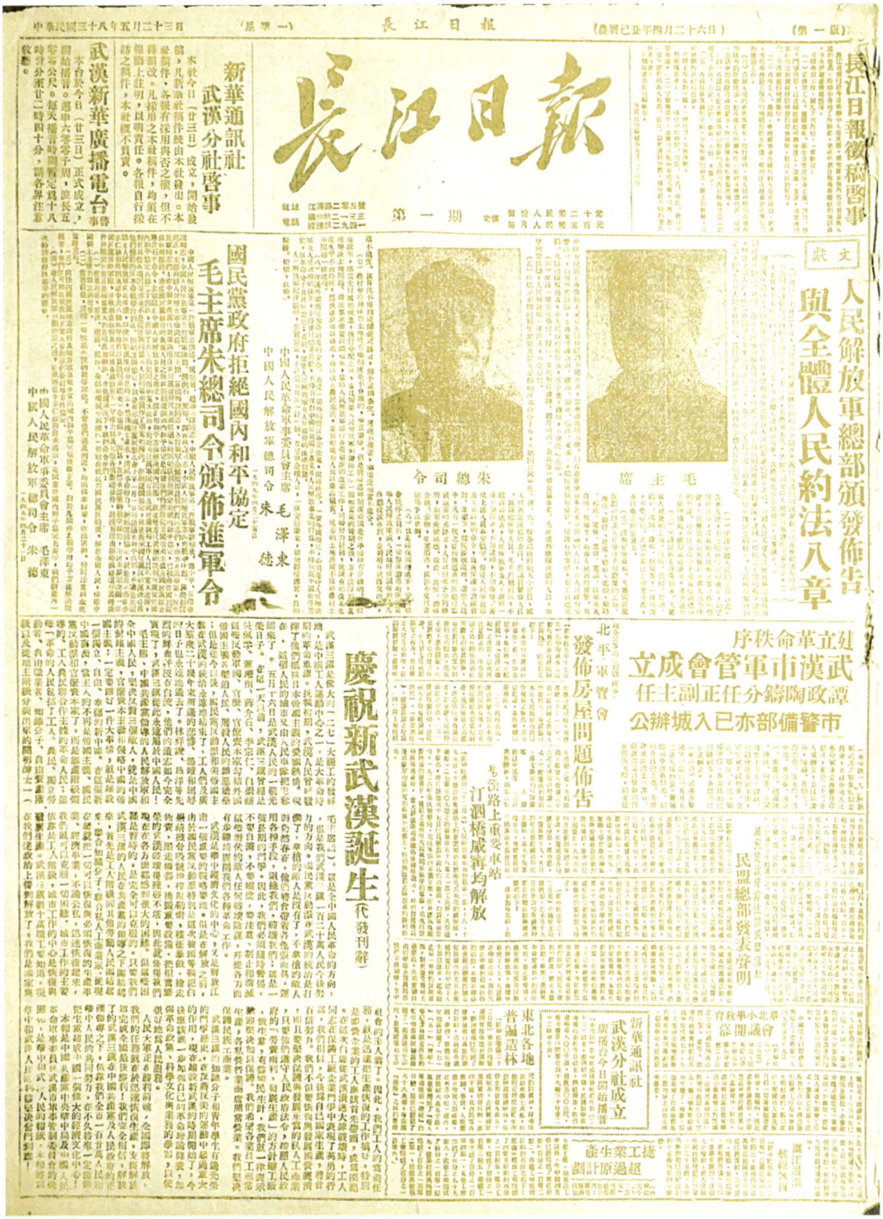

長江日報

第一期

新華通訊社武漢分社啓事

武漢新華廣播電台啓事

長江日報徵稿啓事

人民解放軍總部頒發佈告 與全體人民約法八章

國民黨政府拒絕國內和平協定 毛主席朱總司令頒佈進軍令

毛主席

朱總司令

慶祝新武漢誕生（代發刊辭）

建立革命秩序 武漢市軍管會成立 譚政陶鑄分任正副主任 市警備部亦已入城辦公

北平軍管會發佈房屋問題佈告

粵漢路上重要車站 汀泗橋咸寧均解放

民盟總部發表聲明

新華通訊社武漢分社成立

東北各地普遍造林

图 2-2-17《长江日报》1949 年 5 月 23 日创刊号头版

中共武汉市委机关报《长江日报》刊发《庆祝新武汉诞生（代发刊辞）》，同时报道《武汉市军管会成立》。

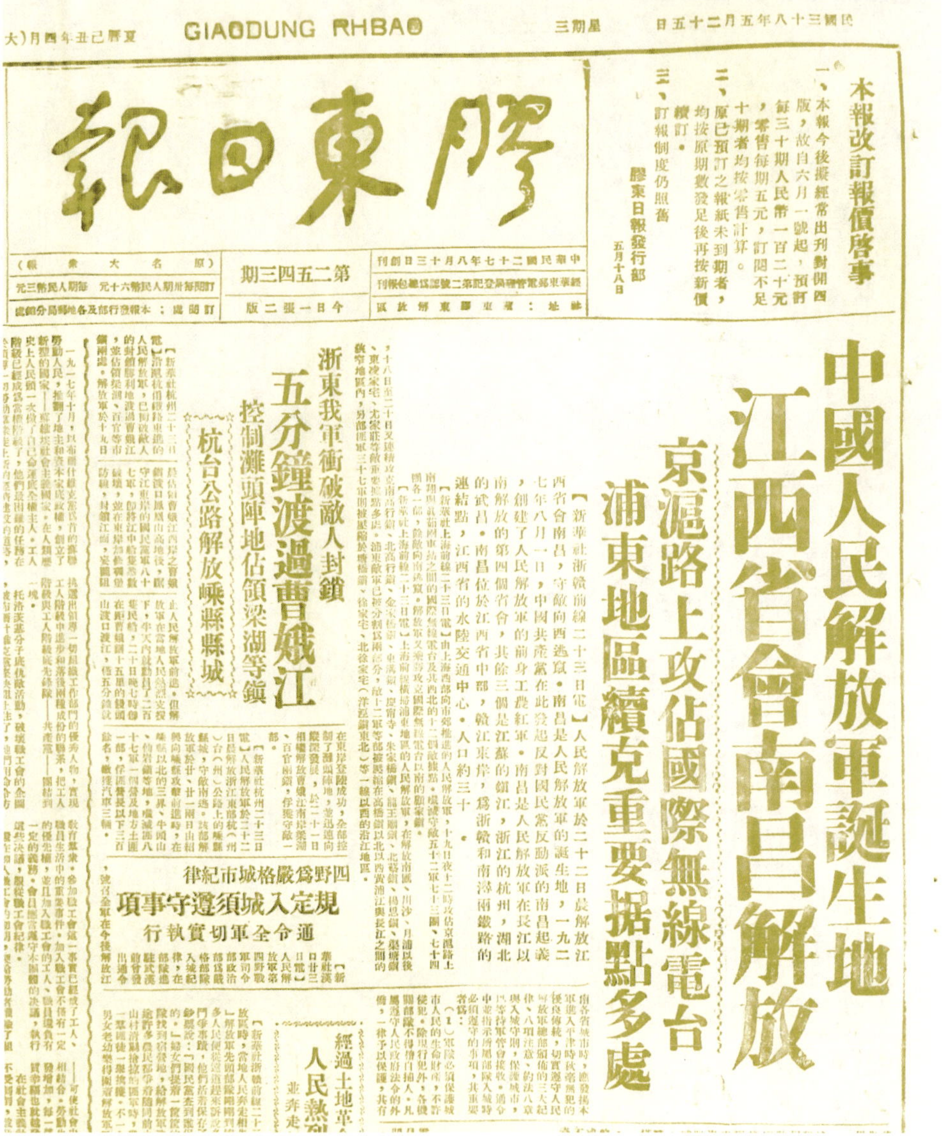

图 2-2-18 《胶东日报》1949 年 5 月 25 日头版

该报刊发《中国人民解放军诞生地江西省会南昌解放》,称:"南昌是人民解放军在长江以南解放的第四个省会,其余三个是江苏的镇江,浙江的杭州,湖北的武昌。"同时刊发《浙东我军冲破敌人封锁 五分钟渡过曹娥江》。

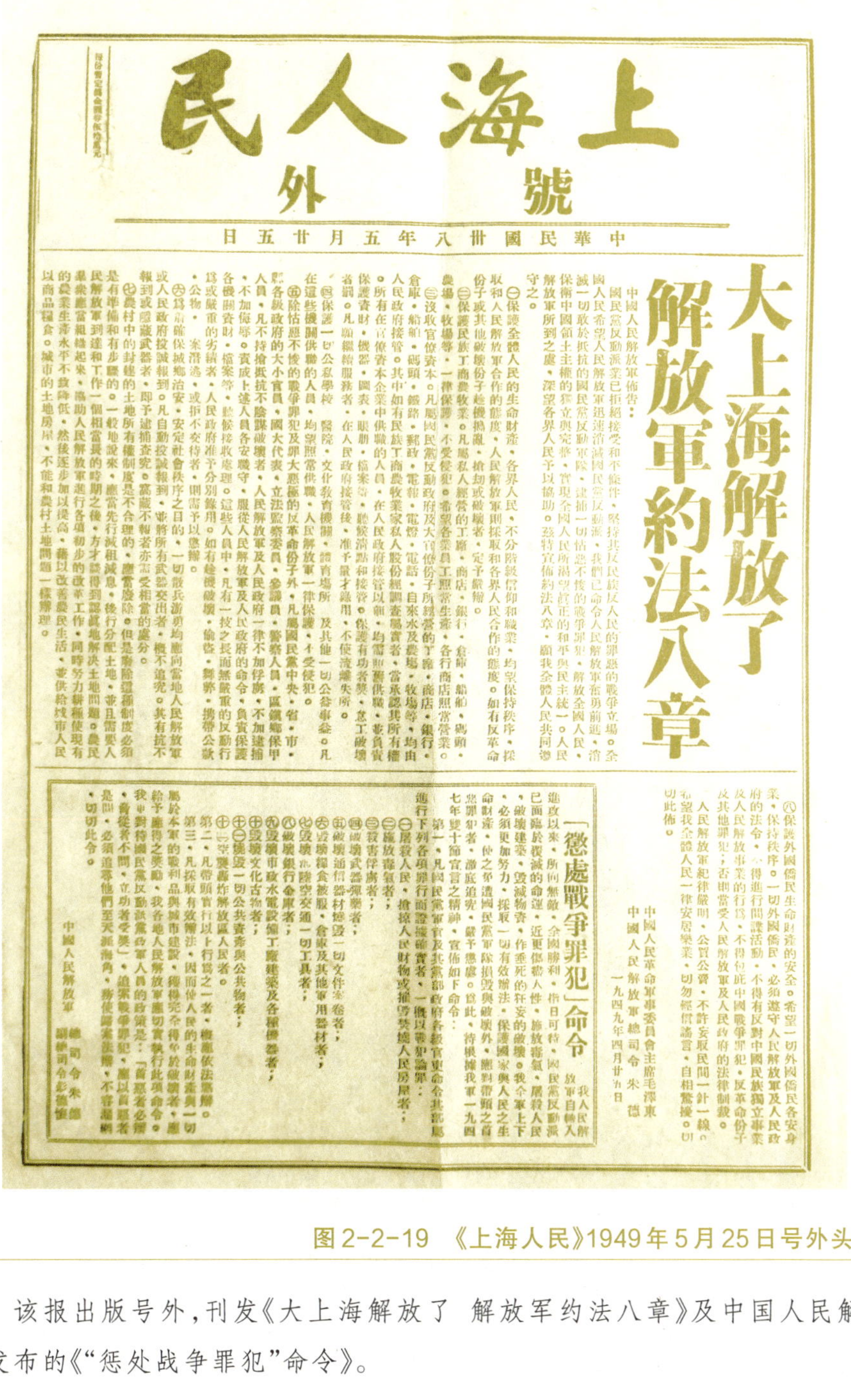
上海人民
號外
中華民國卅八年五月廿五日

大上海解放了
解放軍約法八章

中國人民解放軍佈告：

國民黨反動派業已拒絕接受和平條件，堅持其反民族反人民的罪惡的戰爭立場。全國人民希望人民解放軍迅速消滅國民黨反動派。我們已命令人民解放軍奮勇前進，消滅一切敢於抵抗的國民黨反動軍隊，逮捕一切怙惡不悛的戰爭罪犯，解放全國人民，保衛中國領土主權的獨立與完整，實現全國人民所渴望的真正的和平與民主統一。人民解放軍所到之處，深望各界人民予以協助。茲特宣佈約法八章，願我全體人民共同遵守之。

㈠保護全體人民的生命財產。各界人民，不分階級信仰和職業，均望保持秩序，採取和人民解放軍合作的態度。人民解放軍則採取和各界人民合作的態度。如有反革命份子或其他破壞份子趁機搗亂，搶劫或破壞者，定予嚴辦。

㈡保護民族工商農牧業。凡屬私人經營的工廠，商店，銀行，倉庫，船舶，碼頭，農場，牧場等，一律保護，不受侵犯。希望各業員工照常生產，各行商店照常營業。

㈢沒收官僚資本。凡屬國民黨反動政府及大官僚份子所經營的工廠，商店，銀行，倉庫，船舶，碼頭，鐵路，郵政，電報，電燈，電話，自來水及農場，牧場等，均由人民政府接管。其中如有民族工商農牧業家私人股份經調查屬實者，當承認其所有權。所有在官僚資本企業中供職的人員，在人民政府接管以前，均需照舊供職，並負責保護資財，機器，圖表，賬冊，檔案等，聽候清點和接管。保護有功者獎，怠工破壞者罰。凡願繼續服務者，在人民政府接管後，准予量才錄用，不使流離失所。

㈣保護一切公私學校，醫院，文化教育機關，體育場所及其他一切公益事業。凡在這些機關供職的人員，均望照常供職，人民解放軍一律保護，不受侵犯。

㈤除怙惡不悛的戰爭罪犯及罪大惡極的反革命份子外，凡屬國民黨中央，省，市，縣各級政府的大小官員，國大代表，立法監察委員，參議員，警察人員，區鎮鄉保甲人員，凡不持槍抵抗不陰謀破壞者，人民解放軍及人民政府一律不加俘虜，不加逮捕，不加侮辱。責成上述人員各安職守，服從人民解放軍及人民政府的命令，負責保護各機關資財，檔案等，聽候接收處理。這些人員中，凡有一技之長而無嚴重的反動行爲或嚴重的劣績者，人民政府准予分別錄用。如有乘機破壞，偷盜，舞弊，攜帶公款，公物，檔案潛逃，或拒不交待者，則需予以懲辦。

㈥爲着確保城鄉治安，安定社會秩序之目的，一切散兵游勇均應向當地人民解放軍或人民政府投誠報到。凡自動投誠報到，並將所有武器交出者，概不追究。其有抗不報到或隱藏武器者，即予逮捕查究。窩藏不報者亦需受相當的處分。

㈦農村中的封建的土地所有權制度是不合理的，應當廢除。但是廢除這種制度必須是有準備和有步驟的。一般地說來，應當先行減租減息，後行分配土地。並且需要人民解放軍到達和工作一個相當長的時期之後，方才談得到認真地解決土地問題。農民群衆應當組織起來，協助人民解放軍進行各項初步的改革工作。同時努力耕種使現有的農業生產水平不致降低，然後逐步加以提高，藉以改善農民生活，並供給城市人民以商品糧食。城市的土地房屋，不能和農村土地問題一樣處理。

㈧保護外國僑民生命財產的安全。希望一切外國僑民各安身業，保持秩序。一切外國僑民，必須遵守人民解放軍及人民政府的法令，不得進行間諜活動，不得有反對中國民族獨立事業及人民解放事業的行爲，不得包庇中國戰爭罪犯，反革命份子及其他罪犯；否則當受人民解放軍及人民政府的法律制裁。

人民解放軍紀律嚴明，公買公賣，不許妄取民間一針一線。希望我全體人民一律安居樂業，切勿輕信謠言，自相驚擾。切切此佈。

中國人民革命軍事委員會主席毛澤東
中國人民解放軍總司令朱德
一九四九年四月廿五日

「懲處戰爭罪犯」命令

我人民解放軍自轉入進攻以來，所向無敵，全國勝利，指日可待。國民黨反動派已面臨於覆滅的命運，近更傷盡人性，施放毒氣，屠殺人民，破壞建築，毀滅物資，作垂死的狂妄的破壞。我全軍上下，必須更加努力，採取一切有效辦法，保護國家與人民之生命財產，使之免遭國民黨軍隊損毀與破壞外，應對帶頭之首惡罪犯者，澈底追究，嚴予懲處。爲此，特根據我軍一九四七年雙十節宣言之精神，宣佈如下命令：

第一，凡國民黨軍官及其黨部政府各級官吏命令其部屬進行下列各項罪行而證據確實者，一概以戰犯論罪：
㈠屠殺人民，搶掠人民財物或摧毀焚燒人民房屋者；
㈡施放毒氣者；
㈢殺害俘虜者；
㈣破壞武器彈藥者；
㈤破壞通信器材焚毀一切文件案卷者；
㈥毀壞糧食被服，倉庫及其他軍用器材者；
㈦毀壞水陸空交通一切工具者；
㈧破壞銀行金庫者；
㈨毀壞市政水電設備工廠建築及各種機器者；
㈩毀壞文化古物者；
⑪燒毀一切公共資產與公共物者；
⑫空襲轟炸解放區人民者。

第二，凡帶頭實行以上行爲之一者，概應依法懲辦。

第三，凡採取有效辦法，因而使人民的生命財產與一切屬於本軍的勝利品與城市建設，得保完全得免於破壞者，應給予應得之獎勵。

我各地人民解放軍應切實執行此項命令。我軍對待國民黨反動派軍人員的政策是：「首惡者必辦，脅從者不問，立功者受獎」。追緝戰爭罪犯，應以首惡者是問，必須追尋他們至天涯海角，務使歸案法辦，不容漏網。切切此令。

中國人民解放軍總司令朱德
副總司令彭德懷

图2-2-19　《上海人民》1949年5月25日号外头版

该报出版号外，刊发《大上海解放了　解放军约法八章》及中国人民解放军发布的《“惩处战争罪犯”命令》。

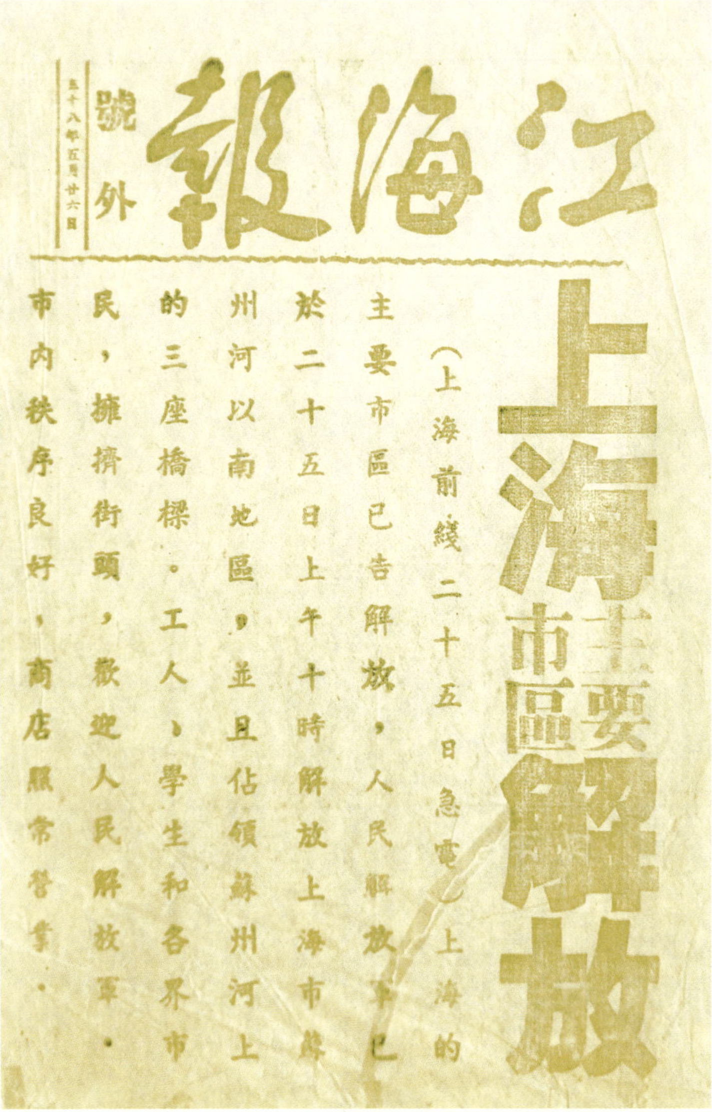

江海報
號外
三十八年五月廿六日

上海主要市區解放

（上海前線二十五日急電）上海的主要市區已告解放，人民解放軍已於二十五日上午十時解放上海市蘇州河以南地區，並且佔領蘇州河上的三座橋樑。工人、學生和各界市民，擁擠街頭，歡迎人民解放軍。市內秩序良好，商店照常營業。

图 2-2-20 《江海报》1949 年 5 月 26 日号外头版

该报号外刊发《上海主要市区解放》:“(上海前线二十五日急电)上海的主要市区已告解放,人民解放军已于二十五日上午十时解放上海市苏州河以南地区,并且占领苏州河上的三座桥梁。工人、学生和各界市民,拥挤街头,欢迎人民解放军。市内秩序良好,商店照常营业。”

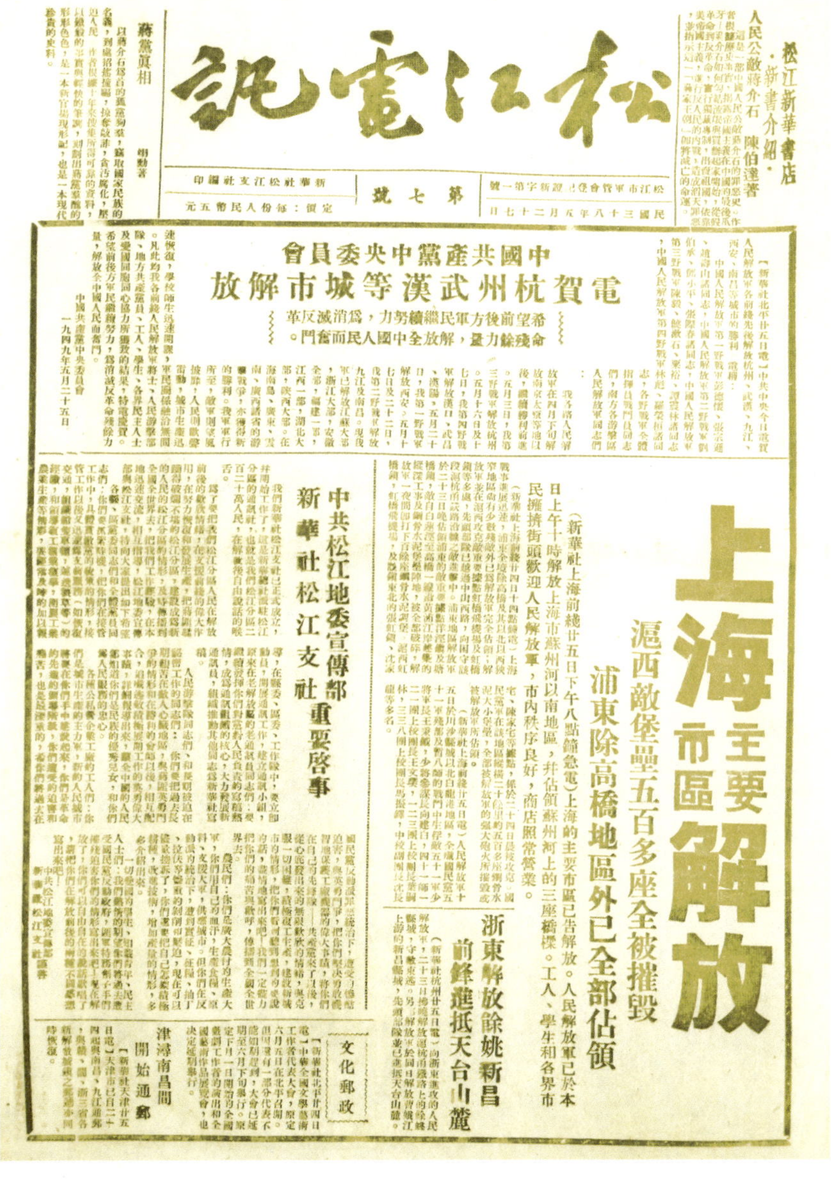

松江電訊

第七號

松江新華書店·新書介紹·人民公敵蔣介石　陳伯達著

蔣黨真相

中國共產黨中央委員會
電賀杭州武漢等城市解放

希望前方軍民繼續努力，爲消滅反革命殘餘力量，解放全中國人民而奮鬥。

上海主要市區解放

滬西敵堡壘五百多座全被摧毀

浦東除高橋地區外已全部佔領

（新華社上海前綫廿五日下午八點鐘急電）上海的主要市區已告解放。人民解放軍已於本日上午十時解放上海市蘇州河以南地區，并佔領蘇州河上的三座橋樑。工人、學生和各界市民擁擠街頭歡迎人民解放軍，市內秩序良好，商店照常營業。

中共松江地委宣傳部
新華社松江支社重要啓事

浙東解放餘姚新昌
前鋒進抵天台山麓

文化郵政

津滬南昌間開始通郵

图 2-2-21　《松江电讯》1949 年 5 月 27 日头版

新华社松江分社编印的《松江电讯》刊发《上海主要市区解放》，副标题为“沪西敌堡垒五百多座全被摧毁　浦东除高桥地区外已全部占领”。

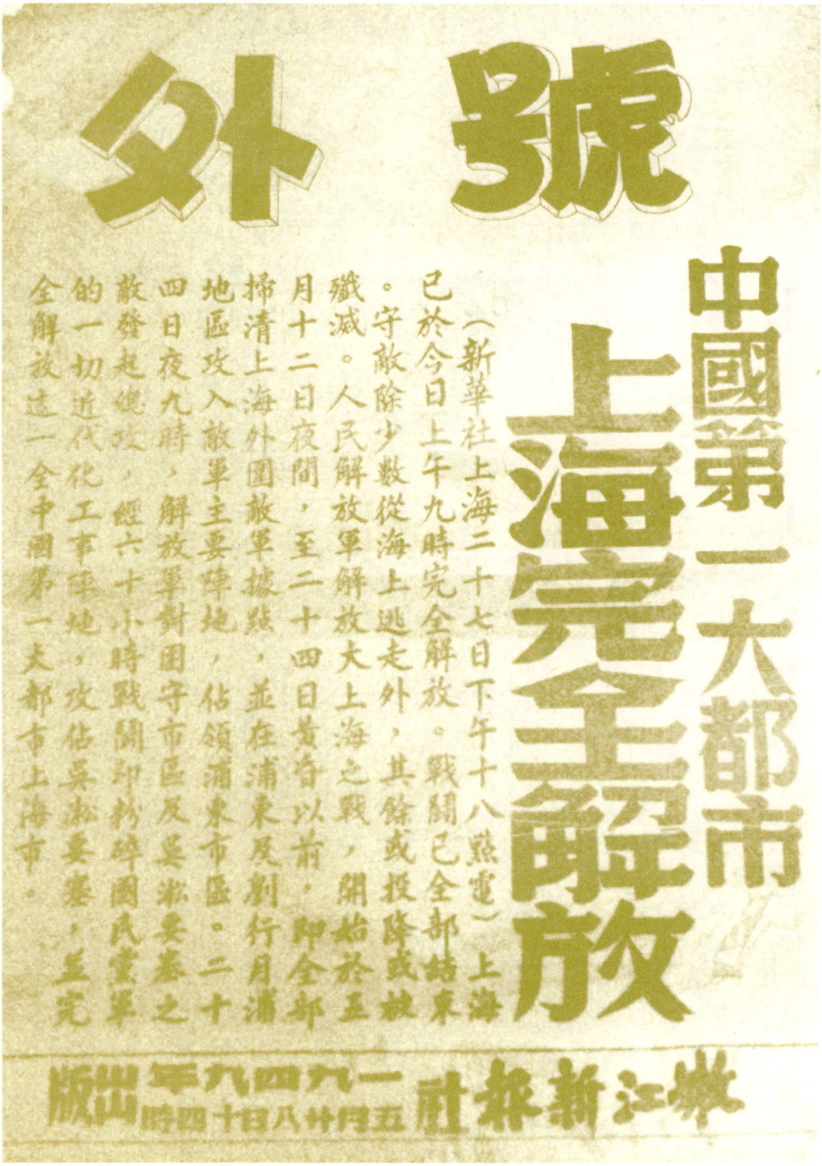

外號

中國第一大都市上海完全解放

（新華社上海二十七日下午十八點電）上海已於今日上午九時完全解放。戰鬥已全部結束，守敵除少數從海上逃走外，其餘或投降或被殲滅。人民解放軍解放大上海之戰，開始於五月十二日夜間，至二十四日黃昏以前，即在浦東東岸及劉行月浦一帶掃清上海外圍敵單據點，並在二十地區攻入散單主要陣地，佔領浦東市區。二十四日夜九時，解放軍對國守市區反吳淞要塞之敵發起總攻，經六十小時戰鬥即粉碎國民黨軍的一切近代化工事堡地，攻佔吳淞要塞，全解放這一全中國第一大都市上海市。

嫩江新報社 一九四九年五月廿八日十四時出版

图2-2-22 《嫩江新报》1949年5月28日号外头版

　　该报出版号外，转发"新华社上海二十七日下午十八点电"消息，刊登《中国第一大都市上海完全解放》，号外采用红绿油墨印刷，上半部红色，下半部绿色，中间红绿交叉颜色渐变。

大眾日報

中國人民解放軍萬歲

慶祝上海解放

全國第一大都市 上海完全解放

陳毅粟裕任軍管會正副主任

總部公佈三四月份戰績 殲敵卅八個整師 連前統計殲敵五百廿六萬餘 四月底止我共有城市八百七十座

全國經濟中心 上海介紹

新上海巡禮

我軍解放即墨城 陰島等地敵約三個團投誠

對於帝國主義是痛苦的一擊 解放上海具國際意義 波蘭通訊社報紙撰文慶祝

出敵不意奔襲攻佔 浦東匪軍心臟據點

國民黨艦艇五艘 逃回武漢投奔解放軍

图2-2-23 《大众日报》1949年5月29日头版

1949年5月27日，中国人民解放军上海军管会成立；5月28日，上海市人民政府成立。《大众日报》以全红印刷刊发《全国第一大都市上海完全解放》，副标题为“陈毅粟裕任军管会正副主任”。

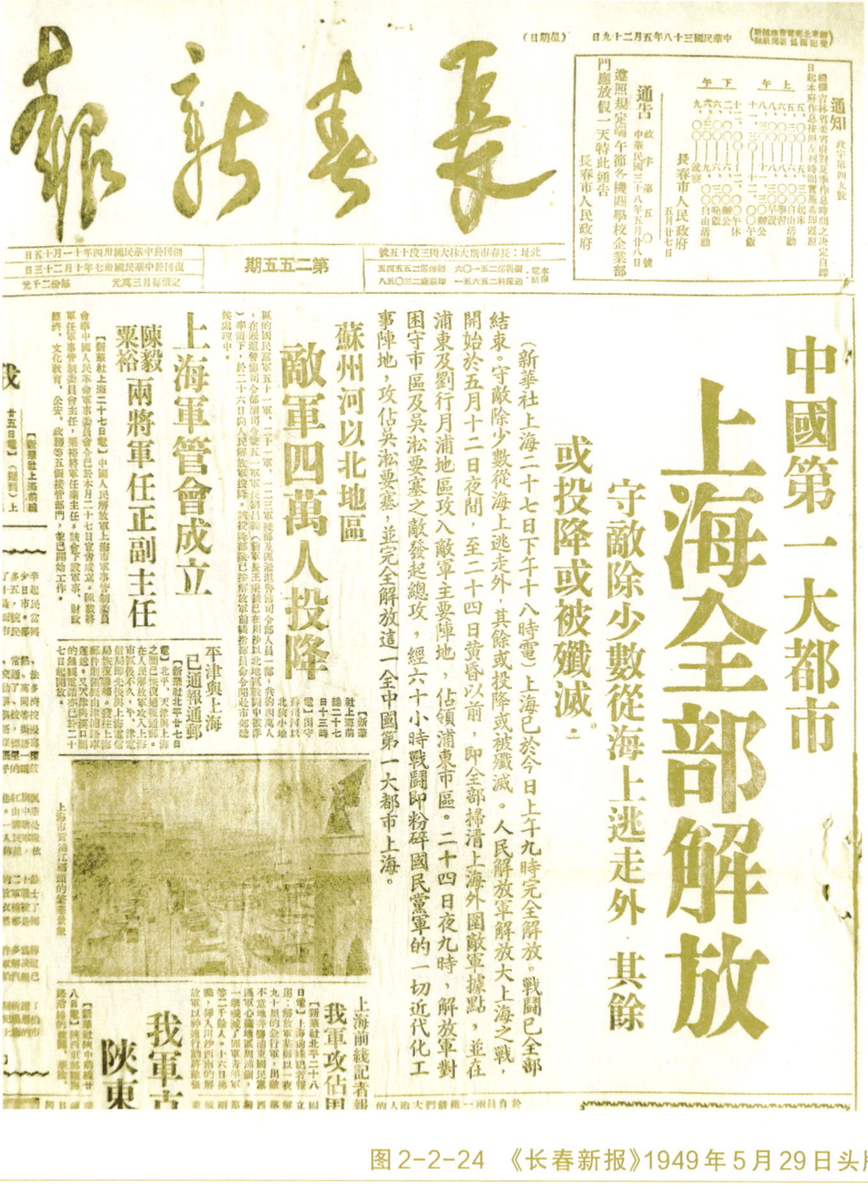
長春新報

中華民國三十八年五月二十九日（星期日）

第二五五二期

通告
遵照規定端午節各機關學校企業部門應放假一天特此通告
長春市人民政府

中國第一大都市 上海全部解放
守敵除少數從海上逃走外，其餘或投降或被殲滅

（新華社上海二十七日下午十八時電）上海已於今日上午九時完全解放。戰鬪已全部結束。守敵除少數從海上逃走外，其餘或投降或被殲滅。人民解放軍解放大上海之戰，開始於五月十二日夜間，至二十四日黄昏以前，即全部掃清上海外圍敵軍據點，並在浦東及劉行月浦地區攻入敵軍主要陣地，佔領浦東市區。二十四日夜九時，解放軍對困守市區及吳淞要塞之敵發起總攻，經六十小時戰鬪即粉碎國民黨軍的一切近代化工事陣地，攻佔吳淞要塞，並完全解放這一全中國第一大都市上海。

蘇州河以北地區 敵軍四萬人投降

上海軍管會成立 陳毅粟裕兩將軍任正副主任

平津與上海已通報通郵

我軍攻佔

图 2-2-24 《长春新报》1949 年 5 月 29 日头版

该报刊发《中国第一大都市上海全部解放》，称：“守敌除少数从海上逃走外，其余或投降或被歼灭。”“二十四日夜九时，解放军对困守市区及吴淞要塞之敌发起总攻，经六十小时战斗即粉碎国民党军的一切近代化工事阵地，攻占吴淞要塞，并完全解放这一全中国第一大都市上海。”

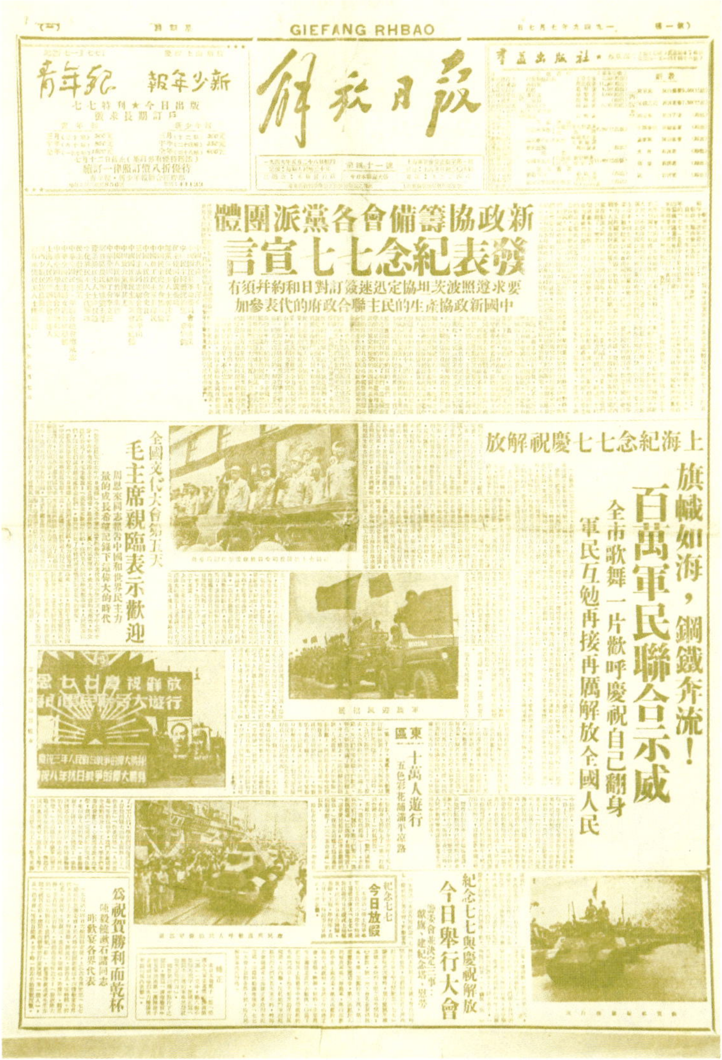
GIEFANG RHBAO

解放日報

新少年報　青年紀

新政協籌備會各黨派團體
發表紀念七七宣言
要求遵照波茨坦協定迅速簽訂對日和約并須有
中國新政協產生的民主聯合政府代表參加

全國文代大會第五天
毛主席親臨表示歡迎

上海紀念七七慶祝解放
旗幟如海，鋼鐵奔流！
百萬軍民聯合示威
全市歌舞一片歡呼慶祝自己翻身
軍民互勉再接再厲解放全國人民

東區十萬人遊行
五色彩花鋪滿平涼路

紀念七七與慶祝解放
今日舉行大會

紀念七七
今日放假

爲祝賀勝利而乾杯

图 2-2-25《解放日报》1949 年 7 月 7 日头版

1949 年 7 月 6 日，上海举行“纪念七七庆祝解放”大游行，《解放日报》7 月 7 日头版图文并茂、浓墨重彩地对其进行报道——《旗帜如海，钢铁奔流！百万军民联合示威》，同时刊发《东区十万人游行　五色彩花铺满平凉路》《为祝贺胜利而干杯》，还用《游行前导的牌帐车》《军旗迎风招展》《市民夹道欢呼人民的装甲部队》《坦克部队隆隆行进》等图片真实记录了当时的场景。

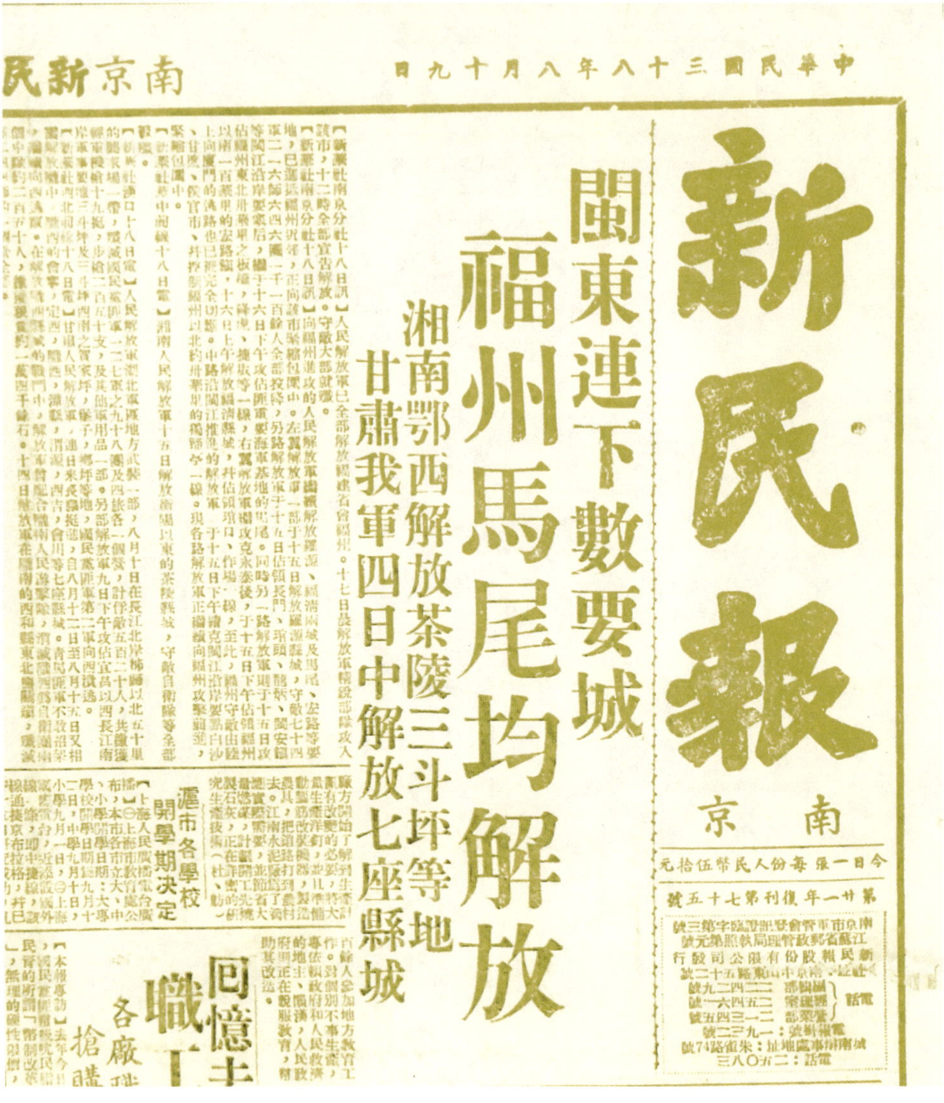

中華民國三十八年八月十九日

南京新民

新民報

南京

今日一張每份人民幣伍拾元

第卅一年復刊第七十五號

閩東連下數要城

福州馬尾均解放

湘南鄂西解放茶陵三斗坪等地

甘肅我軍四日中解放七座縣城

滬市各學校開學期決定

图 2-2-26 《新民报(南京)》1949 年 8 月 19 日头版

该报刊发《闽东连下数要城 福州马尾均解放》。

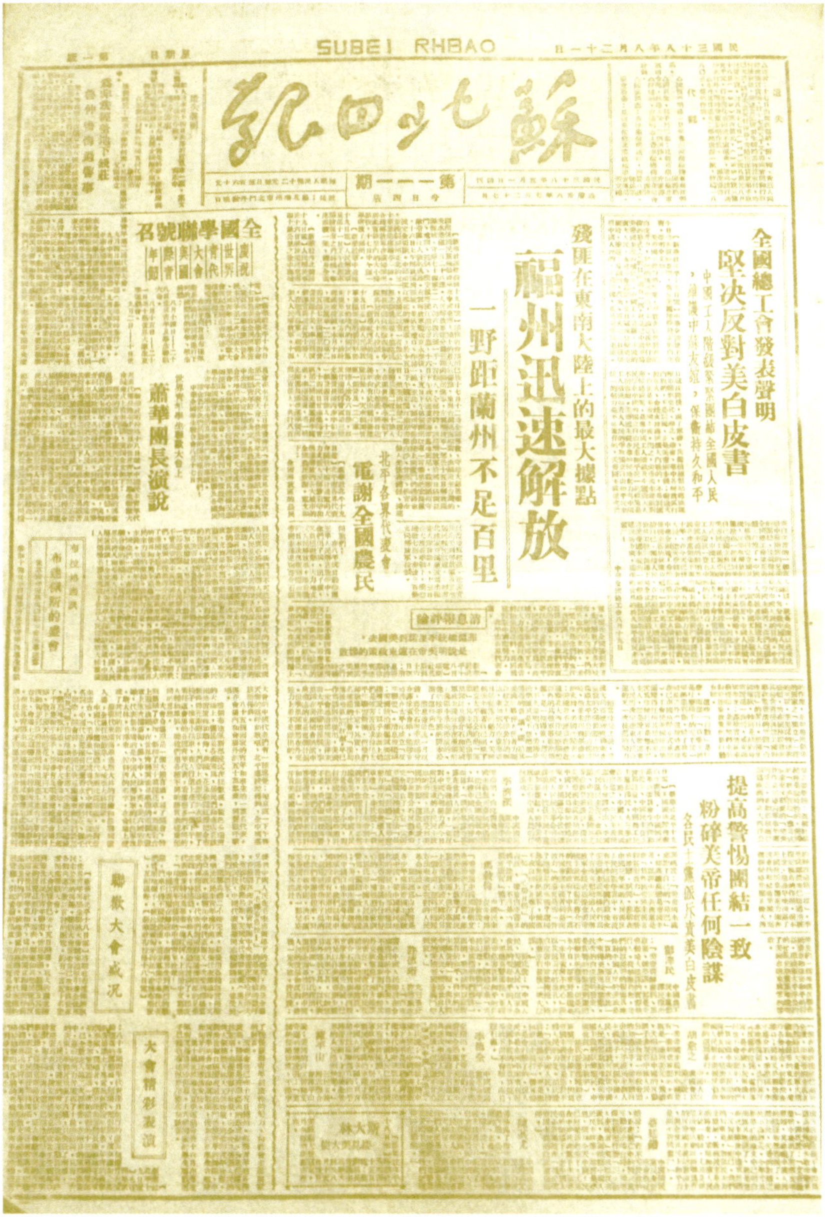
SUBEI RHBAO

蘇北日報

第一一一期

殘匪在東南大陸上的最大據點

福州迅速解放

一野距蘭州不足百里

全國總工會發表聲明

堅決反對美白皮書

全國學聯號召

北平各界代表會

電謝全國農民

蕭華團長演說

提高警惕團結一致

粉碎美帝任何陰謀

聯歡大會盛況

大會精彩表演

图 2-2-27　《苏北日报》1949 年 8 月 21 日头版

该报刊发“新华社福州前线十九日电”:《残匪在东南大陆上的最大据点福州迅速解放》。

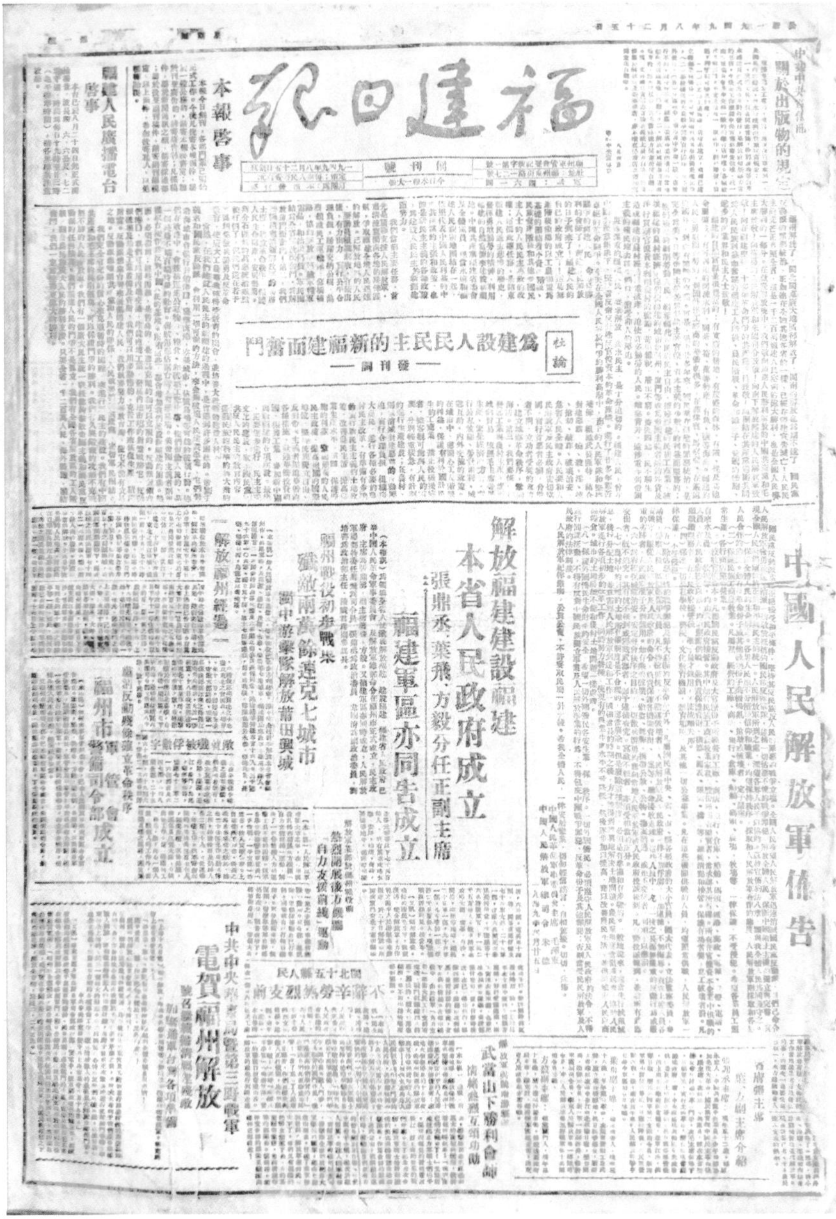

福建日報

本報啓事

福建人民廣播電台啓事

社論 爲建設人民民主的新福建而奮鬥
——發刊詞——

中國人民解放軍佈告

解放福建建設福建 本省人民政府成立
張鼎丞、葉飛、方毅分任正副主席
福建軍區亦同告成立

福州市軍事管制委員會 警備司令部成立

中共中央華東局暨第三野戰軍 電賀福州解放

图 2-2-28 《福建日报》1949 年 8 月 25 日创刊号头版

该报刊发《解放福建建设福建 本省人民政府成立》和《中共中央华东局暨第三野战军电贺福州解放》等。

第三节　天翻地覆慨而慷

1949年以来,中国人民解放军按照党中央的部署,三种方式并用,挟破竹之势,向全国进军,实现了祖国大陆的完全解放,全国各地"天翻地覆慨而慷"。

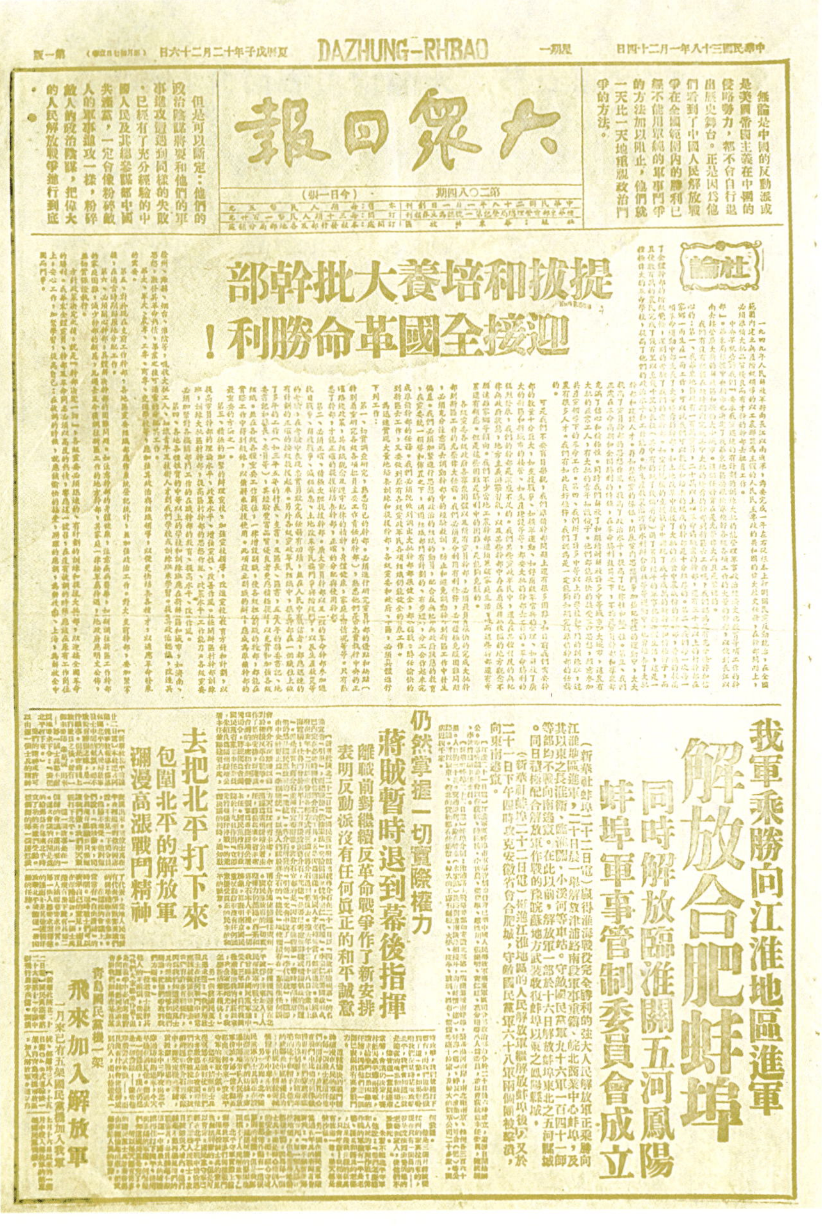
中華民國三十八年一月二十四日 星期一

DAZHUNG-RHBAO

夏曆戊子年十二月二十六日

大衆日報

無論是中國的反動派或是美國帝國主義在中國的侵略勢力，都不會自行退出歷史舞台。正是因爲他們看到了中國人民解放戰爭在全國範圍內的勝利已經不能用單純的軍事鬥爭的方法加以阻止，他們就一天比一天地重視政治鬥爭的方法。

但是可以斷定：他們的政治陰謀將要和他們的軍事進攻遭遇到同樣的失敗。已經有了充分經驗的中國人民及其領導者中國共產黨，一定會像粉碎敵人的軍事進攻一樣，粉碎敵人的政治陰謀，把偉大的人民解放戰爭進行到底

社論

提拔和培養大批幹部 迎接全國革命勝利！

我軍乘勝向江淮地區進軍 解放合肥蚌埠 同時解放臨淮關五河鳳陽 蚌埠軍事管制委員會成立

（新華社蚌埠二十二日電）贏得淮海戰役完全勝利的強大人民解放軍正乘勝向江淮地區進軍，二十日晨一舉解放津浦路南段軍事重鎮、皖北商業中心蚌埠，及其以東之長淮衛、臨淮關、小溪河等車站。守敵國民黨第九十六軍一百四十一師等部均不戰向南逃竄。在此以前，解放軍一部於十六日解放蚌埠東北之五河縣城。同日，配合作戰的豫皖蘇地方武裝收復蚌埠以東之鳳陽縣城。（新華社淮海二十二日電）挺進江淮地區的人民解放軍繼解放蚌埠以後，又於二十一日下午四時攻克安徽省會合肥城，守敵國民黨第六十八軍向東南逃竄。

蔣賊暫時退到幕後指揮 仍然掌握一切實際權力 離職前對繼續反革命戰爭作了新安排 表明反動派沒有任何真正的和平誠意

去把北平打下來 包圍北平的解放軍 瀰漫高漲戰鬥精神

青島國民黨機一架 飛來加入解放軍

图 2-3-1 《大众日报》1949 年 1 月 24 日头版

该报刊发社论《提拔和培养大批干部 迎接全国革命胜利!》,同时用特大字号标题刊登消息《我军乘胜向江淮地区进军 解放合肥蚌埠》。

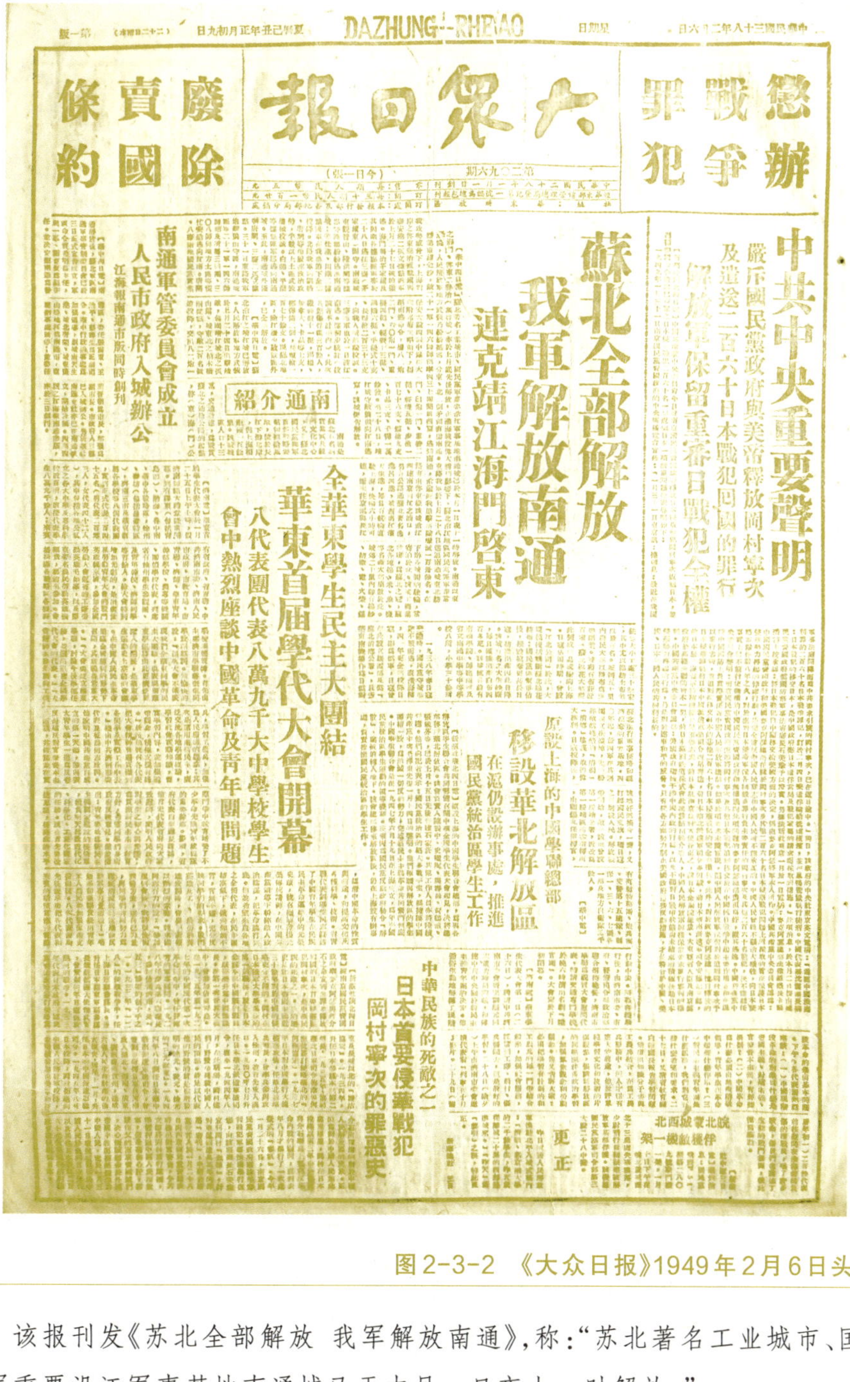
DAZHUNG-RHEBAO

大衆日報

懲辦戰爭罪犯

廢除賣國條約

中共中央重要聲明

嚴斥國民黨政府與美帝釋放岡村寧次及遣送二百六十日本戰犯回國的罪行

解放軍保留重審日戰犯全權

蘇北全部解放

我軍解放南通

連克靖江海門啓東

南通軍管委員會成立

人民市政府入城辦公

南通介紹

全華東學生民主大團結

華東首屆學代大會開幕

八代表團代表八萬九千大中學校學生

會中熱烈座談中國革命及青年團問題

原設上海的中國學聯總部

移設華北解放區

在滬仍設辦事處，推進國民黨統治區學生工作

中華民族的死敵之一

日本首要侵華戰犯

岡村寧次的罪惡史

图2-3-2　《大众日报》1949年2月6日头版

该报刊发《苏北全部解放　我军解放南通》，称："苏北著名工业城市、国民党军重要沿江军事基地南通城已于本月一日夜十一时解放。"

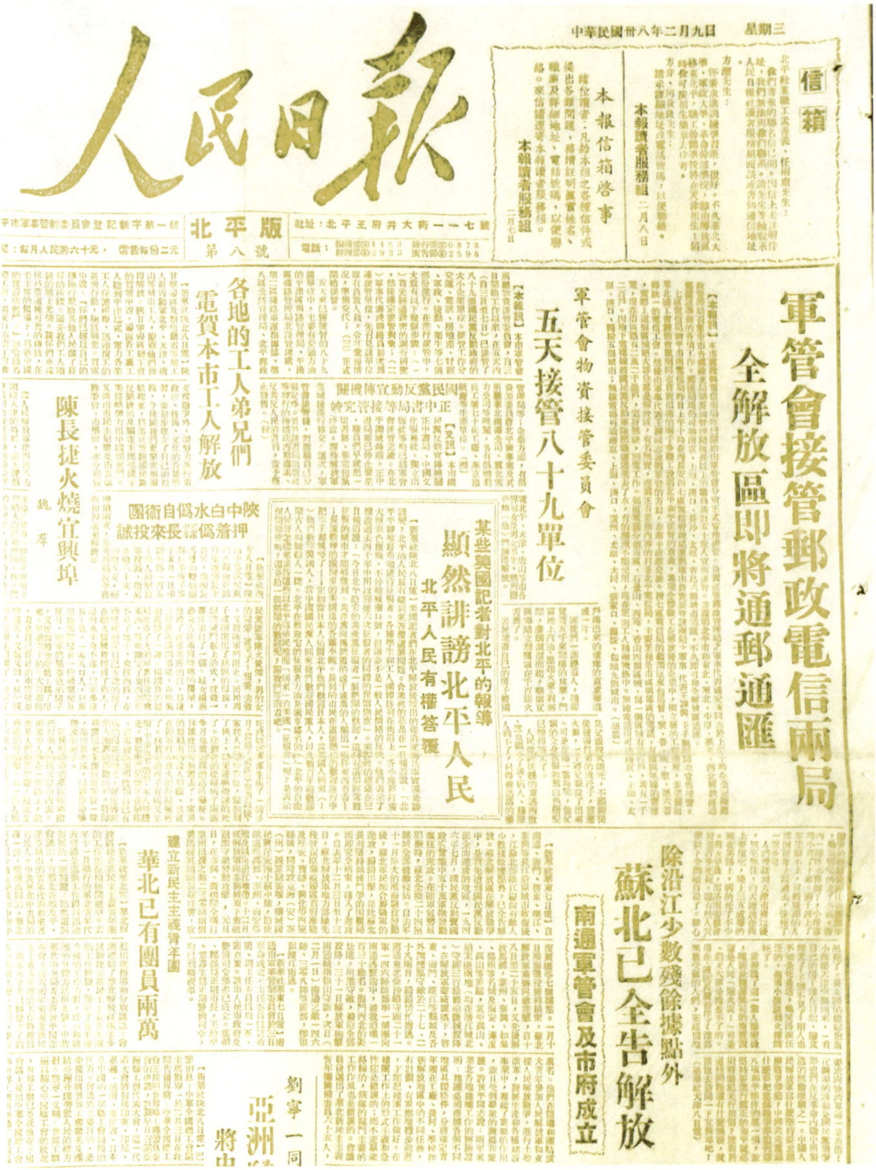

人民日報

中華民國卅八年二月九日 星期三

北平版 第八號

信箱

本報信箱啓事

軍管會接管郵政電信兩局

全解放區即將通郵通匯

軍管會物資接管委員會

五天接管八十九單位

各地的工人弟兄們

電賀本市工人解放

國民黨反動宣傳機關

正中書局等接管完竣

陝中水白偽自衛團

押着偽縣長來投誠

陳長捷火燒宜興埠

某些美國記者對北平的報導

顯然誹謗北平人民

北平人民有權答覆

除沿江少數殘餘據點外

蘇北已全告解放

南通軍管會及市府成立

建立新民主主義青年團

華北已有團員兩萬

图2-3-3 《人民日报(北平版)》1949年2月9日头版

该报刊发“新华社华东七日电”:《除沿江少数残余据点外 苏北已全告解放》,宣告“南通军事管制委员会于三日奉命成立”,“该市人民政府及警备司令部亦已成立”。

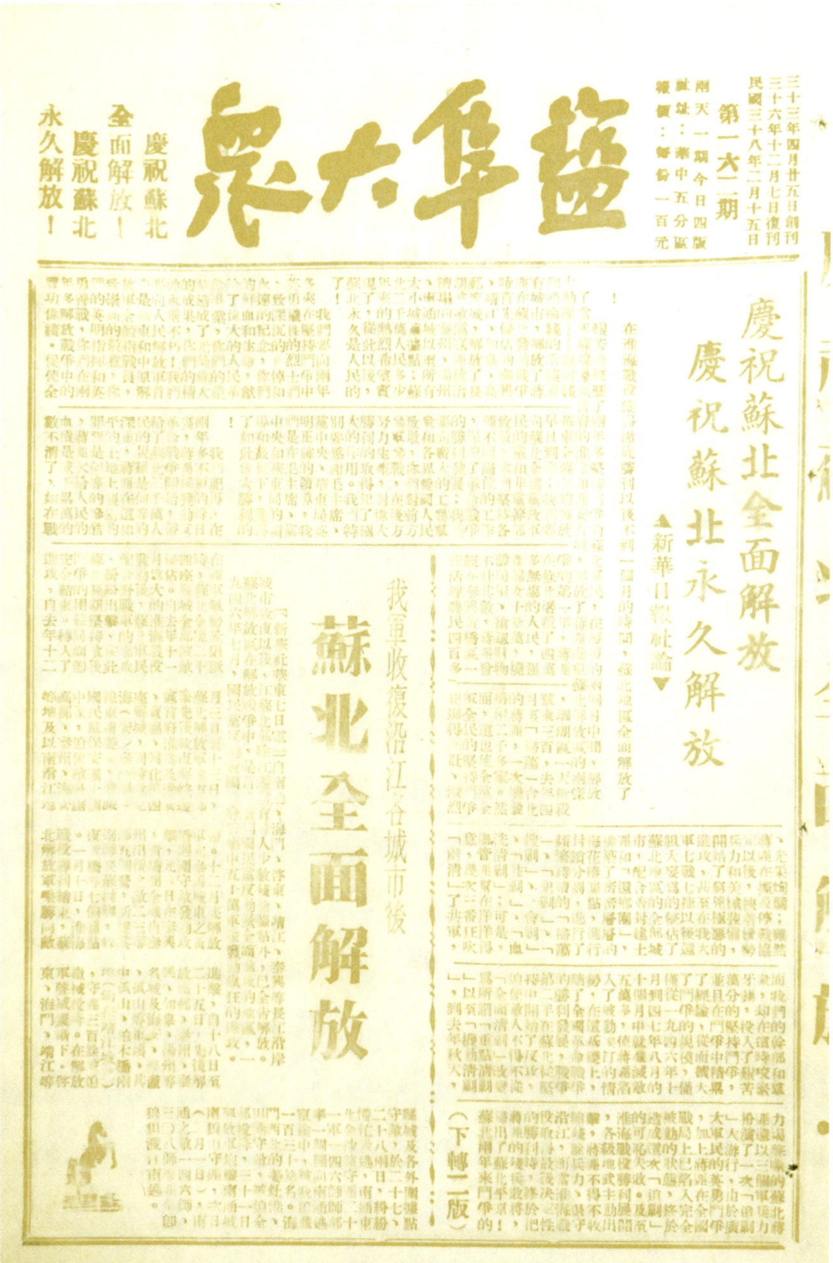
三十三年四月廿五日創刊
三十六年十二月七日復刊
民國三十八年二月十五日

第一六二期
兩天一期　今日四版
社址：淮中五分區
報價：每份一百元

鹽阜大衆

慶祝蘇北全面解放！
慶祝蘇北永久解放！

慶祝蘇北全面解放
慶祝蘇北永久解放
▲新華日報社論▼

我軍收復沿江各城市後
蘇北全面解放

（下轉二版）

图 2-3-4　《盐阜大众》1949 年 2 月 15 日头版

该报刊发新华日报社论《庆祝苏北全面解放 庆祝苏北永久解放》。

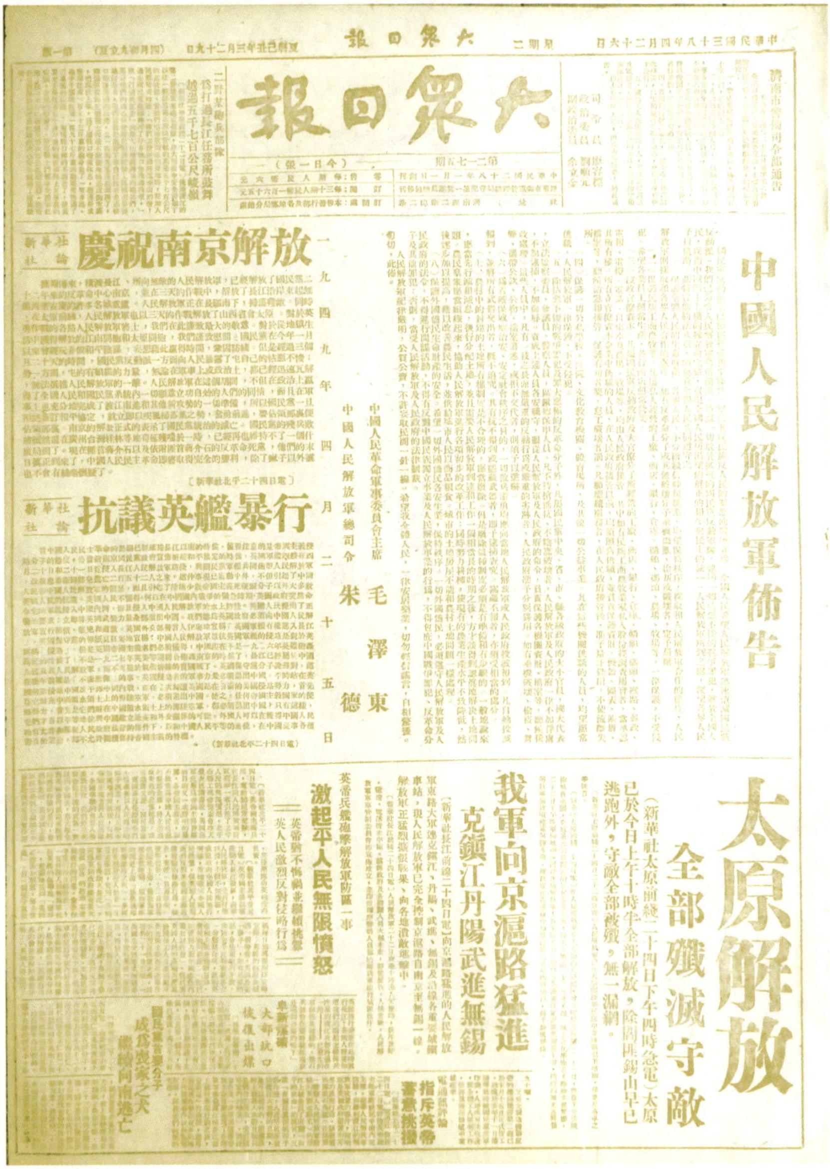

大衆日報

中國人民解放軍佈告

中國人民革命軍事委員會主席 毛澤東
中國人民解放軍總司令 朱德
一九四九年四月二十五日

慶祝南京解放

抗議英艦暴行

太原解放
全部殲滅守敵

（新華社太原前綫二十四日下午四時急電）太原已於今日上午十時半全部解放，除閻匪錫山早已逃跑外，守敵全部被殲，無一漏網。

我軍向京滬路猛進
克鎮江丹陽武進無錫

激起英人民無限憤怒

图2-3-5 《大众日报》1949年4月26日头版

该报刊发新华社社论《庆祝南京解放》，同版还刊登了《太原解放 全部歼灭守敌》《我军向京沪路猛进 克镇江丹阳武进无锡》《国民党首要分子成为丧家之犬继续向南逃亡》等。

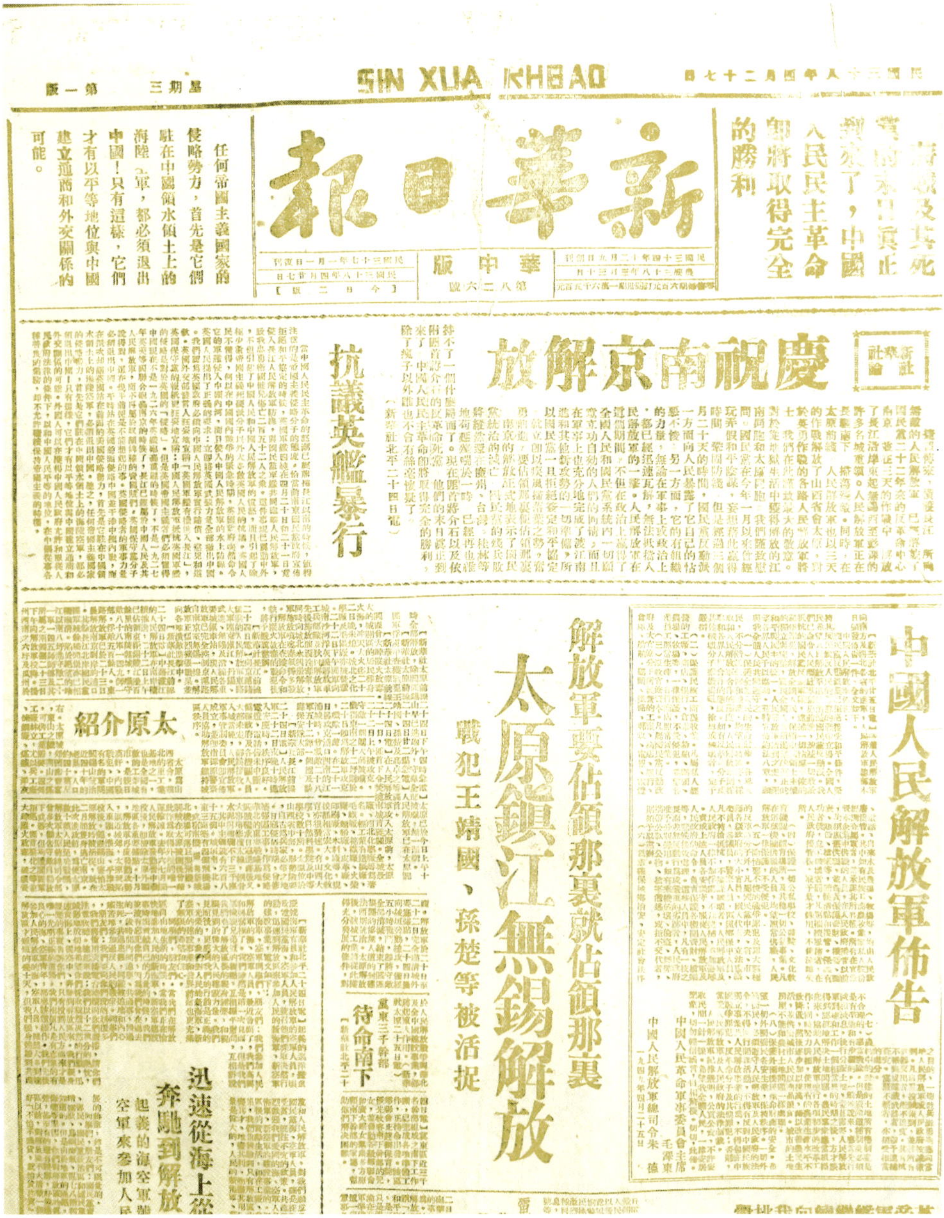
SIN XUA KHBAO

新華日報

華中版

任何帝國主義國家的侵略勢力，首先是它們駐在中國領水領土上的海陸空軍，都必須退出中國！只有這樣，它們才有以平等地位與中國建立通商和外交關係的可能。

新華社社論

慶祝南京解放

抗議英艦暴行

解放軍要佔領那裏就佔領那裏

太原鎮江無錫解放

戰犯王靖國、孫楚等被活捉

中國人民解放軍佈告

太原介紹

冀東三千幹部待命南下

迅速從海上奔馳到解放

图 2-3-6　《新华日报(华中版)》1949 年 4 月 27 日头版

该报刊发新华社社论《庆祝南京解放》和《抗议英舰暴行》，同时还报道了太原、镇江、无锡解放，以及冀东三千干部待命南下，接管、建设解放的城市等。

图2-3-7 《新华日报》1949年4月30日创刊号头版

该报创刊号以新华社社论《庆祝南京解放》为代发刊词,同版还刊发了《东进我军解放苏州》等。

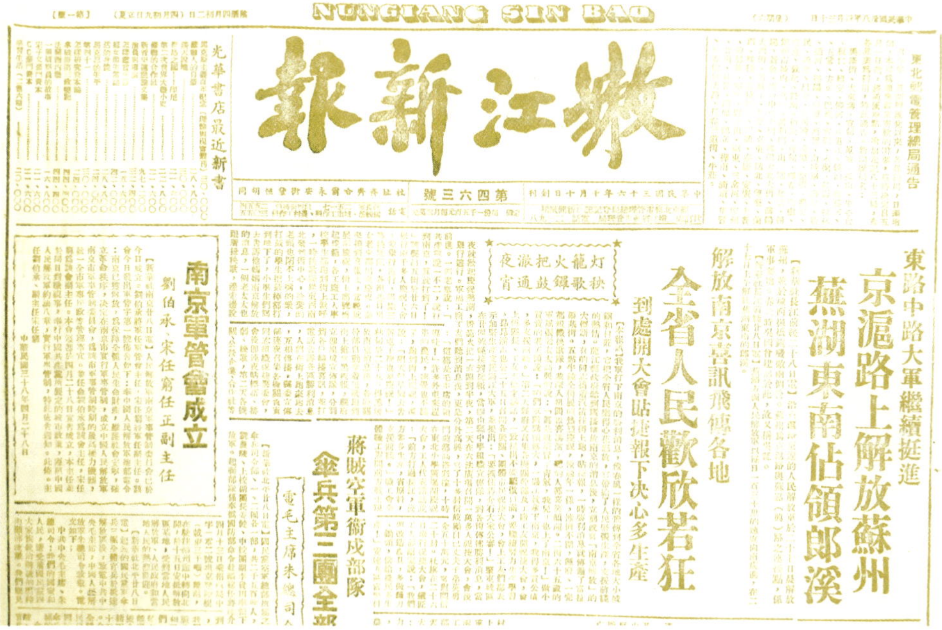

图2-3-8 《嫩江新报》1949年4月30日头版

该报报道"解放苏州"及"南京军管会成立"等消息。

图2-3-9 《人民日报》1949年5月15日头版

　　该报刊发《庆祝华北全境解放》及《五万市民盛大集会 庆祝太原解放》《京沪路我军迫近上海 连克昆山等九城镇》《浙西我歼敌两旅 活捉皖省伪主席张义纯》等。

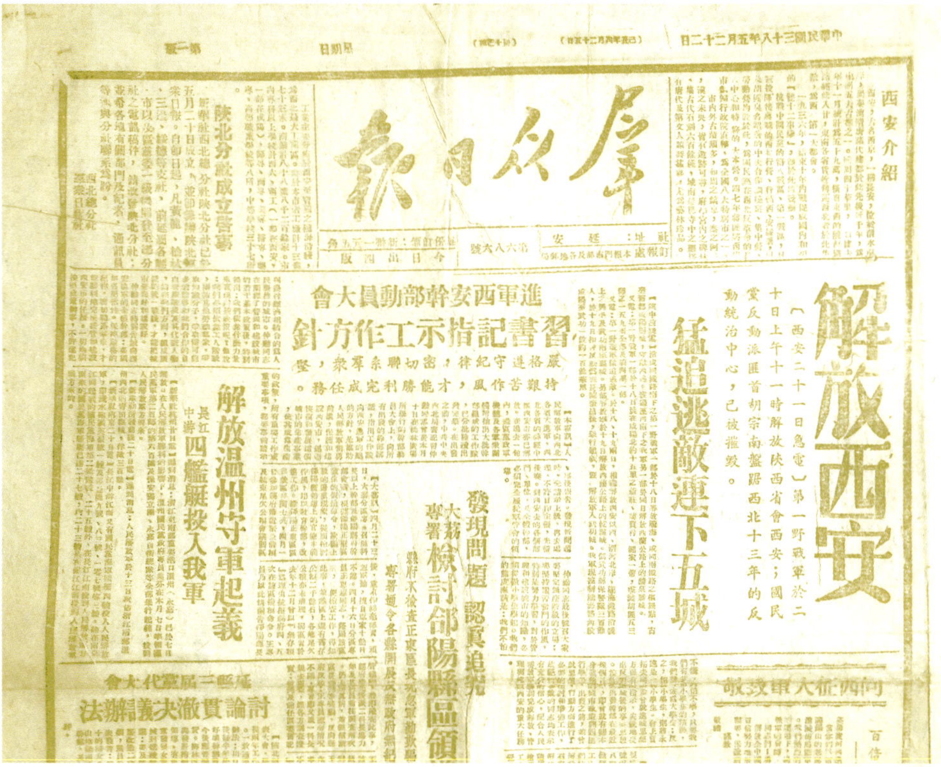

图2-3-10 《群众日报》1949年5月22日头版

　　延安出版的《群众日报》刊发《解放西安》,称:"(西安二十一日急电)第一野战军于二十日上午十一时解放陕西省会西安"。并刊发《进军西安干部动员大会 习书记指示工作方针》,指出"严格遵守纪律,密切联系群众,坚持艰苦作风,才能胜利完成任务"。

西北第一大城
西安宣告解放
我军西追逃敌收复武功兴平等城

（新华社陕中前线二十一日电）陕西的省会西安，已获得解放。人民解放军於二十日上午进入该市，受到市民的热烈欢迎。西安为西北第一大都市，人口约五十馀万，地当终南山之北，渭水之南，陇海铁路横贯而过，为西北交通的枢纽。周、西汉、隋、唐均曾在此处及其附近建都，为我国五大古都之一。

（新华社陕中前线二十一日电）沿陇海铁路向西追击逃敌的人民解放军，於十八、十九两日相继解放西安以西陇海路上的兴平、武功两座县城。另部於十八、十九两日先後解放醴泉、乾县两城。解放武功时，有武功县伪保警队三百馀人扣押反动县长陈奎明，举行反正。

（新华社陕中前线二十一日电）渡过泾水向南进军的人民解放军，十八日晨在咸阳以北约十五里的新庄、兰贺村一綫，歼灭国民党匪军五十三师一五九团全部及骑四团一部。

图2-3-11 《中原日报》1949年5月22日头版

该报刊发《西北第一大城西安宣告解放 我军西追逃敌收复武功兴平等城》。

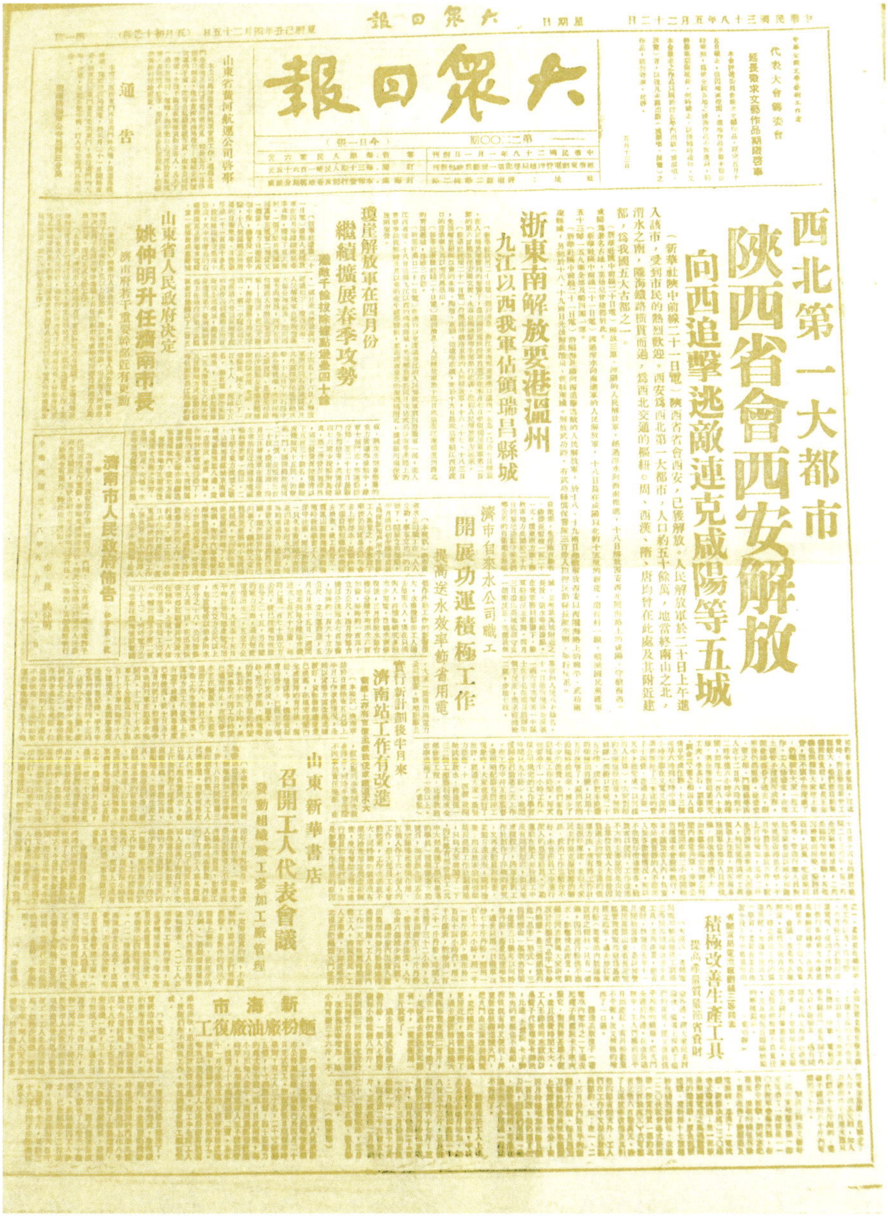
大衆日報

西北第一大都市
陝西省會西安解放
向西追擊逃敵連克咸陽等五城

浙東南解放要港溫州
九江以西我軍佔領瑞昌縣城

瓊崖解放軍在四月份
繼續擴展春季攻勢

山東省人民政府決定
姚仲明升任濟南市長

濟南市人民政府佈告

濟市自來水公司職工
開展功運積極工作
提高送水效率節省用電

實行新計劃後半月來
濟南站工作有改進

山東新華書店
召開工人代表會議

新海市麵粉廠油廠復工

積極改善生產工具

山東省黃河航運公司啓事

通告

图 2-3-12　《大众日报》1949 年 5 月 22 日头版

该报刊发《西北第一大都市陕西省会西安解放》及《浙东南解放要港温州，九江以西我军占领瑞昌县城》《琼崖解放军在四月份继续扩展春季攻势》等。

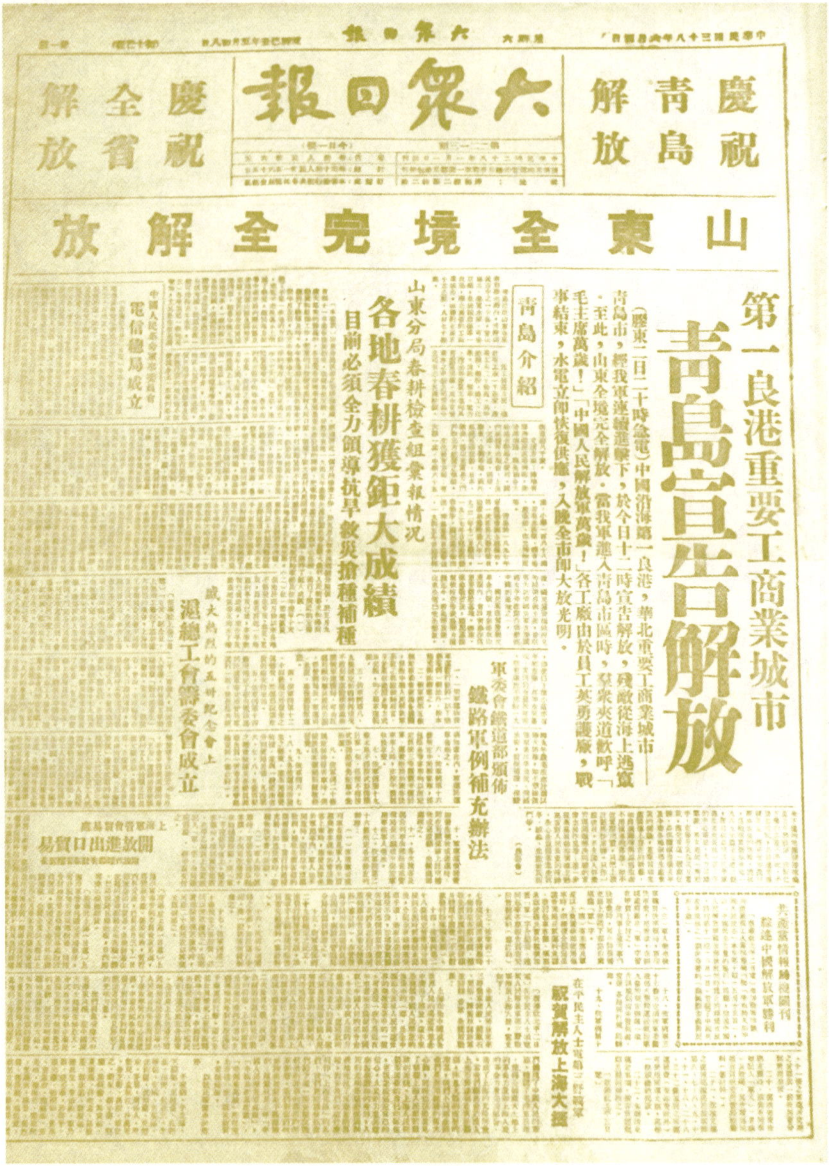
大衆日報

慶祝青島解放

慶祝全省解放

山東全境完全解放

第一良港重要工商業城市
青島宣告解放

（膠東二日二十時急電）中國沿海第一良港，華北重要工商業城市青島市，經我軍連續進擊下，於今日十二時宣告解放，殘敵從海上逃竄。至此，山東全境完全解放。當我軍進入青島市區時，群衆夾道歡呼「毛主席萬歲！」「中國人民解放軍萬歲！」各工廠由於員工英勇護廠，戰事結束，水電立即恢復供應，入晚全市即大放光明。

青島介紹

山東分局春耕檢查組彙報情况
各地春耕獲鉅大成績
目前必須全力領導抗旱救災搶種補種

電信總局成立

盛大熱烈的五卅紀念會上
滬總工會籌委會成立

軍委會鐵道部頒佈
鐵路軍例補充辦法

開放進出口貿易

祝賀解放上海大捷

图2-3-13 《大众日报》1949年6月4日头版

该报整版全红印刷，大字号刊印“庆祝青岛解放”“庆祝全省解放”，并刊发“胶东二日二十时急电”《第一良港重要工商业城市青岛宣告解放》，称：“……当我军进入青岛市区时，群众夹道欢呼……”

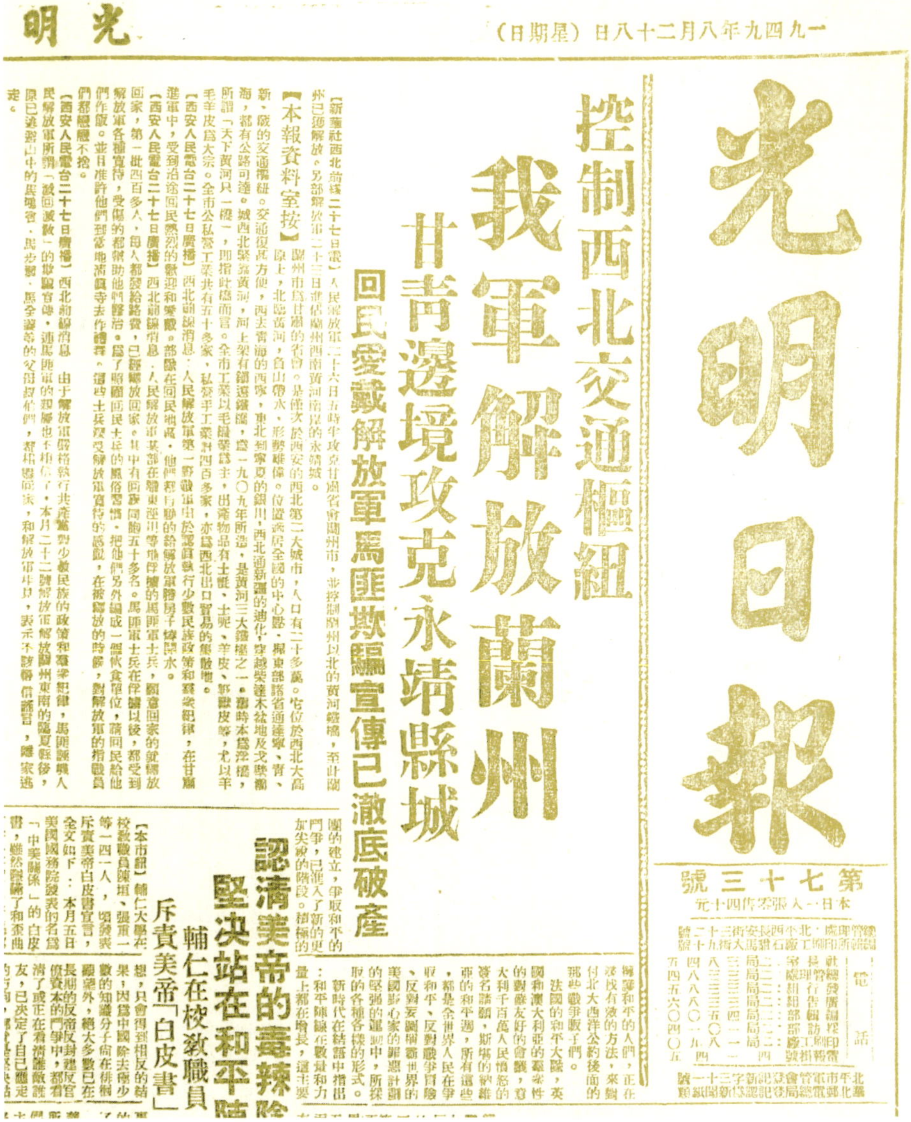

光明

（星期日）日八十二月八年九四九一

光明日報

第七十三號

控制西北交通樞紐

我軍解放蘭州

甘青邊境攻克永靖縣城

回民愛戴解放軍 為匪欺騙宣傳已徹底破產

認清美帝的毒辣陰險

堅決站在和平陣線

斥責美帝「白皮書」

輔仁在校教職員

图2-3-14 《光明日报》1949年8月28日头版

该报刊发《控制西北交通枢纽 我军解放兰州》。

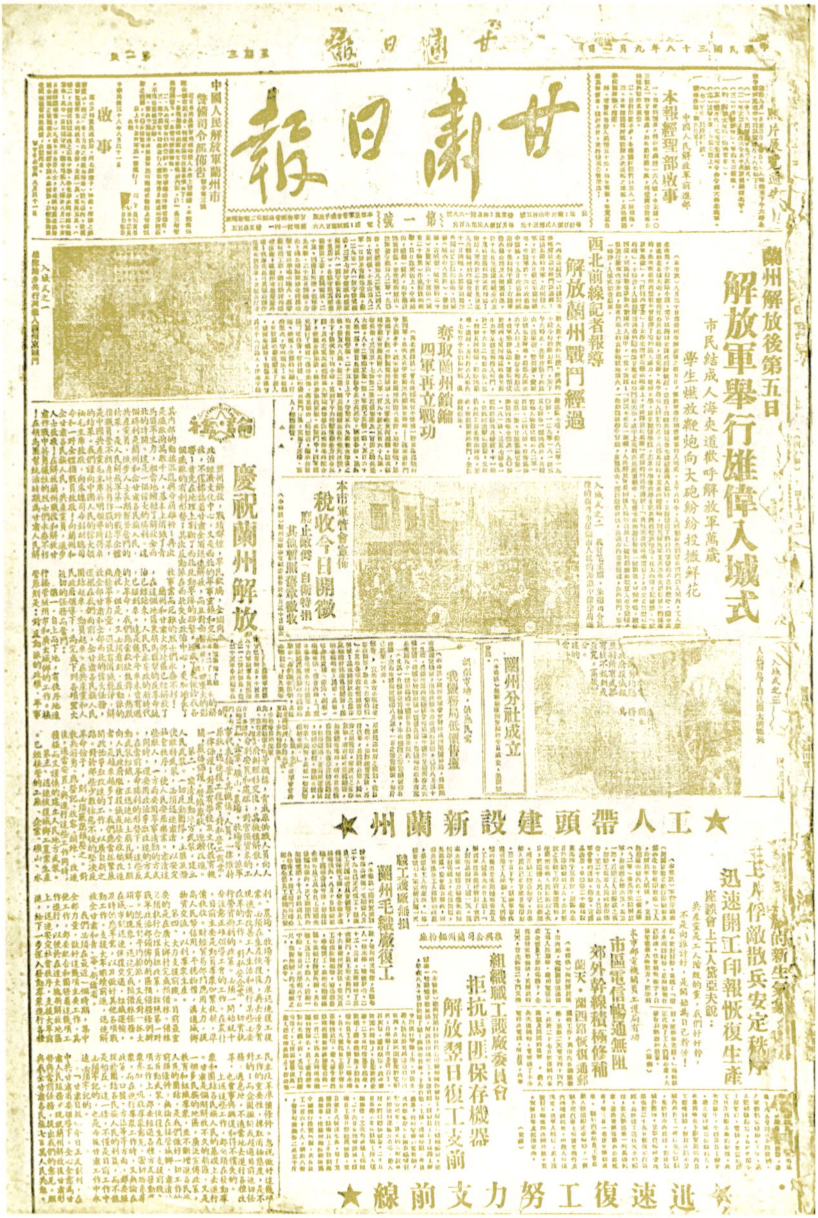

甘肅日報

第一號

蘭州解放後第五日
解放軍舉行雄偉入城式
市民結成人海夾道歡呼解放軍萬歲
學生燃放鞭炮向大砲紛紛投擲鮮花

西北前線記者報導
解放蘭州戰鬥經過
奪取蘭州鎖鑰 四軍再立戰功

慶祝蘭州解放

本市軍管會宣佈
稅收今日開徵

蘭州分社成立

★工人帶頭建設新蘭州★

組織職工護廠委員會
拒抗馬匪保存機器
解放翌日復工支前

蘭州毛織廠復工

市區電信暢通無阻
郊外幹線積極修補

迅速開工印報恢復生產

★迅速復工努力支前線★

图 2-3-15 《甘肃日报》1949 年 9 月 1 日创刊号头版

该报刊发《兰州解放后第五日 解放军举行雄伟入城式》和本报社论《庆祝兰州解放》，以及《工人带头建设新兰州》《解放兰州战斗经过》等。

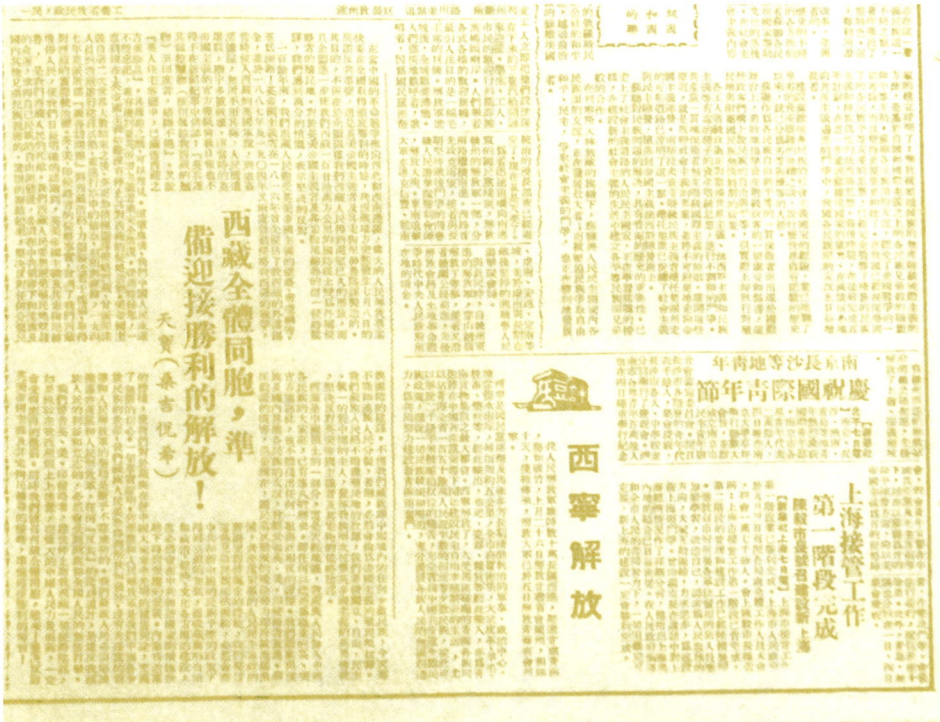

图2-3-16　《人民日报》1949年9月8日头版

　　该报刊发署名天宝（桑吉悦希）的文章《西藏全体同胞，准备迎接胜利的解放！》。

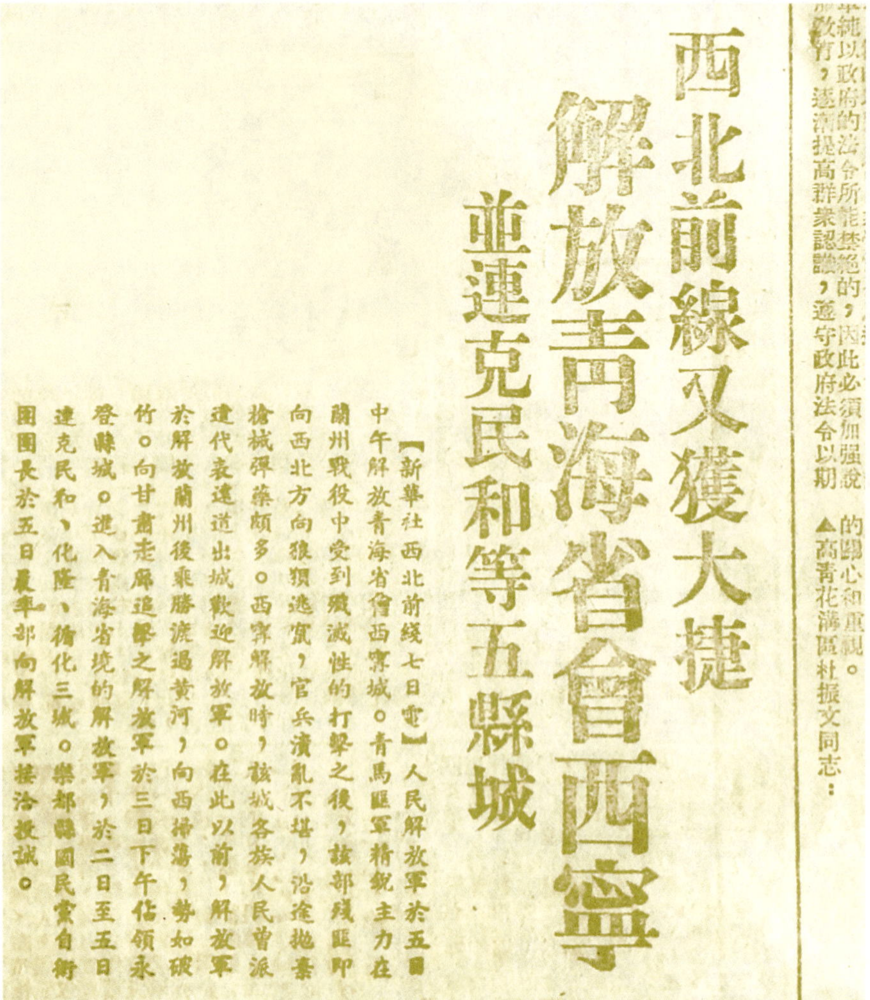

西北前線又獲大捷
解放青海省會西寧
並連克民和等五縣城

【新華社西北前綫七日電】人民解放軍於五日中午解放青海省會西寧城。青馬匪軍精銳主力在蘭州戰役中受到殲滅性的打擊之後，該部殘匪即向西北方向狼狽逃竄，官兵潰亂不堪，沿途拋棄搶械彈藥顏多。西寧解放時，該城各族人民曾派遣代表遠道出城歡迎解放軍。在此以前，解放軍於解放蘭州後乘勝渡過黃河，向西搶渡，勢如破竹。向甘肅走廊追擊之解放軍於三日下午佔領永登縣城。進入青海省境的解放軍，於二日至五日連克民和、化隆、循化三城。樂都縣國民黨自衛團團長於五日晨率部向解放軍接洽投誠。

图 2-3-17 《渤海日报》1949 年 9 月 9 日头版

　　该报刊发《西北前线又获大捷 解放青海省会西宁》，称："新华社西北前线七日电）人民解放军于五日中午解放青海省会西宁城……向甘肃走廊追击之解放军于三日下午占领永登县城。进入青海省境的解放军，于二日至五日连克民和、化隆、循化三城。乐都县国民党自卫团团长于五日晨率部向解放军接洽投诚。"

图2-3-18　《大众日报》1949年9月26日头版

该报刊发《我军以排山倒海之势长驱直入　宁夏省会银川解放》。

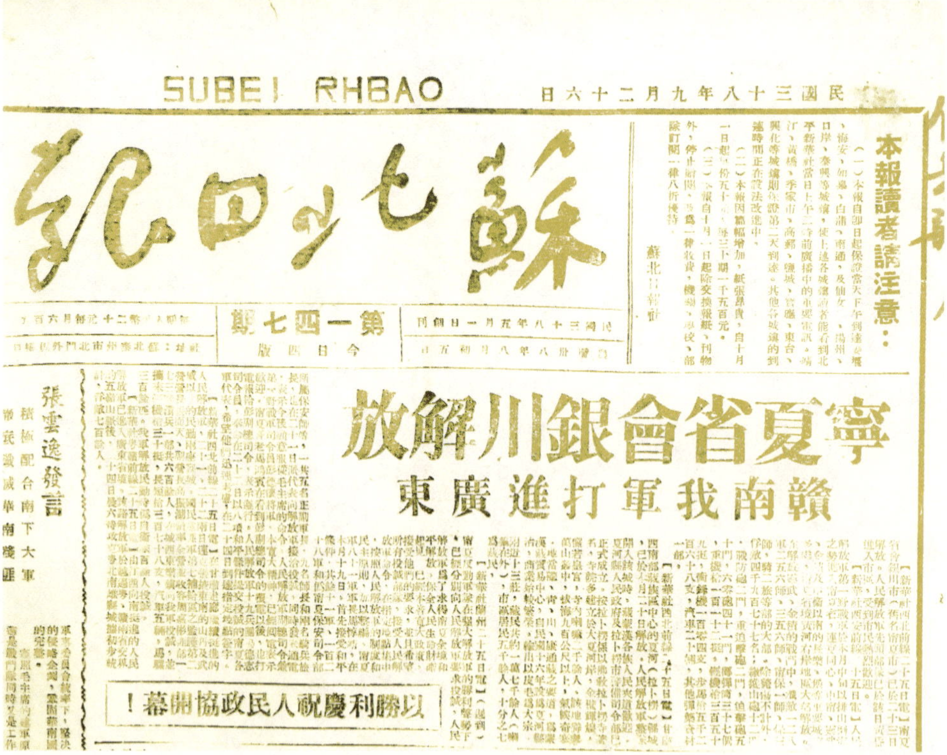
SUBEI RHBAO　民國三十八年九月二十六日

蘇北日報

第一四七期　今日四版

本報讀者請注意：

寧夏省會銀川解放

贛南我軍打進廣東

張雲逸發言

積極配合南下大軍 帶兵殲滅華南殘匪

以勝利慶祝人民政協開幕！

图2-3-19 《苏北日报》1949年9月26日头版

该报刊发《宁夏省会银川解放 赣南我军打进广东》。

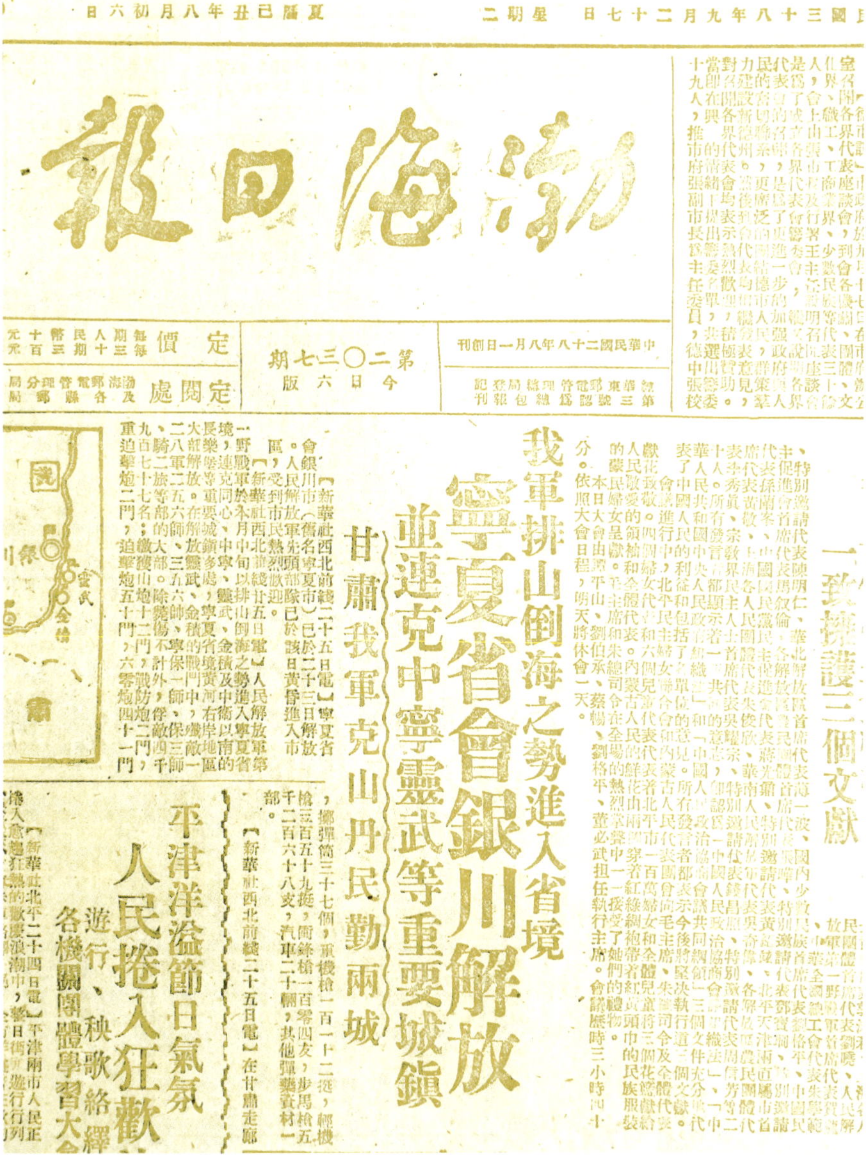

图2-3-20　《渤海日报》1949年9月27日头版

该报刊发《我军排山倒海之势进入省境　宁夏省会银川解放》。

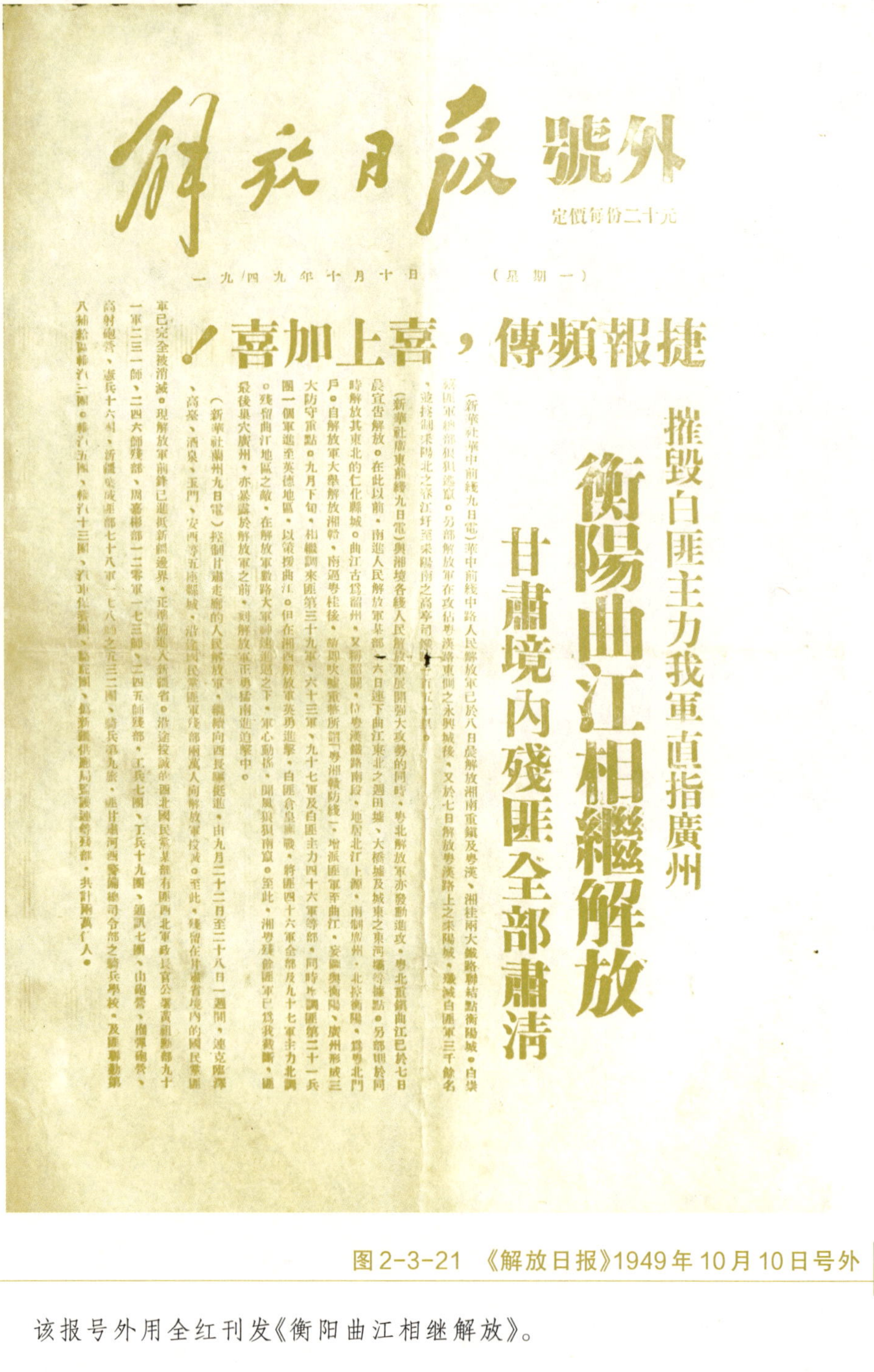

解放日報 號外

定價每份二十元

一九四九年十月十日（星期一）

捷報頻傳，喜上加喜！

摧毀白匪主力我軍直指廣州

衡陽曲江相繼解放

甘肅境內殘匪全部肅清

（新華社華中前綫九日電）華中前綫中路人民解放軍已於八日晨解放湘南重鎮及粵漢、湘桂兩大鐵路聯結點衡陽城。白崇禧匪軍總部狼狽逃竄。另部解放軍在攻佔粵漢路東側之永興城後，又於七日解放粵漢路上之耒陽城，殲滅白匪軍三千餘名，並控制耒陽北之[illegible]江圩至耒陽南之高亭司[illegible]百五十[illegible]。

（新華社廣東前綫九日電）與湘境各綫人民解放軍展開強大攻勢的同時，粵北解放軍亦發動進攻。粵北重鎮曲江已於七日晨宣告解放。在此以前，南進人民解放軍某部六日連下曲江東北之週田墟、大橋墟及城東之東河壩等據點。另部則於同時解放其東北的仁化縣城。曲江古爲韶州，又稱韶關，控粵漢鐵路南段，地居北江上源，南制廣州，北控衡陽，爲粵北門戶。自解放軍大舉解放湘贛，南逼粵桂後，匪即吹噓重整所謂「粵湘贛防綫」，增派匪軍至曲江，妄圖與衡陽、廣州形成三大防守重點。九月下旬，相繼調來匪第三十九軍、六十三軍、九十七軍及白匪主力四十六軍等部，同時並調匪第二十一兵團一個軍進至英德地區，以策援曲江。但在湘西解放軍英勇進擊，白匪倉皇應戰，將匪四十六軍全部及九十七軍主力北調。殘留曲江地區之敵，在解放軍數路大軍神速追逼之下，軍心動搖，聞風狼狽南竄。至此，湘粵殘餘匪軍已爲我截斷，匪最後巢穴廣州，亦暴露於解放軍之前，刻解放軍正勇猛南進追擊中。

（新華社蘭州九日電）控制甘肅走廊的人民解放軍，繼續向西長驅挺進，由九月二十二日至二十八日一週間，連克臨澤、高臺、酒泉、玉門、安西等五座縣城，沿途國民黨匪軍殘部兩萬人向解放軍投誠。至此，殘留在甘肅省境內的國民黨匪軍已完全被消滅。現解放軍前鋒已進抵新疆邊界，正準備進入新疆省。沿途投誠的西北國民黨某部有匪西北軍政長官公署黃祖勳部九十一軍二三一師、二四六師殘部，周嘉彬部一二零軍一七三師、二四五師殘部，工兵七團、工兵十九團、通訊七團、山砲營、榴彈砲營、高射砲營、憲兵十六團、新疆[illegible]部七十八軍一七八師之五三二團、騎兵第九旅、匪甘肅河西警備總司令部之騎兵學校，及匪聯勤第八補給區輜汽三團、輜汽五團、輜汽十三團、汽車保養團、駱駝團、[illegible]供應局暨運輸營殘部，共計兩萬餘人。

图2-3-21 《解放日报》1949年10月10日号外

该报号外用全红刊发《衡阳曲江相继解放》。

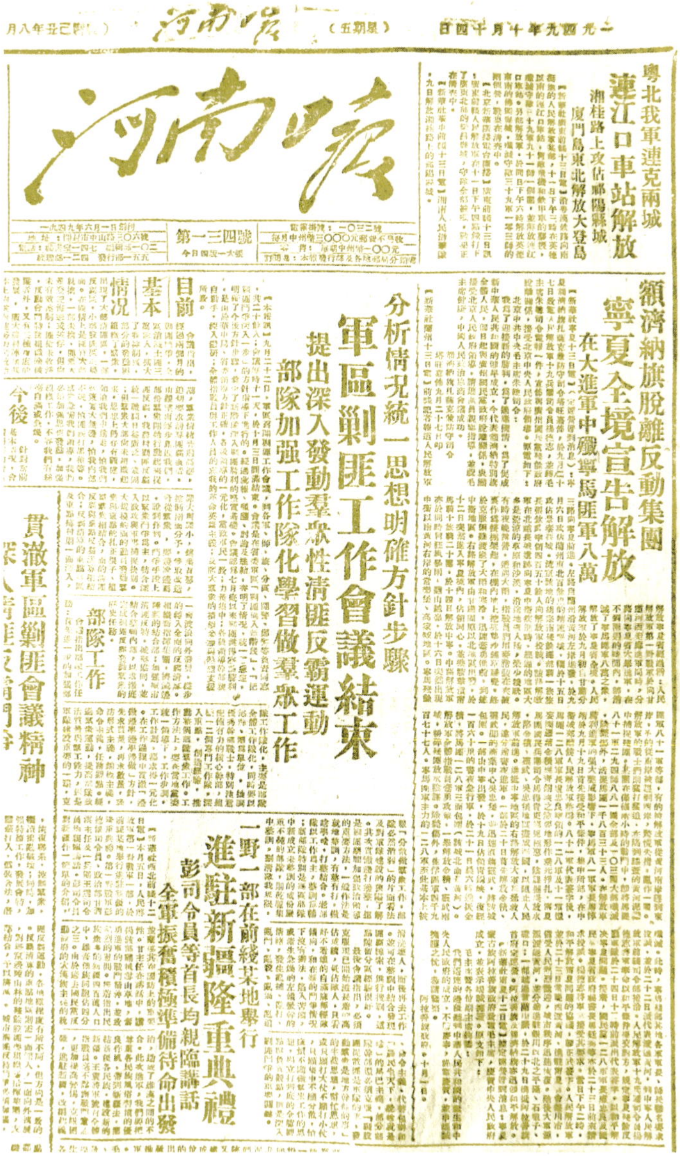

河南日報

一九四九年十月十四日（星期五）

第一三四號

粵北我軍連克兩城 連江口車站解放

湘桂路上攻佔郴陽縣城 廈門島東北解放大登島

額濟納旗脫離反動集團 寧夏全境宣告解放

在大進軍中殲寧馬匪軍八萬

分析情況統一思想明確方針步驟

軍區剿匪工作會議結束

提出深入發動羣眾性清匪反霸運動 部隊加強工作隊化學習做羣眾工作

一野一部在前綫某地舉行 進駐新疆隆重典禮

彭司令員等首長均親臨講話 全軍振奮積極準備待命出發

貫徹軍區剿匪會議精神

图 2-3-22　《河南日报》1949 年 10 月 14 日头版

该报刊发《额济纳旗脱离反动集团 宁夏全境宣告解放 在大进军中歼宁马匪军八万》，同时刊发《粤北我军连克两城 连江口车站解放》和《一野一部在前线某地举行进驻新疆隆重典礼》。

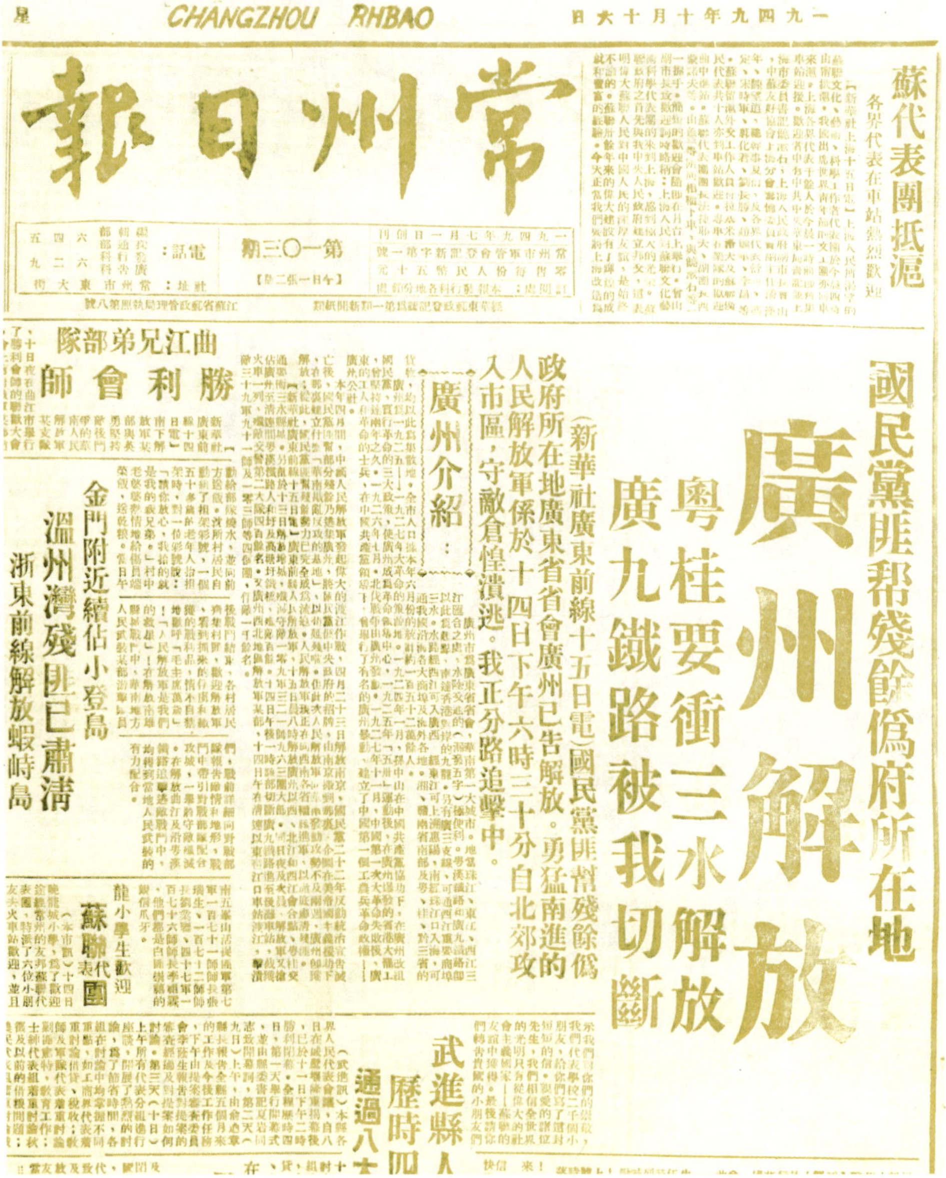
星 CHANGZHOU RHBAO 一九四九年十月十六日

常州日報

第一〇三期

蘇代表團抵滬
各界代表在車站熱烈歡迎

國民黨匪帮殘餘僞府所在地
廣州解放
粵桂要衝三水解放
廣九鐵路被我切斷

（新華社廣東前線十五日電）國民黨匪帮殘餘僞政府所在地廣東省省會廣州已告解放。勇猛南進的人民解放軍係於十四日下午六時三十分自北郊攻入市區，守敵倉惶潰逃。我正分路追擊中。

廣州介紹：

曲江兄弟部隊
勝利會師

金門附近續佔小登島
溫州灣殘匪已肅清
浙東前線解放蝦峙島

龍小學生歡迎
蘇聯代表團

武進縣人
歷時四

通過八大

图 2-3-23 《常州日报》1949 年 10 月 16 日头版

该报刊发《广州解放》，称：“（新华社广东前线十五日电）国民党匪帮残余伪政府所在地广东省省会广州已告解放。”

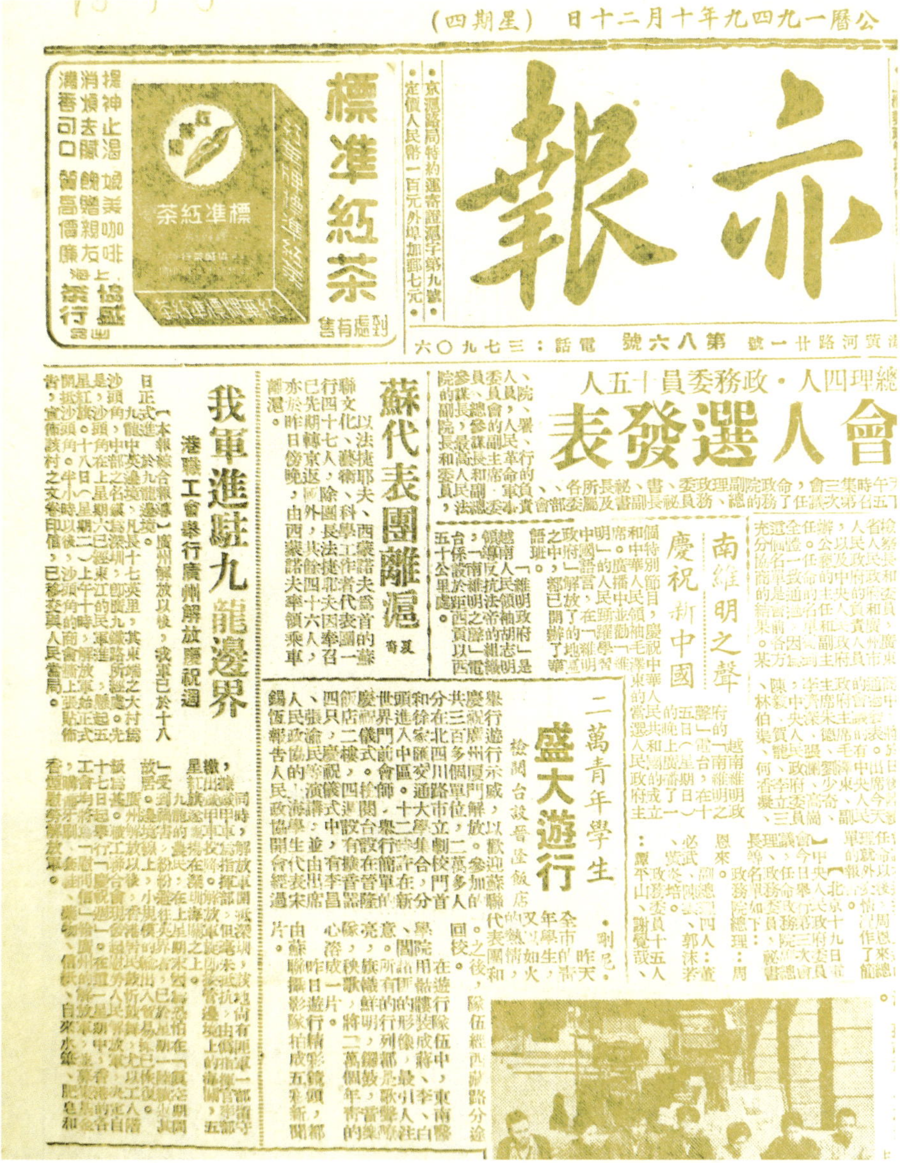
公曆一九四九年十月二十日（星期四）

亦報

標準紅茶

提神止渴 消倦去膩 濃香可口

到處有售

法界黃河路廿一號 第八六號 電話：三七九〇六

總理四人・政務委員十五人

會人選發表

蘇代表團離滬

我軍進駐九龍邊界

港聯工會舉行廣州解放慶祝週

南維明之聲

慶祝新中國

二萬青年學生

盛大遊行

图 2-3-24　《亦报》1949年10月20日头版

该报刊发《我军进驻九龙边界》，称：“（本报综合报道）广州解放以后，我军已于十八日正式进于九龙边境……十八日（星期二）上午十时，解放军始正式开抵沙头角……同时，解放军开抵深圳。”

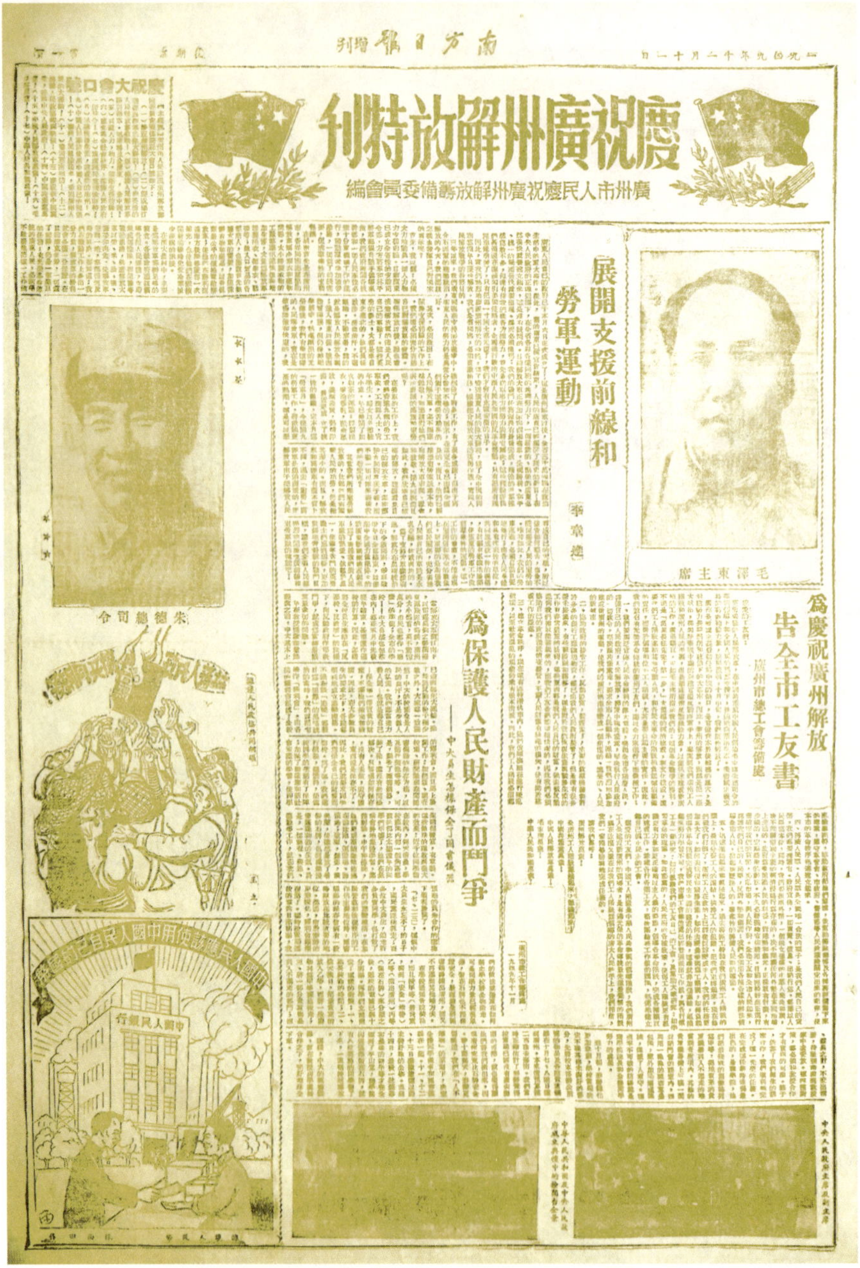
南方日報增刊

慶祝廣州解放特刊

廣州市人民慶祝廣州解放籌備委員會編

慶祝大會口號

展開支援前線和勞軍運動

李章達

毛澤東主席

朱德總司令

為保護人民財產而鬥爭

為慶祝廣州解放告全市工友書

廣州市總工會籌備處

中國人民銀行

图 2-3-25 《南方日报》1949 年 11 月 11 日增刊

该报连续出版两期增刊。1949 年 11 月 11 日增刊为“庆祝广州解放特刊”。

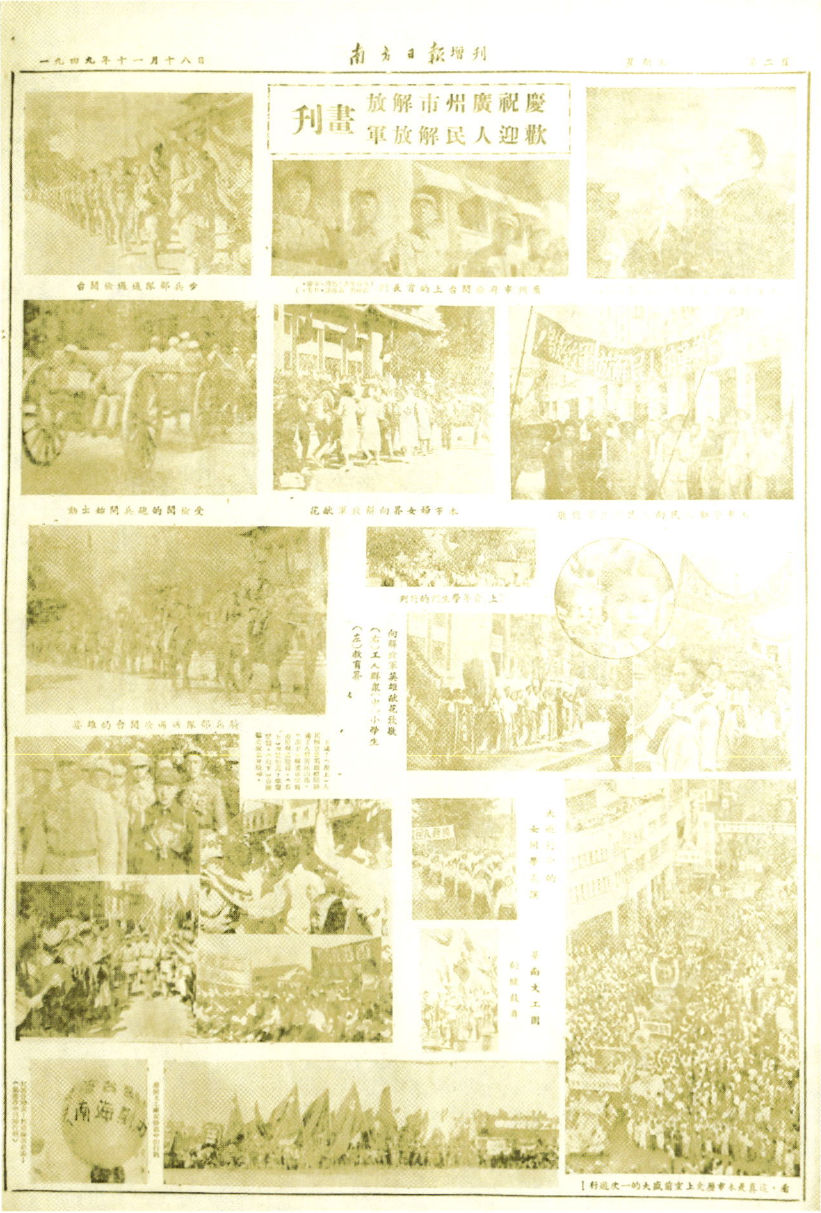
一九四九年十一月十八日　南方日報增刊

慶祝廣州市解放 歡迎人民解放軍 畫刊

步兵部隊通過檢閱台

受檢閱的砲兵開始出動

本市婦女界向解放軍獻花

騎兵部隊通過檢閱台的雄姿

向解放軍英雄獻花致敬
(右)工人群衆(中)小學生
(左)教育界

图2-3-26 《南方日报》1949年11月18日增刊

该日增刊为“庆祝广州市解放　欢迎人民解放军画刊”，整版刊登照片，图文并茂地展现了广州市民欢迎人民解放军进驻广州的盛大场面。

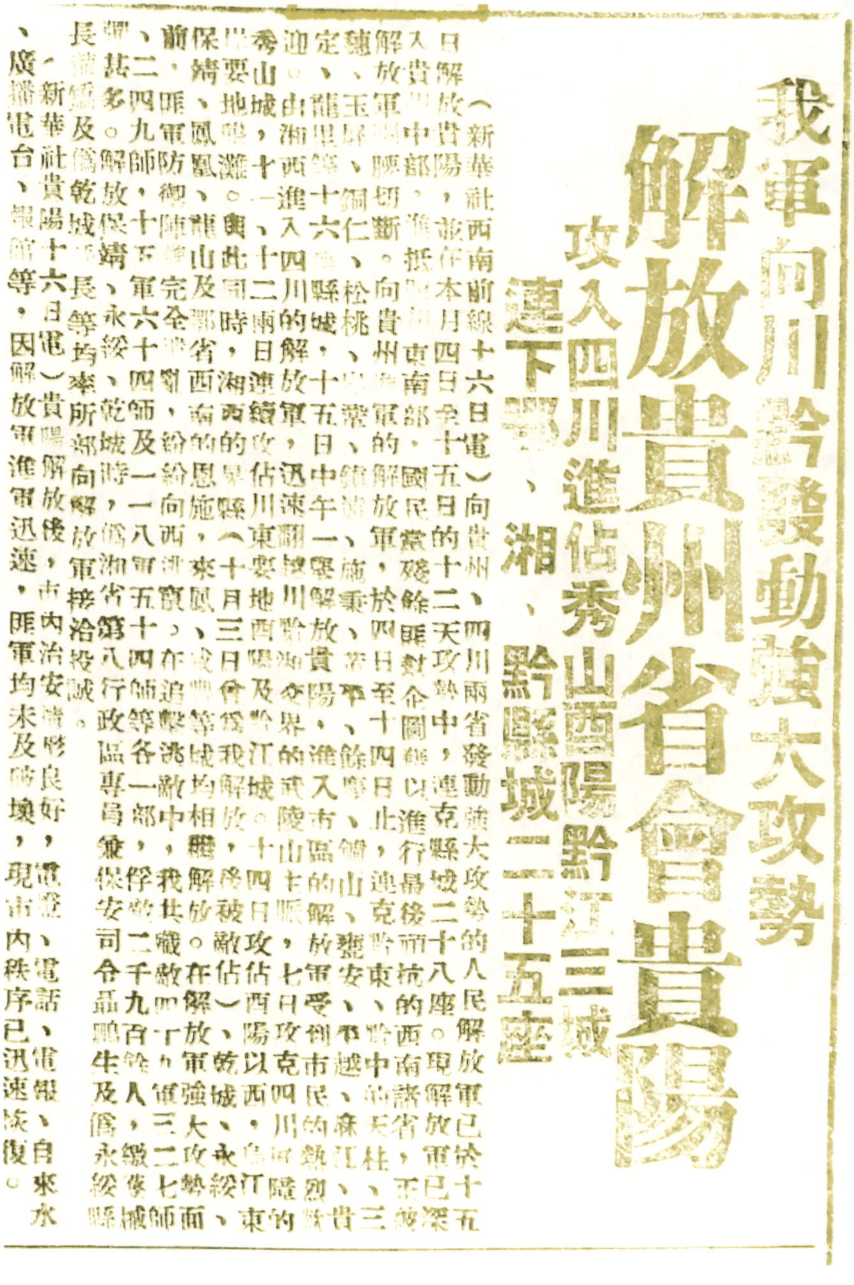

我军向川黔发动强大攻势

解放贵州省会贵阳

攻入四川进佔秀山西阳黔江三城

连下黔、湘、黔县城二十五座

图 2-3-27 《青海日报》1949 年 11 月 19 日头版

该报刊发《我军向川黔发动强大攻势 解放贵州省会贵阳》。

图2-3-28 《新黔日报》1949年11月28日创刊号头版

中共贵州省委机关报《新黔日报》创刊号刊发《我各路大军勇猛疾进 解放广西省会桂林 占领柳州遵义安顺等城》。

大公報

（第一張）　一九四九年十二月二日

上海版

重慶解放

巴山蜀水日月重光

我軍前日入城殘敵西逃

秦嶺前線連披留壩等地

[新華社西南前線一日電]重慶已於昨日下午解放。放軍於佔領長江南岸之江津、順江場、魚洞鎮、南溫泉、未洞嶺後，乘勝於昨日下午解放重慶，殘敵一部向西逃竄，我軍正向重慶挺逃的人民解追殲中。

[新華社西北前線卅日電]秦嶺前線人民解放軍於十一月二十七、二十八兩日先後解放寶雞西南的鳳縣、雙石舖、留壩等要地，殲敵五十五師一六四團二營及鳳縣保自衛團各一部，俘獲二百餘名，餘敵在逃。

图2-3-29　《大公报(上海版)》1949年12月2日头版

该报使用全红特大字号刊发《重庆解放》。

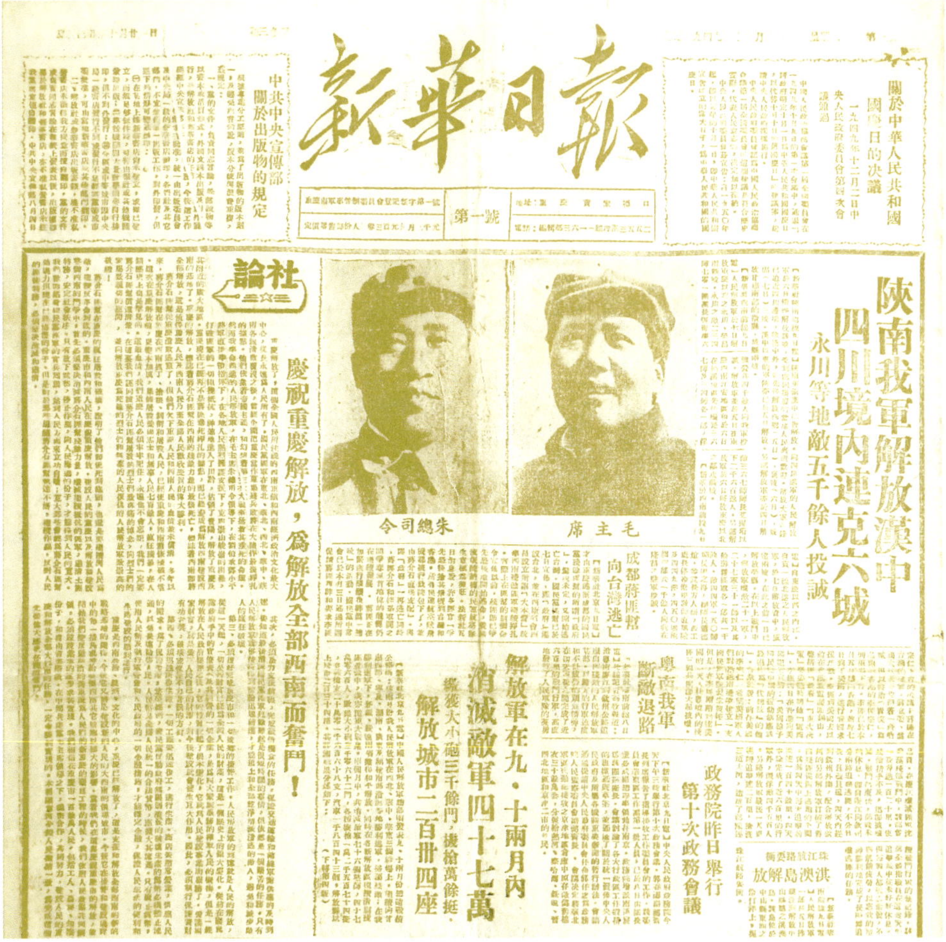
新華日報

第一號

中共中央宣傳部關於出版物的規定

關於中華人民共和國國慶日的決議

一九四九年十二月二日中央人民政府委員會第四次會議通過

社論

慶祝重慶解放，爲解放全部西南而奮鬥！

朱總司令

毛主席

陝南我軍解放漢中

四川境內連克六城

永川等地敵五千餘人投誠

成都蔣匪幫向台灣逃亡

粵南我軍斷敵退路

解放軍在九、十兩月內

消滅敵軍四十七萬

繳獲大小砲三千餘門，擄槍萬餘挺，

解放城市二百卅四座

政務院昨日舉行第十次政務會議

图 2-3-30　《新华日报》1949 年 12 月 6 日创刊号头版

中共中央西南局机关报《新华日报》创刊号刊发社论《庆祝重庆解放，为解放全部西南而奋斗!》。

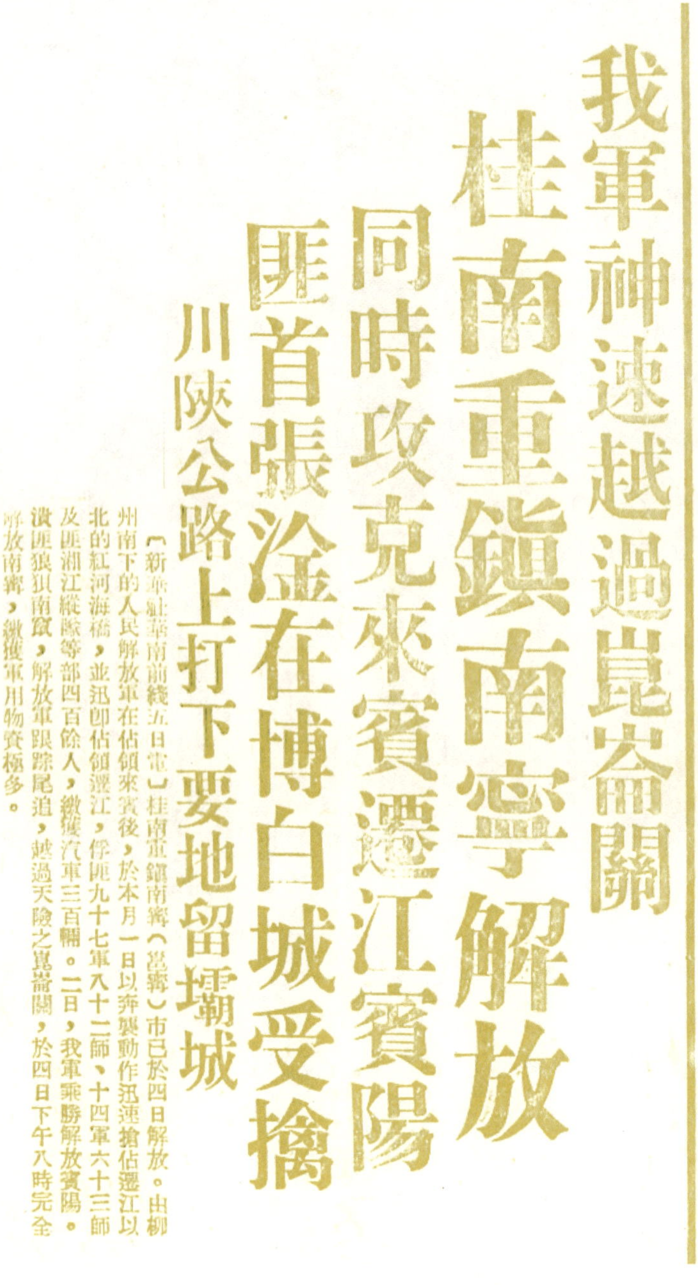

我军神速越过崑崙關
桂南重鎭南寧解放
同時攻克來賓遷江賓陽
匪首張淦在博白城受擒
川陝公路上打下要地留壩城

〔新華社華南前綫五日電〕桂南重鎭南寧（邕寧）市已於四日解放。由柳州南下的人民解放軍在佔領來賓後，於本月一日以奔襲動作迅速搶佔遷江以北的紅河海稿，並迅即佔領遷江，俘匪九十七軍八十二師、十四軍六十三師及匪湘江縱隊等部四百餘人，繳獲汽車三百輛。二日，我軍乘勝解放賓陽。潰匪狼狽南竄，解放軍跟踪尾追，越過天險之崑崙關，於四日下午八時完全解放南寧，繳獲軍用物資極多。

图 2-3-31 《解放日报》1949 年 12 月 7 日头版

该报刊发《我军神速越过昆仑关 桂南重镇南宁解放》。

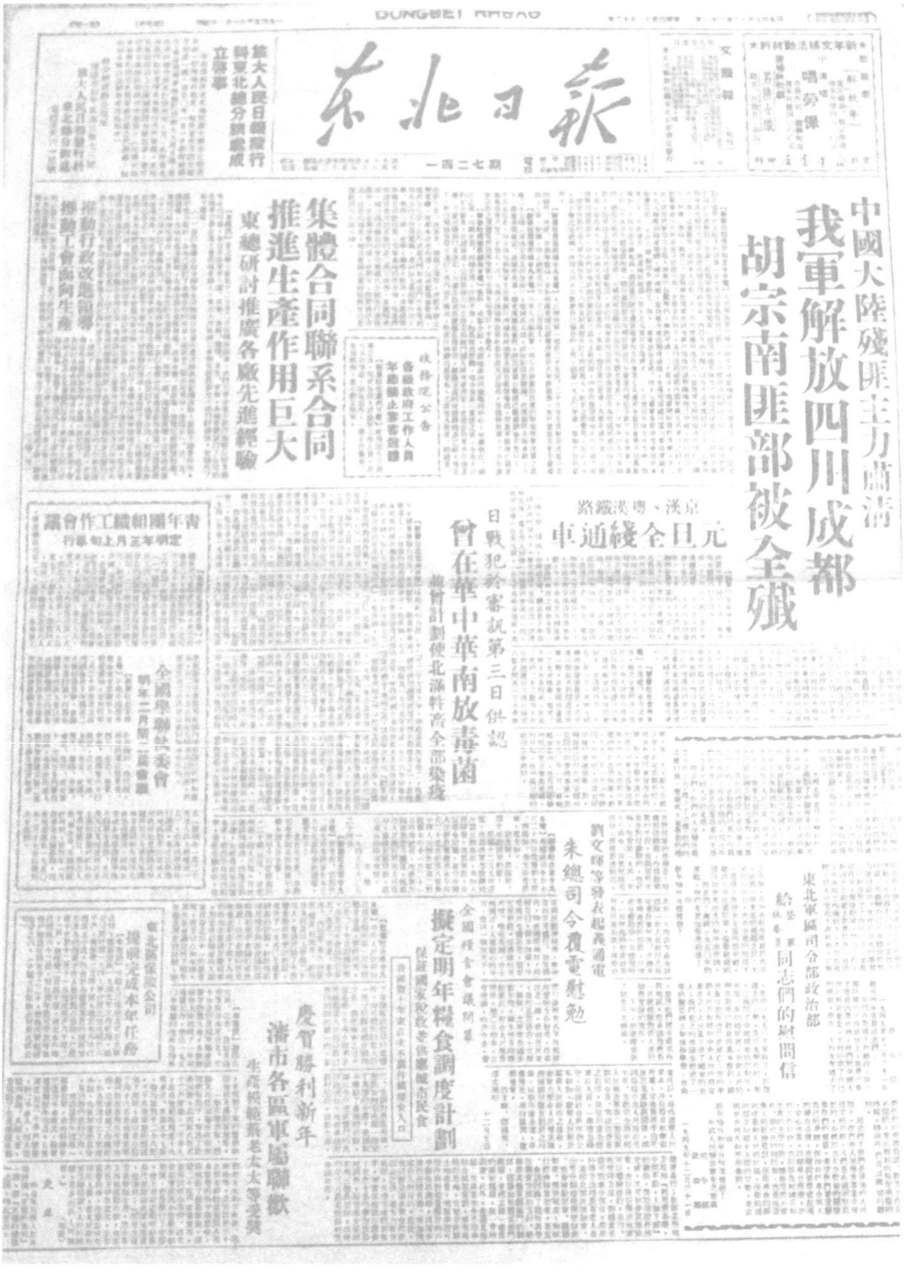
东北日报

中國大陸殘匪主力肅清
我軍解放四川成都
胡宗南匪部被全殲

京漢、粵漢鐵路
元旦全綫通車

日戰犯於審訊第三日供認
曾在華中華南放毒菌

集體合同聯系合同
推進生產作用巨大
東總研討推廣各廠先進經驗

劉文輝等發表起義通電
朱總司令覆電慰勉

擬定明年糧食調度計劃

慶賀勝利新年

图2-3-32　《东北日报》1949年12月31日头版

该报刊发《中国大陆残匪主力肃清 我军解放四川成都 胡宗南匪部被全歼》。

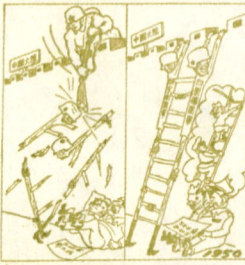

图2-3-33 《人民日报》1950年1月12日头版

该报刊发《消灭敌军四十万解放西南四省 大陆解放战争基本结束》。

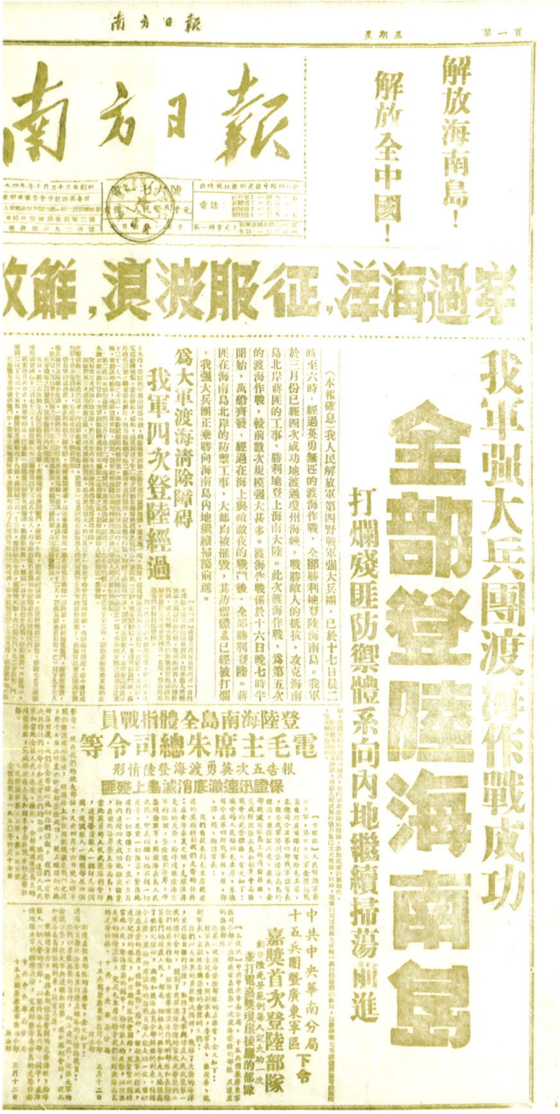
南方日報

解放海南島！

解放全中國！

穿過海洋，征服波浪，解放

我軍強大兵團渡海作戰成功

全部登陸海南島

打爛殘匪防禦體系向內地繼續掃蕩前進

（本報綜合消息）我人民解放軍第四野戰軍強大兵團，已於十七日晨二時至六時，經過英勇無匹的渡海作戰，全部勝利地登陸海南島。我軍於三月份已經四次成功地渡過瓊州海峽，戰勝敵人的抵抗，攻克海南島北岸蔣匪的工事，勝利地登上海南大陸。此次渡海作戰，為第五次的渡海作戰，較前數次規模強大甚多。渡海作戰係於十六日晚七時半開始，萬船齊發，經過在海上與敵激夜的戰鬥後，全部勝利登陸。蔣匪在海南島北岸的防禦工事，大部均被摧毀，其防禦體系已經被打爛，我強大兵團正乘勝向海南島內地繼續掃蕩前進。

為大軍渡海清除障碍

我軍四次登陸經過

登陸海南島全體指戰員

電毛主席朱總司令等

報告五次英勇渡海登陸情形

保證迅速徹底消滅島上殘匪

中共中央華南分局

十五兵團暨廣東軍區

下令

嘉獎首次登陸部隊

图 2-3-34　《南方日报》1950 年 4 月 19 日头版

1950 年 4 月 16 日，解放军海战史上最大规模的登陆战役——解放海南岛战役打响。人民解放军靠着简陋的木帆船，突破国民党坚固的海陆空立体防御体系，强渡琼州海峡，胜利完成登陆。这可谓为解放台湾做预演。《南方日报》刊发《我军强大兵团渡海作战成功 全部登陆海南岛》。

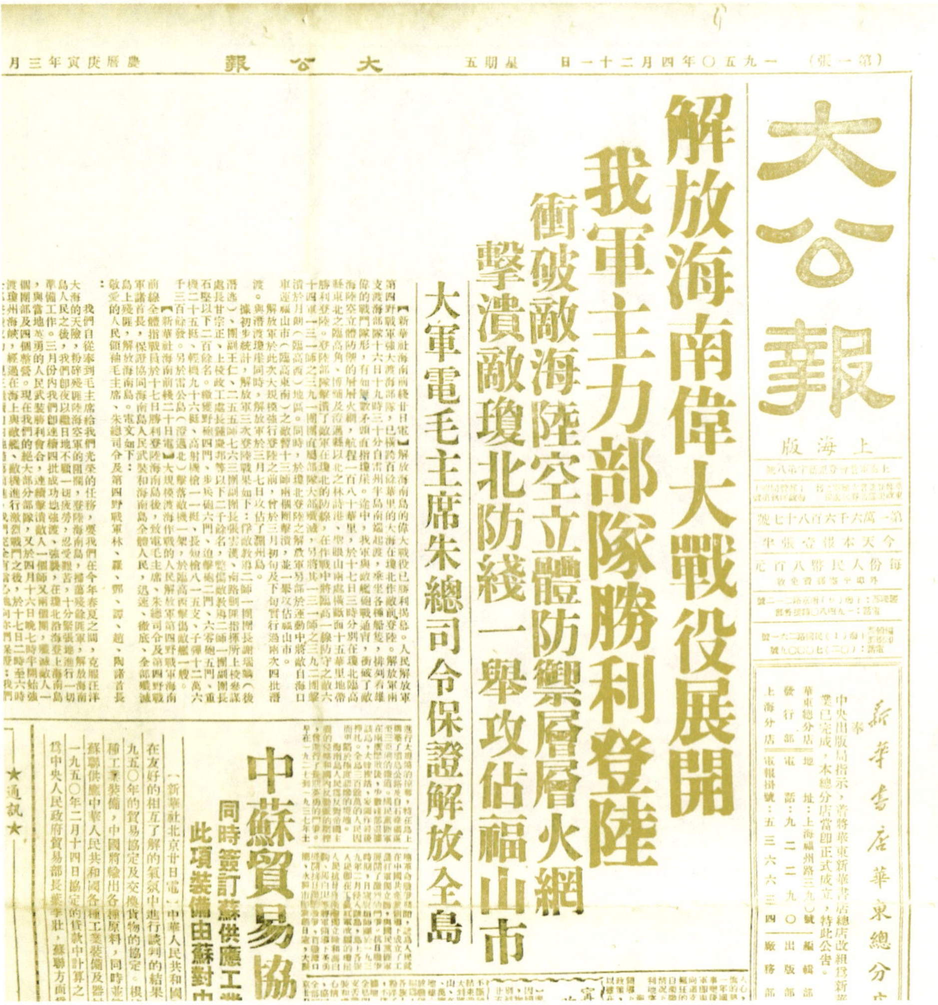
（第一張） 一九五〇年四月二十一日 星期五 大公報 農曆庚寅年三月

大公報

上海版

解放海南偉大戰役展開

我軍主力部隊勝利登陸

衝破敵海陸空立體防禦層層火網

擊潰敵瓊北防綫一舉攻佔福山市

大軍電毛主席朱總司令保證解放全島

中蘇貿易協

同時簽訂蘇供應工

此項裝備由蘇對中

新華書店華東總分店

中央出版局指示，着將華東新華書店總店改組為新華

業已完成，本總分店當即正式成立，特此公告。

图 2-3-35 《大公报（上海版）》1950年4月21日头版

该报刊发《解放海南伟大战役展开 我军主力部队胜利登陆》，称“大军电毛主席、朱总司令，保证解放全岛”。

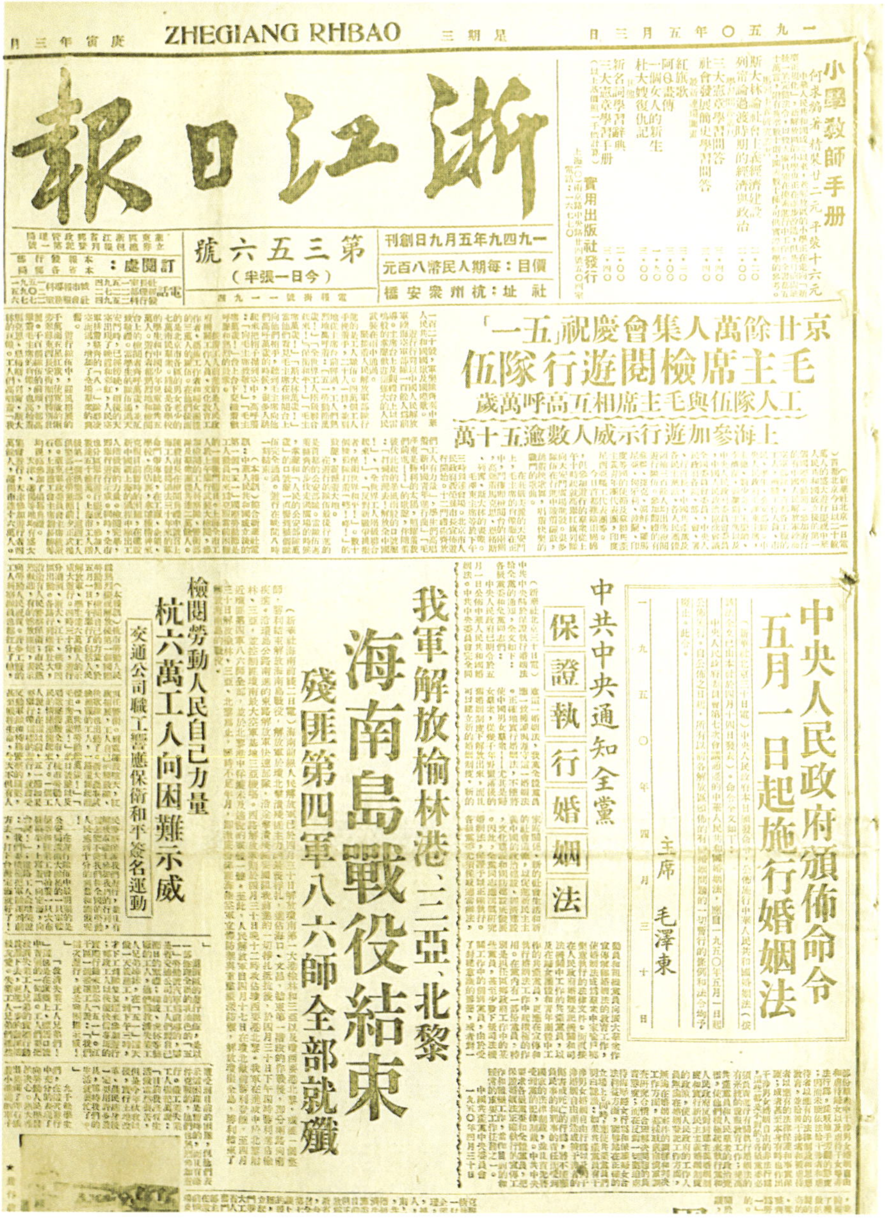
ZHEGIANG RHBAO

浙江日報

一九五〇年五月三日　星期三

第三五六號

京廿餘萬人集會慶祝「五一」

毛主席檢閱遊行隊伍

工人隊伍與毛主席相互高呼萬歲

上海參加遊行示威人數逾五十萬

中央人民政府頒佈命令

五月一日起施行婚姻法

中共中央通知全黨

保證執行婚姻法

我軍解放榆林港、三亞、北黎

海南島戰役結束

殘匪第四軍八六師全部就殲

檢閱勞動人民自己力量

杭六萬工人向困難示威

交通公司職工響應保衛和平簽名運動

小學教師手冊

图2-3-36　《浙江日报》1950年5月3日头版

1950年5月1日，海南全岛解放。海南岛战役共歼敌3万多人，敌残部逃至台湾地区。《浙江日报》刊发《我军解放榆林港、三亚、北黎 海南岛战役结束》。

第三章 "赶考"

在中共七届二中全会上,毛泽东把进驻北平、完成新中国成立大业,形象地称为进京"赶考"。他提醒全党绝不当李自成,进京"赶考"一定要考出好成绩。"赶考"这一重大命题的提出,拉开了一代代共产党人接力"考试"的序幕。

在庆祝中国共产党成立95周年大会上,习近平总书记专门提及毛泽东在西柏坡提出的"进京赶考"告诫,强调指出:"这场考试还没有结束,还在继续。今天,我们党团结带领人民所做的一切工作,就是这场考试的继续。"他还指出:"时代是出卷人,我们是答卷人,人民是阅卷人。"

第一节 毛主席来了

1949年3月25日,中共中央和人民解放军总部由西柏坡迁到北平。次日出版的《人民日报》头版头条以主副标题"双套题"的形式高调宣布《中共中央委员会 人民解放军总部昨日迁来北平》,正文罕见地连续编排两篇"新华社北平二十五日电":"中国共产党中央委员会及中国人民解放军总部已于本日迁来北平工作。中国共产党中央委员会主席及中国人民革命军事委员会主席毛泽东、中国人民解放军总司令朱德、中共中央其他领袖刘少奇、周恩来、任弼时、林伯渠等,均于本日下午四时许到达北平。""今日下午到达北平的中国共产党领袖毛泽东、朱德、刘少奇、周恩来、任弼时、林伯渠等,受到在平的各界人民代表和民主人士的热烈欢迎。"

该报道不仅记述了北平工人、农民、青年、妇女各界代表和民主人士1000多人,前往西苑机场欢迎人民领袖的热烈场面,还展现了在西苑机场举行的庄严的阅兵式:下午5时,毛泽东、朱德、刘少奇、周恩来等领导人,在军乐声和欢呼声中入场,同各界人士代表及民主人士一一握手。当50门六〇炮同时发出照明弹时,毛泽东和朱德乘指挥车检阅部队。受阅的野战步兵,警卫部队,坦克、榴弹炮、高射炮队,摩托化步兵等部队,列满整个机场跑道周围,显示出人民解放军的强大力量。

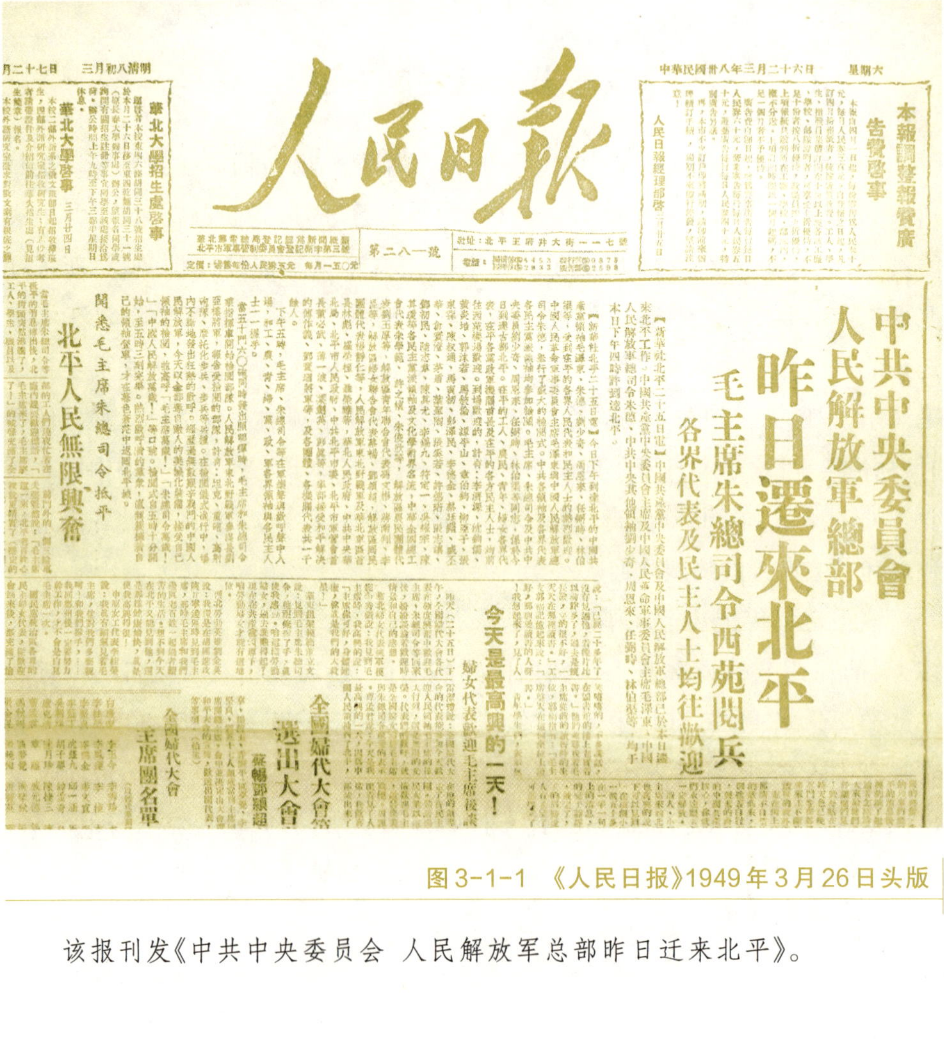
人民日報

中華民國卅八年三月二十六日 星期六

本報調整報費廣告費啓事

華北大學招生處啓事

華北大學啓事

中共中央委員會 人民解放軍總部 昨日遷來北平

毛主席朱總司令西苑閱兵

各界代表及民主人士均往歡迎

聞悉毛主席朱總司令抵平 北平人民無限興奮

今天是最高興的一天！

婦女代表歡迎毛主席後談

全國婦代大會選出大會……

全國婦代大會主席團名單

图 3-1-1 《人民日报》1949 年 3 月 26 日头版

该报刊发《中共中央委员会 人民解放军总部昨日迁来北平》。

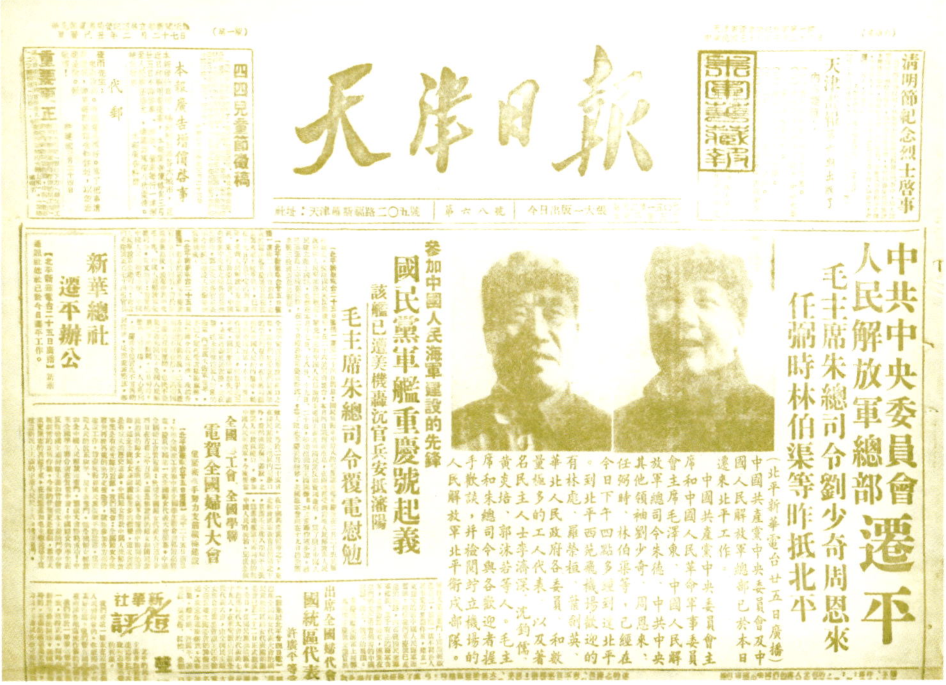

天津日報

清明節紀念烈士啓事

四四兒童節徵稿

本報廣告增價啓事

中共中央委員會
人民解放軍總部遷平
毛主席朱總司令劉少奇周恩來
任弼時林伯渠等昨抵北平

（北平新華電台廿五日廣播）中國共產黨中央委員會及中國人民解放軍總部已於本日遷來北平工作。

中國共產黨中央委員會主席和中國人民革命軍事委員會主席毛澤東，中國人民解放軍總司令朱德，中共中央其他領袖劉少奇、周恩來、任弼時、林伯渠等，已經在今日下午四點多鐘到達北平。到北平西苑飛機場歡迎的有林彪、羅榮桓、葉劍英、華北人民政府各委員，和數量極多的工人代表，以及著名民主人士李濟深、沈鈞儒、黃炎培、郭沫若等人。毛主席和朱總司令與各歡迎者握手歡談，并檢閱竚立機場的人民解放軍北平衛戍部隊。

參加中國人民海軍建設的先鋒
國民黨軍艦重慶號起義
該艦已遭美機轟沉官兵安抵瀋陽
毛主席朱總司令覆電慰勉

新華總社遷平辦公

【北平新華電台二十五日廣播】新華通訊社總社已於今日遷平工作。

全國總工會、全國學聯
電賀全國婦代大會

出席全國婦代會
國統區代表

新華社短評

图 3-1-2 《天津日报》1949 年 3 月 26 日头版

该报在报道时，还配发了毛泽东主席和朱德总司令像。

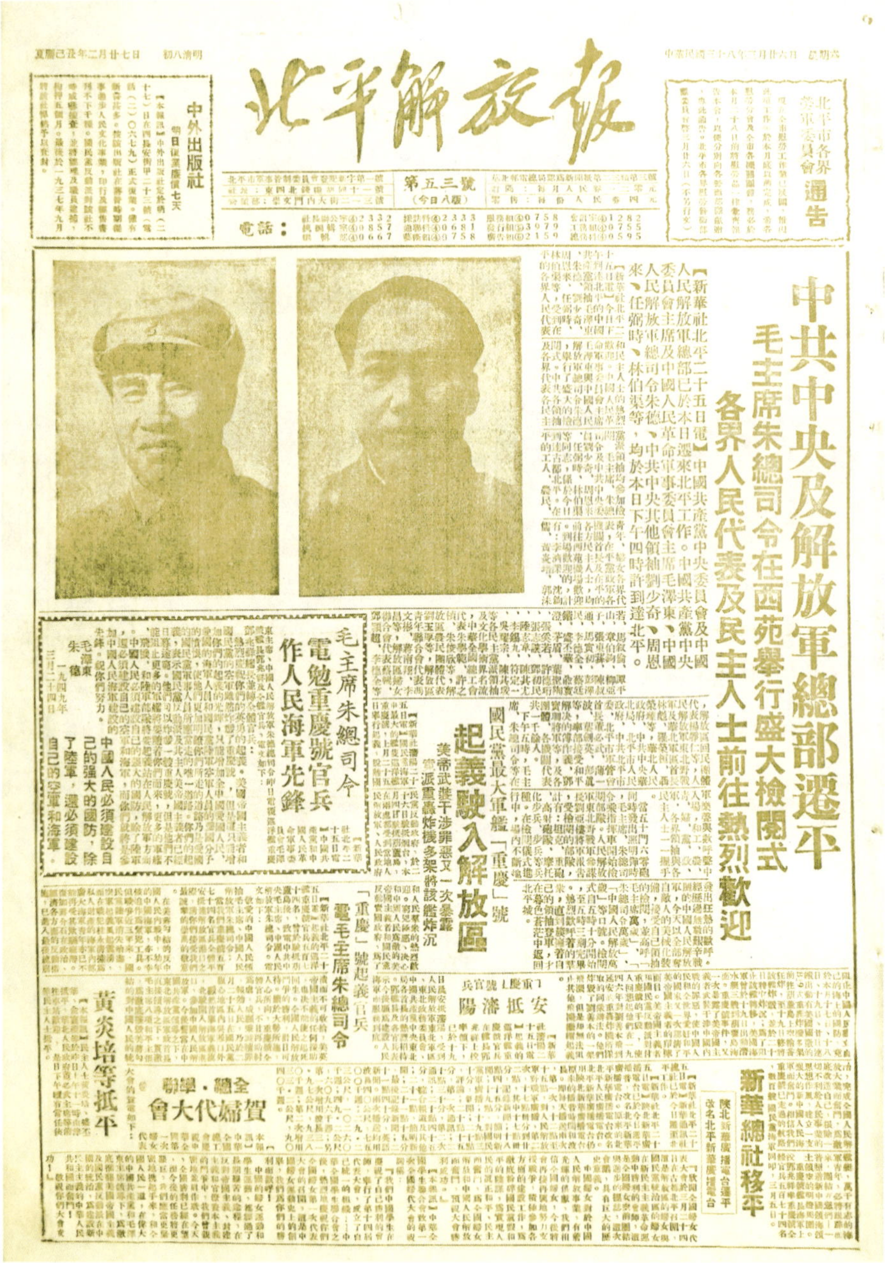

北平解放報

第五三號

北平市各界慶祝委員會通告

中外出版社

中共中央及解放軍總部遷平

毛主席朱總司令在西苑舉行盛大檢閱式

各界人民代表及民主人士前往熱烈歡迎

【新華社北平二十五日電】中國共產黨中央委員會及中國人民解放軍總部已於本日遷來北平工作。中國共產黨中央委員會主席及中國人民革命軍事委員會主席毛澤東、中國人民解放軍總司令朱德、中共中央其他領袖劉少奇、周恩來、任弼時、林伯渠等，均於本日下午四時許到達北平。

毛主席朱總司令電勉重慶號官兵作人民海軍先鋒

國民黨最大軍艦「重慶」號起義駛入解放區

美帝武裝干涉罪惡又一次暴露 蔣派重轟炸機多架轟炸該艦炸沉

「重慶」號起義官兵電毛主席朱總司令

重慶號官兵安抵濤陽

黃炎培等抵平

全總·學聯賀婦代大會

新華總社移平

陝北新華廣播電台遷平改名北平新華廣播電台

图3-1-3 《北平解放报》1949年3月26日头版

该报选用的是毛泽东主席和朱德总司令另一幅标准像。

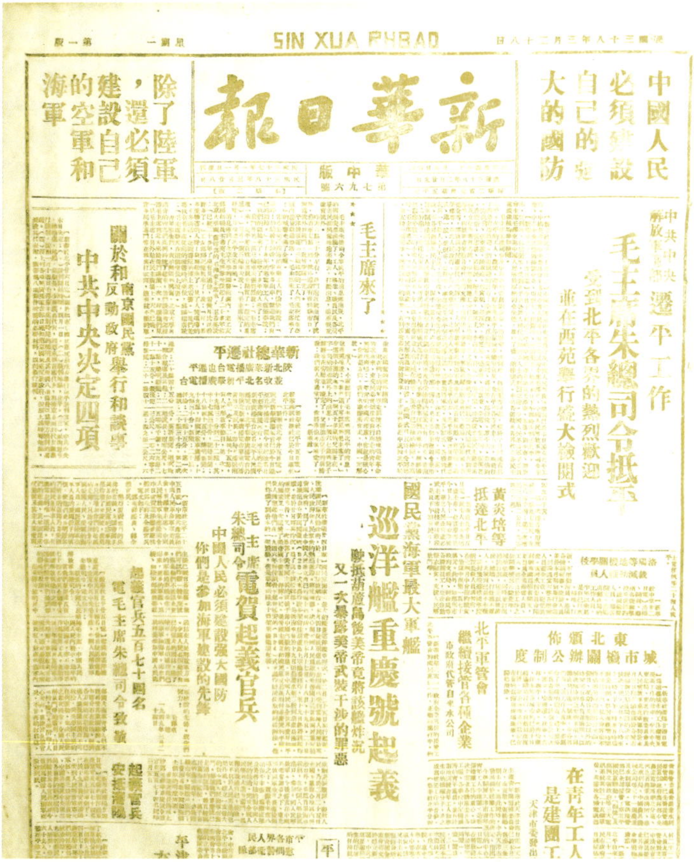
SIN XUA PHBAO

新華日報（華中版）

中國人民必須建設自己的強大的國防

除了陸軍，還必須建設自己的空軍和海軍

中共中央 解放軍總部遷平工作

毛主席朱總司令抵平

受到北平各界的熱烈歡迎 並在西苑舉行盛大檢閱式

毛主席來了

中共中央決定四項 關於和南京國民黨反動政府舉行和議事

新華總社遷平

國民黨海軍最大軍艦 巡洋艦重慶號起義

毛主席朱總司令電賀起義官兵 中國人民必須建設強大國防 你們是參加海軍建設的先鋒

起義官兵五百七十一名電毛主席朱總司令致敬

黃炎培等抵達北平

東北頒佈城市機關辦公制度

北平軍管會繼續接管各種企業

图3-1-4 《新华日报(华中版)》1949年3月28日头版

该报刊发《中共中央 解放军总部迁平工作 毛主席、朱总司令抵平》消息后，又专门刊发新华社特写《毛主席来了》：

毛主席朱总司令等抵平的消息传出后，北平的街头突然沸腾了，工人、学生、职员以及各阶层市民都兴奋地跑来跑去，打听消息，追着报童抢买号外。

昨天六点三十分左右，前门附近就出现了号外，但直至七点一刻，号外还没有卖到珠市口，因为号外到前门，就被争购一光了。

平津被服厂第三缝纫部的工人们连夜忙着在厂内赶制欢迎标语，“毛主席来了，毛主席来了！”的喊声充满了全厂。

…………

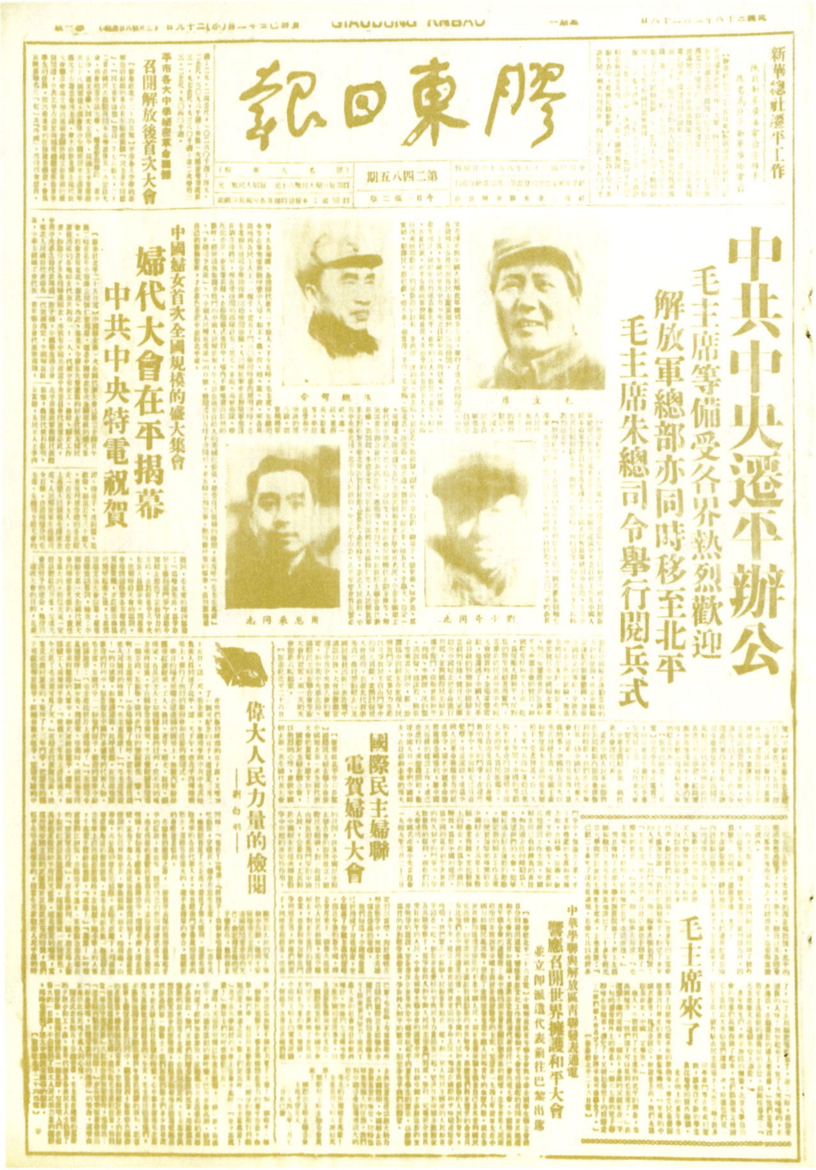

膠東日報

中共中央遷平辦公

毛主席等備受各界熱烈歡迎

解放軍總部亦同時移至北平

毛主席朱總司令舉行閱兵式

中國婦女首次全國規模的盛大集會

婦代大會在平揭幕

中共中央特電祝賀

偉大人民力量的檢閱

國際民主婦聯電賀婦代大會

毛主席來了

图 3-1-5 《胶东日报》1949 年 3 月 28 日头版

该报用红字报道《中共中央迁平办公》的同时，还配发了毛泽东、朱德、刘少奇、周恩来四位中央领导人的标准像，右下角刊登特写《毛主席来了》，并在文末标注“新华社北平二十六日电”。

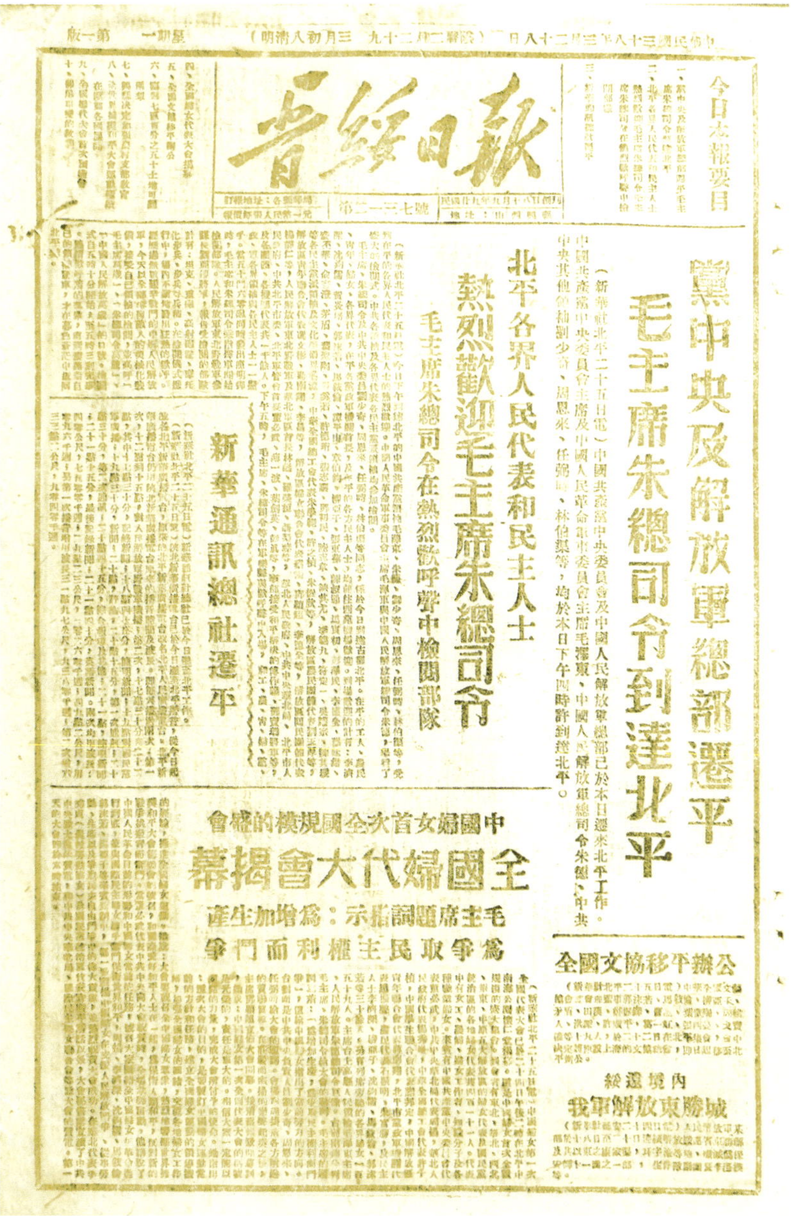

晉綏日報

黨中央及解放軍總部遷平
毛主席朱總司令到達北平

（新華社北平二十五日電）中國共產黨中央委員會及中國人民解放軍總部已於本日遷來北平工作。中國共產黨中央委員會主席及中國人民革命軍事委員會主席毛澤東，中國人民解放軍總司令朱德，中共中央其他負責同志劉少奇、周恩來、任弼時、林伯渠等，均於本日下午四時許到達北平。

北平各界人民代表和民主人士 熱烈歡迎毛主席朱總司令
毛主席朱總司令在熱烈歡呼聲中檢閱部隊

新華通訊總社遷平

中國婦女首次全國規模的盛會 全國婦代大會揭幕
毛主席題詞指示：為增加生產 為爭取民主權利而鬥爭

全國文協移平辦公

綏遠境內 我軍解放東勝城

图3-1-6 《晋绥日报》1949年3月28日头版

该报完全采用《人民日报》的“双套题”形式和同时刊发两篇新华社电讯稿的结构。

毛泽东率中共中央、人民解放军总部到达北平的当天,新华社同时发布了中国共产党第七届中央委员会第二次全体会议闭幕的消息,一连推出数个重大新闻,丝毫没有影响"毛主席来了"这一新闻热度。直到两个多月后,《新华日报》还专门出版画刊,用影像全面呈现了毛主席到北平这一重要历史事件。

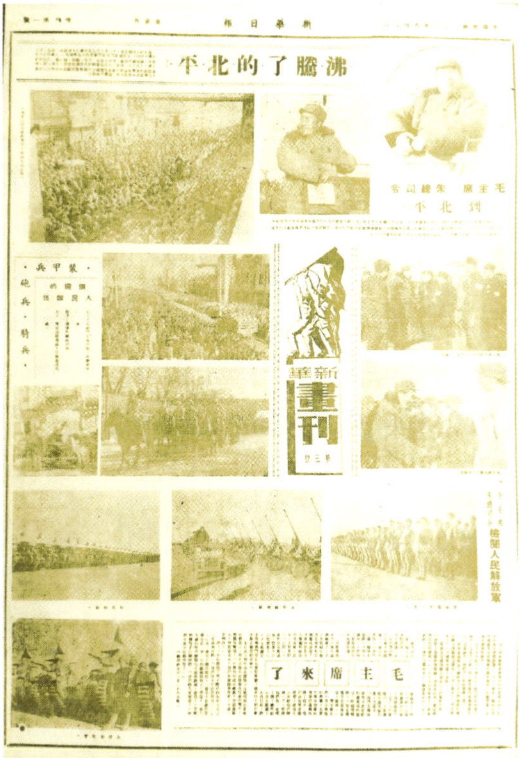

图3-1-7 《新华日报》1949年6月9日出版的《新华画刊》第三号

　　该版用整版篇幅报道"毛主席朱总司令到北平"。画刊正上方用大字标题"沸腾了的北平",用12幅新闻照片再现毛泽东和朱德在西苑机场检阅人民解放军,与各界人士代表及民主人士握手,以及受阅的人民解放军装甲兵、炮兵、骑兵部队英姿等历史画面。右下方刊登特写《毛主席来了》:

　　"商人、小贩听到了毛主席来到北平的消息,也高兴地说:'我们这下可以见到毛主席了。'在这个小摊的面前,一个五十多岁的父亲正在一字一句地读着号外上的消息,一个六七岁的儿子静静地在旁边听着,读完了,父亲拍着儿子的肩膀说:我们穷人有希望了,你将来也可以进学堂了(新华社北平三月二十六日电)。"

　　70年过去了,重读这段画面感极强的报道,我们仍然能够感受到当年北平人民欢迎人民领袖的激动人心的场面。

139

第二节　人民民主专政

1949年7月1日,是中国共产党成立28周年纪念日,解放区各大报纸均在头版显著位置发表毛泽东的署名文章《论人民民主专政——纪念中国共产党二十八周年》:

"一九四九年的七月一日这一个日子表示,中国共产党已经走过二十八年了。像一个人一样,有他的幼年、青年、壮年和老年。中国共产党已经不是小孩子,也不是十几岁的年青小伙子,而是一个大人了。"

和这篇文章的开头相呼应,刚刚创刊不久的中共镇江地委机关报《前进日报》特意在头版套红七个特大号空心字"中国共产党万岁",呈圆弧状排列在头版正上方,字体大小甚至超过报头;版面正中套红一个光芒四射的五角星,下面套红一行"纪念中国共产党二十八周年"大字,使整个版面显得庄重而喜庆。

前進日報

對人民內部的民主方面和對反動派的專政方面，互相結合起來，就是人民民主專政。

人民民主專政的基礎是工人階級農民階級和城市小資產階級的聯盟，而主要的是工人和農民的聯盟。

中國共產黨萬歲

論人民民主專政

紀念中國共產黨二十八周年

迎接七一

全國文藝工作者大會定明日正式開幕

图3-2-1 《前进日报》1949年7月1日头版

该报刊发《论人民民主专政》。

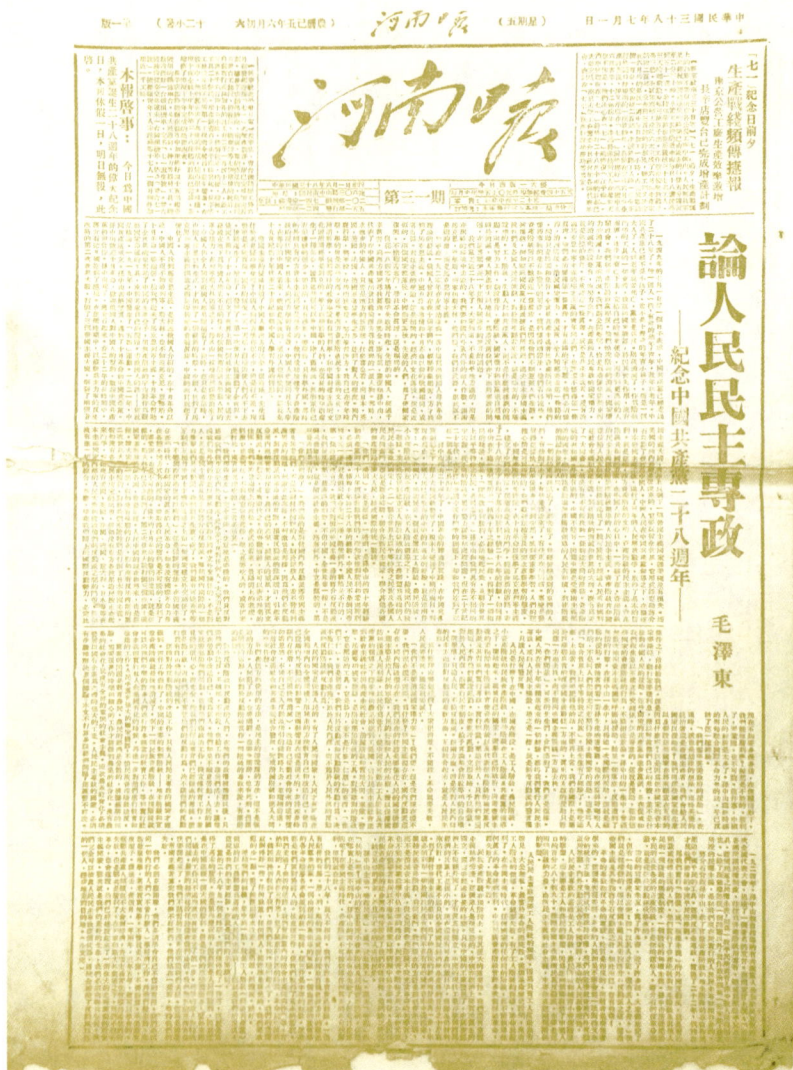

图3-2-2 《河南日报》1949年7月1日头版

　　《论人民民主专政》描绘了即将建立的新中国的蓝图,系统地阐明了新中国的基本纲领,统一了全党和全国人民的思想。当时,许多人读到毛泽东的这篇文章后,在倍感振奋之余,又感到意犹未尽。为防止读者误解,《河南日报》在全文刊登时,还专门在文末用括号标注"全文完"。

图 3-2-3 《争取持久和平,争取人民民主!》中文版 1949 年 7 月 15 日
第二期(总第 41 期)封面

《争取持久和平,争取人民民主!》(1947 年 11 月在南斯拉夫首都贝尔格莱德创刊,半月刊,有多种文版;1948 年 7 月迁罗马尼亚首都布加勒斯特出版)封面。

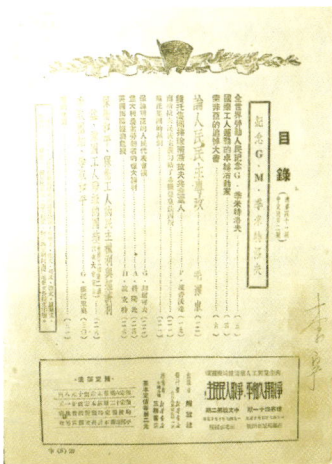

图 3-2-4 《争取持久和平,争取人民民主!》中文版 1949 年 7 月 15 日
第二期(总第 41 期)目录

目录显示,该刊当期发表了毛泽东的《论人民民主专政》。

143

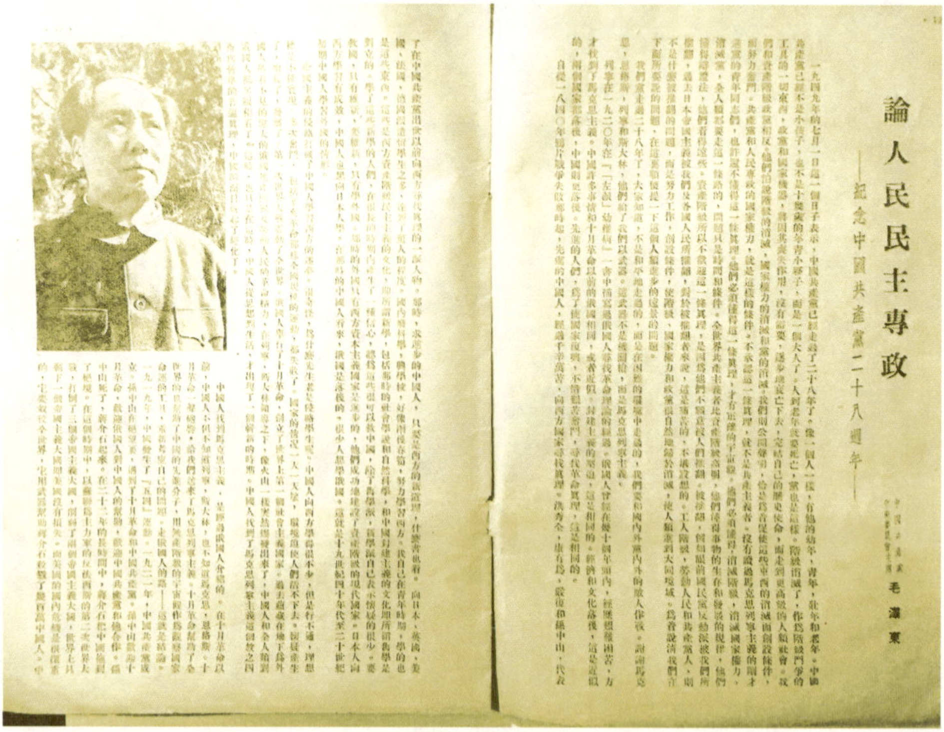
論人民民主專政
——紀念中國共產黨二十八週年——
毛澤東

图3-2-5 《争取持久和平，争取人民民主！》中文版1949年7月15日第二期（总第41期）内页

毛泽东的《论人民民主专政》还引起了国际社会的关注。国际共产党和工人党情报局机关刊《争取持久和平，争取人民民主！》1949年7月15日出版的中文版第二期（总第41期）全文转载了《论人民民主专政》，并配毛泽东近照一张。

第四章 伟大的转折

　　《论人民民主专政》和毛泽东在七届二中全会上所做的报告,为即将诞生的新中国做了思想上和理论上的准备,对于中华人民共和国的成立和《中华人民共和国宪法》的制定,都具有重要的指导意义。

　　为了早日建立新中国,在中国共产党和各民主党派、各人民团体、各界民主人士的共同努力下,1949年6月15日,新政治协商会议筹备会第一次全体会议在北平中南海举行。会议于6月19日结束,历时5天,选举出筹备会常务委员21人,在常务委员会下设6个小组,分别负责拟定参加新政协会议的单位及其代表名额,起草新政治协商会议组织条例,起草新政治协商会议共同纲领,起草中华人民共和国政府方案,起草新政治协商会议第一届全体会议宣言,拟定国旗、国徽、国歌等工作。

　　会议闭幕后,各小组经过3个月的积极准备,完成了成立新中国的各项准备工作。9月17日,筹备会第二次全体会议决定将新的政治协商会议改名为"中国人民政治协商会议"。9月21日,中国人民政治协商会议第一届全体会议在北平隆重举行,宣告中国人民政治协商会议正式成立。10月1日,庆祝中华人民共和国中央人民政府成立典礼在首都北京隆重举行。由此,1949年10月1日被确定为中华人民共和国宣告成立的日子。

第一节　新政协筹建新政权

政治协商会议是国共两党和民主党派在抗战胜利前后为谋求新的合作方式而提出的。1945年10月，国共两党在重庆谈判中达成"召开政治协商会议"的协议。1946年1月10日—31日，政治协商会议在重庆召开，并达成了五项协议。尽管蒋介石集团很快撕毁协议，发动内战，但政协精神深入人心。

中国人民在中国共产党领导下，经过三年英勇卓绝的解放战争，终于取得了新民主主义革命的胜利。为了筹建新中国，中国共产党号召召开新的政治协商会议，共商新中国成立大业，得到了各民主党派、各人民团体、各界民主人士和全国人民的积极响应和热烈拥护。

1949年6月15日—19日，新政治协商会议筹备会第一次全体会议在北平中南海举行。毛泽东在筹备会的开幕典礼上发表讲话，说明这个筹备会的任务是"完成各项必要的准备工作，迅速召开新的政治协商会议，成立民主联合政府，以便领导全国人民，以最快的速度肃清国民党反动派的残余力量，统一全中国，有系统地和有步骤地在全国范围内进行政治的、经济的、文化的和国防的建设工作"。讲话还要求全国人民"团结起来，坚决、彻底、干净、全部地粉碎帝国主义及其走狗中国反动派的任何一项反对中国人民的阴谋计划"。次日出版的《人民日报（旅大版）》头版整版以最高规格的"三套标题"形式进行报道：肩题为"实现全国人民愿望筹备民主联合政府"，主标题为"新政协筹备会成立"，副标题为"选出以毛主席为首的常委会　通过参加新政协代表名额"。报头右上角（报眼）位置还刊登了新政协筹备会选举出的常务委员名单，以及常委会推选出的主任毛泽东，副主任周恩来、李济深、沈钧儒、郭沫若、陈叔通，秘书长李维汉及9位副秘书长名单。头版还分别刊登了毛泽东和朱德在新政协筹备会开幕典礼上的讲话，并配发毛泽东和朱德的照片。

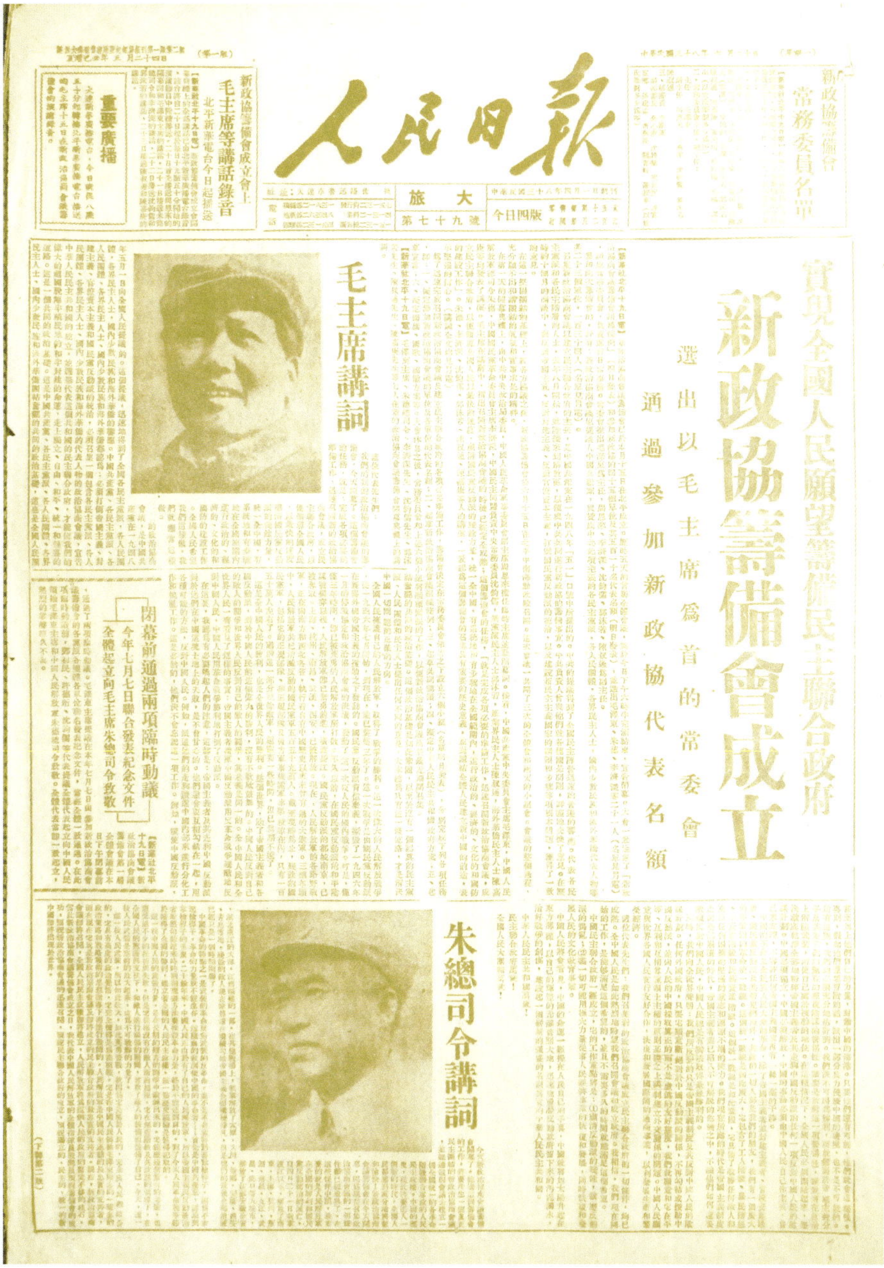

人民日報

旅大

第七十九號

今日四版

新政協籌備會成立會上

毛主席等講話錄音

北平新華電台今日起播送

重要廣播

實現全國人民願望籌備民主聯合政府

新政協籌備會成立

選出以毛主席為首的常委會

通過參加新政協代表名額

新政協籌備會

常務委員名單

毛主席講詞

閉幕前通過兩項臨時動議

今年七月七日聯合發表紀念文件

全體起立向毛主席朱總司令致敬

朱總司令講詞

图 4-1-1　《人民日报(旅大版)》1949 年 6 月 20 日头版

该报刊发文章，报道新政协筹备情况。

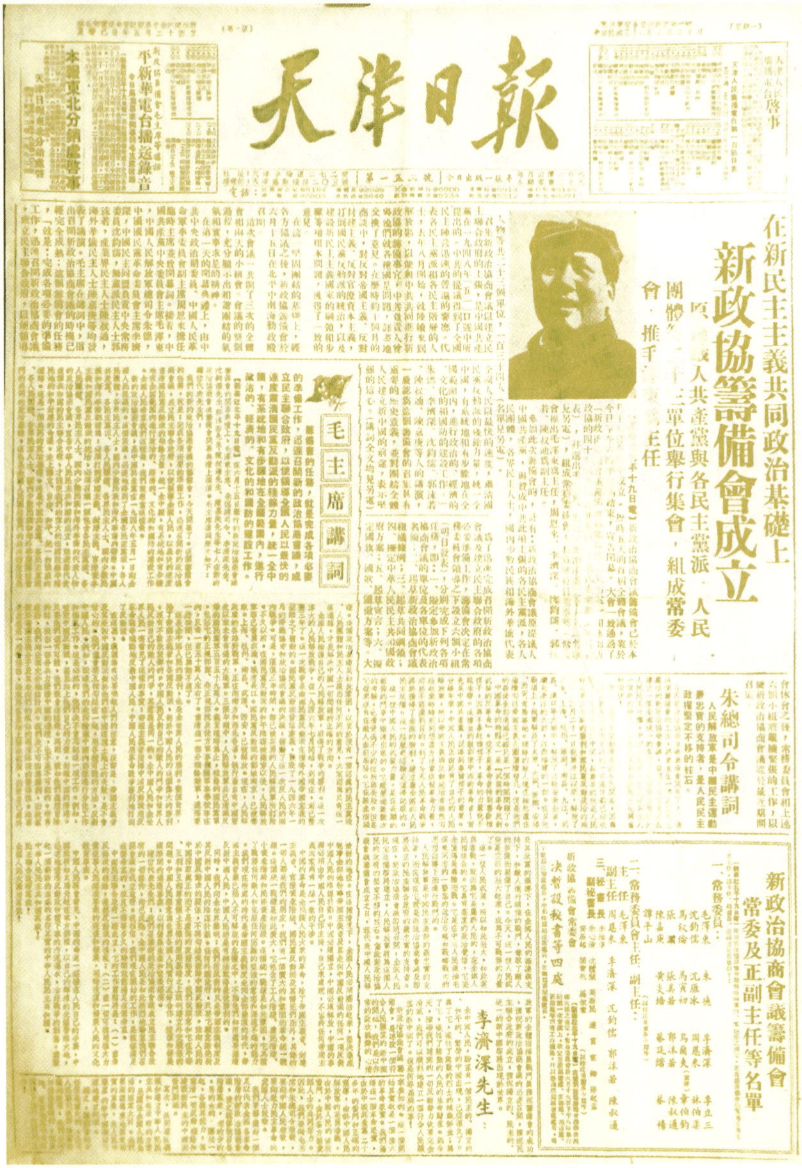
天津日報

在新民主主義共同政治基礎上
新政協籌備會成立

毛主席講詞

朱總司令講詞

新政治協商會議籌備會常委及正副主任等名單

李濟深先生

图 4-1-2 《天津日报》1949 年 6 月 20 日头版

该报刊发《在新民主主义共同政治基础上新政协筹备会成立》，同时配发毛泽东标准像，以及毛泽东和朱德讲话。头版右下角刊登新政治协商会议筹备会常委及正副主任等名单。

图 4-1-3　《群众日报（西安版）》1949年6月21日头版

　　该报刊登《新政治协商会议筹备会成立》，并在报头下面和头版下方刊登两条标语："迅速召开新政协，成立民主联合政府！""肃清反动派残余力量，团结全民建设新中国！"

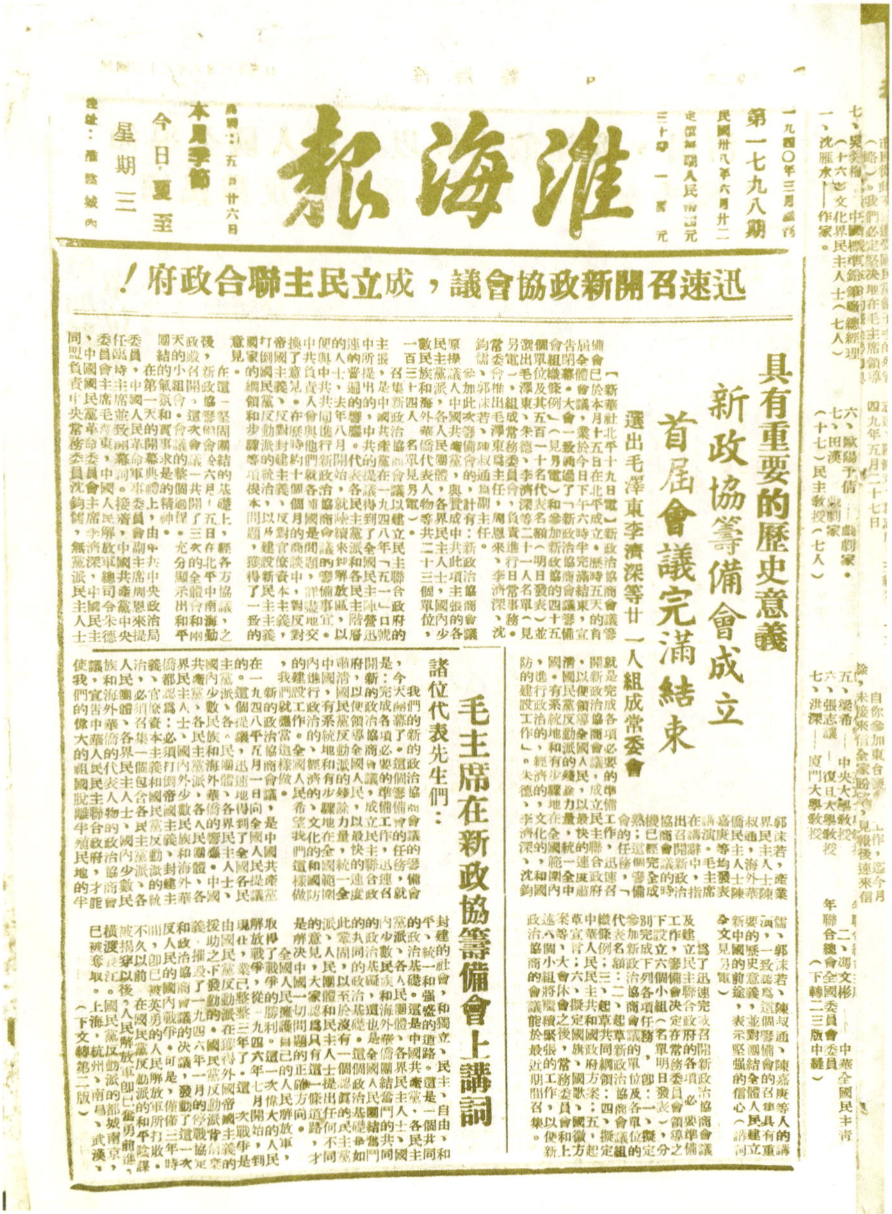
淮海報
一九四〇年三月創刊
第一七九八期
民國卅八年六月廿二日
本月季節
今日夏至
星期三

迅速召開新政協會議，成立民主聯合政府！

具有重要的歷史意義
新政協籌備會成立
首屆會議完滿結束
選出毛澤東李濟深等廿一人組成常委會

毛主席在新政協籌備會上講詞
諸位代表先生們：

图 4-1-4 《淮海报》1949 年 6 月 22 日头版

该报在报道《新政协筹备会成立 首届会议完满结束》的消息时，还刊登一条标语：“迅速召开新政协会议，成立民主联合政府！”

《群众日报》头版还刊登了毛泽东和朱德在新政协筹备会开幕典礼上的讲话,并配发两位领袖照片。其中,在《毛主席讲词》标题下,特意用线框突出引用了讲话中精彩的一段:

"中国人民将会看见,中国的命运一经操在人民自己的手里,中国就将如太阳升起在东方那样,以自己的辉煌的光焰普照大地,迅速地荡涤反动政府留下来的污泥浊水,治好战争的创伤,建设起一个崭新的强盛的名副其实的中华人民民主共和国。"

毛泽东在致词的最后,还连呼了三个口号,其中之一就是:中华人民民主共和国万岁! 这和他在1949年新年献词《将革命进行到底》中对新中国国号的提法是一样的。那么,原拟的"中华人民民主共和国"的国号,又是怎样改变为"中华人民共和国"这一正式国名的呢? 这凝聚了新政协筹备会成员和各位代表郑重的商讨和审慎的思虑。

中国共产党七届二中全会上已经初步确定新中国的国体为工人阶级(经过共产党)领导的以工农联盟为基础的人民民主专政;政体为以民主集中制为原则的人民代表大会制度,不采取西方那种三权分立的议会制;新中国的首都为北平(后恢复命名为北京)。只是对于即将诞生的新中国,还没有一个正式名称。中共中央、毛泽东一般习惯用"中华人民民主共和国"的称呼。与此相应,新政协筹备会提出议定和起草的组织条例中,就有成立中华人民民主共和国政府的方案,指定由董必武领导的第四小组负责起草中华人民民主共和国中央人民政府组织法。

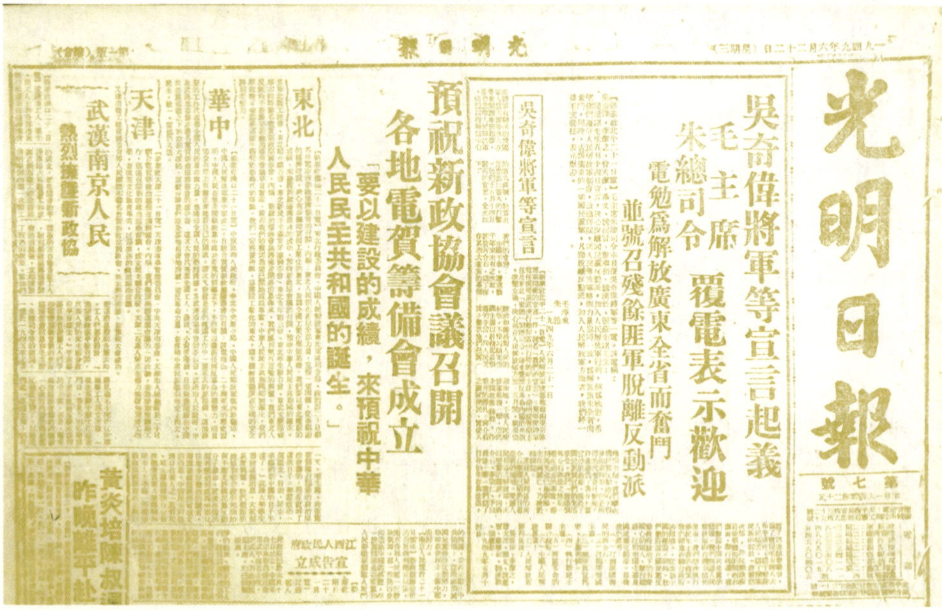

光明日報

吳奇偉將軍等宣言起義
毛主席 朱總司令 覆電表示歡迎
電勉爲解放廣東全省而奮鬥
並號召殘餘匪軍脫離反動派

吳奇偉將軍等宣言

預祝新政協會議召開
各地電賀籌備會成立
「要以建設的成績，來預祝中華人民民主共和國的誕生。」

東北

華中

天津

武漢南京人民
熱烈擁護新政協

江西人民政府宣告成立

图4-1-5 《光明日报》1949年6月22日头版

中国民主同盟机关报《光明日报》在头版报道《预祝新政协会议召开 各地电贺筹备会成立》时，还专门加上副标题“要以建设的成绩，来预祝中华人民民主共和国的诞生”。

　　新政协筹备会第四小组把有关国名的意见归纳,产生了三种名称,留待政府组织法起草委员会斟酌,并提交筹备会全体会议讨论。1949年9月17日,新政治协商会议筹备会第二次全体会议召开,通过了中华人民共和国中央人民政府组织法草案。在这个草案里,新的国名去掉了"民主"二字。

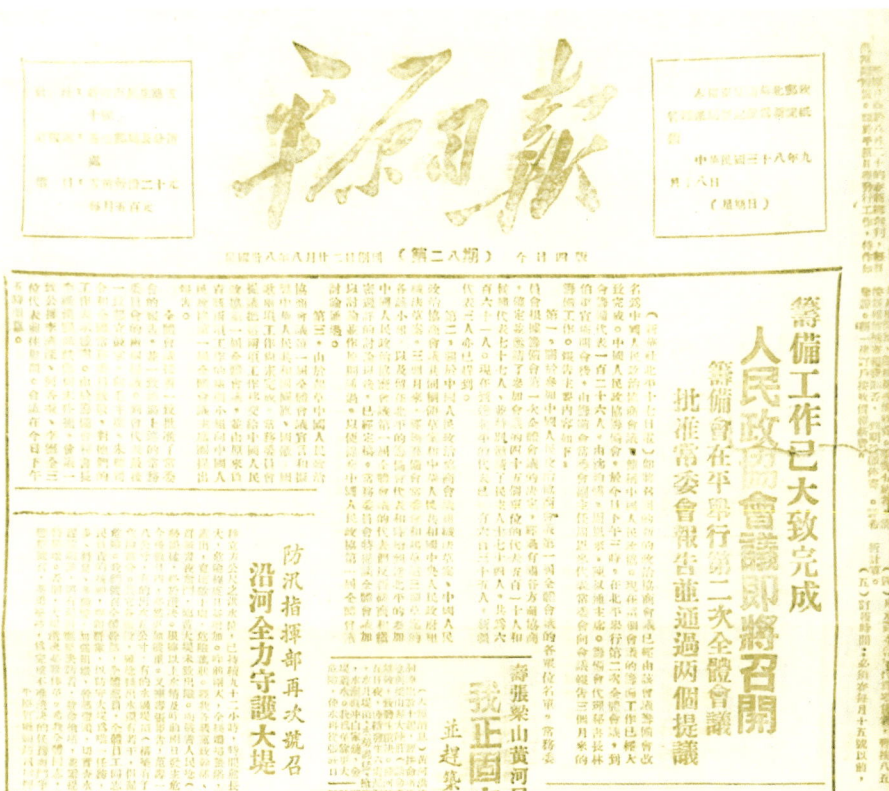

图4-1-6 《平原日报》1949年9月18日头版

　　该报刊登《筹备工作已大致完成 人民政协会议即将召开》,称:筹委会在北平举行第二次全体会议,批准常委会报告并通过两个提议。

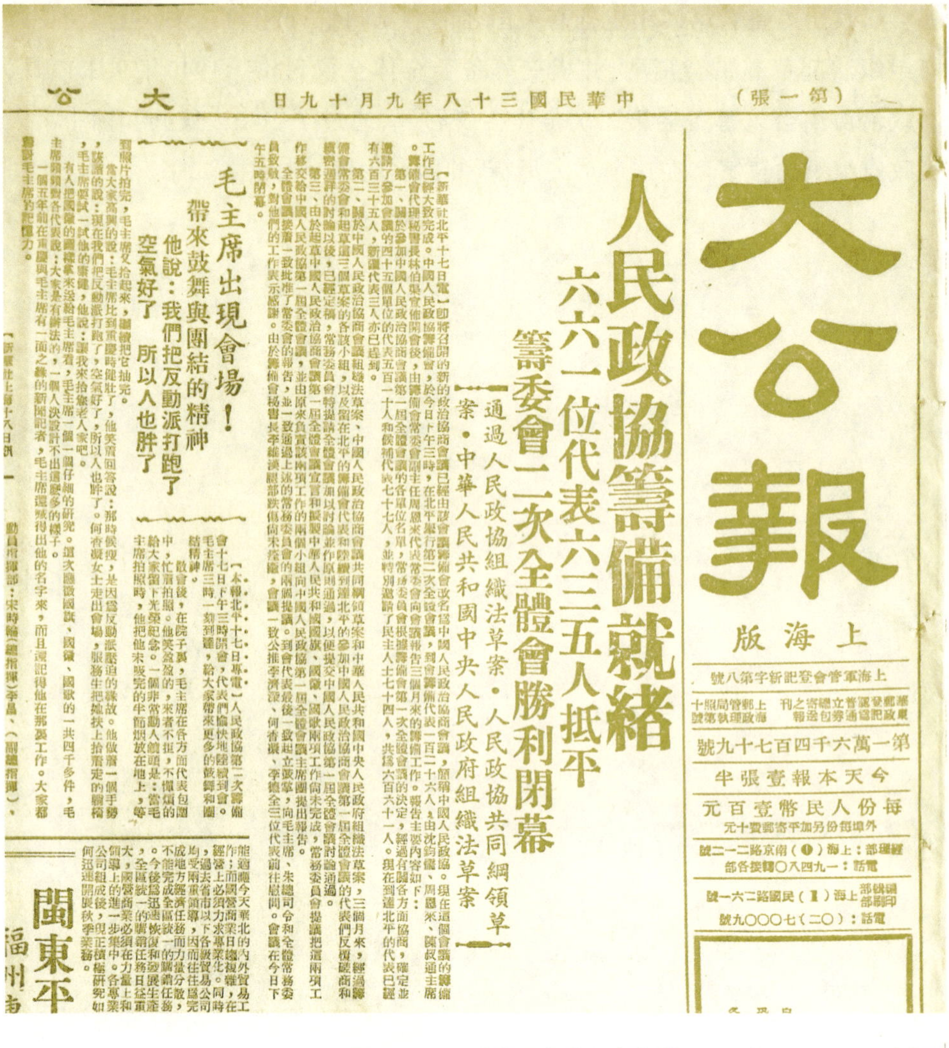

图4-1-7 《大公报(上海版)》1949年9月19日头版

该报刊发《人民政协筹备就绪 六六一位代表六三五人抵平 筹委会二次
全体会胜利闭幕》，还专门加了副标题："通过人民政协组织法草案·人民政协
共同纲领草案·中华人民共和国中央人民政府组织法草案"。

1949年9月22日,董必武在中国人民政治协商会议第一届全体会议上,做《关于草拟中华人民共和国中央人民政府组织法的经过及其基本内容的报告》。报告对组织法草案的总纲做了几点说明,第一点就是关于国家名称的问题。董必武说:本来过去许多人写文章或做演讲都用中华人民民主共和国。黄炎培、张志让两位先生写过一个节略,主张用中华人民民主国。在第四小组第二次全体会议讨论中,张奚若先生以为用中华人民民主共和国,不如用中华人民共和国。我们现在采用了最后这个名称。因为"共和国"说明了我们的国体,"人民"二字在今天新民主主义的中国是指工人阶级、农民阶级、小资产阶级和民族资产阶级四个阶级及爱国民主分子,它有确定的解释,已经把人民民主专政的意思表达出来,不必再把"民主"二字重复一次了。这个意见,为政协全体代表所接受。

第二节　五星红旗迎风飘扬

1949年6月,新政治协商会议筹备会决定在常务委员会下设6个小组,其中第六小组的任务是拟定国旗、国徽和国歌方案,并成立了国旗、国徽图案初选委员会。该组的组长由筹备会常务委员、中国民主促进会代表马叙伦担任,副组长由中国人民解放军代表叶剑英和筹备会常务委员、文化界民主人士代表沈雁冰担任。

第六小组于1949年7月4日举行第一次会议,决定公开征求国旗、国徽图案及国歌词谱,拟定了国旗、国徽、国歌方案的征求条例,设立了国旗、国徽图案评选委员会及国歌词谱评选委员会,并决定公开发布征求国旗、国徽图案和国歌词谱启事。

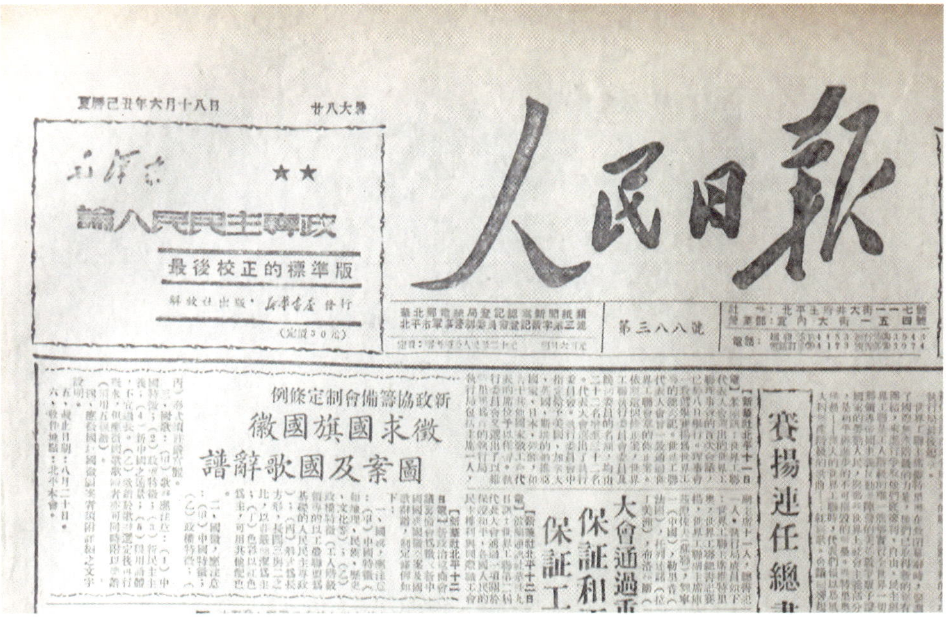
夏曆己丑年六月十八日

論人民民主專政

最後校正的標準版

人民日報

第三八八號

新政協籌備會制定條例

徵求國旗國徽

圖案及國歌辭譜

图 4-2-1 《人民日报》1949 年 7 月 13 日头版

该报刊发《新政协筹备会制定条例 征求国旗国徽图案及国歌辞谱》。

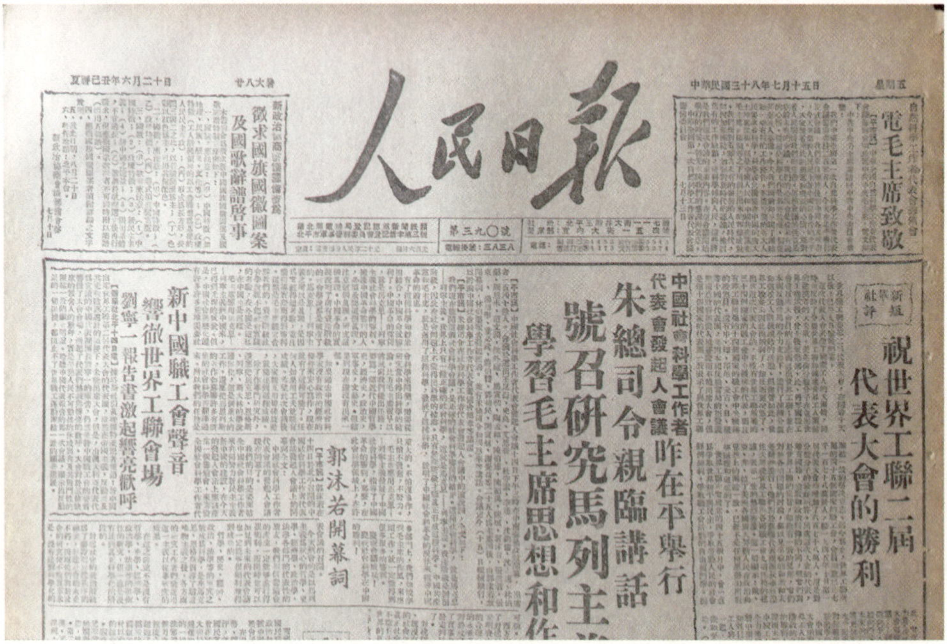
人民日報

新政治協商會議籌備會為
徵求國旗國徽圖案
及國歌辭譜啓事

電毛主席致敬

新華社評
祝世界工聯二屆
代表大會的勝利

中國社會科學工作者
代表會議發起人會議昨在平舉行
朱總司令親臨講話
號召研究馬列主義
學習毛主席思想和作

郭沫若開幕詞

新中國職工會聲音
響徹世界工聯會場
劉寧一報告書激起響亮歡呼

图 4-2-2 《人民日报》1949 年 7 月 15 日头版

该报在头版报头左侧刊登经毛泽东和周恩来亲自修改审定的《新政治协商会议筹备会为征求国旗国徽图案及国歌词谱启事》。

　　征集国旗图案的启事发出后,当时在上海工作的曾联松饱含着对新中国的爱国激情,在自家阁楼上开始了国旗图案的设计。他联想到中国共产党领导的工农红军是以五角星做标志的,而且中国共产党又是中国人民的大救星,决定用大五角星来作为象征;而毛泽东在《论人民民主专政》一文中指出,当时人民由四个社会阶级(工人阶级、农民阶级、小资产阶级和民族资产阶级)组成,因此他用四颗小五角星来象征由四个社会阶级组成的人民。在确定了五颗金星的位置和大小后,他于8月中旬将自己设计的"红底五星旗"寄给了筹备会。

　　到1949年8月20日(征集国旗图案启事的截止日期),初选委员会共收到了3012幅国旗图案,这些应征图案在临时选阅室内进行了展示,初选委员会从中精选出38份草图,汇编成《国旗图案参考资料》,提交给参加中国人民政治协商会议第一届全体会议的代表讨论。曾联松的方案最初并未入选,后来在田汉的主张下才被收为"复字32号""红底五星旗",并根据代表分组讨论的意见去掉了原设计稿中意识形态浓厚,且与苏联国旗相仿的镰刀斧头标志,最后形成以红色为底色,四小星拱卫大星的五星红旗方案。

　　9月25日晚,毛泽东召开国旗、国徽、国歌、纪年、国都协商座谈会。毛泽东指出,五星红旗这个图案表现革命人民大团结,因此,又是团结,又是革命。9月27日,全国政协第一届全体会议上通过的《关于中华人民共和国国都、纪年、国歌、国旗的决议》中,第四点规定:"全体一致通过:中华人民共和国的国旗为红地五星旗,象征中国革命人民大团结。"

图4-2-3　《大公报(上海版)》1949年9月28日头版

该报报道人民政协决议"国旗:决定采用五星红旗"。

该报用近半个版面套红刊登中华人民共和国国旗图案,并用括号加注"内五角星均为黄色"。

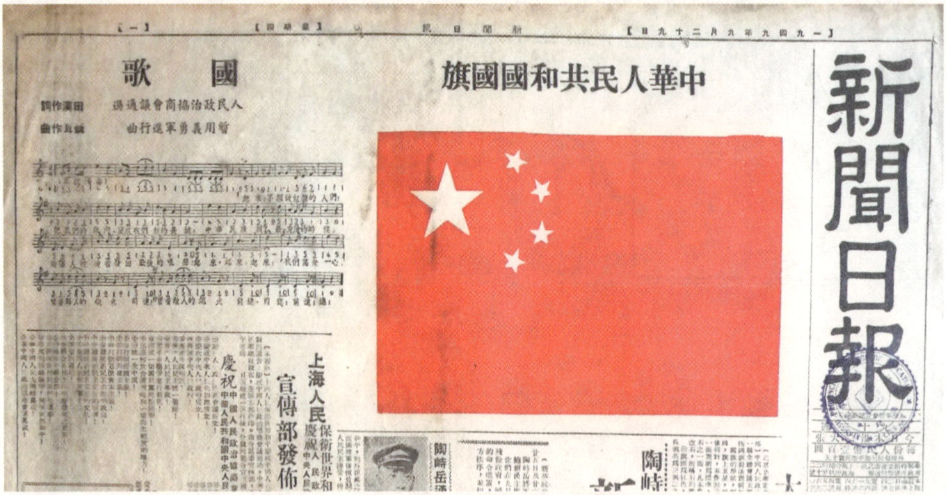

新聞日報

中華人民共和國國旗

國歌

人民政治協商會議通過

暫用義勇軍進行曲

田漢作詞

聶耳作曲

上海人民保衛世界和

慶祝中國人民政治協商會議

宣傳部發佈

陶峙岳

图 4-2-5 《新闻日报》1949 年 9 月 29 日头版

该报套红刊登“中华人民共和国国旗”图案。

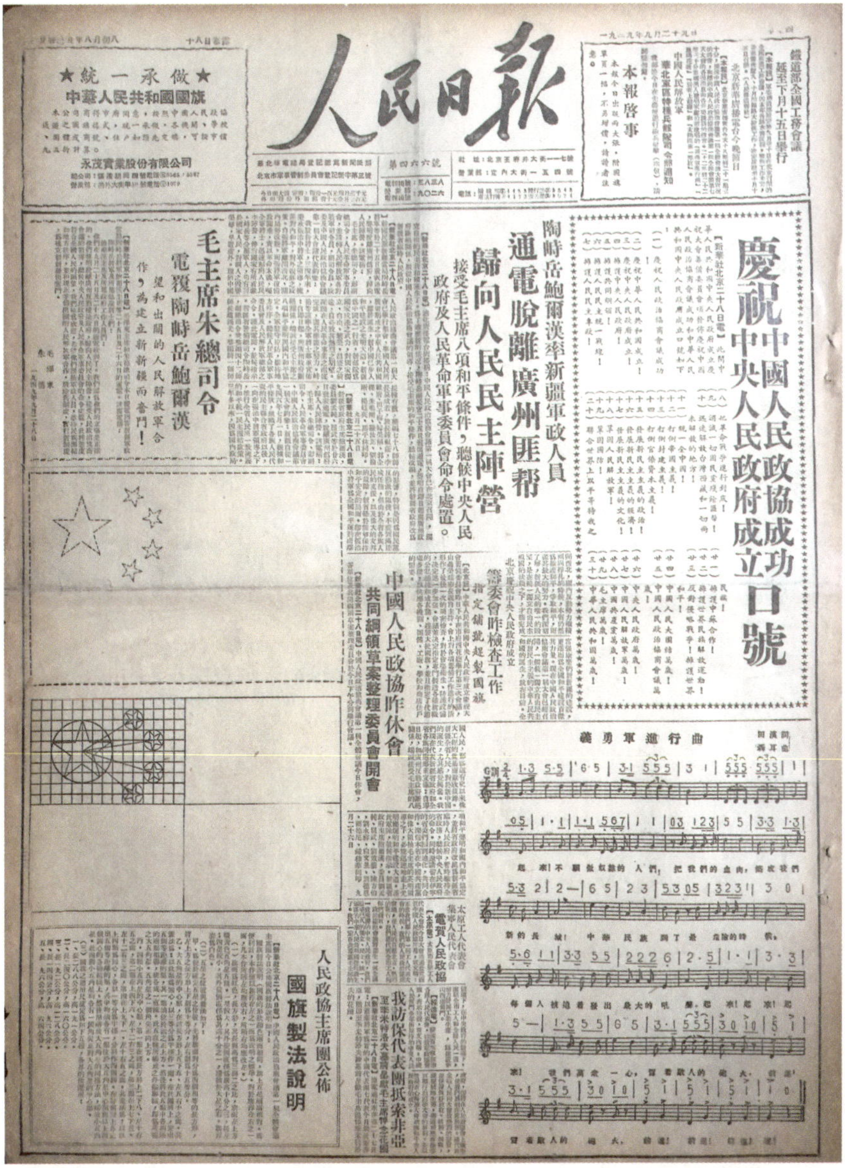

人民日報

★統一承做★
中華人民共和國國旗
永茂實業股份有限公司

本報啓事
本報今日出版兩大張，附國旗單頁一幅，不另增價，請讀者注意。

鐵道部全國工務會議延至下月十五日舉行

慶祝中國人民政協成功 中央人民政府成立口號

陶峙岳鮑爾漢率新疆軍政人員
通電脫離廣州匪幫
歸向人民民主陣營
接受毛主席八項和平條件，聽候中央人民政府及人民革命軍事委員會命令處置。

毛主席朱總司令電復陶峙岳鮑爾漢
望和出關的人民解放軍合作，為建立新新疆而奮鬥！

籌委會昨檢查工作
指定儲備趕製國旗

中國人民政協昨休會
共同綱領草案整理委員會開會

人民政協主席團公佈
國旗製法說明

我訪保代表團抵索菲亞

義勇軍進行曲

图 4-2-6　《人民日报》1949 年 9 月 29 日头版

该报在右侧刊登《本报启事》：本报今日出版两大张，附国旗单页一幅，不另增价，请读者注意。同时刊登新国旗的图样和《人民政协主席团公布国旗制法说明》。

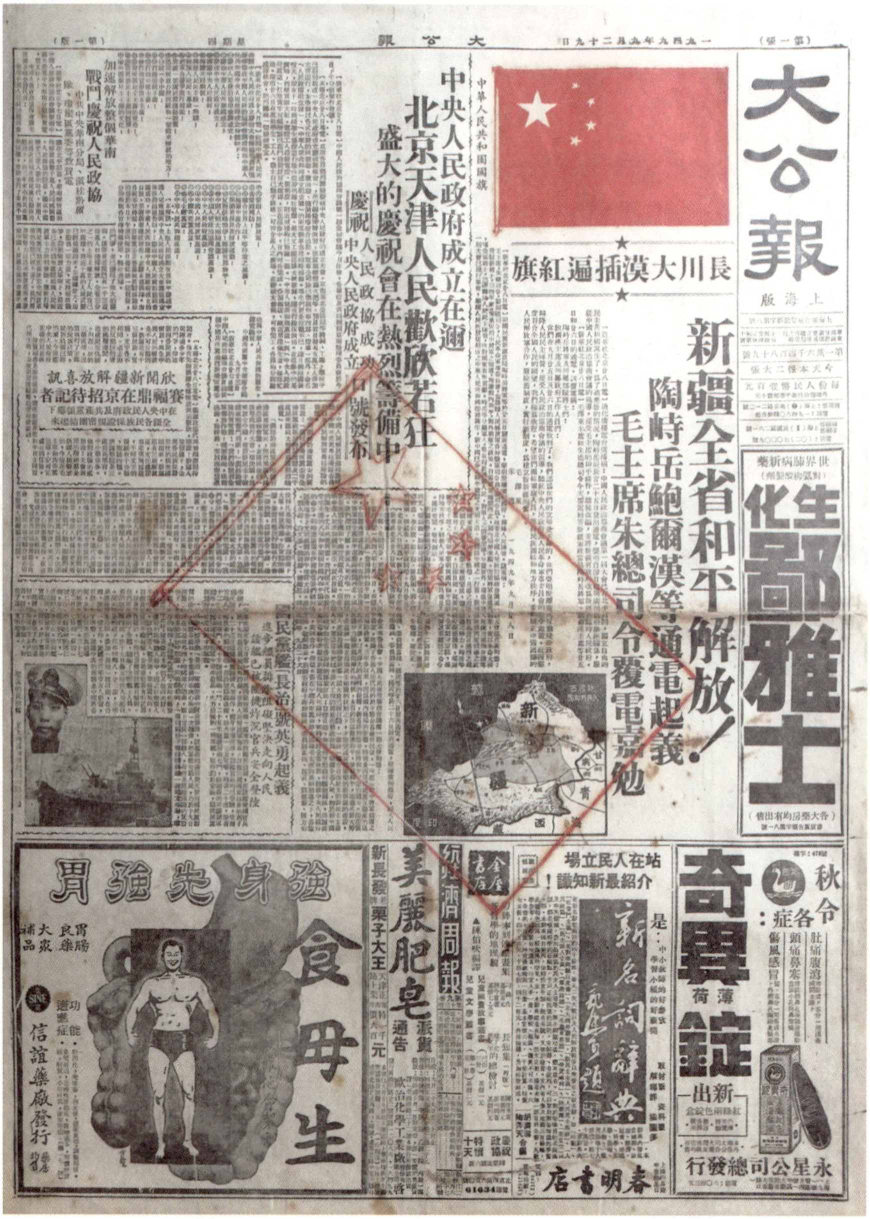
大公報 一九四九年九月二十九日 星期四

大公報 上海版

中華人民共和國國旗

長川大漢插遍紅旗

新疆全省和平解放！

陶峙岳鮑爾漢等通電起義

毛主席朱總司令覆電嘉勉

中央人民政府成立在邇

北京天津人民歡欣若狂

盛大的慶祝會在熱烈籌備中

慶祝人民政協成功 中央人民政府成立 口號發布

加速解放整個華南 戰鬥慶祝人民政協

欣聞新疆解放喜訊 賽福鼎在京招待記者

民眾艦長治號英勇起義

图 4-2-7 《大公报(上海版)》1949 年 9 月 29 日头版

该报除在报头左侧刊登五星红旗外，头版还套红印上五星红旗图案，营造了一个版面两面国旗的喜庆氛围。

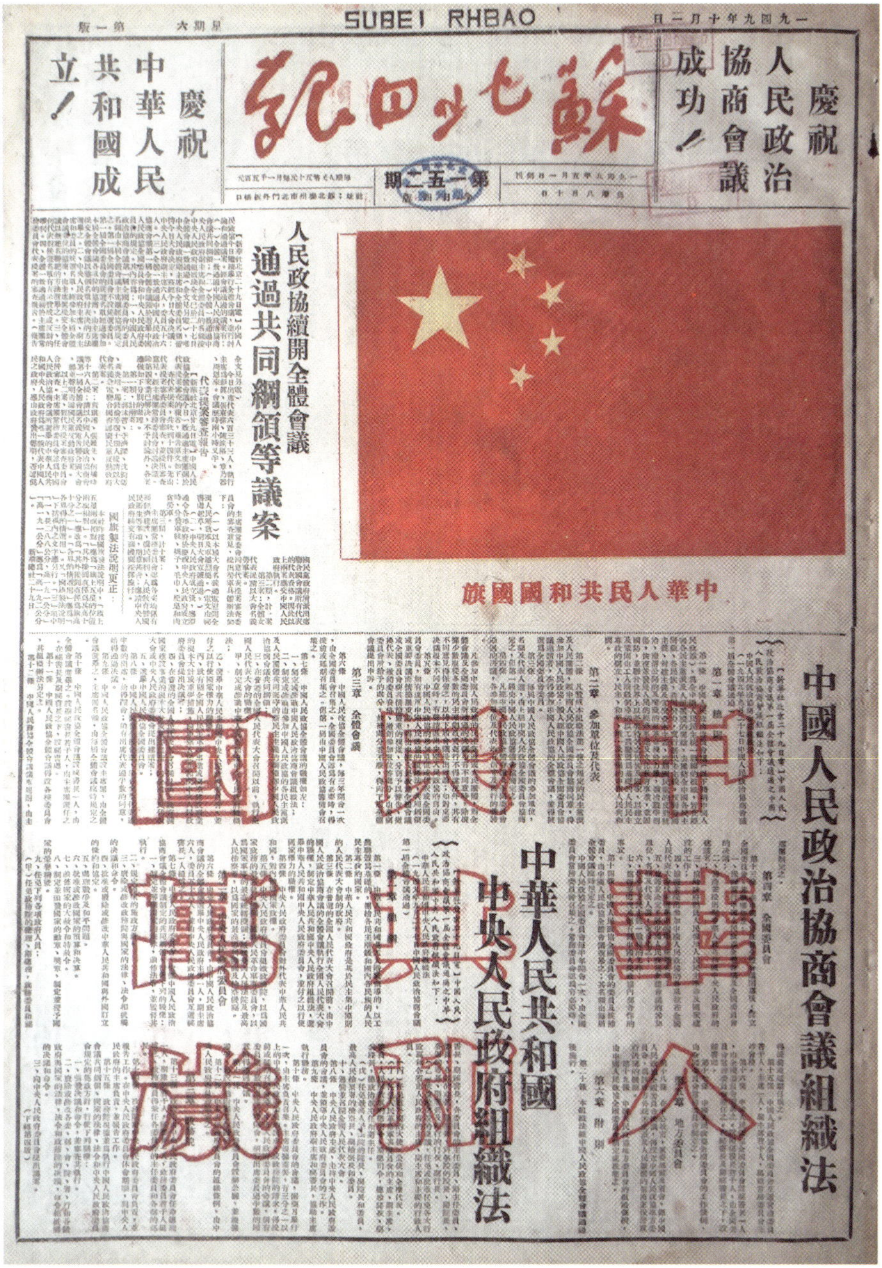
SUBEI RHBAO

一九四九年十月一日　星期六　第一版

蘇北日報

慶祝中華人民共和國成立！

慶祝人民政治協商會議成功！

第一五二期

人民政協續開全體會議 通過共同綱領等議案

中華人民共和國國旗

國旗製法說明更正

中國人民政治協商會議組織法

中華人民共和國中央人民政府組織法

中華人民共和國萬歲

图 4-2-8　《苏北日报》1949 年 10月 1 日头版

该报套红刊登中华人民共和国国旗图案。

以报为证
——老报刊见证中华人民共和国成立

图 4-2-9　《生活知识》1949 年 10 月 1 日头版

该报套红刊登中华人民共和国国旗图案。

166

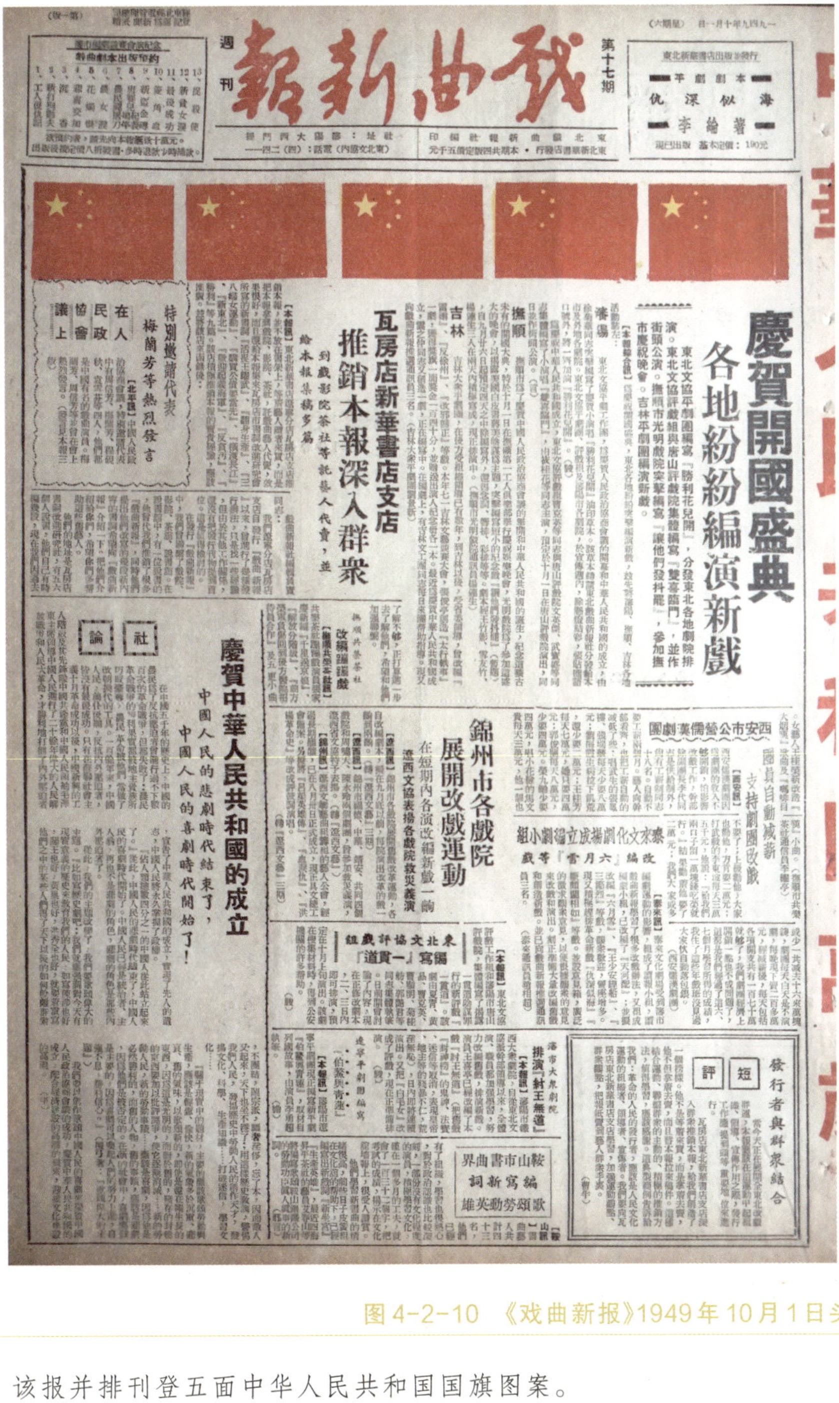
週刊
戲曲新報
第十七期
慶賀開國盛典
各地紛紛編演新戲
瓦房店新華書店支店
推銷本報深入群衆
特別邀請代表
梅蘭芳等熱烈發言
社論
慶賀中華人民共和國的成立
中國人民的悲劇時代結束了，
中國人民的喜劇時代開始了！
錦州市各戲院
展開改戲運動
短評
發行者與群衆結合

图 4-2-10 《戏曲新报》1949 年 10 月 1 日头版

该报并排刊登五面中华人民共和国国旗图案。

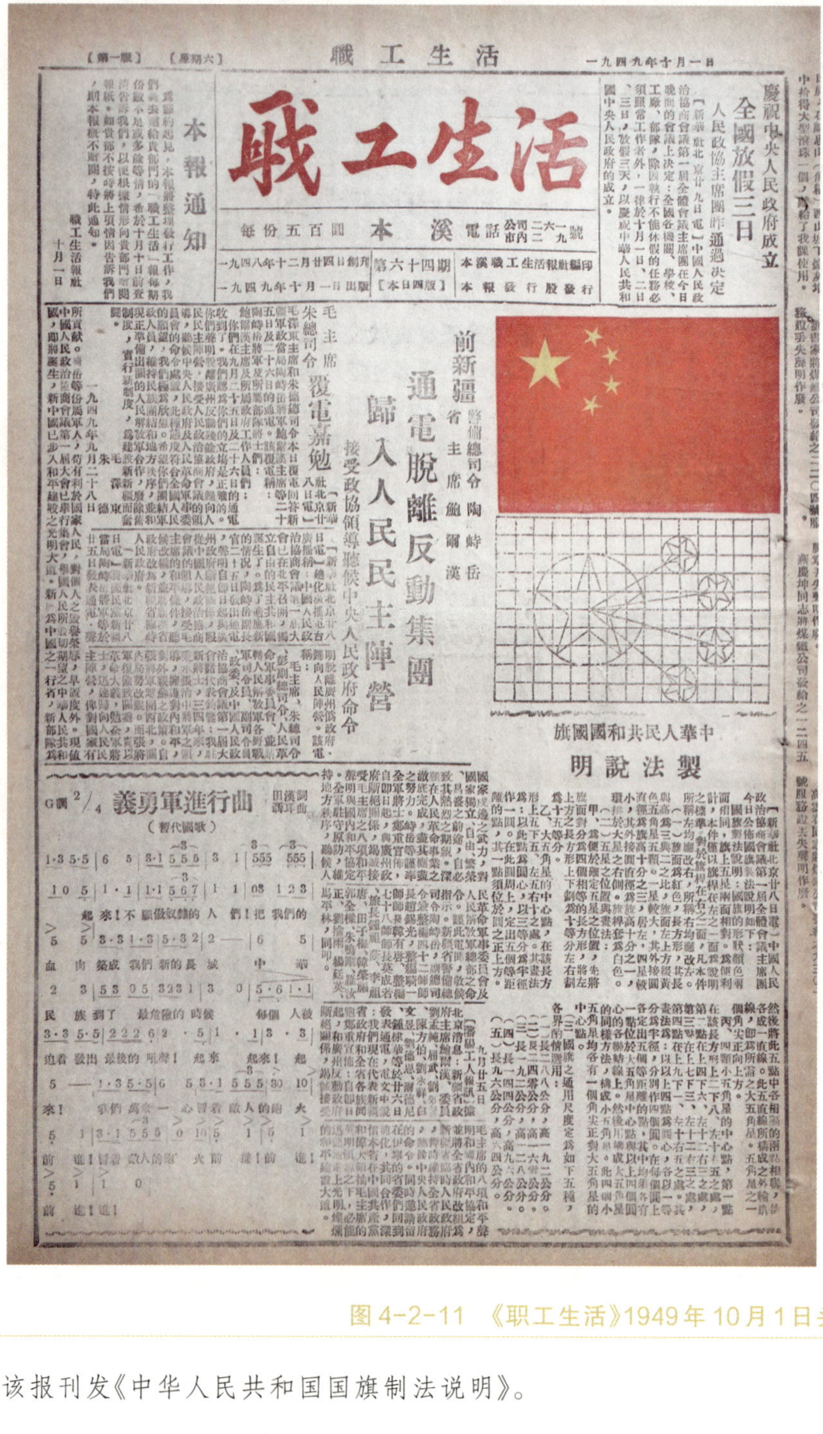
職工生活
一九四九年十月一日
職工生活
本報通知
慶祝中央人民政府成立
全國放假三日
人民政協主席團昨通過決定
前新疆警備總司令陶峙岳 省主席鮑爾漢
通電脫離反動集團
歸入人民民主陣營
接受政協領導聽候中央人民政府命令
毛主席 朱總司令 覆電嘉勉
中華人民共和國國旗
製法說明
義勇軍進行曲
（暫代國歌）
田漢詞 聶耳曲

图 4-2-11 《职工生活》1949 年 10 月 1 日头版

该报刊发《中华人民共和国国旗制法说明》。

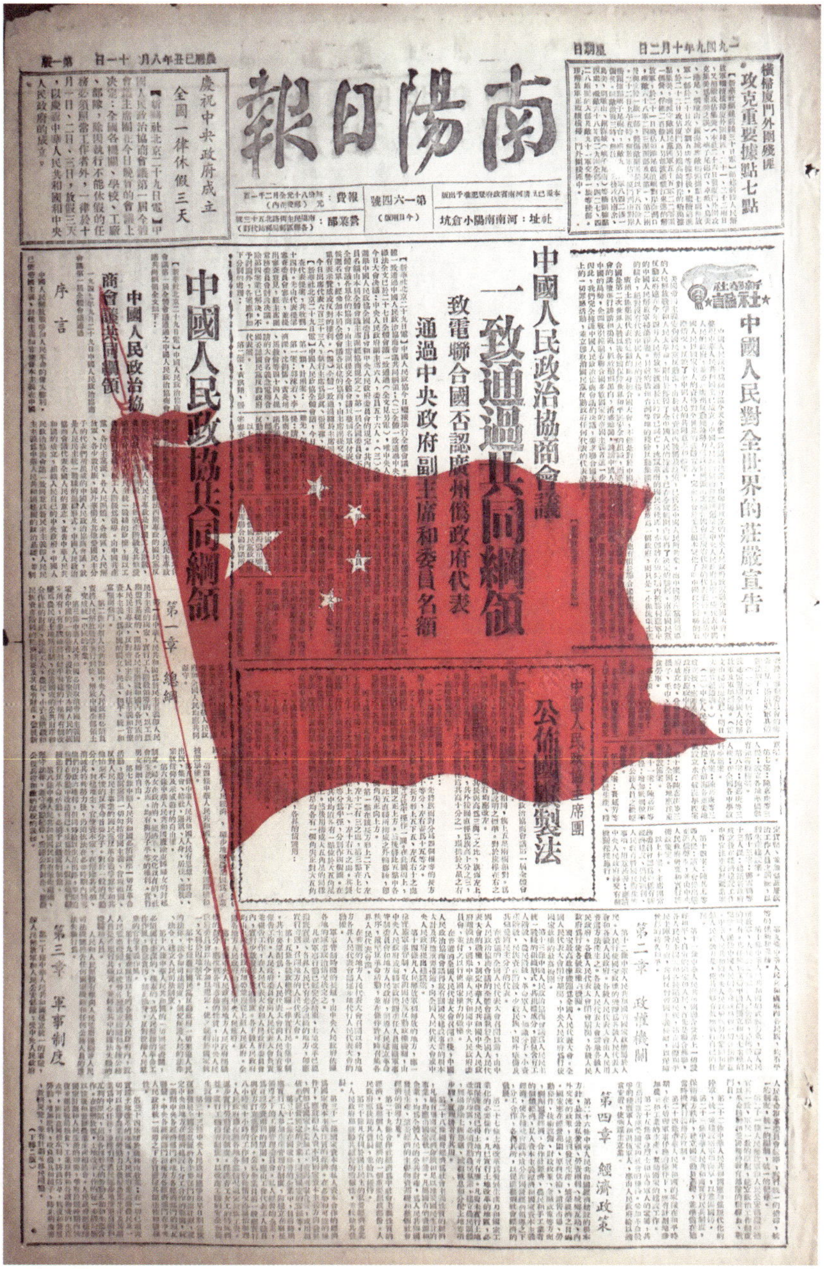

南陽日報

一九四九年十月二日　星期日

慶祝中央政府成立　全國一律休假三天

橫掃廈門外圍殘匪　攻克重要據點七點

中國人民政治協商會議　一致通過共同綱領

致電聯合國否認廣州僞政府代表

通過中央政府副主席和委員名額

中國人民對全世界的莊嚴宣告

中國人民政協共同綱領

中國人民政治協商會議共同綱領

序言

第一章　總綱

公佈國旗製法　中國人民政協主席團

第二章　政權機關

第三章　軍事制度

第四章　經濟政策

图 4-2-12　《南阳日报》1949 年 10 月 2 日头版

该报套红印刷高高飘扬的五星红旗。

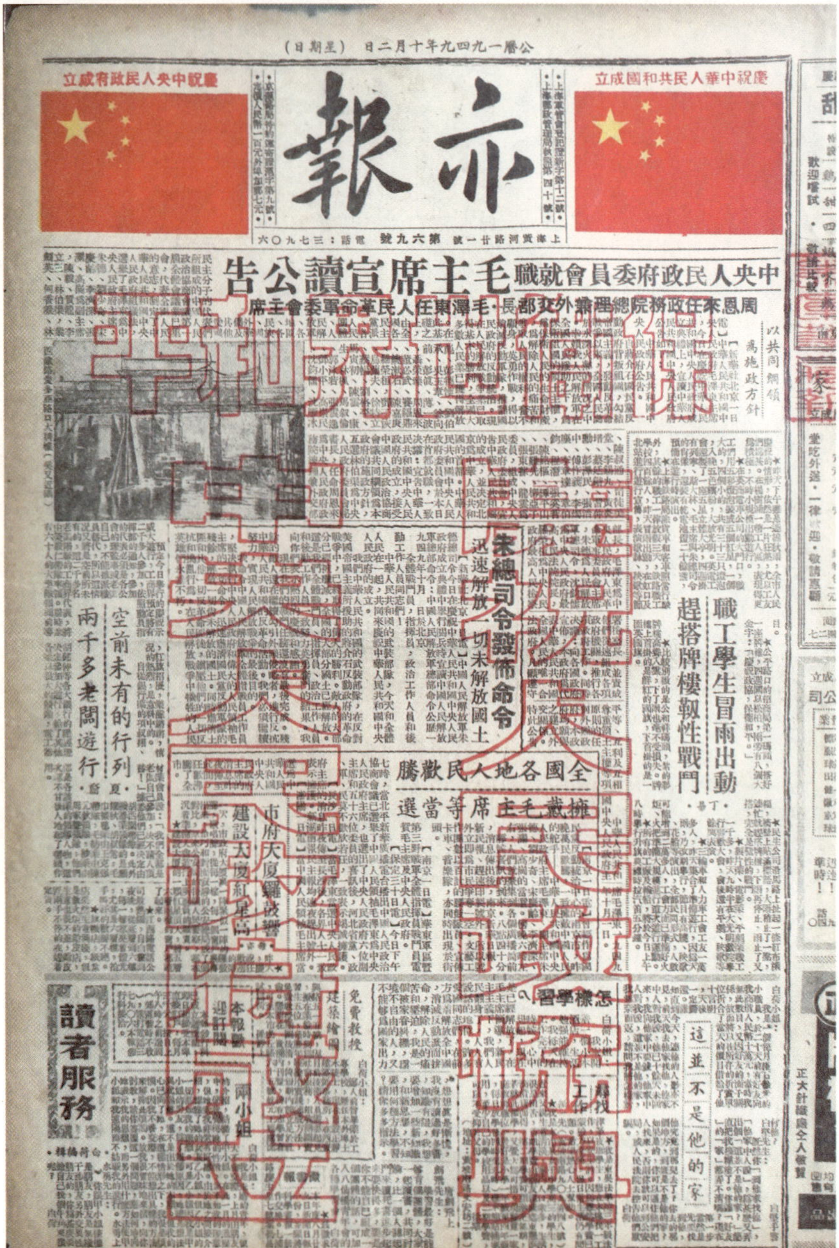
公曆一九四九年十月二日（星期日）

慶祝中央人民政府成立

亦報

慶祝中華人民共和國成立

上海貴州路廿一號第六十九號 電話：三七〇九六

中央人民政府委員會就職 毛主席宣讀公告

周恩來任政務院總理兼外交部長·毛澤東任人民革命軍事委員會主席

朱總司令發佈命令 迅速解放一切未解放國土

全國各地人民歡騰

擁戴毛主席等當選

職工學生冒雨出動

趕搭牌樓韌性戰鬥

空前未有的行列

兩千多老闆遊行

讀者服務

怎樣學習

這並不是他的家

图 4-2-13 《亦报》1949 年 10 月 2 日头版

该报报头两侧套红印刷两面中华人民共和国国旗。

图 4-2-14 《工人生活》1949年10月4日头版

该报套红印刷高高飘扬的五星红旗。

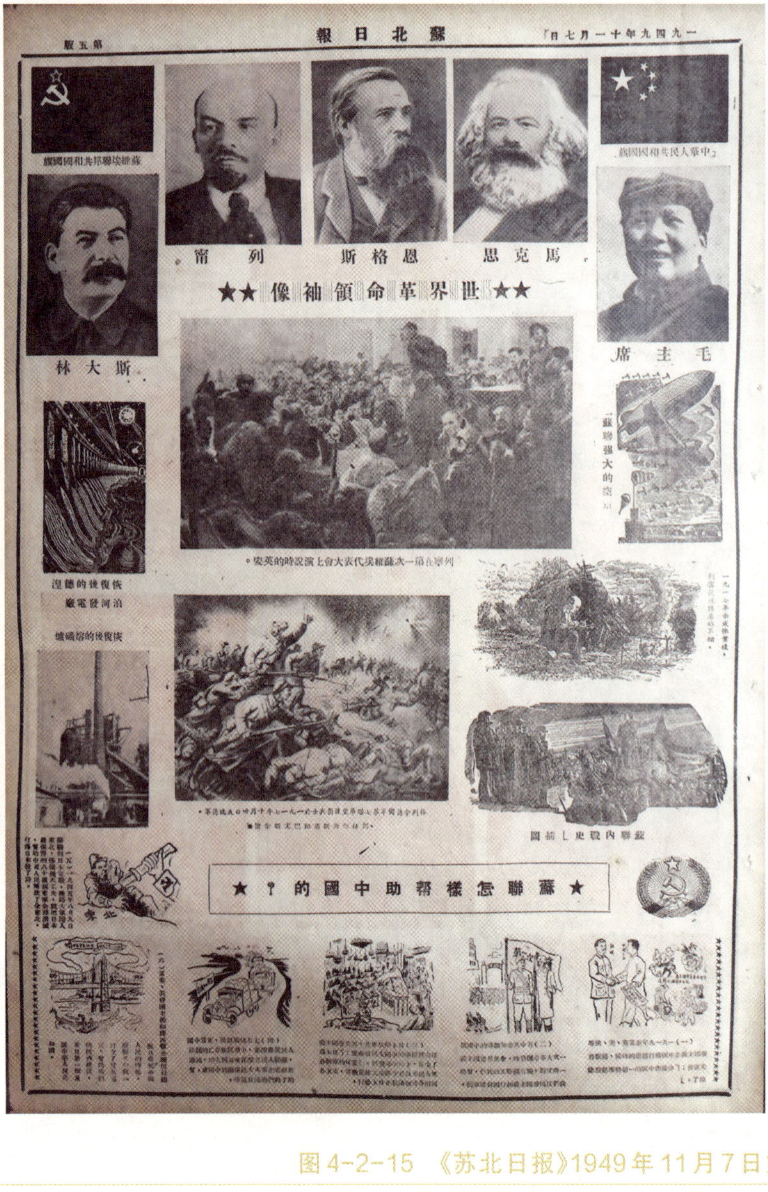

一九四九年十一月七日 蘇北日報 第五版

蘇維埃聯邦共和國國旗

中華人民共和國國旗

列寧

恩格斯

馬克思

斯大林

毛主席

★★世界革命領袖像★★

列寧在第一次蘇維埃代表大會上演說時的英姿。

恢復後的德涅泊河發電廠

恢復後的熔礦爐

蘇聯強大的

蘇聯內戰史上插圖

★蘇聯怎樣幫助中國的？★

图 4-2-15 《苏北日报》1949 年 11 月 7 日第五版

1949 年 10 月 1 日，在中华人民共和国的开国大典上，五星红旗首次在北京天安门广场升起。11 月 7 日，为纪念十月革命 32 周年，《苏北日报》在第五版的左、右上角特意分别印上苏联国旗和中华人民共和国国旗，让读者通过对比更加直观地感受到五星红旗的寓意。

第三节 胜利歌声多么嘹亮

1949年9月29日,《人民日报》在头版刊登新国旗的图样和制法说明的同时,发表了《义勇军进行曲》曲谱。这首国歌的确定同样经过了集思广益、群策群力的不平凡历程。

早在1949年7月,《人民日报》等各大报纸连续刊登了新政治协商会议筹备会征求国旗、国徽、图案及国歌词谱消息和启事,启事的第三条列出了国歌的注意事项:

(甲)歌词应注意:(1)中国特征;(2)政权特征;(3)新民主主义;(4)新中国之远景;(5)限用语体,不宜过长。

(乙)歌谱于歌词选定后再行征求,但应征国歌歌词者亦可同时附以乐谱(须用五线谱)。

1949年9月25日,毛泽东、周恩来在中南海丰泽园主持召开国旗、国徽、国歌、纪年、国都协商座谈会。会上,徐悲鸿提议用《义勇军进行曲》代国歌,得到了梁思成等人的赞同。但郭沫若、田汉等针对该曲歌词中"中华民族到了最危险的时候"等历史性的词句,认为不符现况,应当修改。张奚若、黄炎培等提出反对意见。最后毛泽东和周恩来赞同"安不忘危"的思想,认为新中国要达到真正安定、安全,还需要与内外敌人及各种艰难困苦作斗争,从而决定不做修改。

《义勇军进行曲》由田汉作词、聂耳作曲,诞生于抗击日本帝国主义侵略的战争年代,原是聂耳1935年为上海电通公司拍摄的故事影片《风云儿女》所作的主题歌(田汉1934年作的歌词)。《义勇军进行曲》凝聚着中华儿女"不愿做亡国奴"的怒吼,所以一经问世,就因其奋进的词文和优美的曲调迅速传遍祖国大地,并在全世界传播。1940年美国著名黑人歌唱家保罗·罗伯逊在纽约演唱了这首歌,接着他又灌制了一套名为《起来》的中国革命歌曲唱片,宋庆龄亲自为这套唱片撰写了序言。在当时的反法西斯战线上,《义勇军进行曲》是一支代表了中国人民最强音的战歌。第二次世界大战即将结束之际,在盟军凯旋的曲目中,《义勇军进行曲》赫然名列其中。

正因为《义勇军进行曲》在人民中广为流传,对激发中国人民的爱国主义热情起了巨大的作用,所以,在1949年9月27日,中国人民政治协商会议第一届全体会议通过的《关于中华人民共和国国都、纪年、国歌、国旗的决议》中明确规定:"在中华人民共和国的国歌未正式制定前,以《义勇军进行曲》为国歌",体现了中国人民的革命传统和居安思危的爱国主义思想。

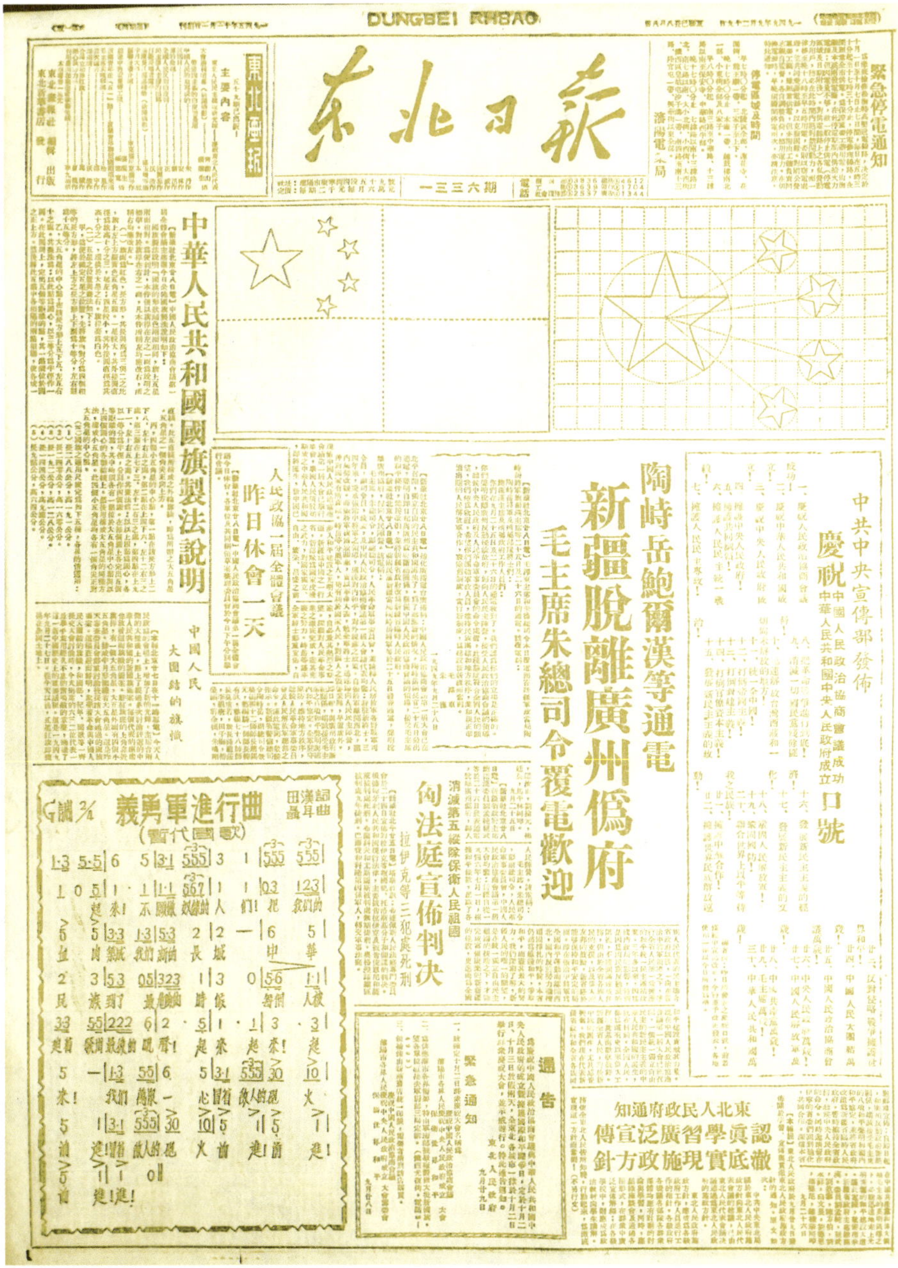

DUNGBEI RHBAO

东北日报

緊急停電通知

中華人民共和國國旗製法說明

中國人民大團結的旗幟

陶峙岳鮑爾漢等通電

新疆脫離廣州僞府

毛主席朱總司令覆電歡迎

中共中央宣傳部發佈

慶祝中國人民政治協商會議成功 中華人民共和國中央人民政府成立口號

人民政協一屆全體會議

昨日休會一天

義勇軍進行曲

（暫代國歌）

消滅第五縱隊保衛人民祖國

匈法庭宣佈判決

拉伊克等三犯處死刑

通告

緊急通知

東北人民政府通知

認眞學習廣泛宣傳

徹底實現施政方針

图 4-3-1 《东北日报》1949 年 9 月 29 日头版

该报在刊登《义勇军进行曲》词曲时，专门用括号标注“暂代国歌”。

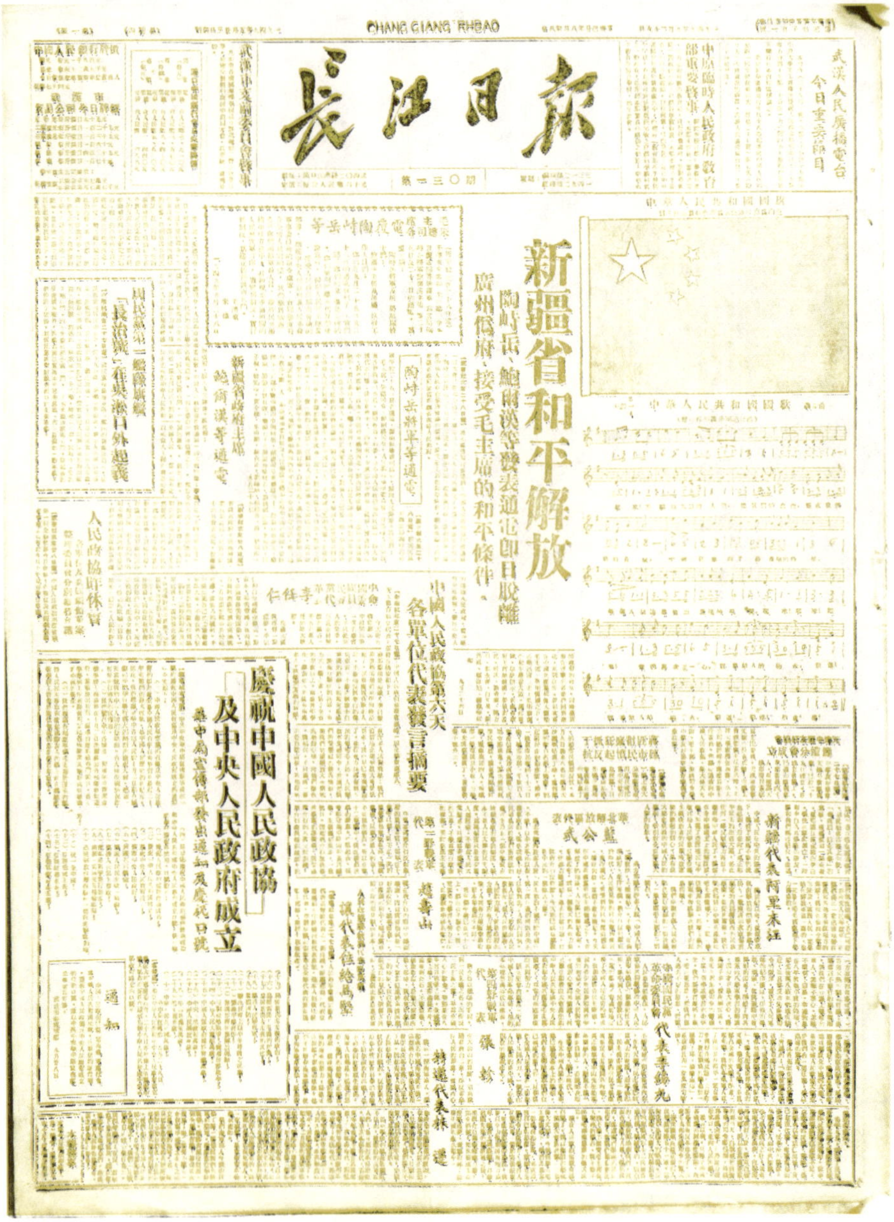
CHANG GIANG RHBAO

長江日報

新疆省和平解放

陶峙岳、鮑爾漢等發表通電即日脫離廣州偽府、接受毛主席的和平條件

中華人民共和國國旗

中華人民共和國國歌

中國人民政協第六天 各單位代表發言摘要

慶祝中國人民政協及中央人民政府成立

图 4-3-2 《长江日报》1949年9月29日头版

该报刊发《中华人民共和国国歌》，并用括号加注“暂时采用《义勇军进行曲》”。

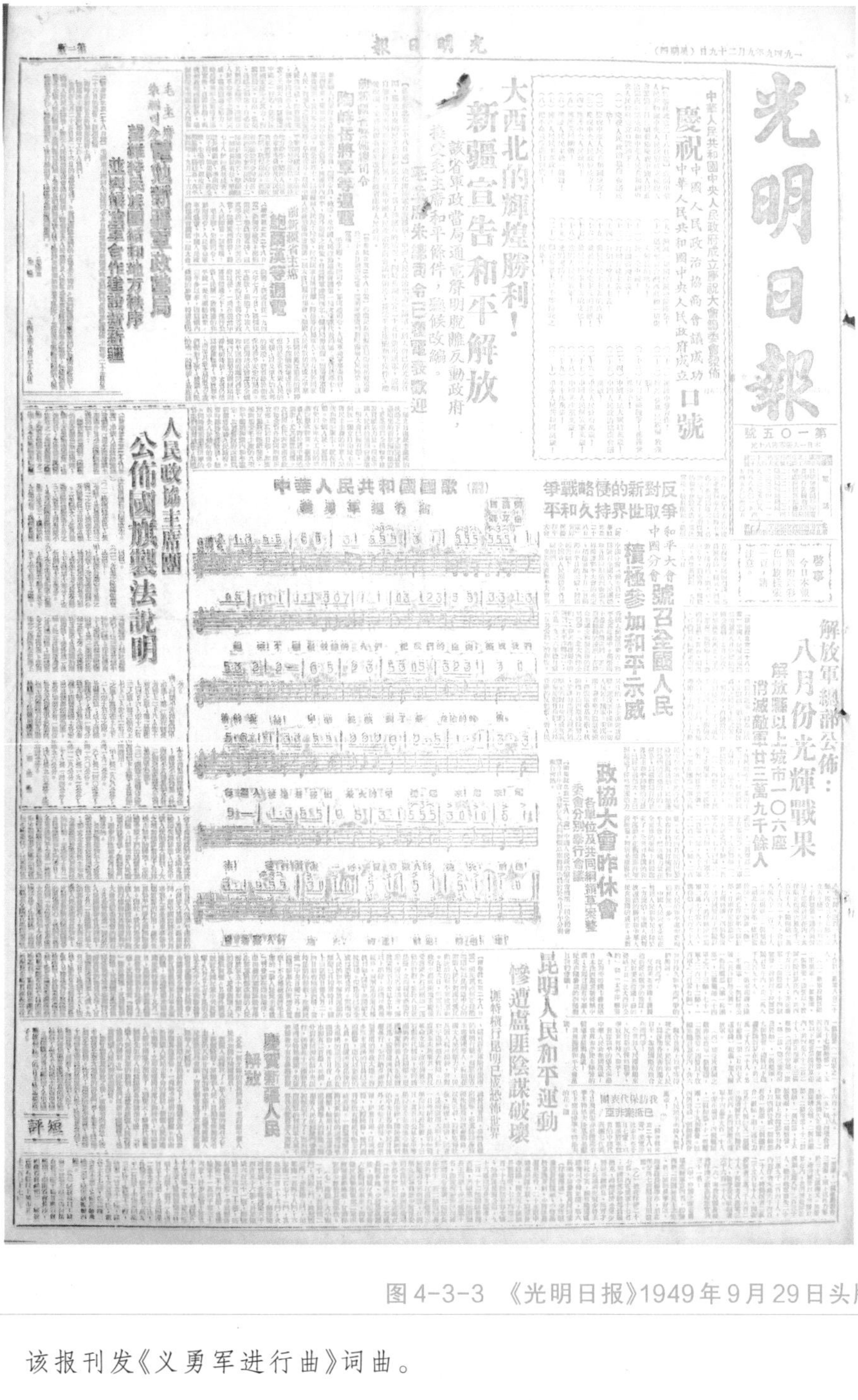
光明日報
第一〇五一號
慶祝中華人民共和國中央人民政府成立口號
中華人民共和國中央人民政府成立慶祝大會籌委會發佈
大西北的輝煌勝利！新疆宣告和平解放
該省軍政當局通電聲明脫離反動政府，接受毛主席和平條件，聽候改編
毛主席朱總司令已覆電致歡迎
人民政協主席團公佈國旗製法說明
中華人民共和國國歌（詞）
義勇軍進行曲
反對新的侵略戰爭　爭取世界持久和平
和平大會中國分會號召全國人民積極參加和平示威
政協大會昨休會
解放軍總部公佈：八月份光輝戰果
解放縣以上城市一〇六座　消滅敵軍廿三萬九千餘人
昆明人民和平運動慘遭盧匪陰謀破壞
慶賀新疆人民解放
短評

图 4-3-3　《光明日报》1949 年 9 月 29 日头版

该报刊发《义勇军进行曲》词曲。

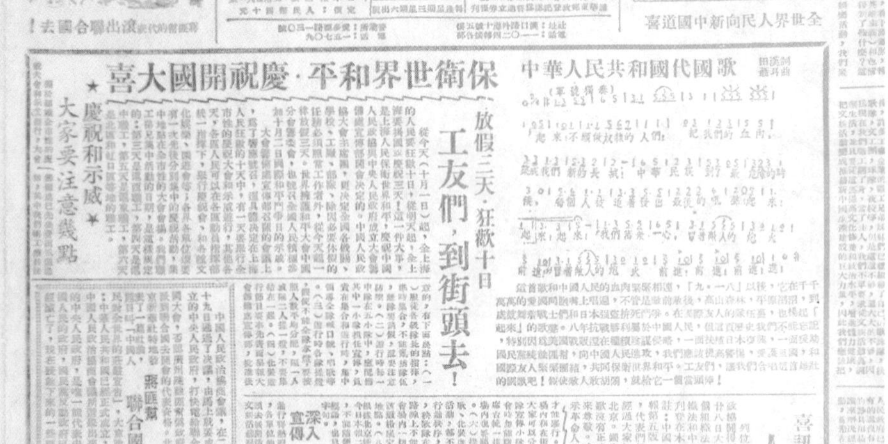

勞動報

一九四九年十月一日 星期六

第二十七號

保衛世界和平·慶祝開國大喜

中華人民共和國代國歌

放假三天·狂歡十日

工友們，到街頭去！

慶祝和示威 大家要注意幾點

喜訊又從北京來 人民憲章公佈

全世界人民向新中國歡呼

中國人民偉大勝利 增强世界和平力量

蔣匪幫是流氓 聯合國應該趕它滾蛋

深入宣傳

各地人民狂熱慶祝

鮮紅顏色五顆星 咱們國旗多壯麗

全世界人民向新中國道喜

图 4-3-4 《劳动报》1949 年 10 月 1 日头版

该报刊发《中华人民共和国代国歌》。

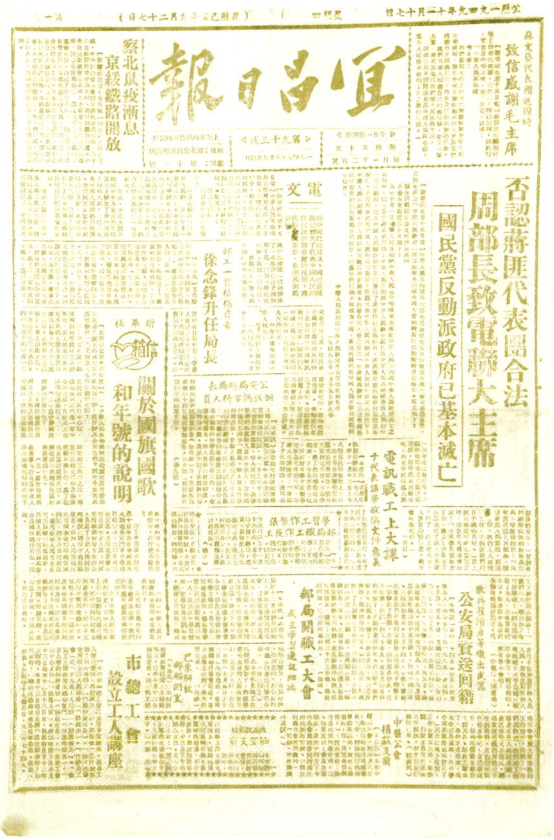
宜昌日報

察北鼠疫漸息 京綏鐵路開放

致信感謝毛主席

否認蔣匪代表團合法 周部長致電聯大主席

國民黨反動派政府已基本滅亡

關於國旗國歌和年號的說明

徐念鋒升任局長

電訊職工上大課

郵局開職工大會

市總工會 設立工人講座

图 4-3-5 《宜昌日报》1949 年 11 月 17 日头版

1949 年 11 月 15 日，新华社发布了《关于国旗国歌和年号的说明》，采用了一问一答的形式。其中第三个问题是："为什么采用《义勇军进行曲》为中华人民共和国现时的国歌？其中有些词句不符合目前情况，为什么不修改？"《宜昌日报》头版刊登了"新华社信箱"的回答："《义勇军进行曲》是十余年来在中国广大人民的革命斗争中最流行的歌曲，已经具有历史意义。采用《义勇军进行曲》为中华人民共和国现时的国歌而不加修改，是为了唤起人民回想祖国创造过程中的艰难忧患，鼓舞人民发扬反抗帝国主义侵略的爱国热情，把革命进行到底。这与苏联人民曾在长期间以国际歌为国歌，法国人民今天仍以马赛曲为国歌的作用是一样的。"

第四节　中国人民站起来了！

1949年9月21日，中国人民政治协商会议第一届全体会议在北平隆重开幕，中国共产党及各民主党派、人民团体和无党派民主人士等单位的代表（含候补代表）共662人出席会议，中国人民政协筹备会主任、中国共产党中央委员会主席毛泽东向大会致开幕词。次日出版的《人民日报》头版头条刊登《毛主席开幕词》，并配发一张毛泽东标准像。毛泽东在开幕词中说：

"现在的中国人民政治协商会议是在完全新的基础之上召开的，它具有代表全国人民的性质，它获得全国人民的信任和拥护。因此，中国人民政治协商会议宣布自己执行全国人民代表大会的职权。中国人民政治协商会议在自己的议程中将要制定中国人民政治协商会议的组织法，制定中华人民共和国中央人民政府的组织法，制定中国人民政治协商会议的共同纲领，选举中国人民政治协商会议的全国委员会，选举中华人民共和国中央人民政府委员会，制定中华人民共和国的国旗和国徽，决定中华人民共和国国都的所在地以及采取和世界大多数国家一样的年号。"

"诸位代表先生们，我们有一个共同的感觉，这就是我们的工作将写在人类的历史上，它将表明：占人类总数四分之一的中国人从此站立起来了！"

因此，1949年9月22日《人民日报》头版刊登《中华人民共和国开国盛典 中国人民政协开幕》时，专门加副标题"毛泽东主席宣布会议任务：制定中国人民政协组织法与共同纲领，选举中国人民政协全国委员会暨中华人民共和国中央人民政府委员会，制定国旗国徽，决定国都所在地和年号"。同时刊登李庄采写的《"中国人从此站立起来了"——中国人民政协第一届会议特写》，并配发社论《旧中国灭亡了，新中国诞生了！》。

图4-4-1 《人民日报》1949年9月22日头版

该报刊发《毛主席开幕词》。

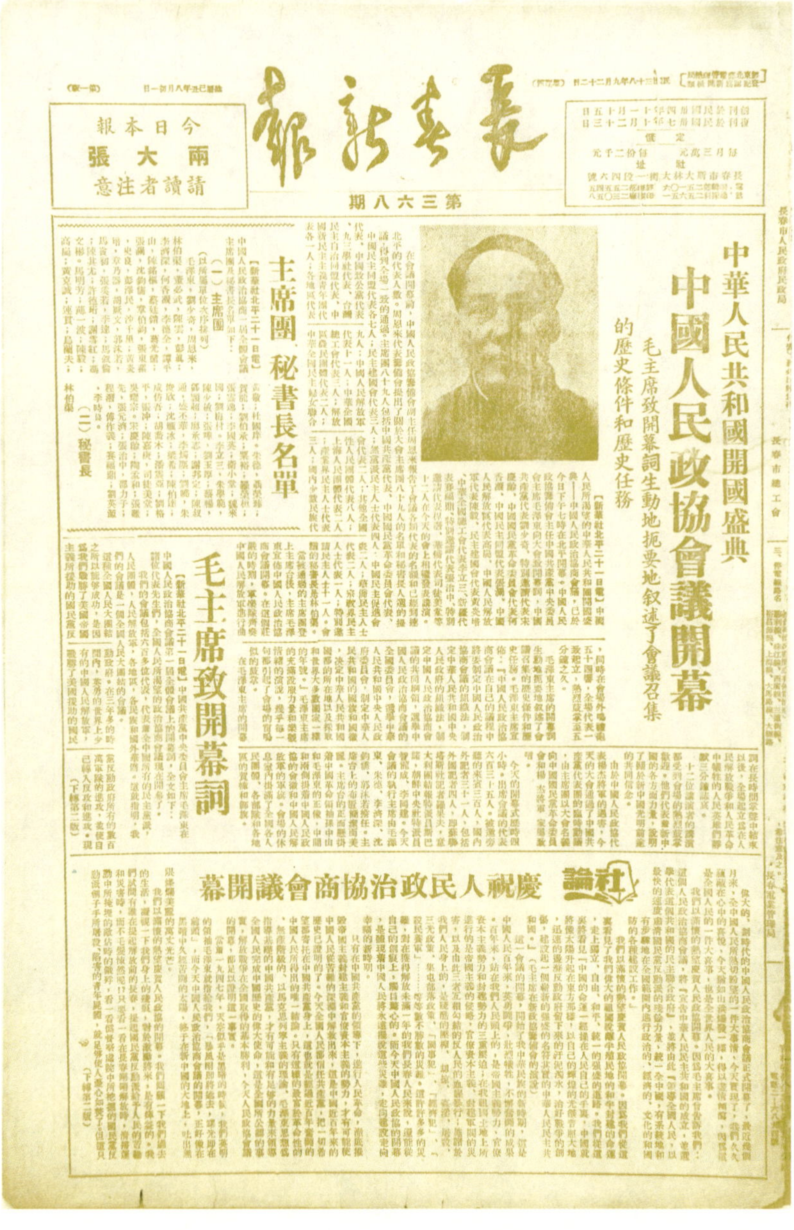

長春新報

第三六八期

今日本報 兩大張 請讀者注意

中華人民共和國開國盛典

中國人民政協會議開幕

毛主席致開幕詞生動地扼要地敘述了會議召集的歷史條件和歷史任務

主席團、秘書長名單

毛主席致開幕詞

社論 慶祝人民政治協商會議開幕

图4-4-2 《长春新报》1949年9月22日头版

该报刊登《中华人民共和国开国盛典 中国人民政协会议开幕》，并配发一张毛泽东标准像，同时刊登政协主席团、秘书长名单。

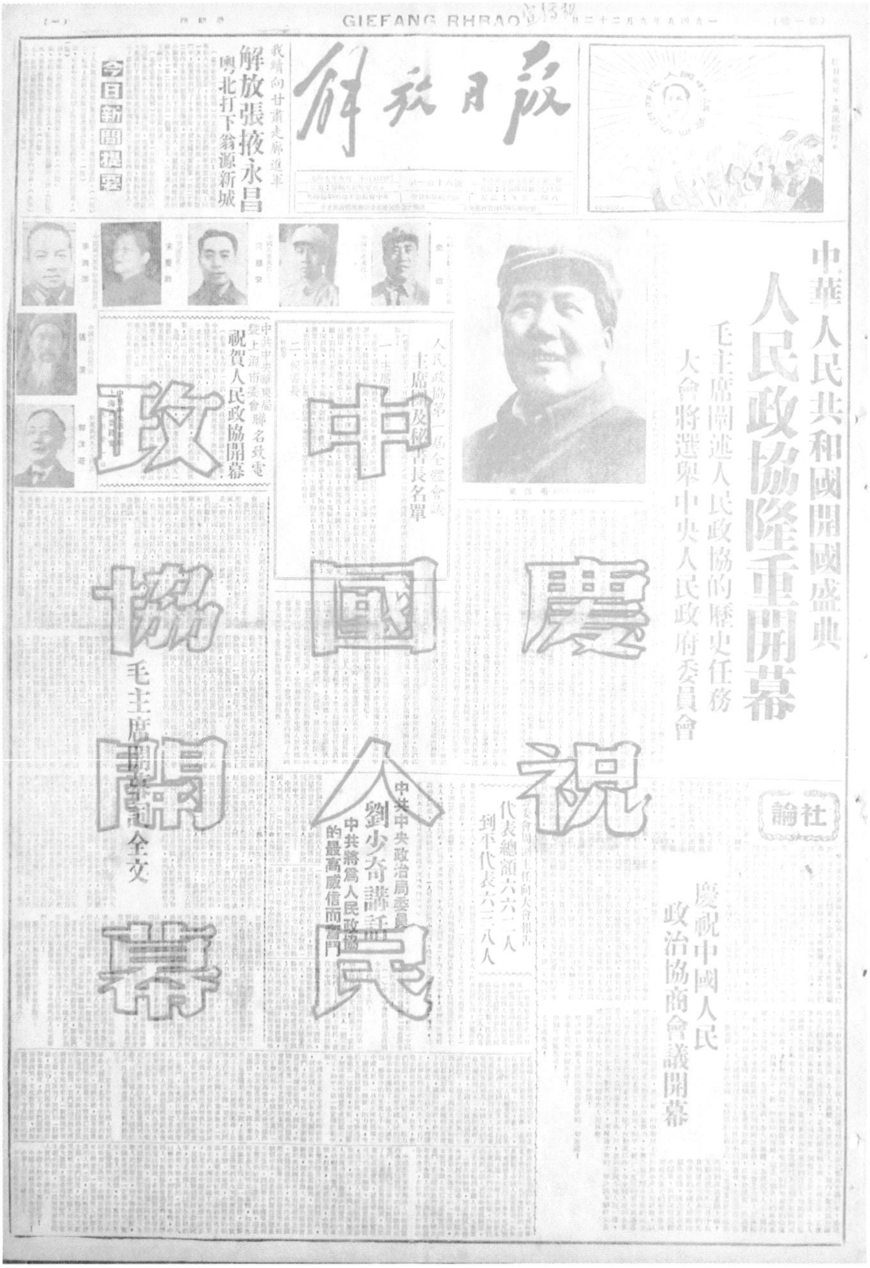

GIEFANG RHBAO

解放日報

今日新聞提要

我續向甘肅走廊進軍

解放張掖永昌

粵北打下翁源新城

中華人民共和國開國盛典

人民政協隆重開幕

毛主席闡述人民政協的歷史任務

大會將選舉中央人民政府委員會

社論

慶祝中國人民政治協商會議開幕

慶祝中國人民政協開幕

中共中央華東局暨上海市委會聯名致電

祝賀人民政協開幕

人民政協第一屆全體會議

主席團及秘書長名單

毛主席開幕詞全文

中共中央政治局委員

劉少奇講話

中共將為人民政協的最高威信而奮鬥

大會籌備會主任向大會報告

代表總額六六二人

到會代表六三八人

图 4-4-3　《解放日报》1949 年 9 月 22 日头版

该报刊发《人民政协隆重开幕》。

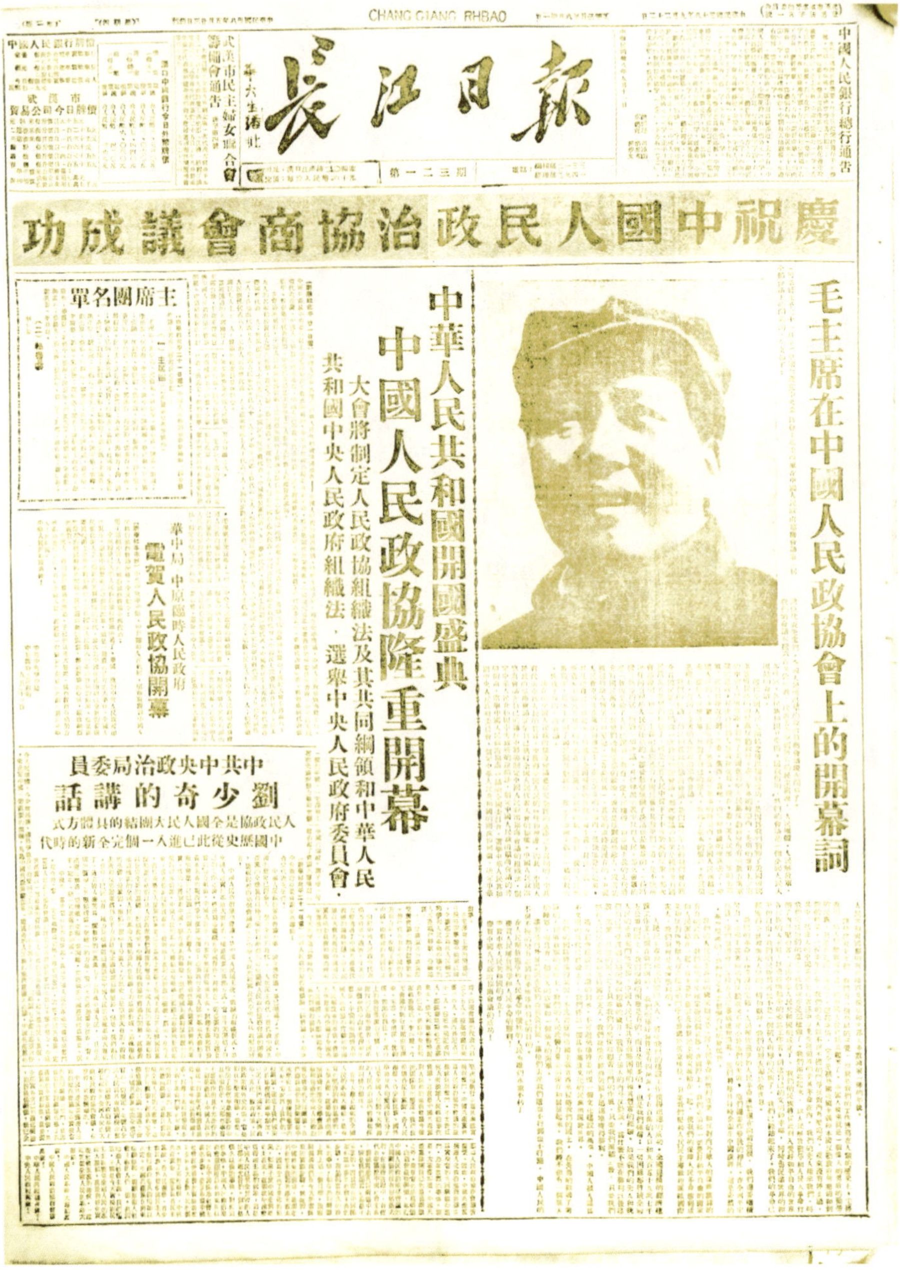
CHANG GIANG RHBAO

長江日報

慶祝中國人民政治協商會議成功

毛主席在中國人民政協會上的開幕詞

中華人民共和國開國盛典
中國人民政協隆重開幕
大會將制定人民政協組織法及其共同綱領和中華人民共和國中央人民政府組織法，選舉中央人民政府委員會

主席團名單

華中局 中原臨時人民政府
電賀人民政協開幕

中共中央政治局委員
劉少奇的講話
人民政協是全國人民大團結的具體方式
中國歷史從此已進入一個完全新的時代

图 4-4-4 《长江日报》1949 年 9 月 22 日头版

该报刊发《毛主席在中国人民政协会上的开幕词》。

图 4-4-5　《东北日报》1949 年 9 月 22 日头版

该报报道《中华人民共和国开国盛典　人民政协隆重开幕》时,还特意在报头下方加上通栏标语"庆贺中华人民共和国的成立!"。

图4-4-6 《甘肃日报》1949年9月22日头版

该报刊发《中国人民政治协商会议隆重开幕》。

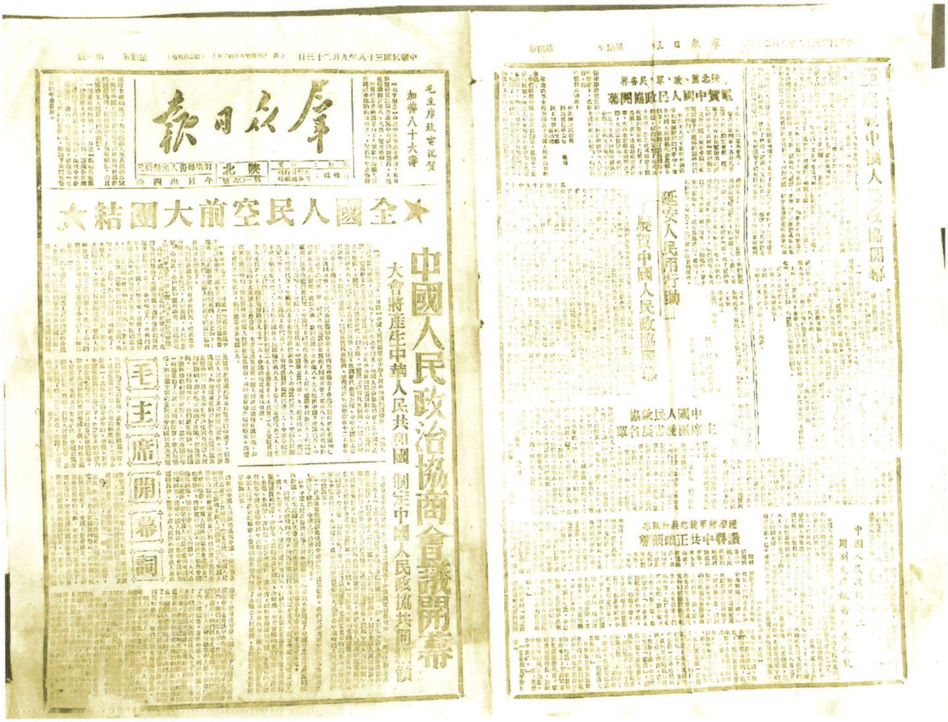

图4-4-7 《群众日报(陕北版)》1949年9月23日头版

该报在报道人民政协开幕时,专门加上副标题"大会将产生中华人民共和国 制定中国人民政协共同纲领"。

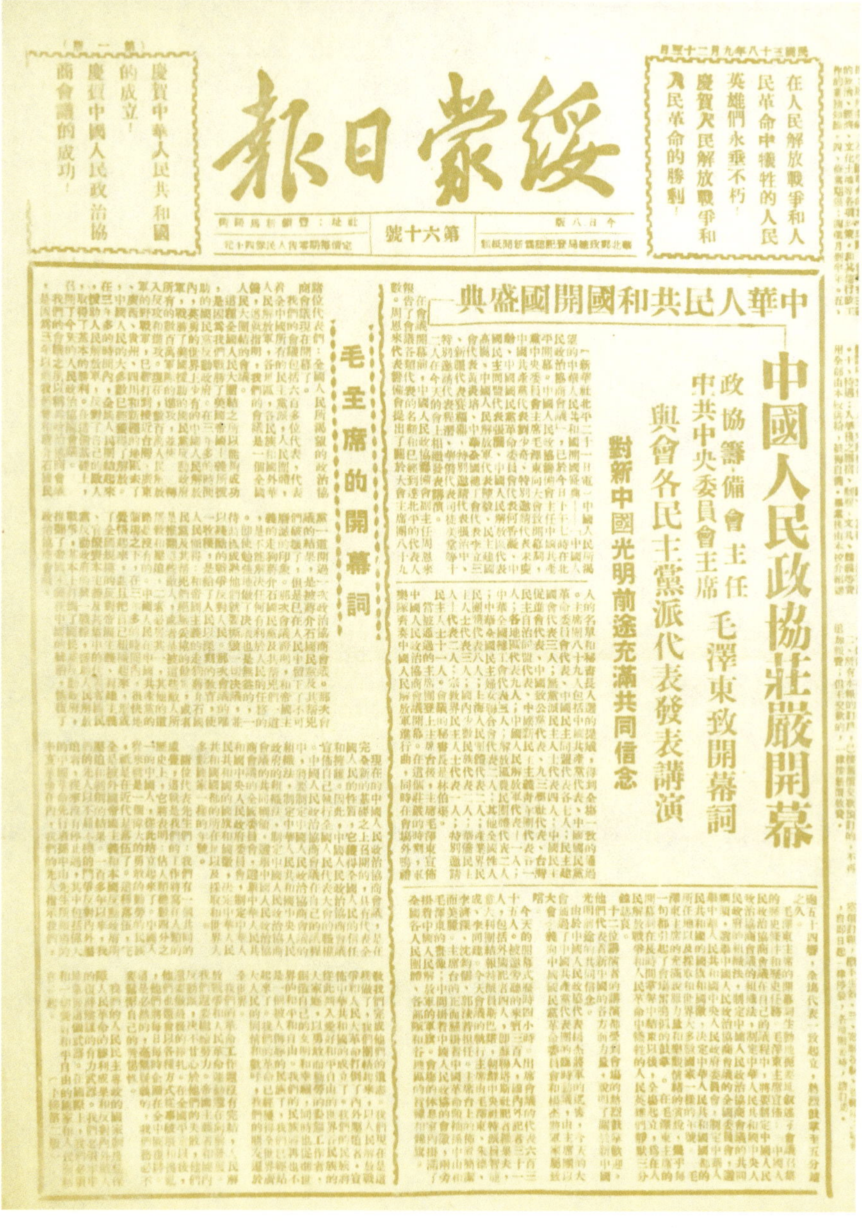

以报为证

——老报刊见证中华人民共和国成立

图 4-4-8 《绥蒙日报》1949 年 9 月 23 日头版

　　该报在报头印发"庆贺中华人民共和国的成立！庆贺中国人民政治协商会议的成功！"

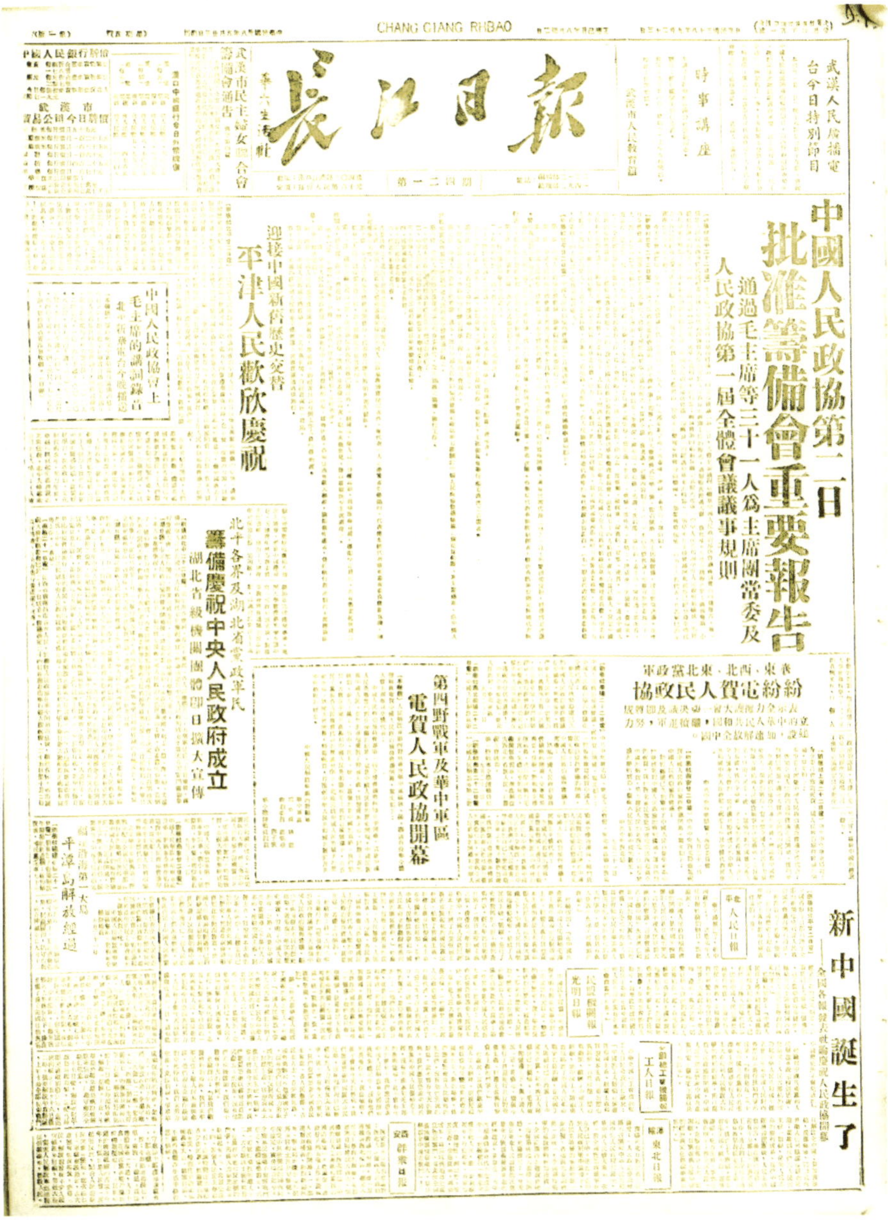

图 4-4-9 《长江日报》1949 年 9 月 23 日头版

　　该报刊登新闻专题《新中国诞生了》，报道全国各地媒体欢庆人民政协开幕和中华人民共和国诞生的消息。

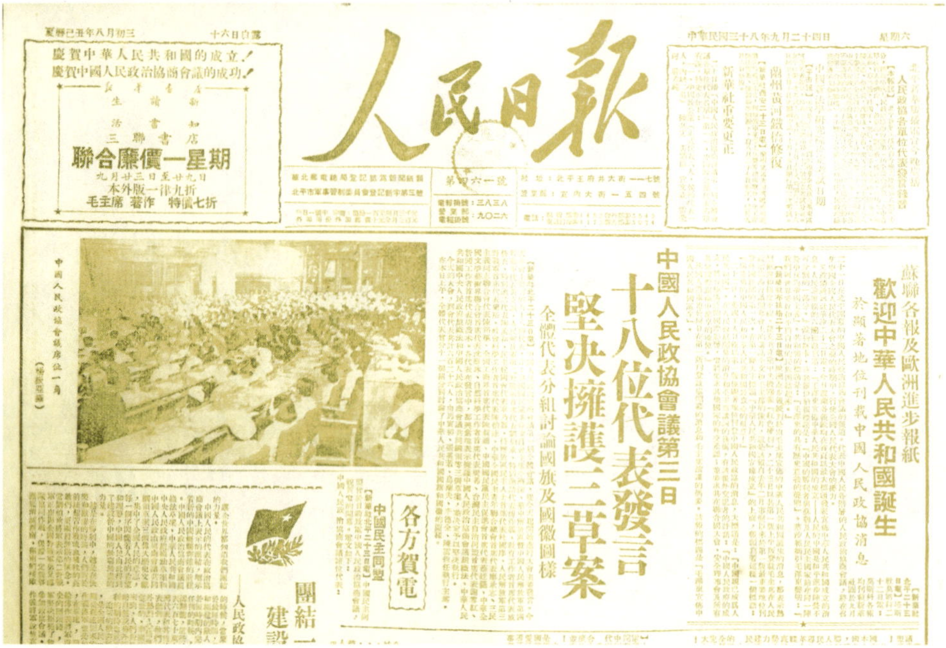

人民日報

慶賀中華人民共和國的成立！
慶賀中國人民政治協商會議的成功！

生活 讀書 新知 三聯書店
聯合廉價一星期
九月廿三日至廿九日
本外版一律九折
毛主席著作 特價七折

中國人民政協會議第三日
十八位代表發言
堅決擁護三草案
全體代表分組討論國旗及國徽圖樣

蘇聯各報及歐洲進步報紙
歡迎中華人民共和國誕生
於顯著地位刊載中國人民政協消息

各方賀電

图 4-4-10 《人民日报》1949 年 9 月 24 日头版

中华人民共和国的诞生还引起世界各国人民的广泛关注，《人民日报》报道《苏联各报及欧洲进步报纸欢迎中华人民共和国诞生》。

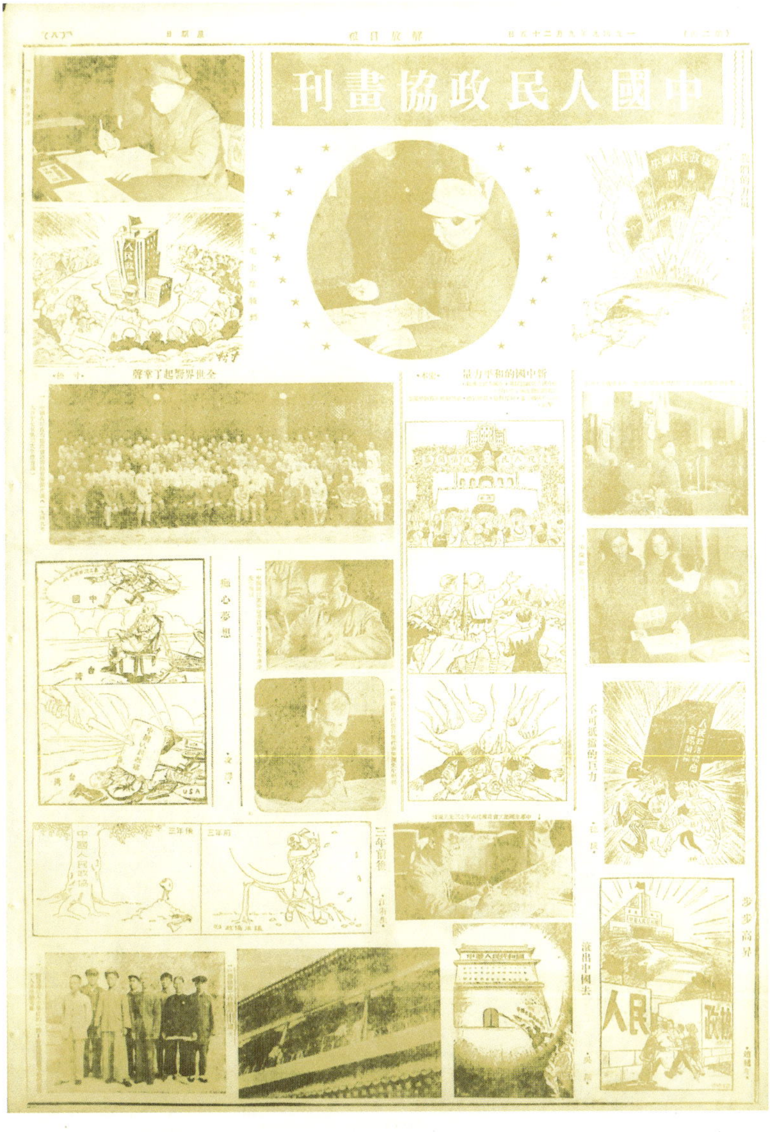
中國人民政協畫刊

全世界響起了掌聲

新中國的和平力量

痴心夢想

不可抵禦的巨力

滾出中國去

步步高昇

图 4-4-11　《解放日报》1949 年 9 月 25 日《中国人民政协画刊》

《解放日报》专门推出《中国人民政协画刊》，刊登照片和漫画。其中，既有毛泽东、朱德、宋庆龄、李济深、张澜、李立三等在政协会议报到签名时的照片，又有周恩来在新政协筹备会第二次全体会议上做报告的照片，以及筹备代表 9 月 17 日在新政治协商会议筹备会第二次全体会议上的合影等。

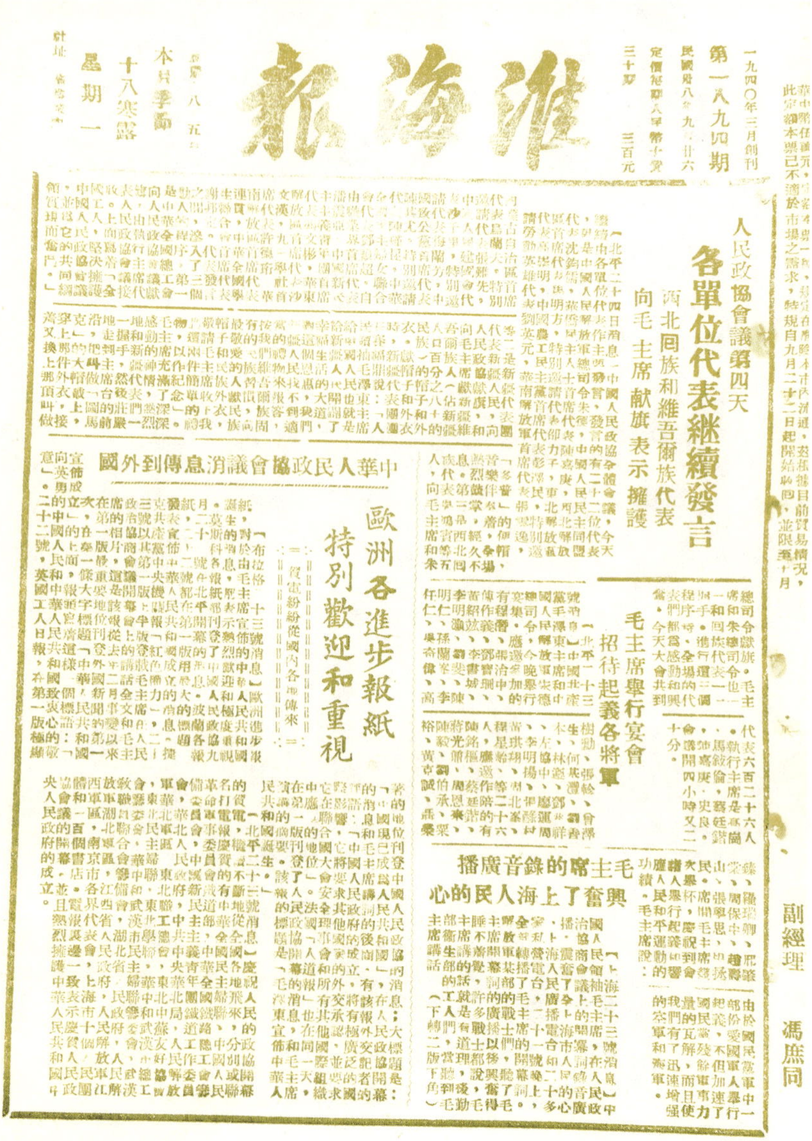
淮海報
一九四〇年三月創刊
第一八九四期
民國卅八年九月廿六
本日季節 十八寒露
星期一
人民政協會議第四天
各單位代表繼續發言
西北回族和維吾爾族代表
向毛主席獻旗表示擁護
中華人民政協會議消息傳到國外
歐洲各進步報紙特別歡迎和重視
毛主席舉行宴會招待起義各將軍
毛主席的錄音廣播
興奮了上海人民的心
副經理 馮庶同

图 4-4-12 《淮海报》1949 年 9 月 26 日头版

中国人民政治协商会议消息传到国外,《淮海报》刊发《欧洲各进步报纸特别欢迎和重视》,称:"(布拉格二十三号消息)欧洲进步报纸,对于由毛主席宣布的中华人民共和国诞生的消息,都表示热烈欢迎和极度重视。"

图4-4-13　《长春新报》1949年9月26日头版

该报刊发《欧洲进步舆论同声欢庆》，祝贺中华人民共和国诞生，并专门加上副标题"它将是苏联十月革命和消灭德国法西斯以后，二十世纪的最大事件"。

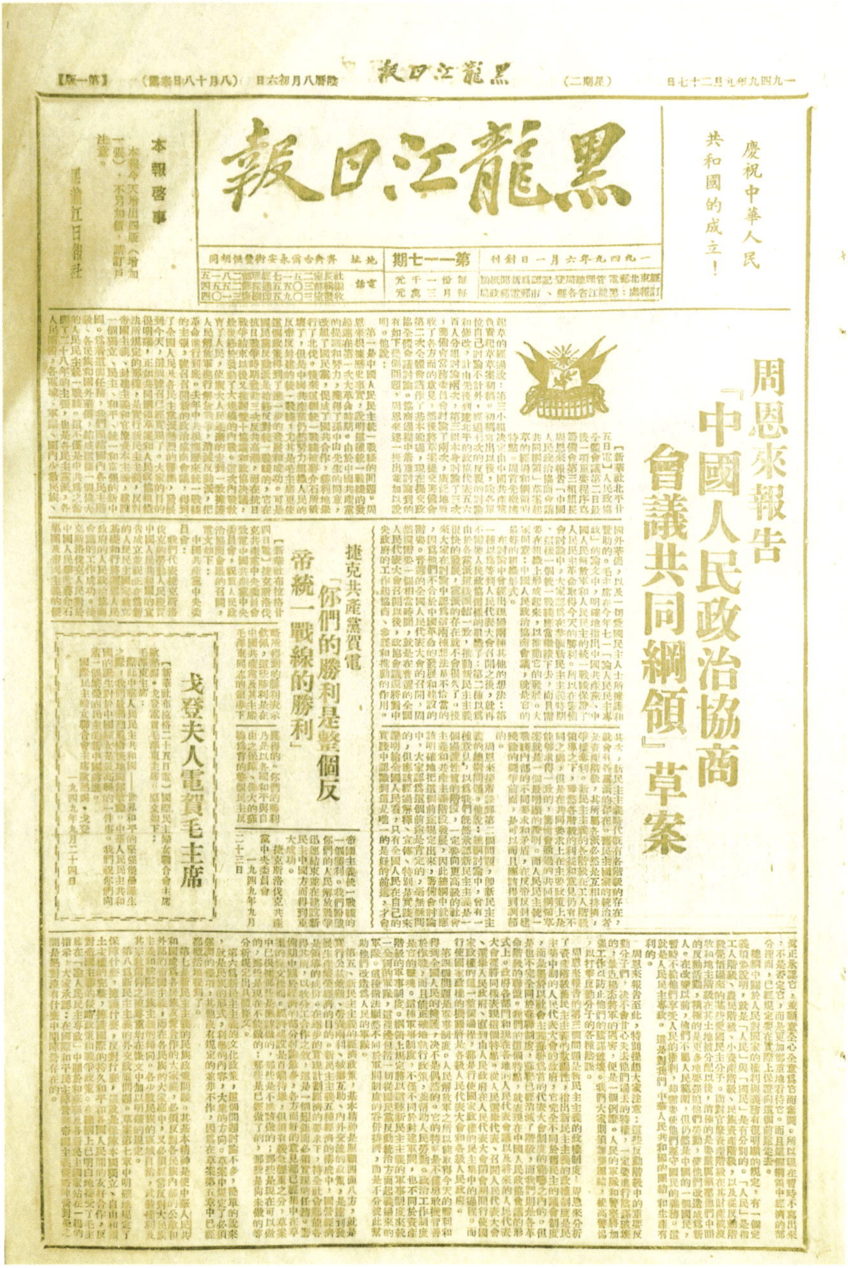

黑龍江日報

慶祝中華人民共和國的成立！

本報啓事

周恩來報告「中國人民政治協商會議共同綱領」草案

捷克共產黨賀電

「你們的勝利是整個反帝統一戰線的勝利」

戈登夫人電賀毛主席

图 4-4-14 《黑龙江日报》1949 年 9 月 27 日头版

该报刊发《周恩来报告〈中国人民政治协商会议共同纲领〉草案》。

图4-4-15　《长江日报》1949年9月27日头版

　　该报在头版头条报道时配发一张周恩来照片,同时,刊登世界著名科学家居里致电郭沫若祝中华人民共和国成立的消息。

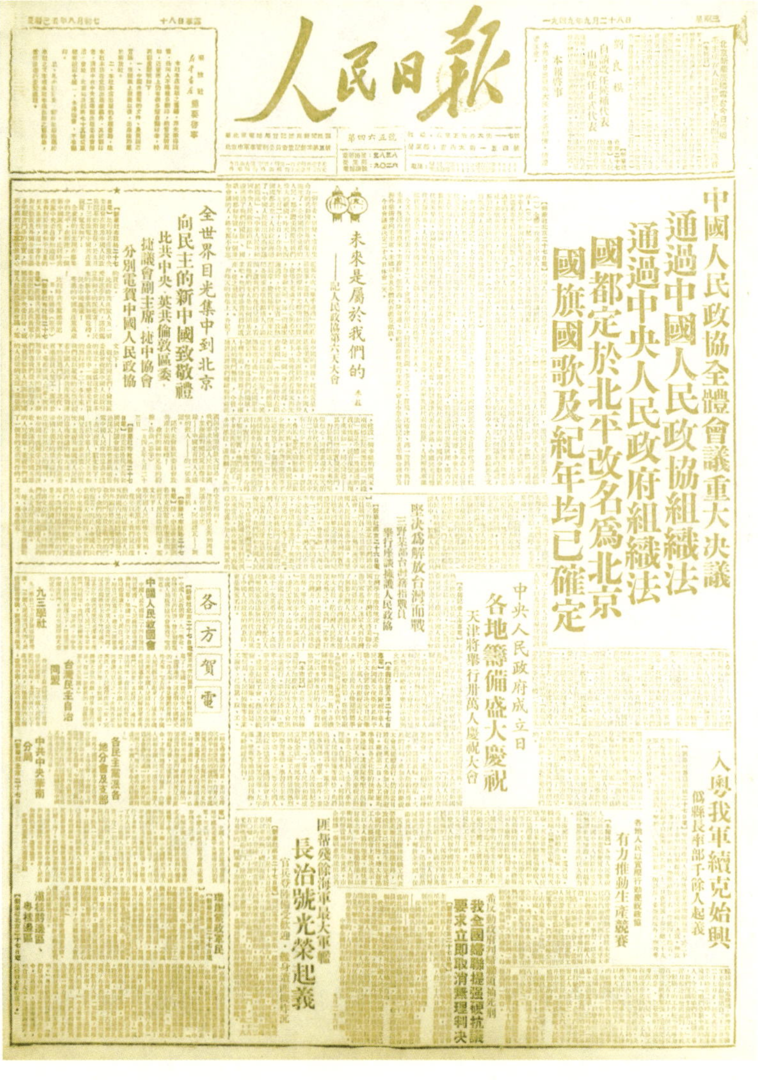
人民日報

中國人民政協全體會議重大決議
通過中國人民政協組織法
通過中央人民政府組織法
國都定於北平改名爲北京
國旗國歌及紀年均已確定

全世界目光集中到北京
向民主的新中國致敬禮
比共中央、英共倫敦區委、捷議會副主席、捷中協會分別電賀中國人民政協

未來是屬於我們的
——記人民政協第六天大會

堅決爲解放台灣而戰
三野某部台籍指戰員舉行座談擁護人民政協

中央人民政府成立日
各地籌備盛大慶祝
天津將舉行卅萬人慶祝大會

各方賀電

入粵我軍續克始興
僞縣長率部千餘人起義

有力推動生產競賽

匪幫殘餘海軍最大軍艦
長治號光榮起義

我全國婦聯提強硬抗議
要求立即取消無理判決

图 4-4-16　1949 年 9 月 28 日《人民日报》头版

1949 年 9 月 27 日表决通过《中国人民政治协商会议组织法》《中华人民共和国中央人民政府组织法》，决定新中国的名称为中华人民共和国，国都定于北平（改名为北京），中华人民共和国的纪年方式采用公元纪年，国歌未正式制定前以《义勇军进行曲》为国歌，国旗定为五星红旗。《人民日报》头版头条以罕见的五行大标题形式予以报道。

图 4-4-17　《新华日报》1949 年 9 月 30 日头版

　　中国人民政治协商会议第一届全体会议代表全国人民的意志,在普选的全国人民代表大会召开之前,代行立法机构——人民代表大会的职权,于1949 年 9 月 29 日通过了具有临时宪法性质的《中国人民政治协商会议共同纲领》。《新华日报》头版头条刊发《人民政协昨全体会议庄严通过共同纲领》时,特地在标题上方加上一条口号"坚决拥护中国人民大宪章"。

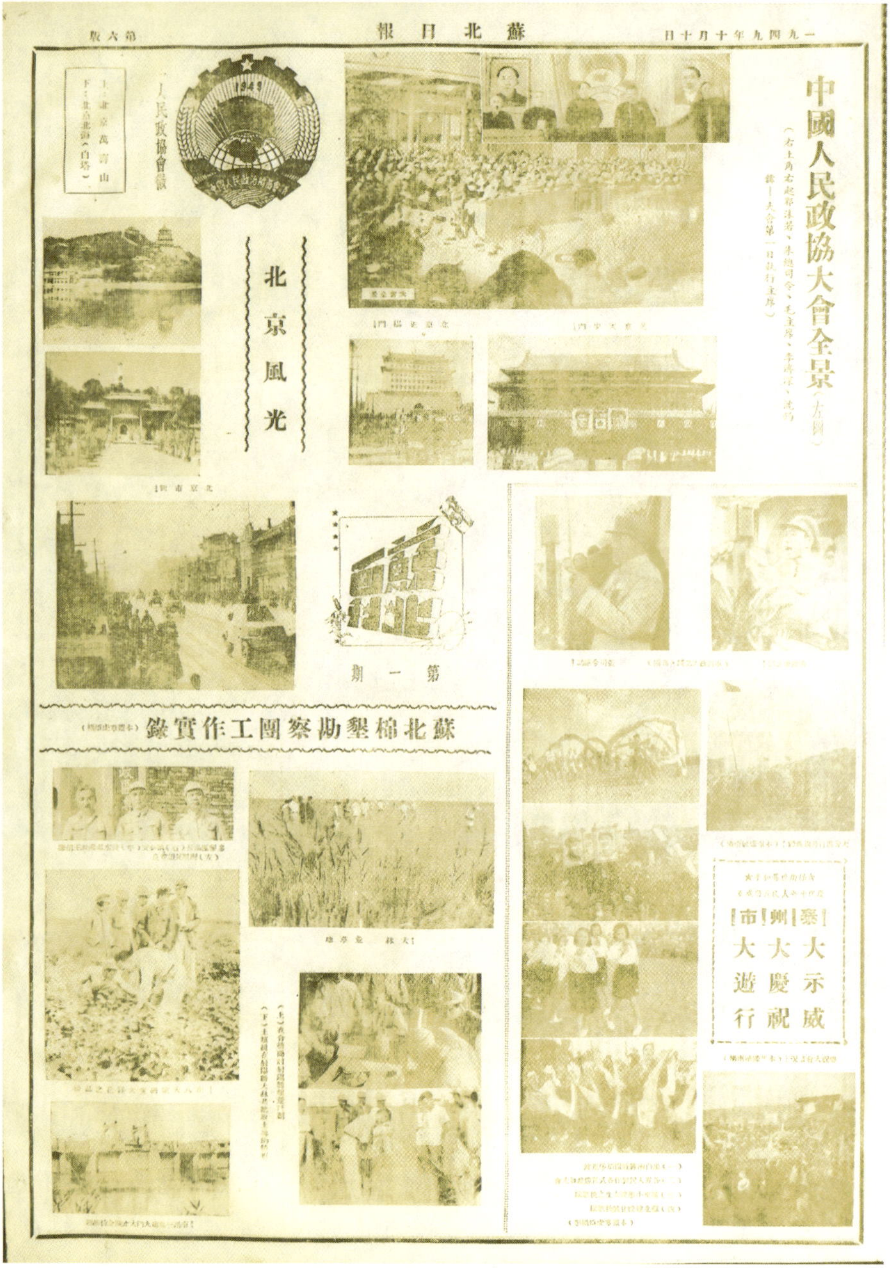

第六版　蘇北日報　一九四九年十月十日

上：北京萬壽山
下：北京北海（白塔）

人民政協會徽

北京風光

中國人民政協大會全景（右圖）
（右上角右起郭沫若、朱總司令、毛主席、李濟深、沈鈞儒——大會第一日執行主席）

第一期

蘇北棉墾勘察團工作實錄

泰州市
大示威
大慶祝
大遊行

图 4-4-18　《苏北日报》1949 年 10 月 10 日画刊

该报用图片记录中国人民政协大会的召开。

第五章　中华人民共和国诞生

1949年10月1日下午2时,中国人民政治协商会议第一届全体会议选举产生的中央人民政府委员会在中南海勤政殿举行第一次会议。中央人民政府主席毛泽东,副主席朱德、刘少奇、宋庆龄等,以及周恩来等56名中央人民政府委员会委员宣布就职。会议一致决议,宣布中华人民共和国中央人民政府成立,接受《中国人民政治协商会议共同纲领》为施政方针,向各国政府宣布中华人民共和国中央人民政府为中国唯一合法政府,愿与遵守平等、互利及互相尊重领土主权原则的任何外国政府建立外交关系。

会议结束后,中央人民政府主席、副主席及各位委员集体出发,乘车前往天安门城楼出席开国大典。下午3时,北京30万群众齐集天安门广场,观看隆重的开国大典。毛泽东在天安门城楼上向全世界庄严宣告:"中华人民共和国中央人民政府今天成立了!"

第一节　开国盛典

1949年9月21日,毛泽东在中国人民政治协商会议第一届全体会议上所做的开幕词中指出:"我们团结起来,以人民解放战争和人民大革命打倒了内外压迫者,宣布中华人民共和国的成立了。我们的民族将从此列入爱好和平自由的世界各民族的大家庭,以勇敢而勤劳的姿态工作着,创造自己的文明和幸福,同时也促进世界的和平和自由。我们的民族将再也不是一个被人侮辱的民族了,我们已经站起来了。我们的革命已经获得全世界广大人民的同情和欢呼,我们的朋友遍于全世界。"同时,在开幕词结尾还连呼四个口号,其中第三个口号即是"庆贺中华人民共和国的成立!"。

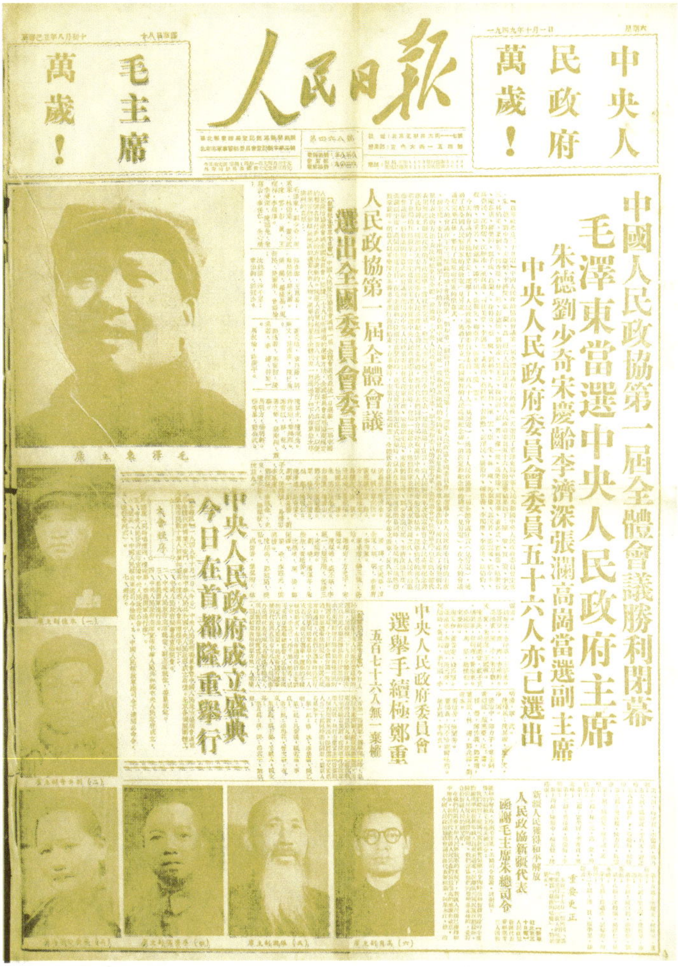

人民日報

毛主席萬歲！

中央人民政府萬歲！

中國人民政協第一屆全體會議勝利閉幕

毛澤東當選中央人民政府主席

朱德劉少奇宋慶齡李濟深張瀾高崗當選副主席

中央人民政府委員會委員五十六人亦已選出

人民政協第一屆全體會議選出全國委員會委員

中央人民政府成立盛典今日在首都隆重舉行

中央人民政府委員會選舉手續極鄭重

五百七十六人無一棄權

人民政協新疆代表函謝毛主席朱總司令

图5-1-1　《人民日报》1949年10月1日头版

该报报道《毛泽东当选中央人民政府主席》，并配发毛泽东主席和6位副主席照片，同时刊登当选的中央人民政府委员56人名单。还专门刊登一条消息《中央人民政府委员会选举手续极郑重　五百七十六人无一弃权》，刊登了选票分20组同时进行开票的各组监票人名单（共60名）。还刊发了《中央人民政府成立盛典今日在首都隆重举行》和大会程序，为1949年10月1日中华人民共和国中央人民政府成立和开国大典的顺利举行，发挥了重要的舆论引导作用。

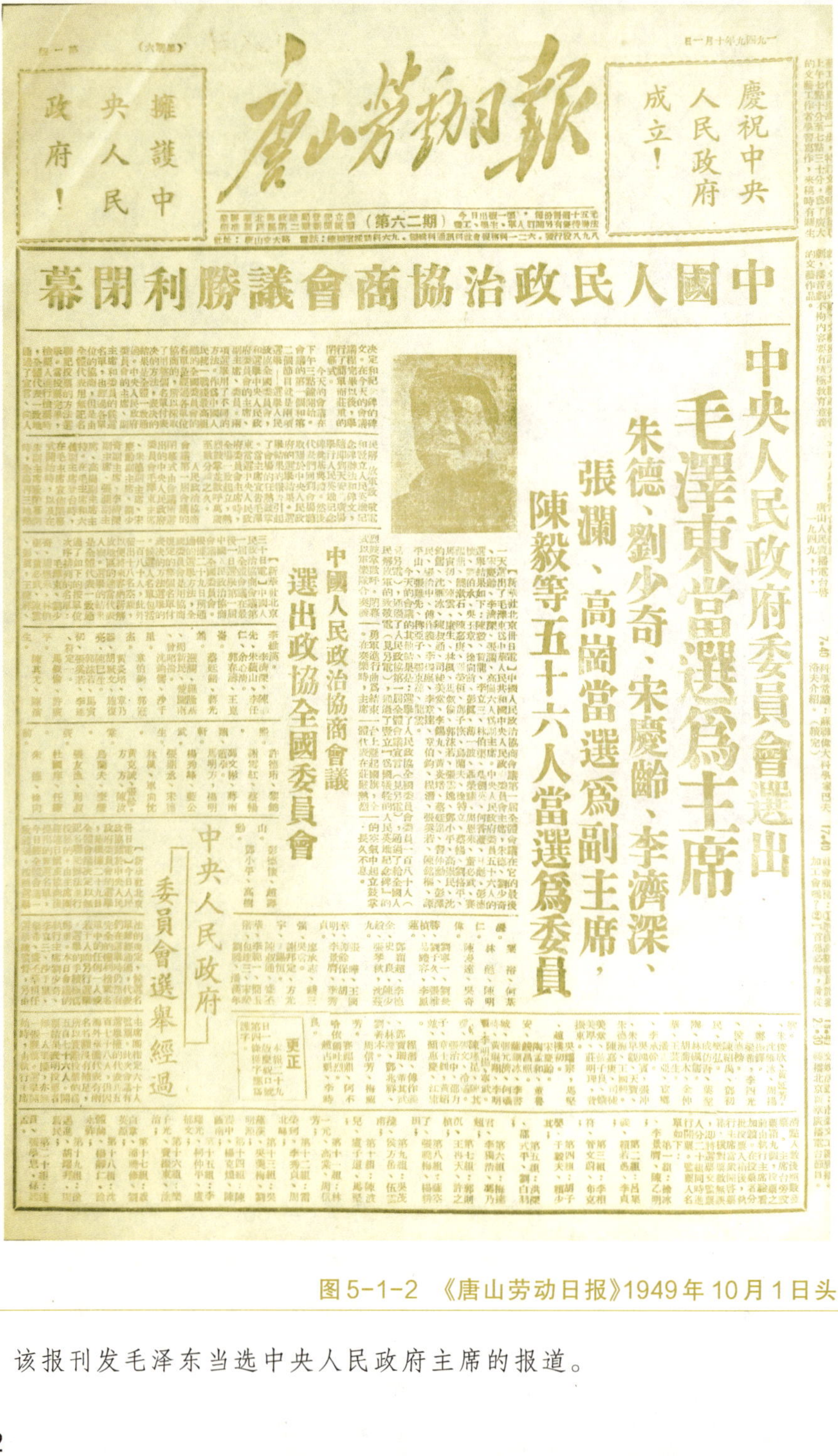

图5-1-2 《唐山劳动日报》1949年10月1日头版

该报刊发毛泽东当选中央人民政府主席的报道。

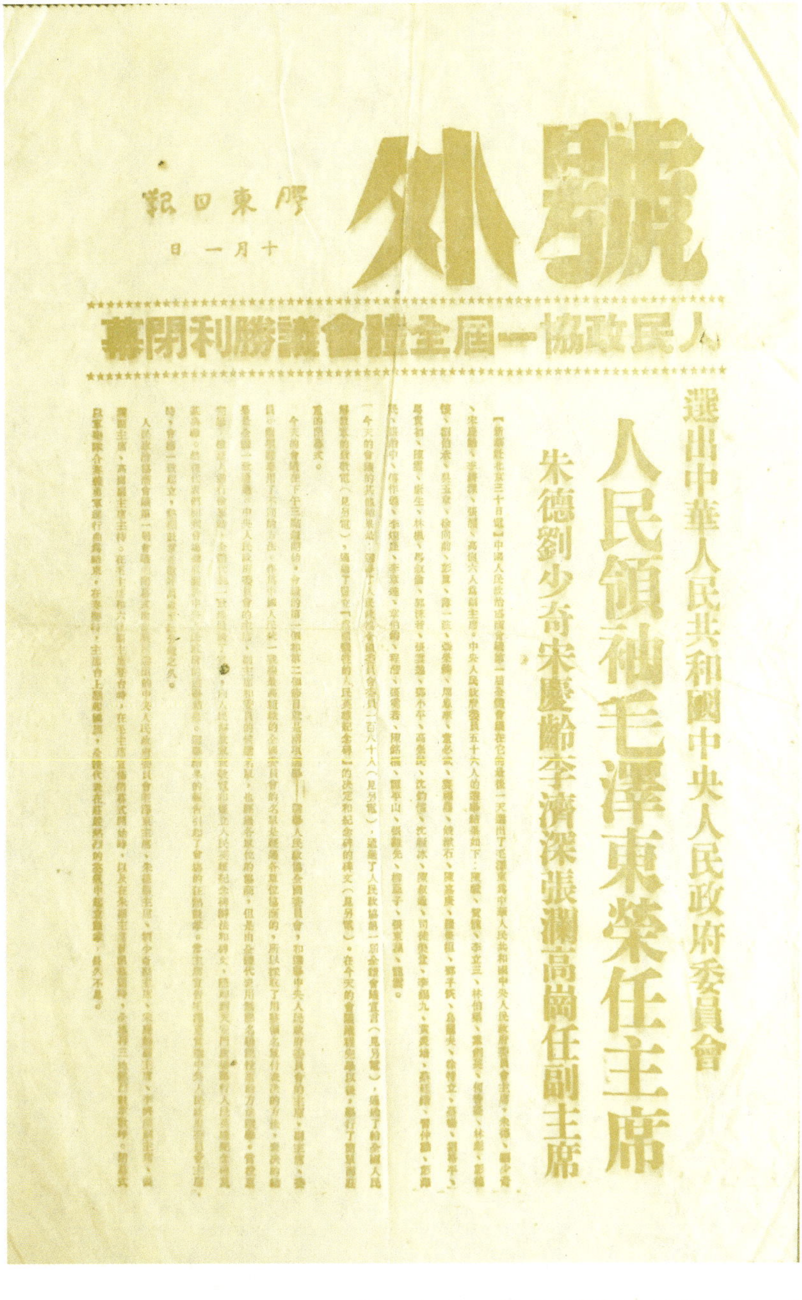

膠東日報

十月一日

號外

人民政協一屆全體會議勝利閉幕

選出中華人民共和國中央人民政府委員會

人民領袖毛澤東榮任主席

朱德劉少奇宋慶齡李濟深張瀾高崗任副主席

图 5-1-3　《胶东日报》1949 年 10 月 1 日号外

该报刊发《人民领袖毛泽东荣任主席》。

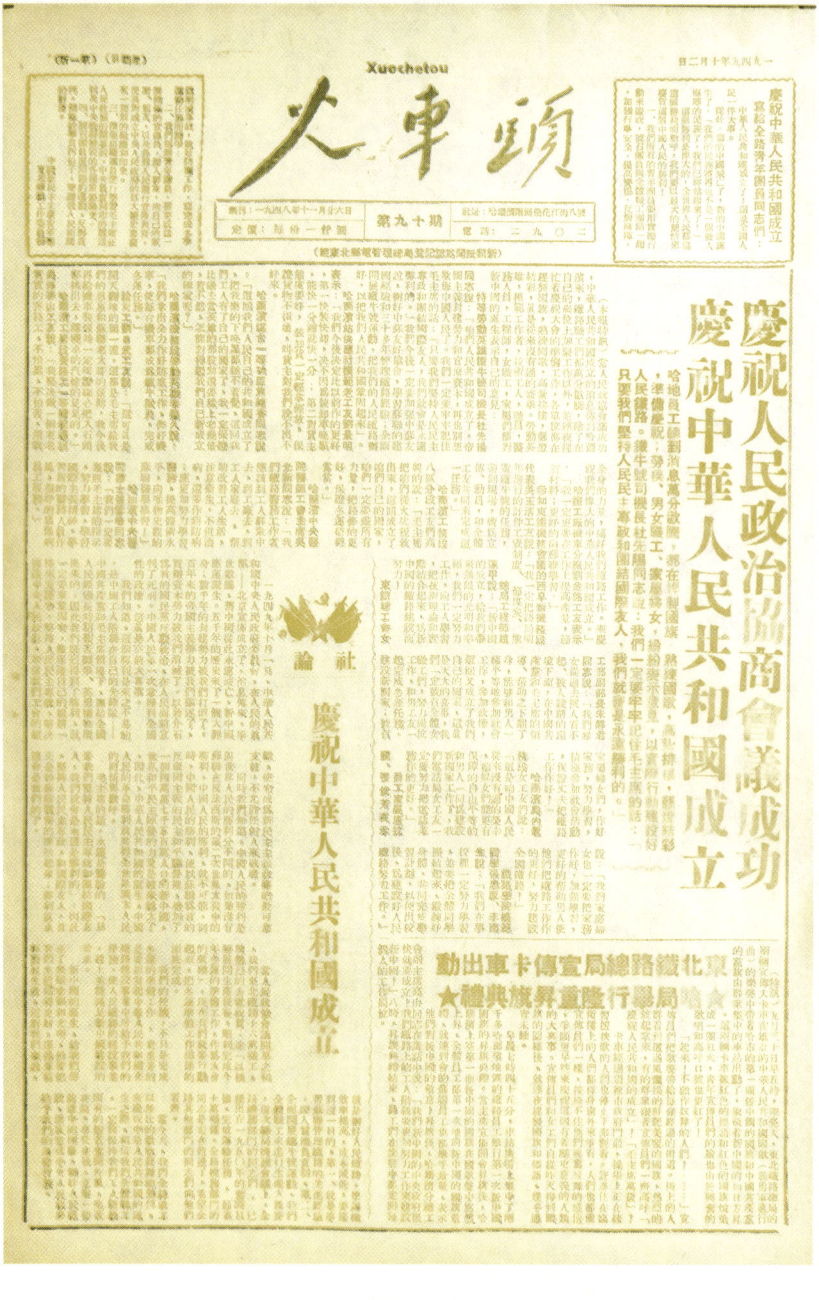
Xuechetou
火車頭
一九四九年十月二日
第九十期
慶祝中華人民共和國成立
寫給全路青年團員同志們
慶祝人民政治協商會議成功
慶祝中華人民共和國成立
社論
慶祝中華人民共和國成立
東北鐵路總局宣傳局卡車出動
★哈局舉行隆重升旗典禮★

图 5-1-4 《火车头》1949 年 10 月 2 日头版

该报刊发社论《庆祝中华人民共和国成立》。

第二节　国庆节的由来

国庆节是国家制定的用来纪念国家诞生的法定节日，是一个独立国家的标志，所以中华人民共和国国庆节是随着新中国的成立而出现的，是一个新的、全民性的节日，是新中国的象征，对显示国家力量、增强人民信心、体现民族凝聚力和国家号召力都具有重要意义。

1949年10月8日中央人民政府秘书长林伯渠对新华社记者发表讲话，说："中华人民共和国必须规定新的国庆日，这将由中央人民政府在最近规定。"

新中國將定新國慶
雙十節不再慶祝
林伯渠秘書長對新華社記者談話

〔北京新華電台廣播〕北京八日消息，十月十日是可紀念的一天，但是這一天已經不能做中國的國慶日。這是中央人民政府秘書長林伯渠告訴新華社記者的。林秘書長說：中華人民共和國必須規定新的國慶日，這將由中央人民政府在最近規定。十月十日是有歷史意義的辛亥革命的紀念日。但是孫中山先生所領導的辛亥革命的成果，迅速地被竊國大盜袁世凱所竊奪，這個革命本身是失敗了。一九二五年至一九二七年的革命，其成果又爲匪首蔣介石所竊奪，也是失敗了。因此，三十八年以來的革命所罰一「中華民國」，是違背全國人民的意志的，也違背孫中山先生意志的。我們過去紀念十月十日，是因爲我們要喚起全國人民，繼承孫中山先生和其他革命先烈的遺志，推翻內外壓迫者，建立真正的中華人民共和國。現在全國人民的奮鬥已經獲得成功，舊中國已死亡，新中國已誕生，應當有新的國慶日。全國國民及國外華僑，如有在十月十日舉行紀念會的，應當允許，但不應當把這一天當作國慶日來慶祝了。新中國

图5-2-1 《长江日报》1949年10月9日头版

　　该报报道林伯渠秘书长对新华社记者的谈话——《新中国将定新国庆　双十节不再庆祝》。

图 5-2-2　《人民日报》1949 年 10 月 10 日头版

　　1949 年 10 月 9 日，中国人民政治协商会议第一届全国委员会举行第一次会议，会议一致决议，通过《请政府明定十月一日为中华人民共和国国庆日，以代替十月十日的旧国庆日》的建议案。次日出版的《人民日报》头版头条报道《中国人民政协全国委员会举行第一次会议　毛泽东当选全国委员会主席》时，特意加一副标题"建议中央人民政府定十月一日为中华人民共和国国庆纪念日"。

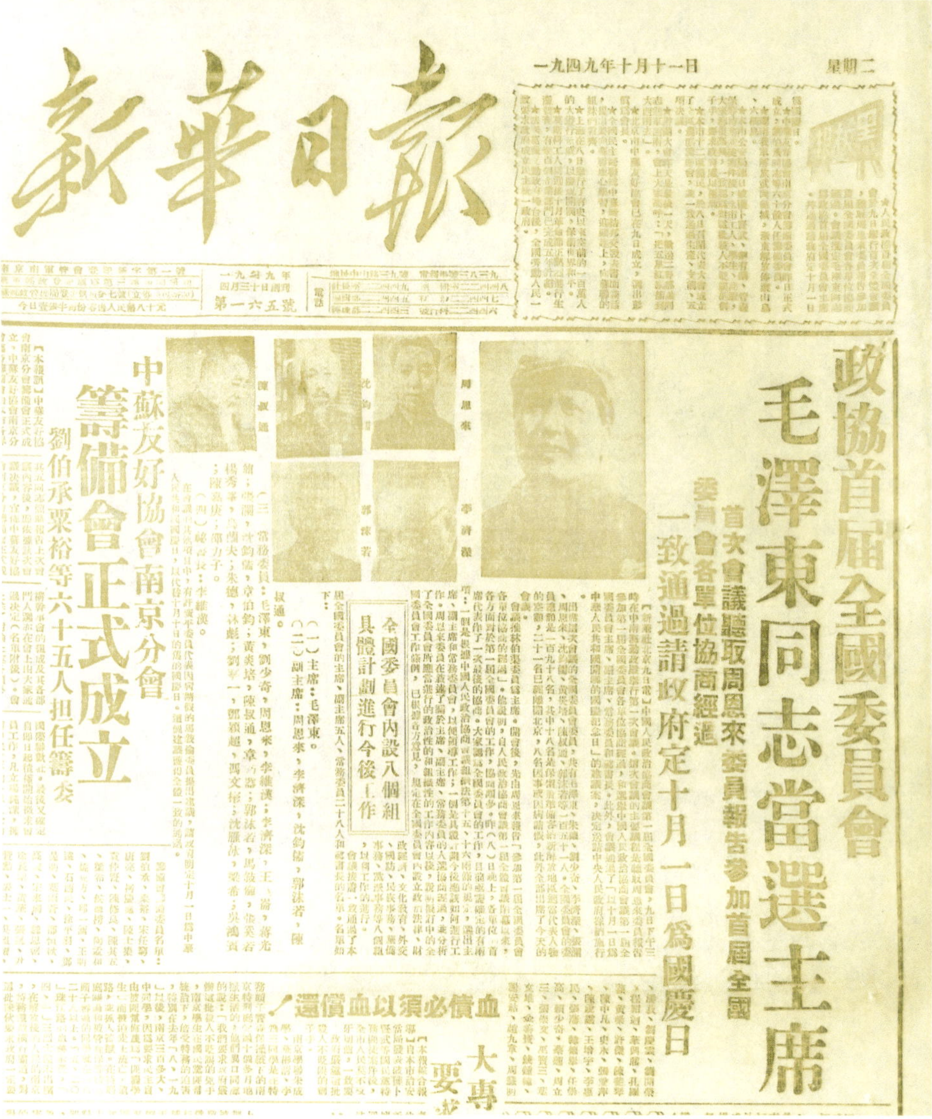

图5-2-3 《新华日报》1949年10月11日头版

　　该报在报道《政协首届全国委员会　毛泽东同志当选主席》时,加一副标题"一致通过请政府定十月一日为国庆日"。

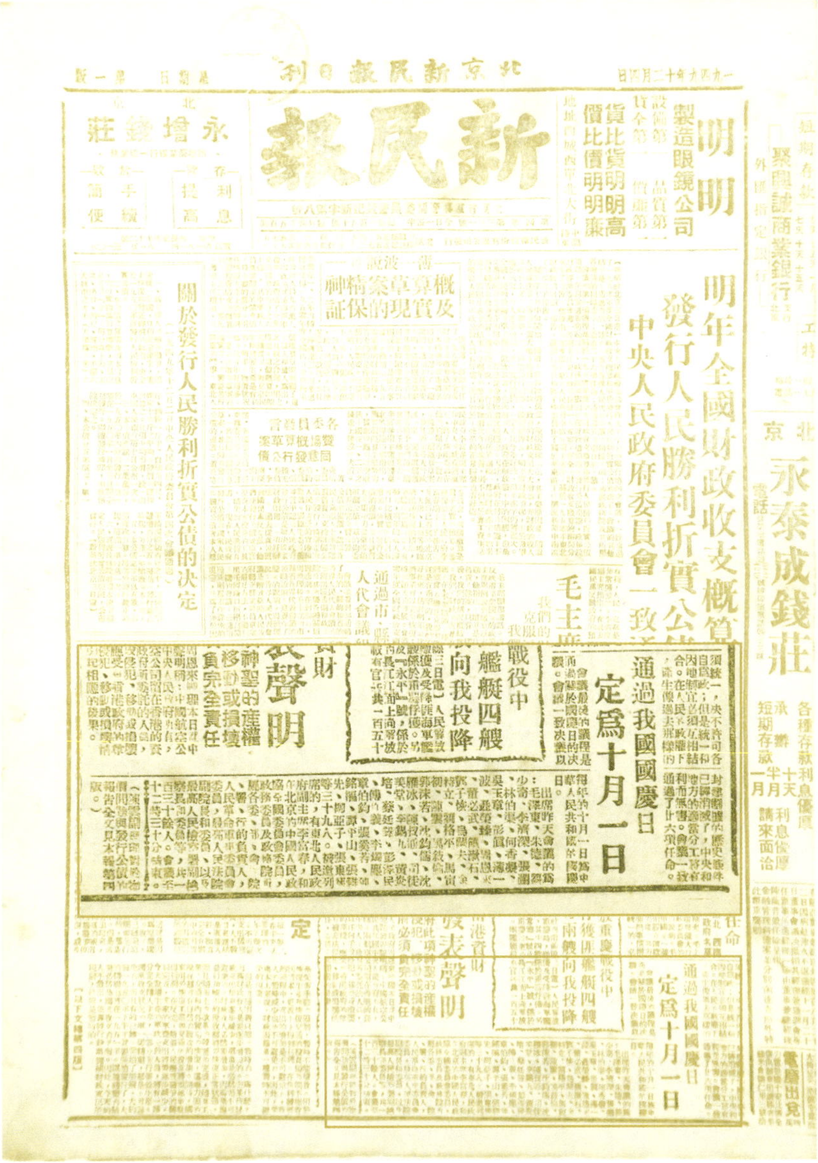
北京新民報日刊

新民報

永增錢莊

明明製造眼鏡公司

明年全國財政收支概算

發行人民勝利折實公債

中央人民政府委員會一致通過

概算草案精神及實現的保證

關於發行人民勝利折實公債的決定

通過我國國慶日

定爲十月一日

艦艇四艘向我投降

永泰成錢莊

图 5-2-4　《新民报》1949 年 12 月 4 日头版

1949 年 12 月 2 日，中央人民政府委员会第四次会议通过《关于中华人民共和国国庆日的决议》，决定自 1950 年起，即以每年的 10 月 1 日，为中华人民共和国国庆日。北京《新民报》刊发《通过我国国庆日　定为十月一日》。

图5-2-5 《龙岩电讯》1950年10月1日头版

从1950年起，每年的10月1日成为全国各族人民隆重欢庆的国庆节。《龙岩电讯》对开4版全用红色印刷，头版下方还用特大字号印上通栏标语"庆祝中华人民共和国首届国庆"。

图 5-2-6　《人民海军》1950年10月1日头版

　　该报特意精心设计"庆祝国庆"通栏套红刊头画,并刊登社论《加紧训练,
迎接整风——庆祝新中国第一个国庆日》。

图 5-2-7 《新华日报》1950 年 10 月 1 日头版

新中国的国庆日也得到了国际社会的认可。《新华日报》刊发《斯大林大元帅电贺我国庆 联共中央亦电中共中央祝贺》。

第三节　人民政府为人民

1949年10月1日下午2时,中央人民政府委员会在中南海勤政殿举行第一次会议,宣布中华人民共和国中央人民政府成立,中央人民政府毛泽东主席及朱德等6位副主席、周恩来等56名中央人民政府委员宣布就职。会议通过《中华人民共和国中央人民政府公告》,宣布中央人民政府为中国唯一的合法政府,愿与遵守平等互利及互相尊重领土主权原则的外国政府建立外交关系。会议还选举产生中央人民政府秘书长,任命中央人民政府政务院总理、中央人民政府人民革命军事委员会主席、中国人民解放军总司令、最高人民法院院长、最高人民检察署检察长。会议决定接受《中国人民政治协商会议共同纲领》为政府的施政方针。

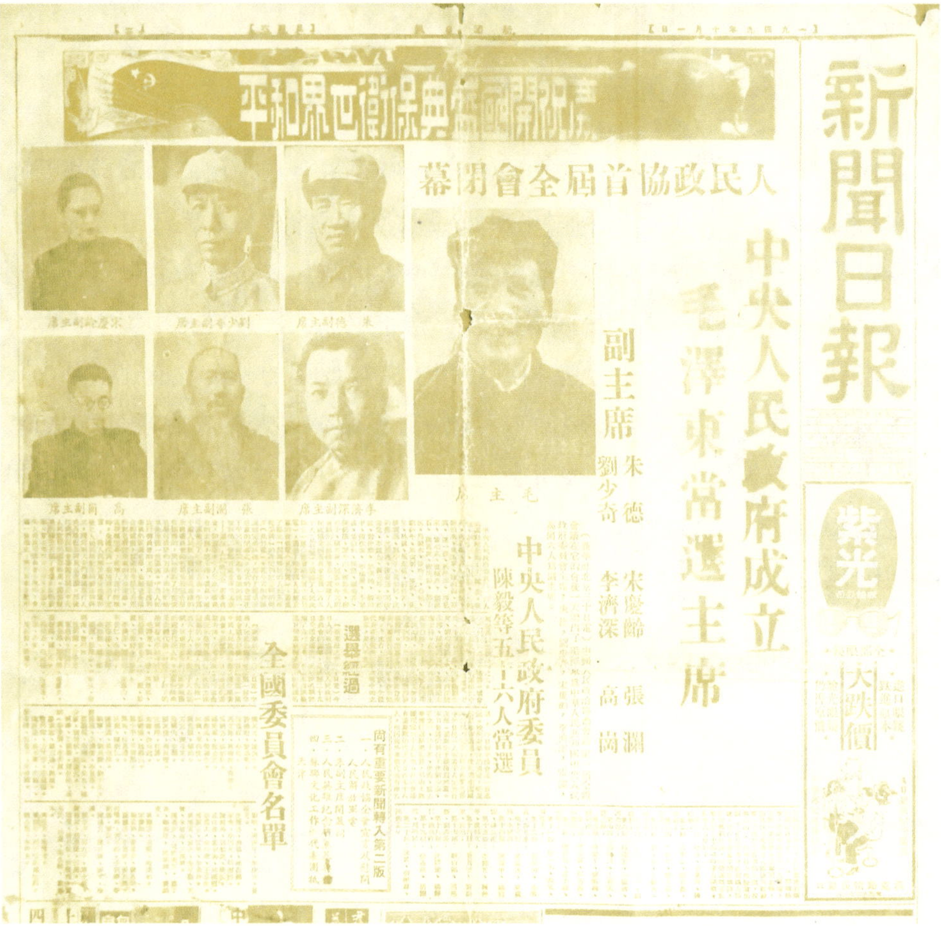

慶祝開國盛典 保衛世界和平

新聞日報

人民政協首屆全會閉幕

中央人民政府成立
毛澤東當選主席

副主席 朱德 劉少奇 宋慶齡 李濟深 張瀾 高崗

中央人民政府委員
陳毅等五十六人當選

全國委員會名單

選舉經過

毛主席

朱德副主席 劉少奇副主席 宋慶齡副主席

李濟深副主席 張瀾副主席 高崗副主席

图5-3-1 《新闻日报》1949年10月1日头版

该报以套红标题刊发《中央人民政府成立 毛泽东当选主席》，并在头版上方套红印刷中华人民共和国国旗和中国共产党党旗及大字标语“庆祝开国盛典 保卫世界和平”。

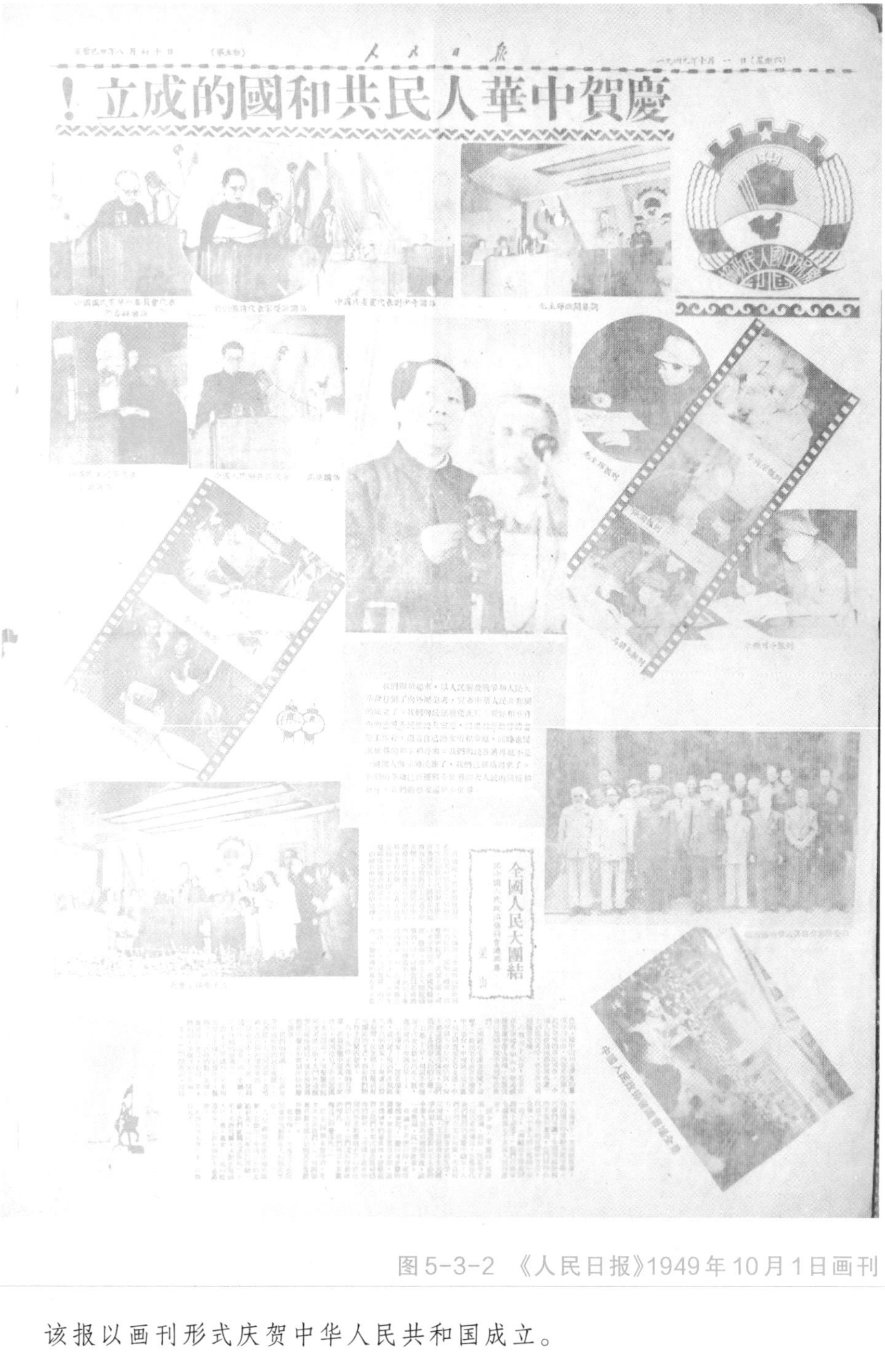

图 5-3-2 《人民日报》1949 年 10 月 1 日画刊

该报以画刊形式庆贺中华人民共和国成立。

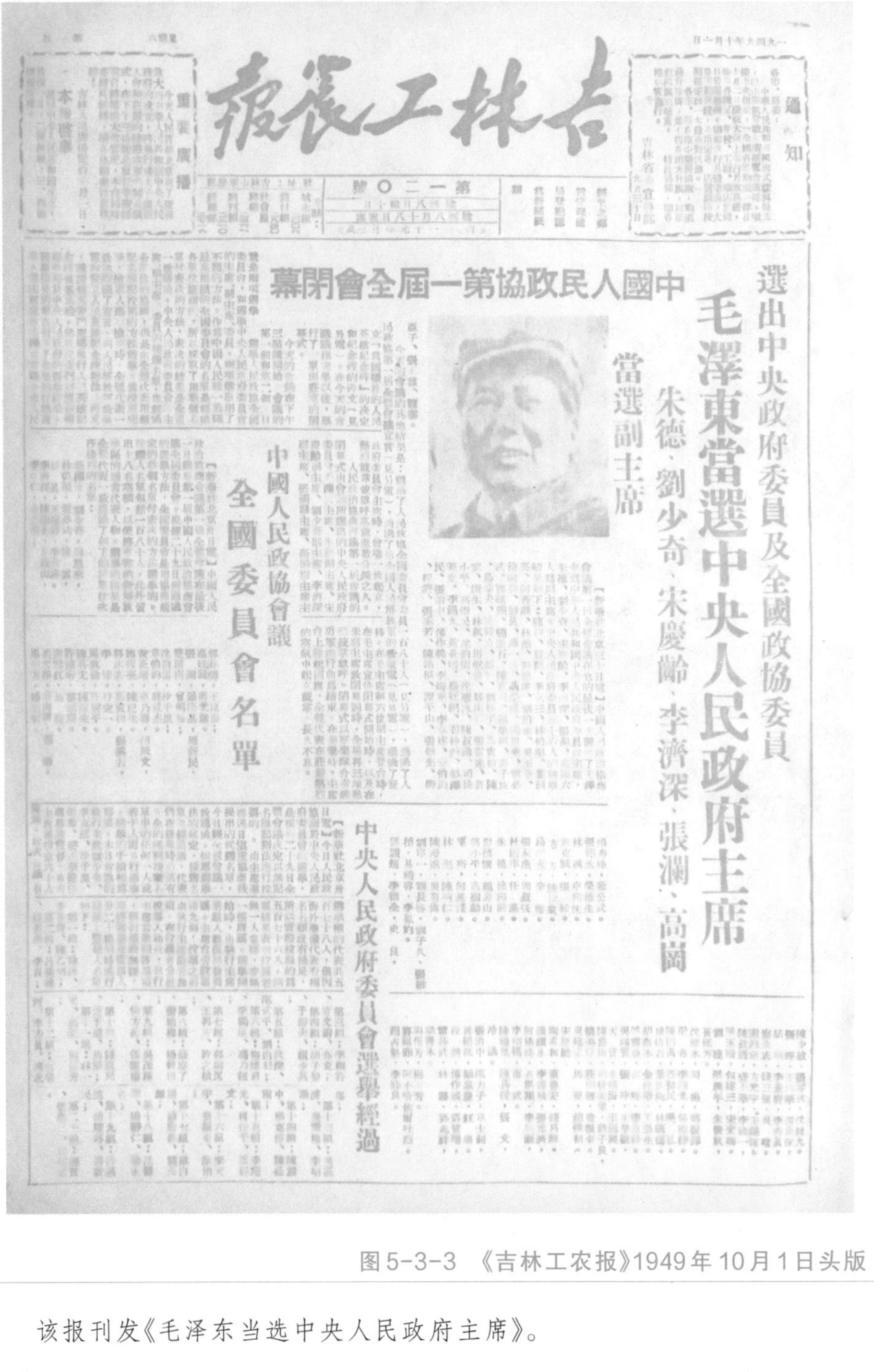
吉林工農報
第一二〇號
重要廣播
通知
中國人民政協第一屆全體會閉幕
選出中央政府委員及全國政協委員
毛澤東當選中央人民政府主席
朱德、劉少奇、宋慶齡、李濟深、張瀾、高崗
當選副主席
中國人民政協會議
全國委員會名單
中央人民政府委員會選舉經過

图5-3-3 《吉林工农报》1949年10月1日头版

该报刊发《毛泽东当选中央人民政府主席》。

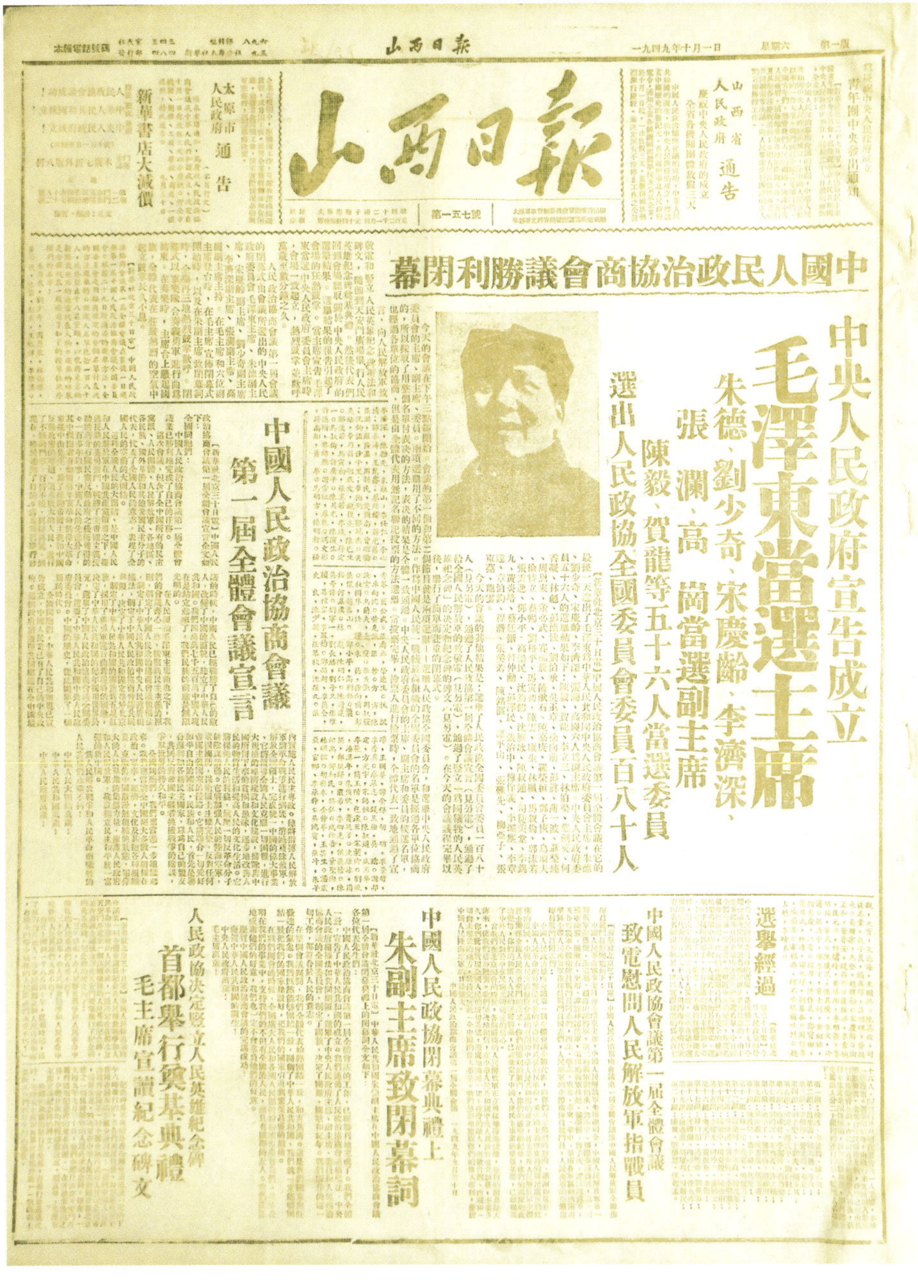

山西日報

中國人民政治協商會議勝利閉幕

中央人民政府宣告成立

毛澤東當選主席

朱德、劉少奇、宋慶齡、李濟深、張瀾、高崗當選副主席

陳毅、賀龍等五十六人當選委員

選出人民政協全國委員會委員百八十人

中國人民政治協商會議第一屆全體會議宣言

選舉經過

中國人民政協會議第一屆全體會議致電慰問人民解放軍指戰員

中國人民政協閉幕典禮上 朱副主席致閉幕詞

人民政協決定建立人民英雄紀念碑 首都舉行奠基典禮 毛主席宣讀紀念碑文

太原市人民政府通告

新華書店大減價

山西省人民政府通告

图 5-3-4 《山西日报》1949年10月1日头版

该报刊发《毛泽东当选主席》。

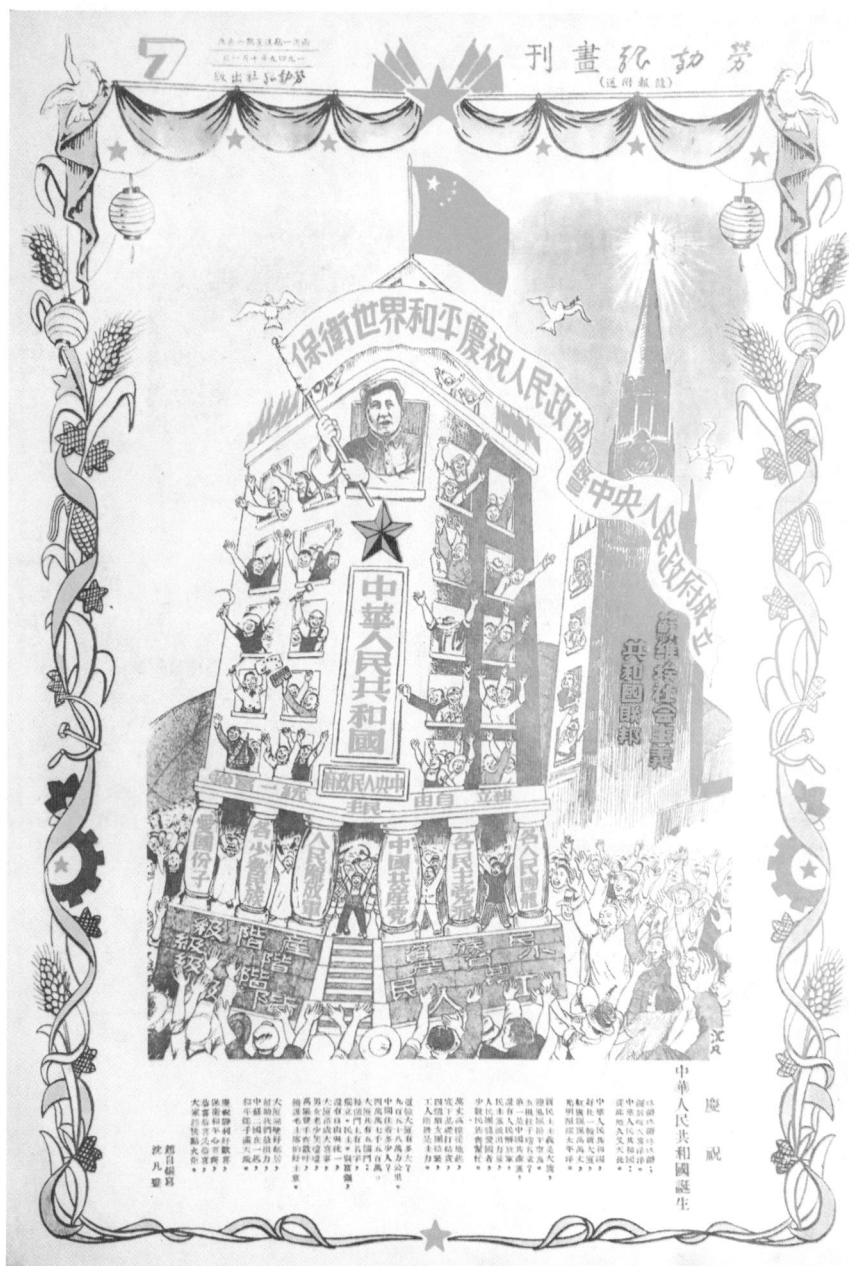

图 5-3-5 《劳动报》1949 年 10 月 1 日画刊

该报以画刊形式庆祝新中国的诞生。

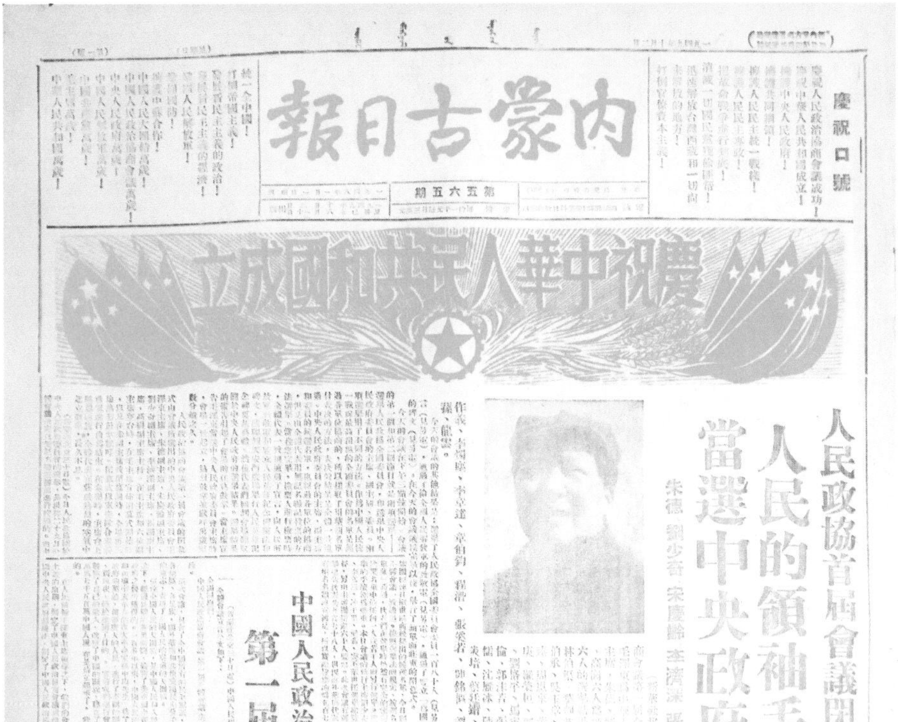

內蒙古日報

慶祝口號

第五六五期

慶祝中華人民共和國成立

人民政協首屆會議閉幕

人民的領袖毛澤東當選中央政府主席

朱德 劉少奇 宋慶齡 李濟深 張瀾 高崗當選副主席

中國人民政治協商會議

第一屆全體會議宣言

人民政協全國委員會名單

人民政協閉幕會上

朱德副主席致閉幕詞

图 5-3-6 《内蒙古日报》1949 年 10 月 2 日头版

该报刊发《人民的领袖毛泽东当选中央政府主席》。

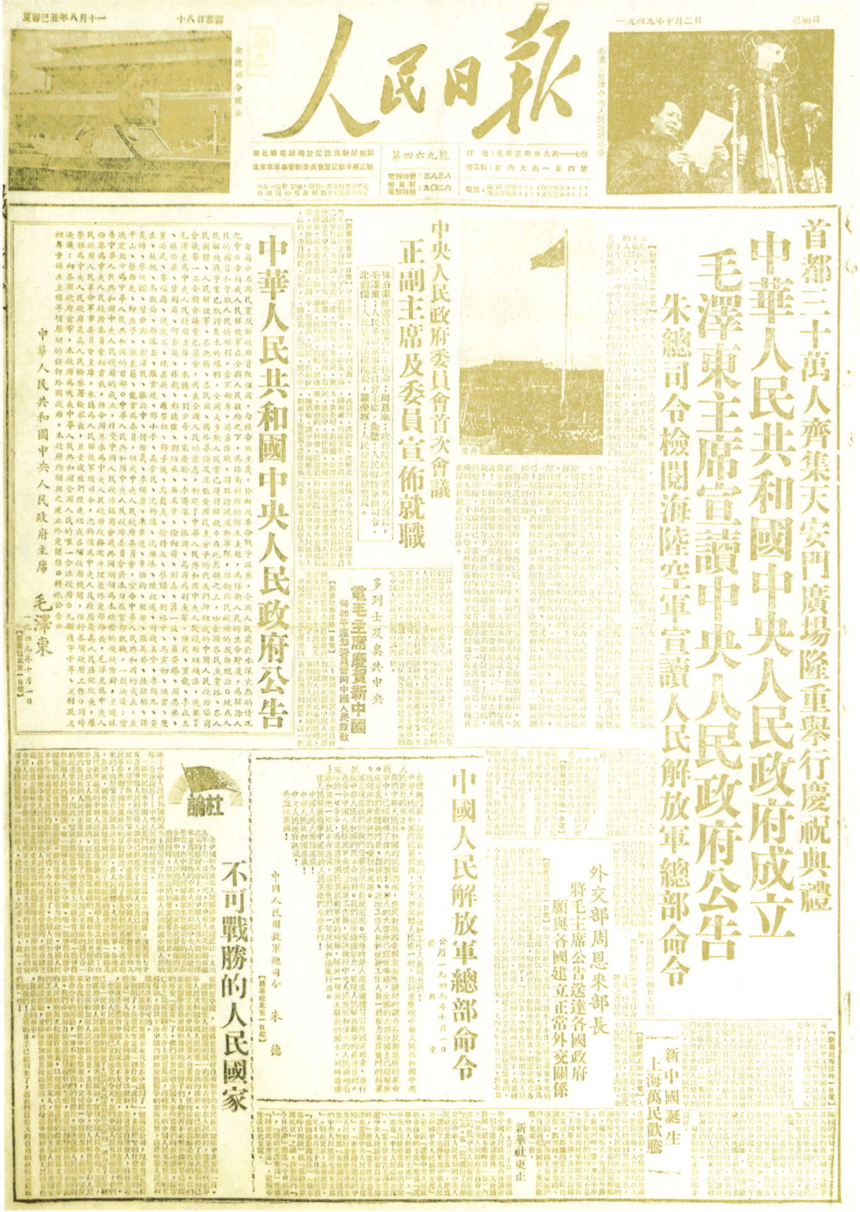

人民日報

首都三十萬人齊集天安門廣場隆重舉行慶祝典禮

中華人民共和國中央人民政府成立

毛澤東主席宣讀中央人民政府公告

朱總司令檢閱海陸空軍宣讀人民解放軍總部命令

中華人民共和國中央人民政府公告

中央人民政府委員會首次會議 正副主席及委員宣佈就職

電毛主席慶賀新中國

中國人民解放軍總部命令

外交部周恩來部長 將毛主席公告送達各國政府 願與各國建立正常外交關係

新中國誕生 上海萬民歡騰

社論 不可戰勝的人民國家

图 5-3-7 《人民日报》1949年10月2日头版

该报刊发《中华人民共和国中央人民政府成立　毛泽东主席宣读中央人民政府公告》，并刊发公告全文。

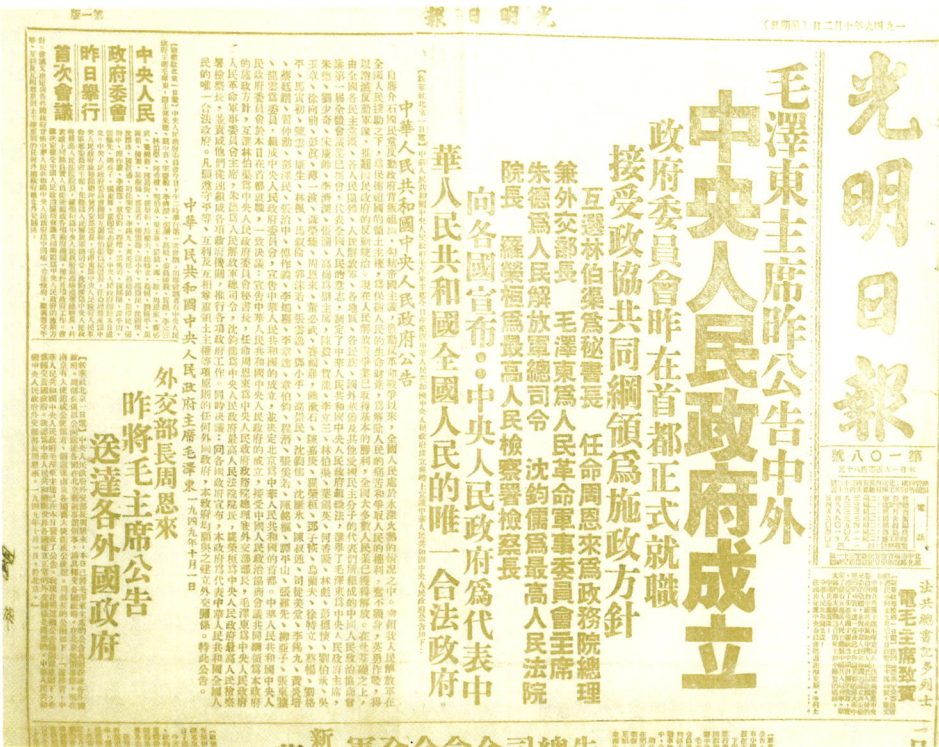

图 5-3-8　《光明日报》1949 年 10 月 2 日头版

该报用特大字号标题报道《中央人民政府成立》。

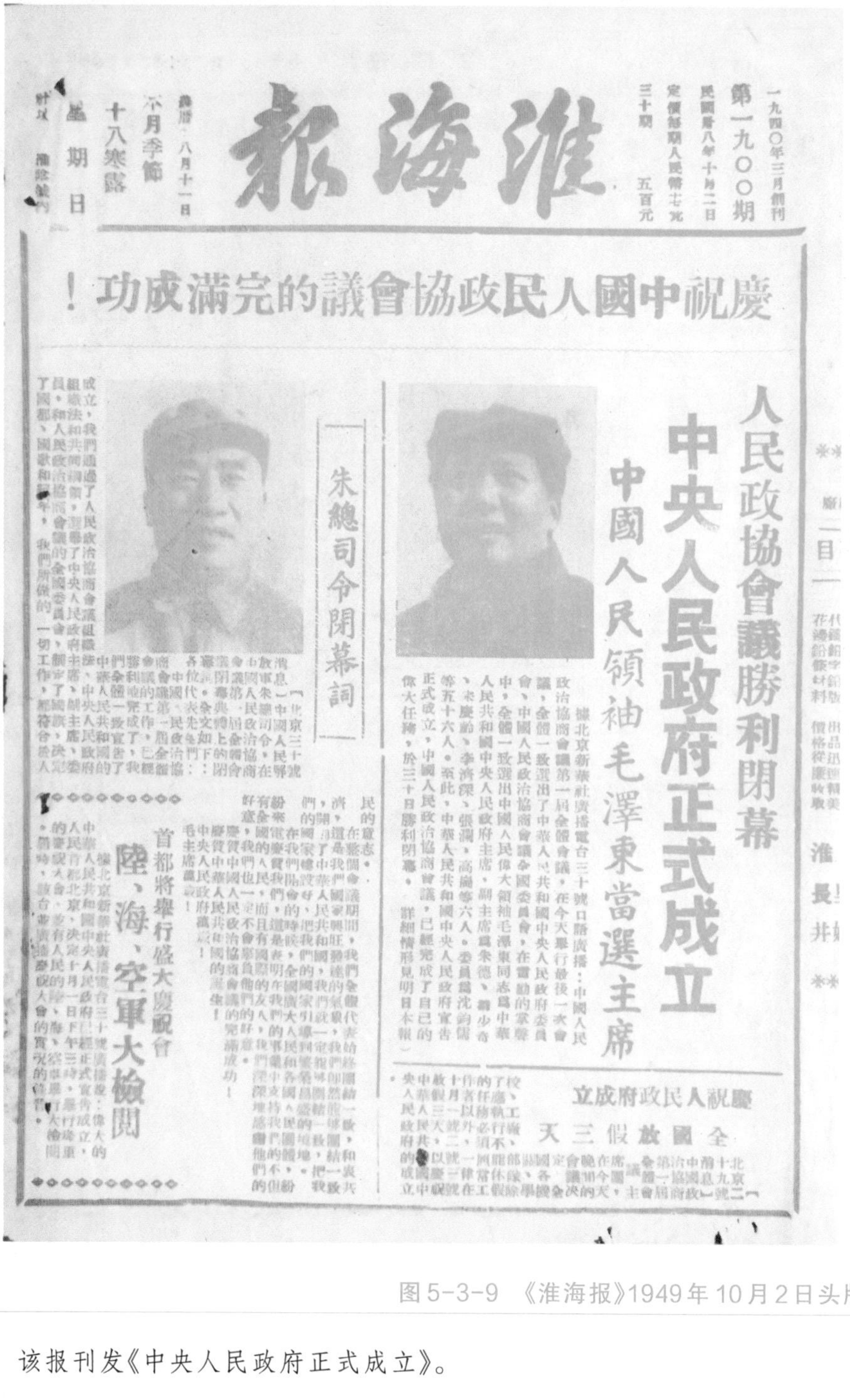

淮海報

一九四〇年三月創刊
第一九〇〇期
民國卅八年十月二日
定價每份人民幣七元 三十期 五百元
農曆八月十一日
十月季節 十八寒露
星期日

慶祝中國人民政協會議的完滿成功！

人民政協會議勝利閉幕
中央人民政府正式成立
中國人民領袖毛澤東當選主席

據北京新華社廣播電台三十號口語廣播：中國人民政治協商會議第一屆全體會議，在今天舉行最後一次會議，全體一致選出了中華人民共和國中央人民政府委員會、中國人民政治協商會議全國委員會，在雷動的掌聲中，全體一致選出中國人民偉大領袖毛澤東同志爲中華人民共和國中央人民政府主席，副主席爲朱德、劉少奇、宋慶齡、李濟深、張瀾、高崗等六人，委員爲陳毅等五十六人。至此，中華人民共和國中央人民政府宣告正式成立，中國人民政治協商會議，已經完成了自己的偉大任務，於三十日勝利閉幕。（詳細情形見明日本報）

朱總司令閉幕詞

首都將舉行盛大慶祝會
陸、海、空軍大檢閱

慶祝人民政府成立
全國放假三天

图5-3-9 《淮海报》1949年10月2日头版

该报刊发《中央人民政府正式成立》。

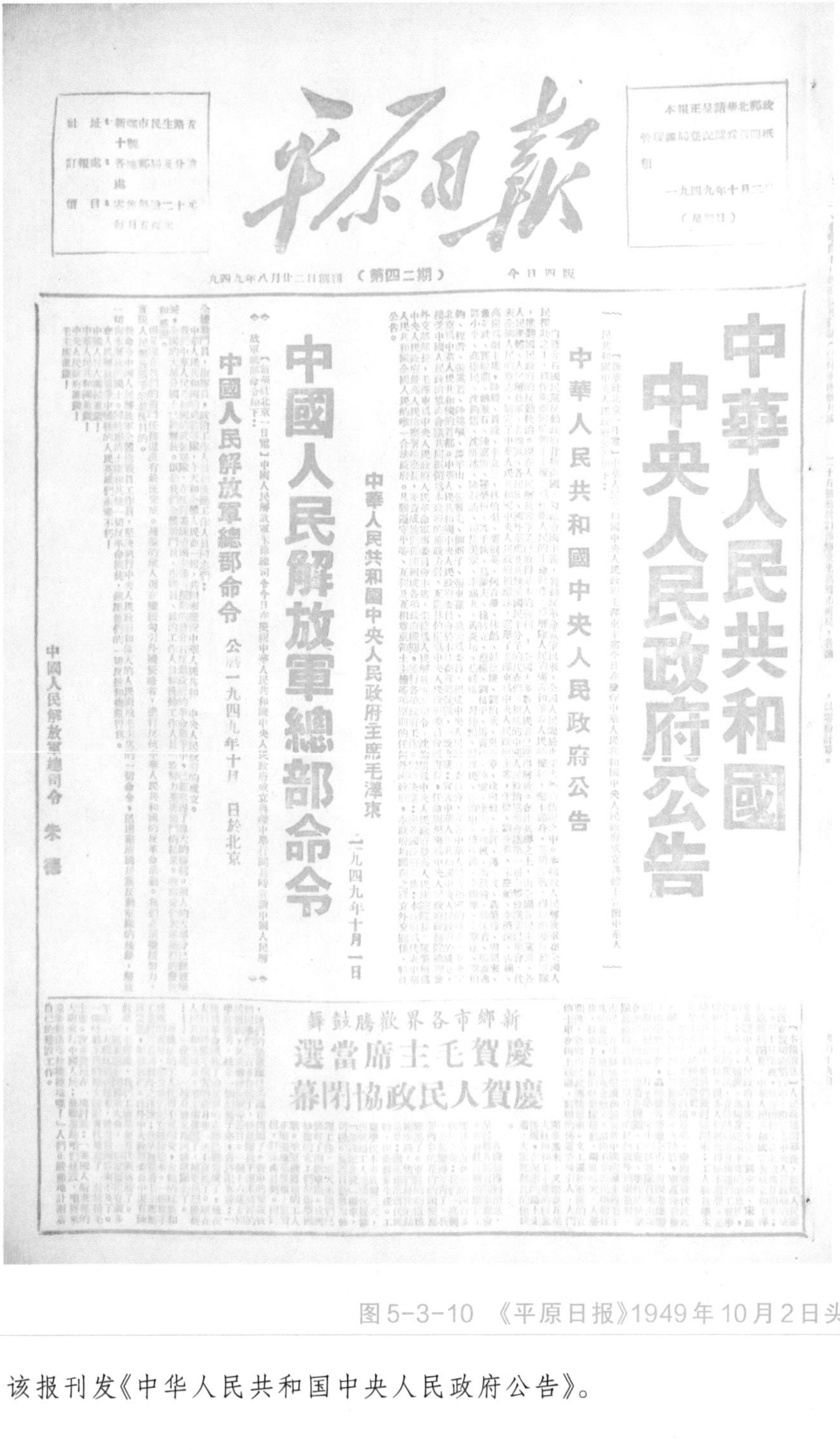

平原日報

一九四九年八月廿二日創刊　（第四二期）　今日四版

中華人民共和國中央人民政府公告

中華人民共和國中央人民政府公告

中華人民共和國中央人民政府主席毛澤東

一九四九年十月一日

中國人民解放軍總部命令

中國人民解放軍總部命令　公佈一九四九年十月一日於北京

中國人民解放軍總司令　朱德

新鄉市各界歡騰鼓舞

慶賀毛主席當選

慶賀人民政協閉幕

图5-3-10　《平原日报》1949年10月2日头版

该报刊发《中华人民共和国中央人民政府公告》。

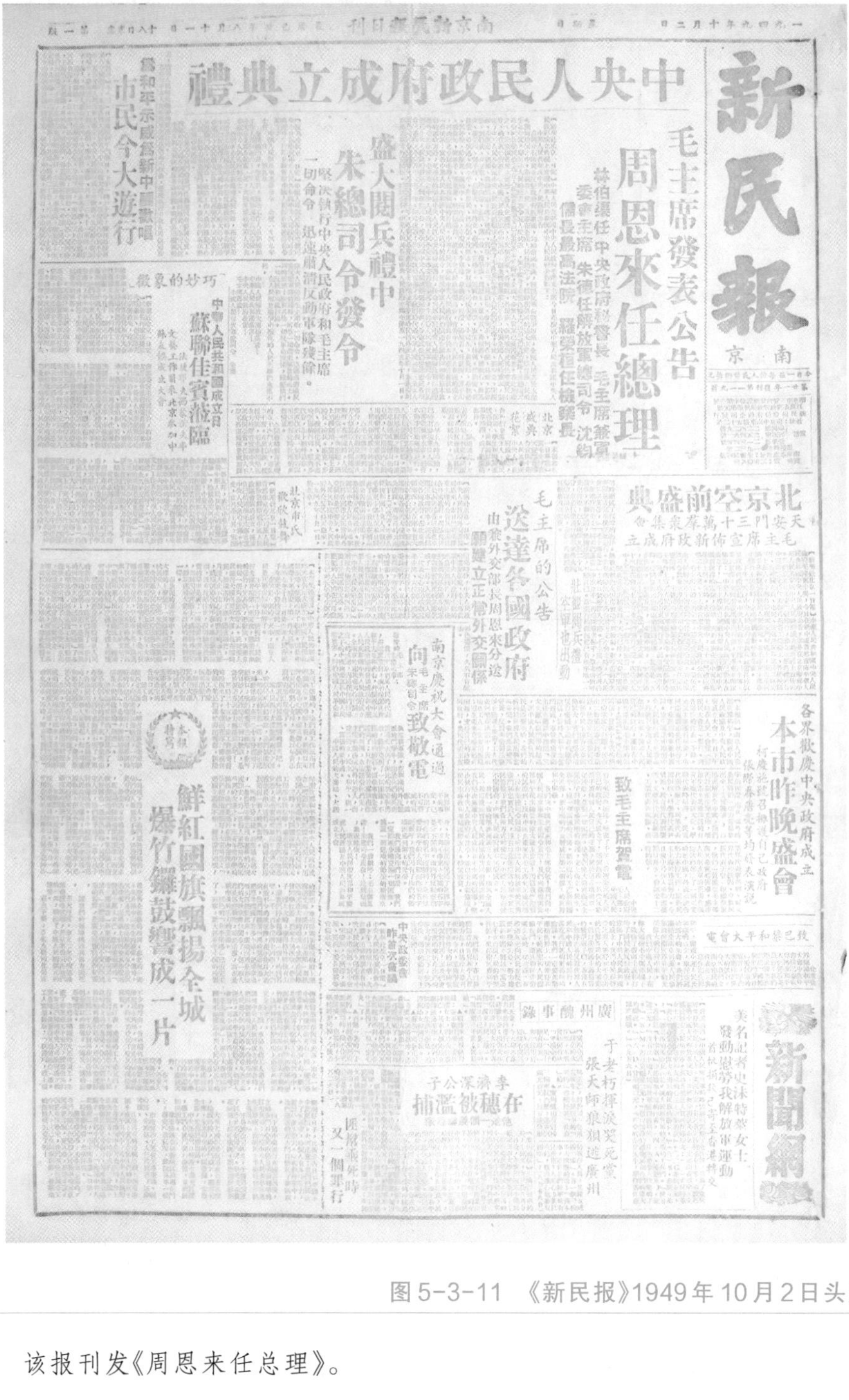

新民報 南京

中央人民政府成立典禮

毛主席發表公告 周恩來任總理

林伯渠任中央政府秘書長 毛主席兼軍委會主席 朱德任解放軍總司令 沈鈞儒任最高法院院長 羅榮桓任檢察長

盛大閱兵禮中 朱總司令發令

為和平示威為新中國歡唱 市民今大遊行

巧妙的象徵

蘇聯佳賓蒞臨

北京空前盛典

天安門三十萬群衆集會 毛主席宣佈新政府成立

毛主席的公告 送達各國政府

南京慶祝大會通過 向毛主席朱總司令致敬電

鮮紅國旗飄揚全城 爆竹鑼鼓響成一片

各界歡慶中央政府成立 本市昨晚盛會

致毛主席賀電

廣州醜事錄

新聞網

图 5-3-11 《新民报》1949 年 10 月 2 日头版

该报刊发《周恩来任总理》。

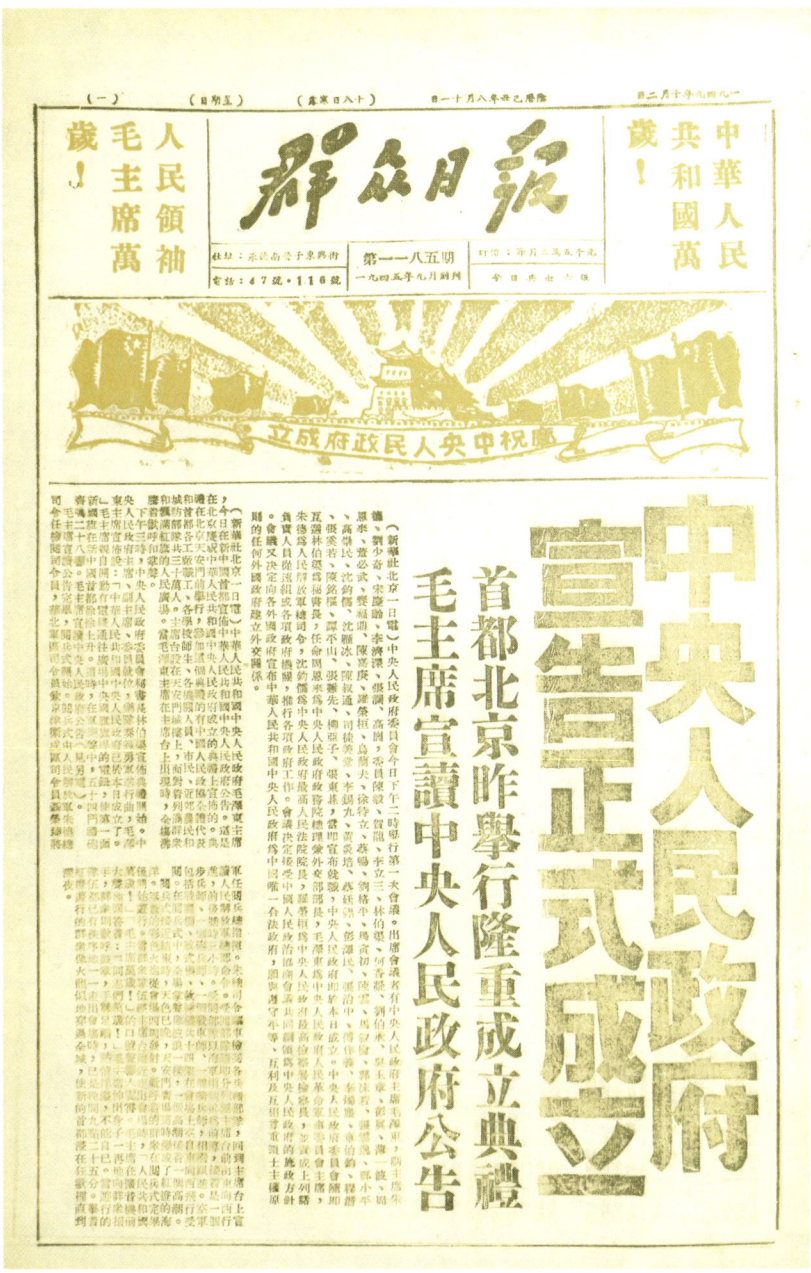

图5-3-12　《群众日报》1949年10月2日头版

该报刊发《中央人民政府宣告正式成立》。

图 5-3-13 《苏北日报》1949年10月3日头版

该报刊发《中华人民共和国中央人民政府公告》。

图 5-3-14　《前锋报》1949 年 10 月 5 日头版

该报以特刊形式庆祝中央人民政府的成立。

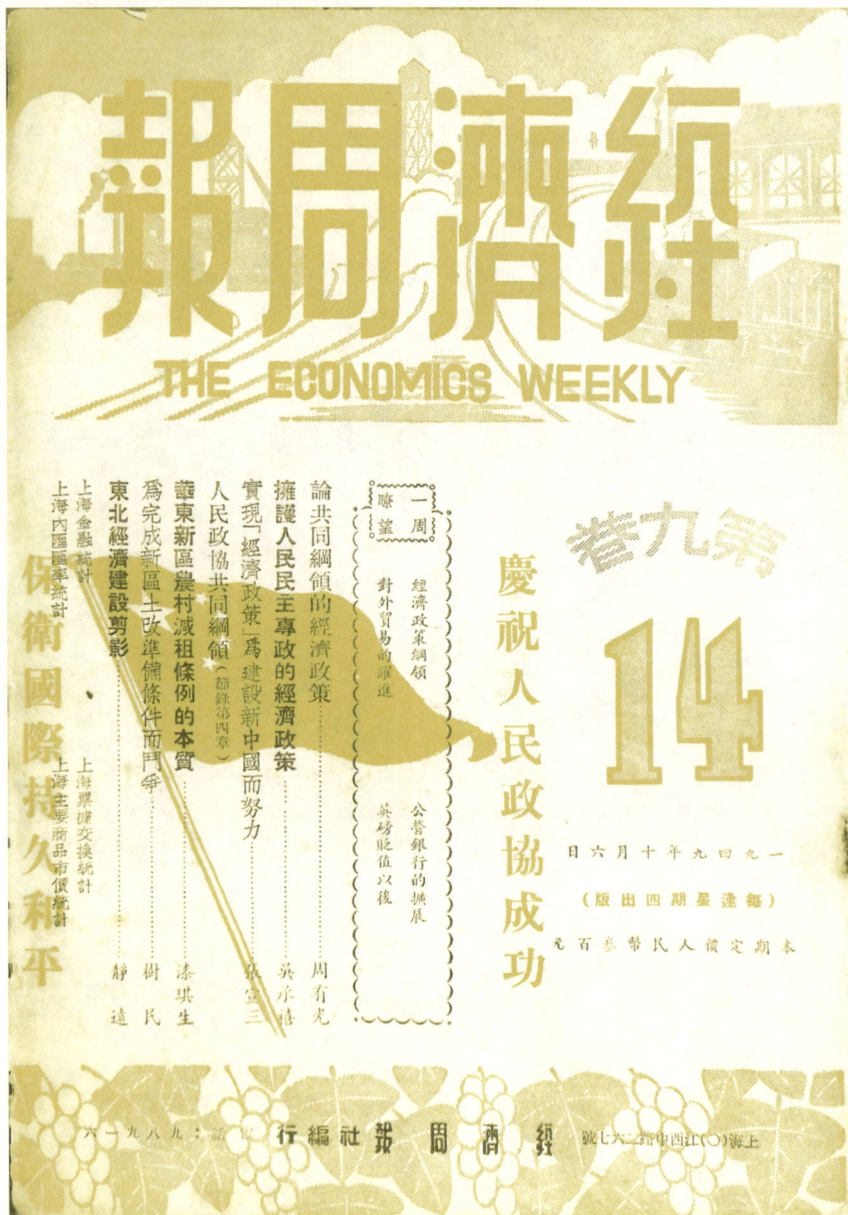

图 5-3-15 《经济周报》1949 年 10 月 6 日第九卷第 14 期

　　该刊专门刊登了《共同纲领》部分内容及经济学家周有光撰写的文章《论共同纲领的经济政策》。

图 5-3-16　《中国青年》1949 年 10 月 15 日第 22 期开国纪念号

　　1949 年 10 月 1 日,中央人民政府委员会第一次会议结束后,在天安门广场举行中华人民共和国中央人民政府成立典礼,即开国大典。《中国青年》开国纪念号封面即是毛泽东主席在天安门城楼上鼓掌的历史性画面。

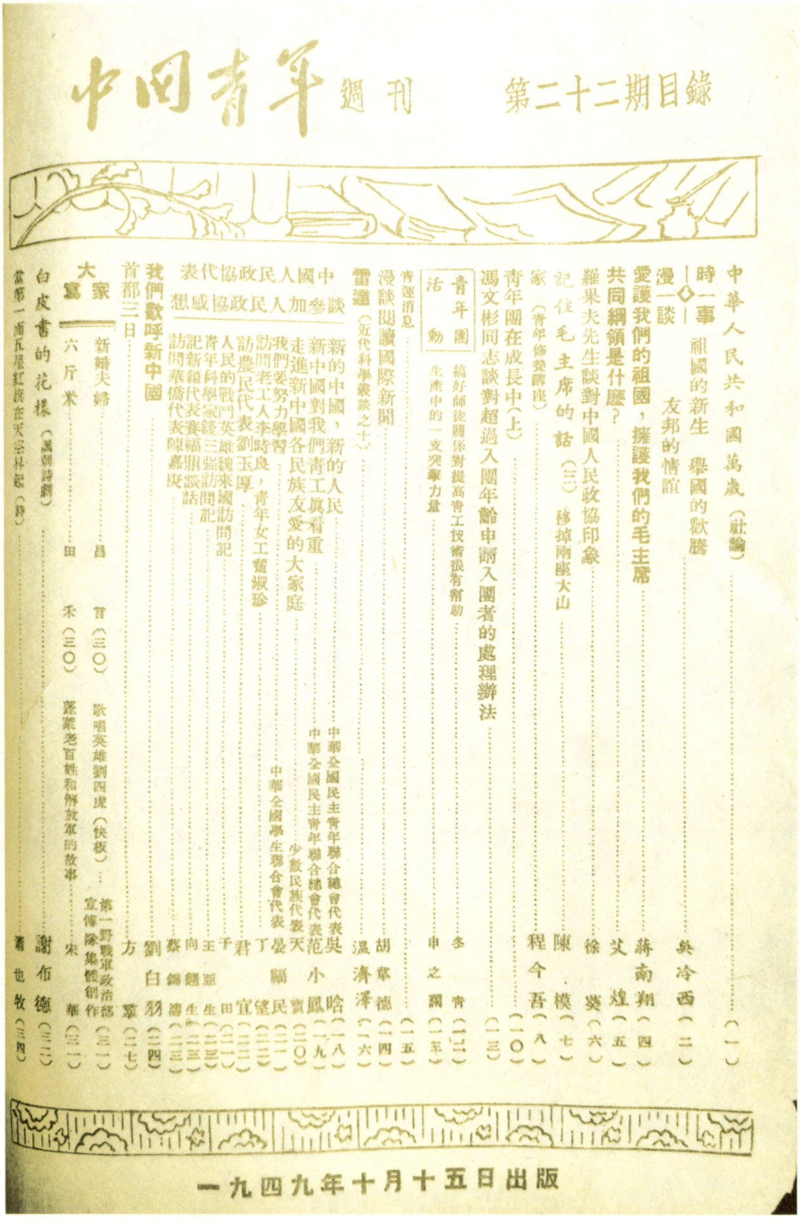

中國青年週刊　第二十二期目錄

中華人民共和國萬歲（社論）……（一）
時事 祖國的新生 舉國的歡騰……吳冷西（二）
漫談 友邦的情誼
愛護我們的祖國，擁護我們的毛主席……蔣南翔（四）
共同綱領是什麼？……艾煌（五）
羅果夫先生談對中國人民政協印象……徐獎（六）
記住毛主席的話（三） 移掉兩座大山……陳模（七）
家（青年修養講座）……程今吾（八）
青年團在成長中（上）……（一〇）
馮文彬同志談對超過入團年齡申請入團者的處理辦法……（一三）
青年團活動
搞好師徒關係對提高青工技術很有幫助……多青（一三）
生產中的一支突擊力量……申之潤（一五）
青運消息……（一五）
漫談閱讀國際新聞……胡草德（一四）
雷達（近代科學叢談之十）……溫濟澤（一六）
談參加人民政協感想（中國人民政協代表）
新的中國，新的人民……中華全國民主青年聯合總會代表 吳晗（一八）
新中國對我們青工真看重……中華全國民主青年聯合總會代表 范小鳳（一九）
走進新中國各民族友愛的大家庭……少數民族代表 天寶（二〇）
我們要努力學習……中華全國學生聯合會代表 晏福民（二一）
訪問老工人李時良，青年女工鄧淑珍……丁望（二二）
訪農民代表劉玉厚……君宜（二二）
人民的戰鬥英雄魏來國訪問記……于田（二三）
青年科學家錢三強訪問記……王亞生（二三）
記新疆代表賽福鼎談話……向翹生（二三）
訪問華僑代表陳嘉庚……蔡錦濤（二三）
我們歡呼新中國……劉白羽（二四）
首都三日……方紀（二七）
大家寫
新婚夫婦……昌言（三〇）
六斤米……田禾（三〇）
歌唱英雄劉四虎（快板）……第一野戰軍政治部宣傳隊集體創作（三一）
蓬萊老百姓和解放軍的故事……宋華（三一）
白皮書的花樣（諷刺詩劇）……謝布德（三二）
當第一面五星紅旗在天安門升起（詩）……蕭也牧（三四）

一九四九年十月十五日出版

图 5-3-17 《中国青年》1949 年 10 月 15 日第 22 期开国纪念号

该期杂志集中刊发了社会各界人士参加人民政协和开国盛典后所撰写的文章。

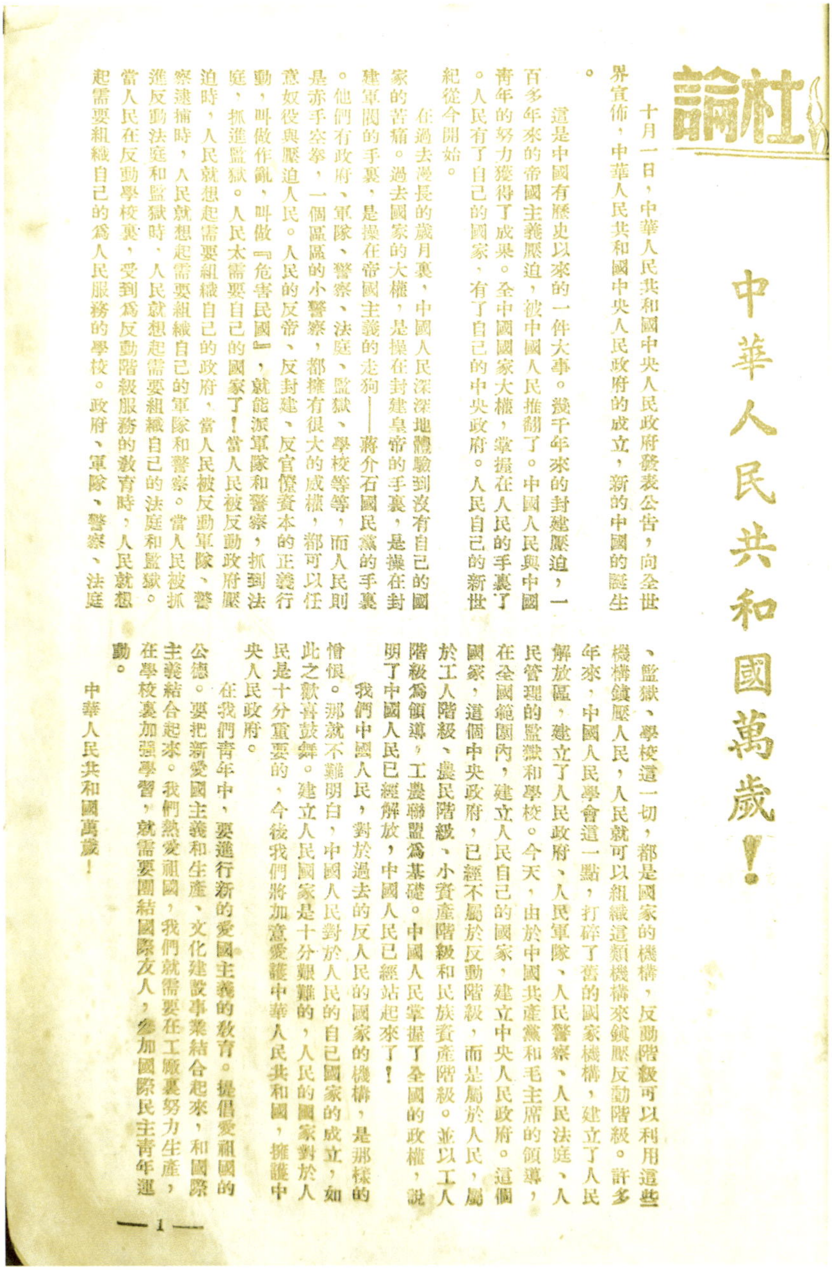

社論

中華人民共和國萬歲！

十月一日，中華人民共和國中央人民政府發表公告，向全世界宣佈，中華人民共和國中央人民政府的成立，新的中國的誕生。

這是中國有歷史以來的一件大事。幾千年來的封建壓迫，一百多年來的帝國主義壓迫，被中國人民推翻了。中國人民與中國青年的努力獲得了成果。全中國國家大權，掌握在人民的手裏了。人民有了自己的國家，有了自己的中央政府。人民自己的新世紀從今開始。

在過去漫長的歲月裏，中國人民深深地體驗到沒有自己的國家的苦痛。過去國家的大權，是操在封建皇帝的手裏，是操在封建軍閥的手裏，是操在帝國主義的走狗——蔣介石國民黨的手裏。他們有政府、軍隊、警察、法庭、監獄、學校等等，而人民則是赤手空拳，一個區區的小警察，都擁有很大的威權，都可以任意奴役與壓迫人民。人民的反帝、反封建、反官僚資本的正義行動，叫做作亂，叫做『危害民國』，就能派軍隊和警察，抓到法庭，抓進監獄。人民太需要自己的國家了！當人民被反動政府壓迫時，人民就想起需要組織自己的政府，當人民被反動軍隊、警察逮捕時，人民就想起需要組織自己的軍隊和警察。當人民被抓進反動法庭和監獄時，人民就想起需要組織自己的法庭和監獄。當人民在反動學校裏，受到為反動階級服務的教育時，人民就想起需要組織自己的為人民服務的學校。政府、軍隊、警察、法庭、監獄、學校這一切，都是國家的機構，反動階級可以利用這些機構鎮壓人民，人民就可以組織這類機構來鎮壓反動階級。許多年來，中國人民學會這一點，打碎了舊的國家機構，建立了人民解放區，建立了人民政府、人民軍隊、人民警察、人民法庭、人民管理的監獄和學校。今天，由於中國共產黨和毛主席的領導，在全國範圍內，建立人民自己的國家，建立中央人民政府。這個國家，這個中央政府，已經不屬於反動階級，而是屬於人民，屬於工人階級、農民階級、小資產階級和民族資產階級。並以工人階級為領導，工農聯盟為基礎。中國人民掌握了全國的政權，說明了中國人民已經解放，中國人民已經站起來了！

我們中國人民，對於過去的反人民的國家的機構，是那樣的憎恨。那就不難明白，中國人民對於人民的自己國家的成立，如此之歡喜鼓舞。建立人民國家是十分艱難的，人民的國家對於人民是十分重要的，今後我們將加意愛護中華人民共和國，擁護中央人民政府。

在我們青年中，要進行新的愛國主義的教育。提倡愛祖國的公德。要把新愛國主義和生產、文化建設事業結合起來，和國際主義結合起來。我們熱愛祖國，我們就需要在工廠裏努力生產，在學校裏加強學習，就需要團結國際友人，參加國際民主青年運動。

中華人民共和國萬歲！

—1—

图 5-3-18　《中国青年》1949 年 10 月 15 日第 22 期开国纪念号

该期刊发社论《中华人民共和国万岁！》。

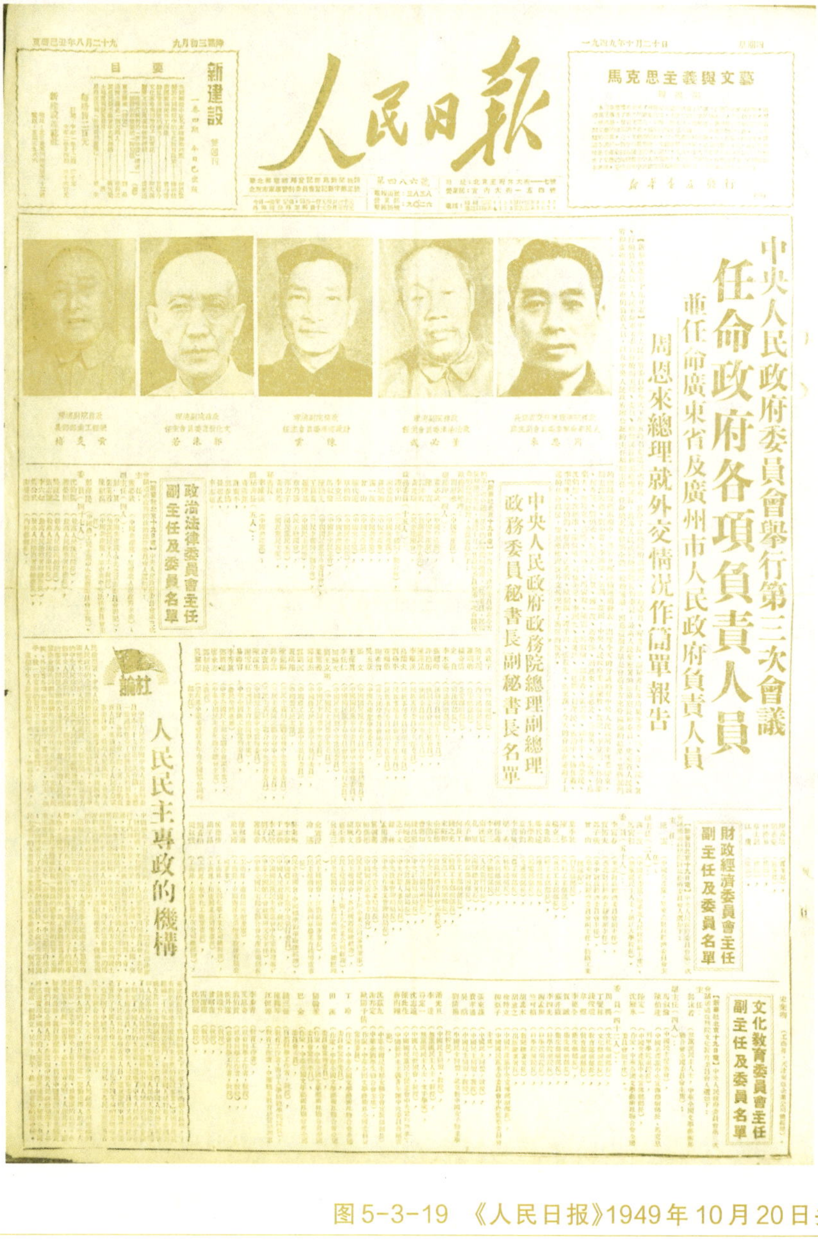

人民日報

新建設

馬克思主義與文藝

中央人民政府委員會舉行第三次會議
任命政府各項負責人員
並任命廣東省及廣州市人民政府負責人員
周恩來總理就外交情況作簡單報告

中央人民政府政務院總理副總理政務委員秘書長副秘書長名單

政治法律委員會主任副主任及委員名單

財政經濟委員會主任副主任及委員名單

文化教育委員會主任副主任及委員名單

社論

人民民主專政的機構

图5-3-19 《人民日报》1949年10月20日头版

1949年10月19日，中央人民政府委员会举行第三次会议，任命政府各部门负责人员，次日出版的《人民日报》即予以报道，并刊发了政务院总理周恩来及4位副总理董必武、陈云等的照片。

图 5-3-20　《解放日报》1949 年 10 月 20 日头版

　　该报除刊发《中央人民政府委员会公布任命　中枢政军机构组成》外,还整版刊发了《政务院名单》,并配发政务院副总理、军委会副主席、政务委员、军委会委员照片。

图 5-3-21 《长江日报》1949 年 10 月 20 日头版

该报刊发《中央人民政府委员会会议通过任命副总理等》和 4 位副总理照片。

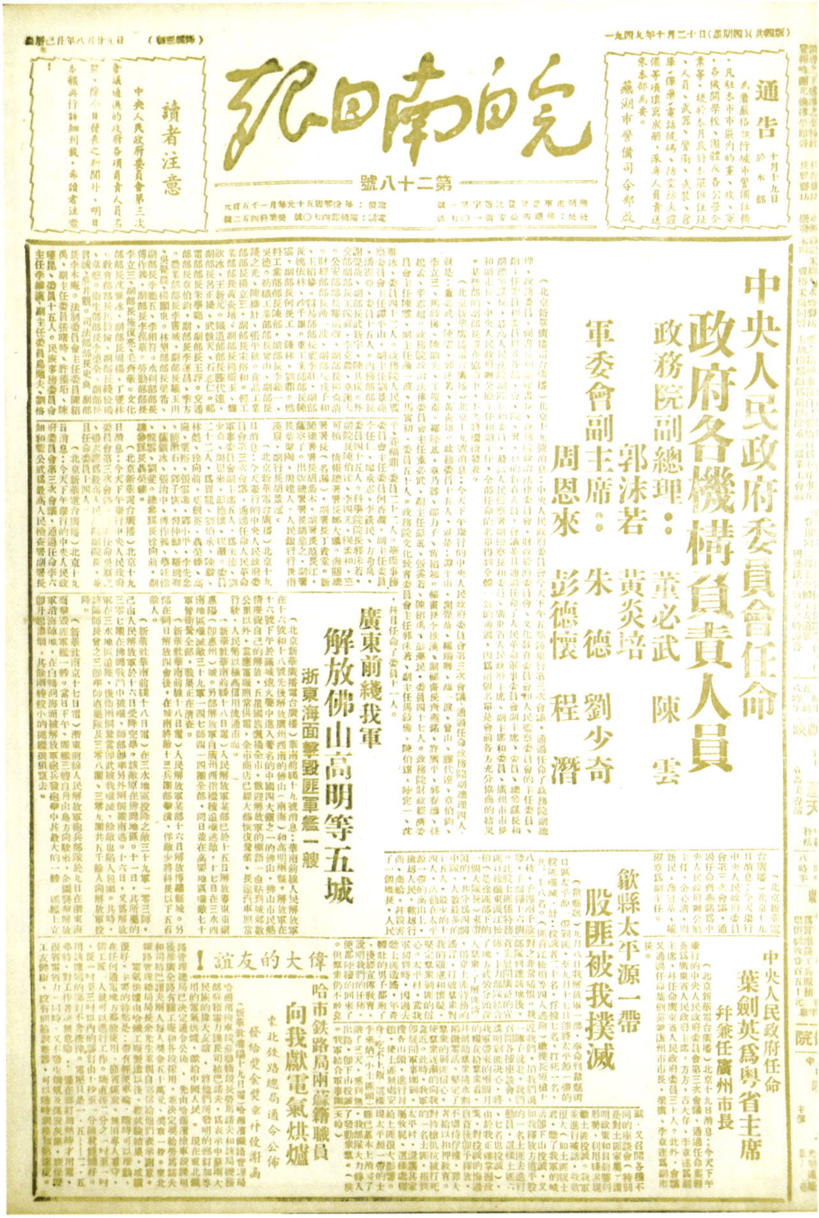

图5-3-22　《皖南日报》1949年10月20日头版

　　该报在大标题"中央人民政府委员会任命政府各机构负责人员"之下,用副标题列出了政务院副总理和军委会副主席名单。

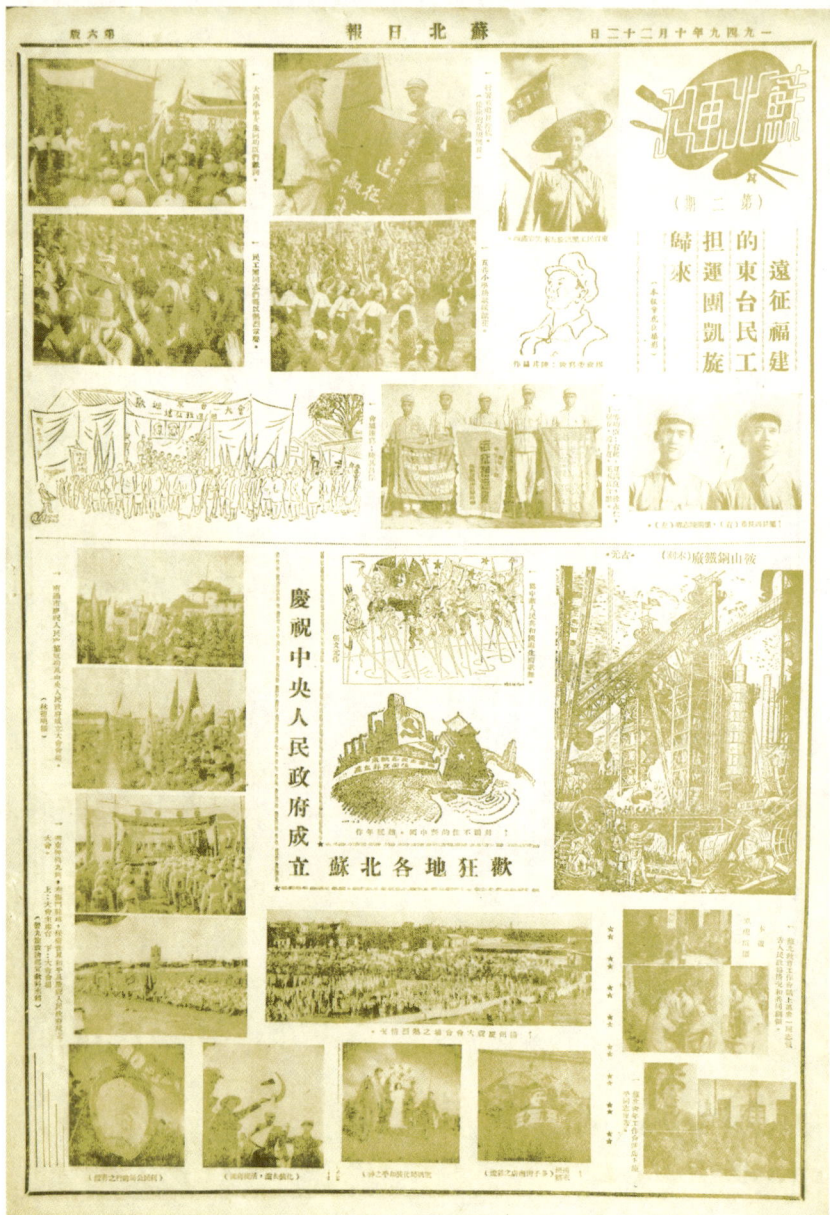

图5-3-23 《苏北日报》1949年10月22日第六版

　　中央人民政府的成立得到了全国人民的拥护,《苏北日报》推出《苏北画刊》,用图片的形式报道苏北各地庆祝中央人民政府成立的消息。

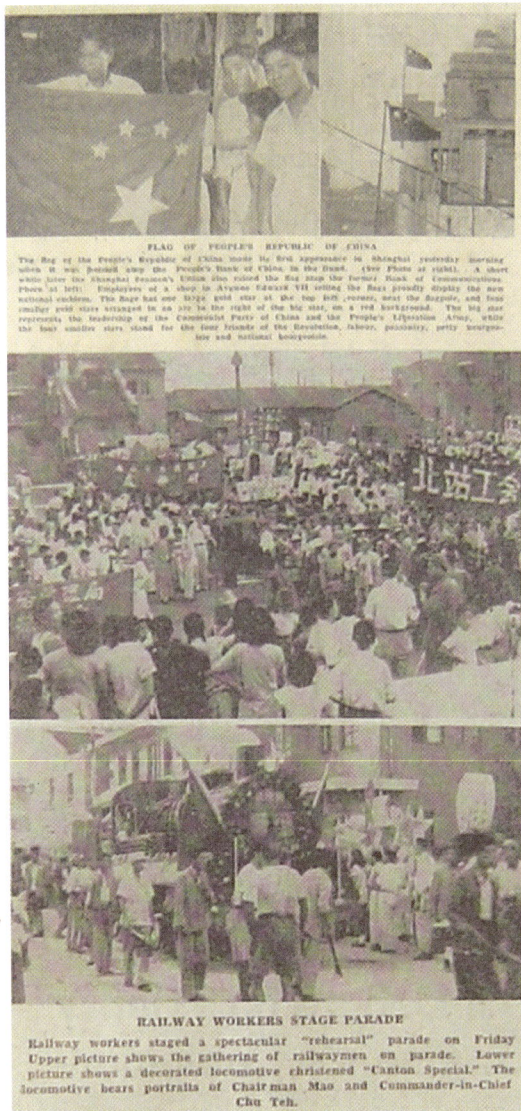

图5-3-24　《字林西报》(*North China Daily News*)1949年10月1日头版

　　中华人民共和国中央人民政府的成立,在国际社会也引起强烈反响。英国人在中国创办的最有影响力的英文报纸《字林西报》(*North China Daily News*)1949年10月1日—2日连续两天在头版显著位置刊登中国民众欢庆新中国新政府成立的消息,并配发数张图片。

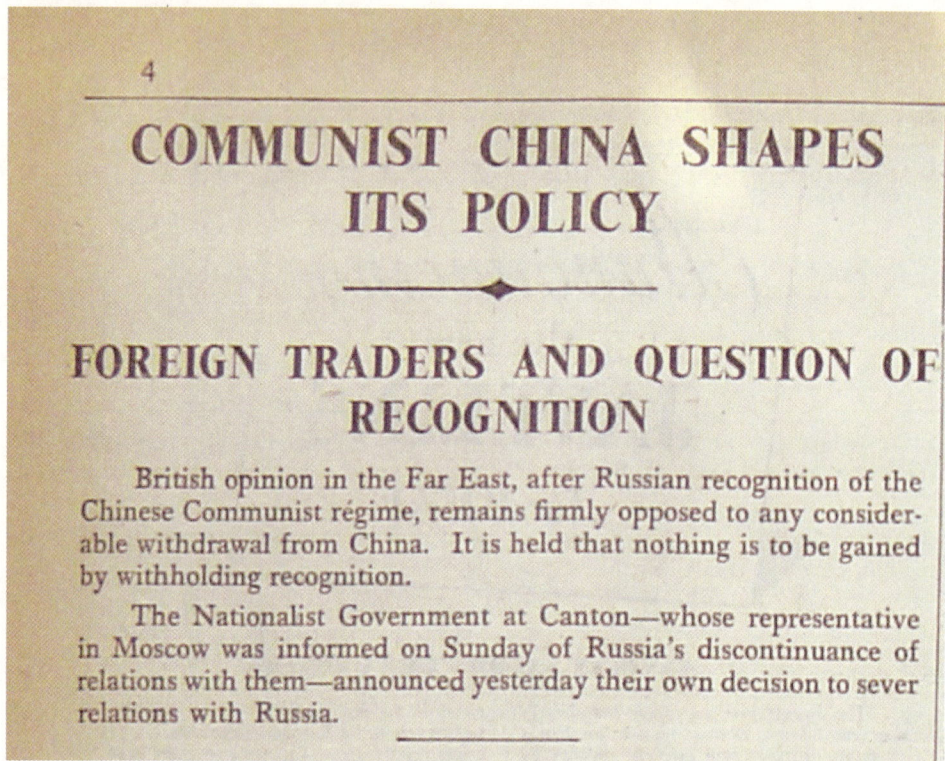

4

COMMUNIST CHINA SHAPES ITS POLICY

◆

FOREIGN TRADERS AND QUESTION OF RECOGNITION

British opinion in the Far East, after Russian recognition of the Chinese Communist régime, remains firmly opposed to any considerable withdrawal from China. It is held that nothing is to be gained by withholding recognition.

The Nationalist Government at Canton—whose representative in Moscow was informed on Sunday of Russia's discontinuance of relations with them—announced yesterday their own decision to sever relations with Russia.

图 5-3-25 《泰晤士报》1949 年 10 月 1 日第四版

英国著名主流媒体《泰晤士报》1949 年 10 月 1 日起,连续多天刊发中华人民共和国中央人民政府成立、毛泽东当选主席及新中国施政纲领发布等消息。

CHINA WEEKLY

REVIEW

報論評氏勒密

A Weekly Newspaper Established In 1917

An editorial on
CHINA AND PEACE

LABOR IN SHANGHAI
SHEILA WATSON

FILM AND WORLD CULTURE
ALUN FALCONER

The full text of the COMMON PROGRAM of the PPCC

OCTOBER 8, 1949   JMP 700

图 5-3-26 《密勒氏评论报》1949 年 10 月 8 日中国专号

　　美国人在上海创办的以著名记者托马斯·密勒的姓氏命名的《密勒氏评论报》专门推出中国专号,封面印有鲜艳的中华人民共和国国旗,并配发《中国与世界和平》等述评。该报成为中华人民共和国成立后,唯一在新中国国内继续发行的美商报纸。

第四节　我们的朋友遍天下

1949年10月1日下午,政务院总理兼外交部部长周恩来以公函形式向各国政府发出了《中华人民共和国中央人民政府公告》,表示中国政府愿在平等、互利和互相尊重领土主权的基础上同各国建立外交关系。10月2日晚9时45分,苏联外交部副部长葛罗米柯致电周恩来,表示苏联政府决定同中华人民共和国建立外交关系,互派大使。同日,苏联宣布断绝与国民党政府的外交关系。

1949年10月3日,政务院总理周恩来复电苏联外交部副部长葛罗米柯,对苏联政府正式承认中华人民共和国,决定和中国建立外交关系并互派大使表示热烈欢迎。这一天,中苏正式建立了外交关系。

图 5-4-1　《解放日报》1949 年 10 月 4 日头版

　　该报头版套红刊印中苏两国国旗,刊发《两国政府交换照会 中苏建立外交关系》,并配发毛泽东和斯大林的照片。

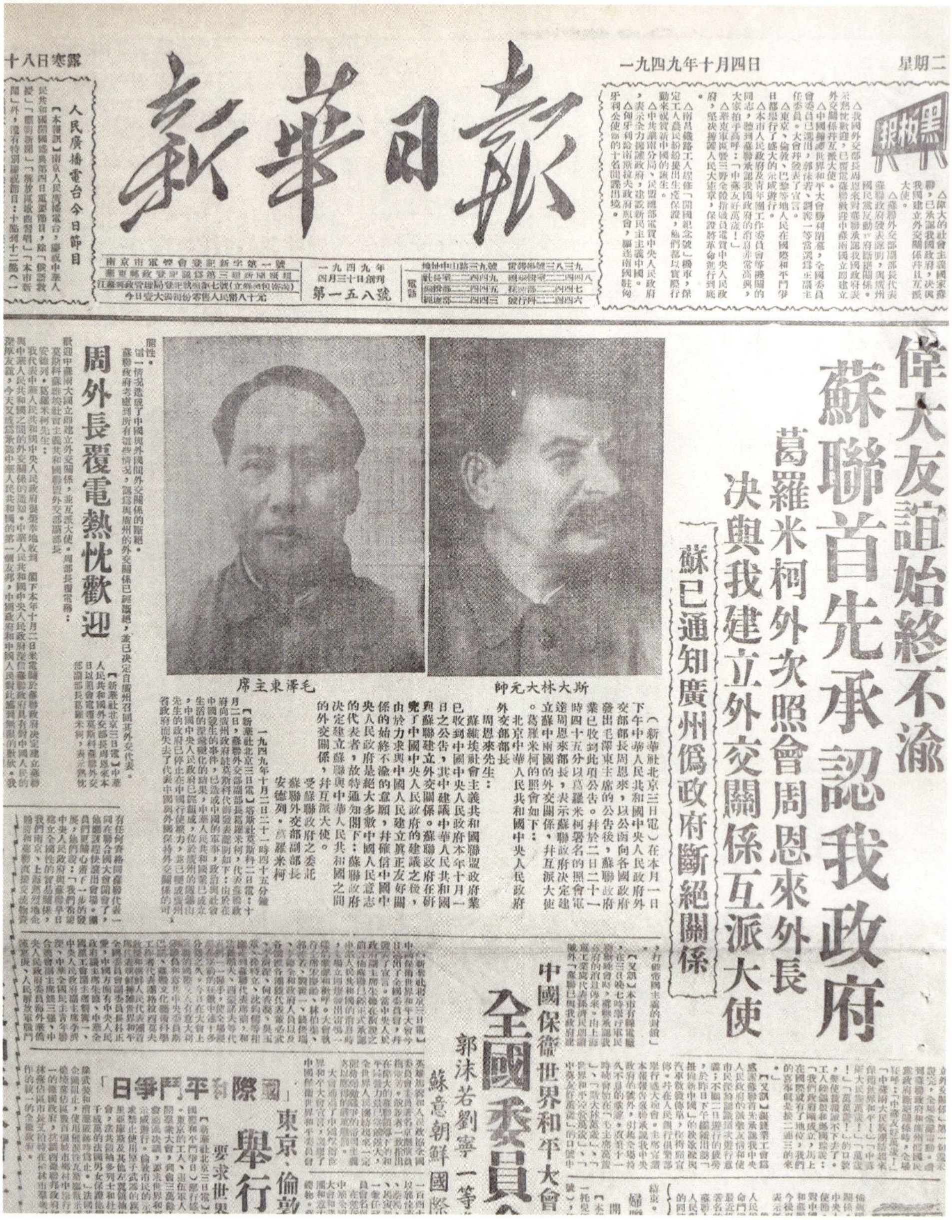

新華日報

一九四九年十月四日 星期二

偉大友誼始終不渝
蘇聯首先承認我政府
葛羅米柯外次照會周恩來外長
決與我建立外交關係互派大使
——蘇已通知廣州偽政府斷絕關係

（新華社北京三日電）在本月一日下午中華人民共和國中央人民政府外交部部長周恩來，以公函向各國政府發出毛澤東主席的公告後，蘇聯政府業已收到此項公告，並於二日二十一時四十五分以葛羅米柯署名的照會電達周恩來部長，表示蘇聯政府決定建立蘇中兩國的外交關係，並互派大使。葛羅米柯的照會如下：

周恩來部長先生：

蘇維埃社會主義共和國聯盟政府業已收到中國中央人民政府本年十月一日之公告，其中建議中華人民共和國與蘇聯建立外交關係。蘇聯政府在研究了中國中央人民政府的建議之後，由於力求與中國人民建立真正友好關係的始終不渝的意志，并確信中國中央人民政府是代表絕大多數中國人民的意志，故特通知閣下：蘇聯政府決定建立蘇聯與中華人民共和國之間的外交關係，并互派大使。

蘇聯外交部副部長 安德列·葛羅米柯

一九四九年十月二日二十一時四十五分

斯大林元帥

毛澤東主席

周外長覆電熱忱歡迎

人民廣播電台今日節目

全國委員會

中國保衛世界和平大會

郭沫若劉寧一等

蘇意朝鮮國際

國際和平鬥爭日

東京、倫敦舉行

图5-4-2 《新华日报》1949年10月4日头版

该报刊发《伟大友谊始终不渝 苏联首先承认我政府》，同时配发毛泽东和斯大林照片。

该报刊发《苏联承认新中国》，副标题为"两外长互致照会决互派大使　苏同时与穗匪断绝外交关系"。

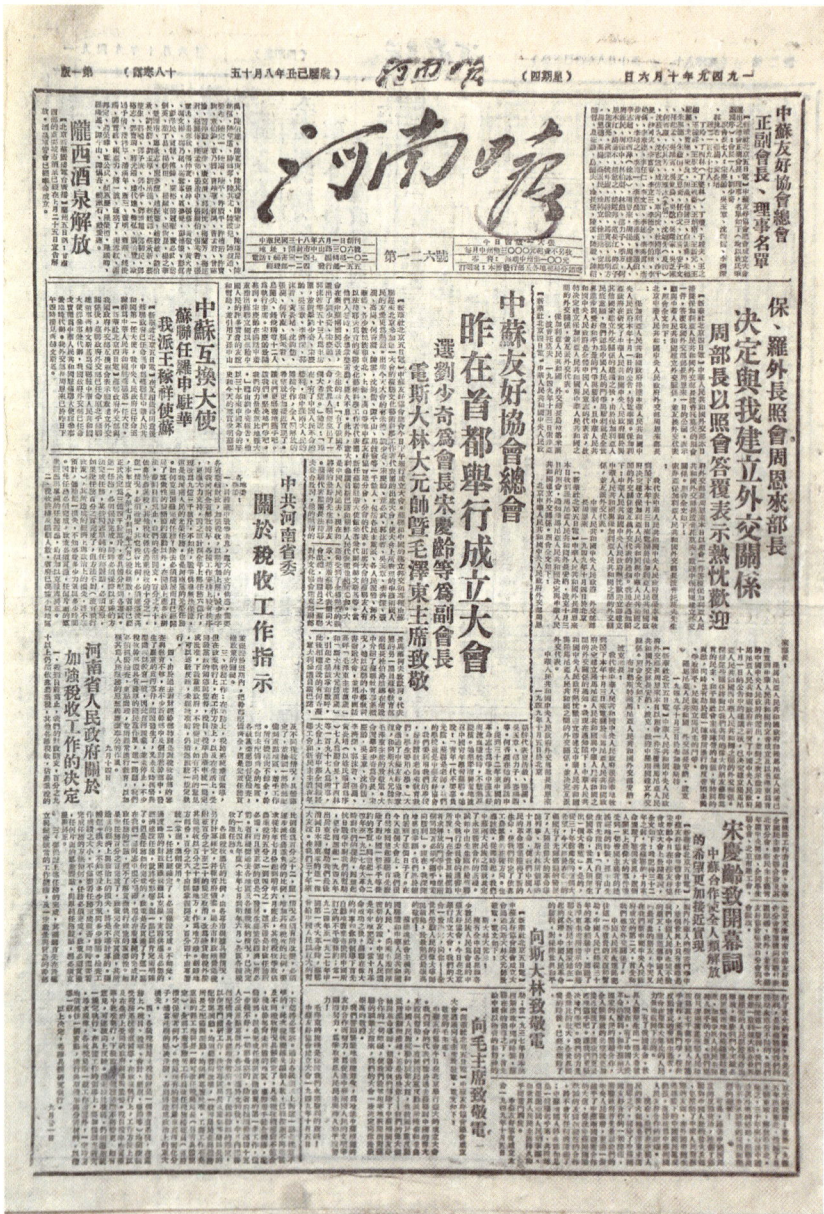

图5-4-4 《河南日报》1949年10月6日头版

保加利亚、罗马尼亚、捷克、朝鲜、匈牙利等国政府纷纷照会周恩来,决定与新中国建立外交关系,《河南日报》对此进行了报道。

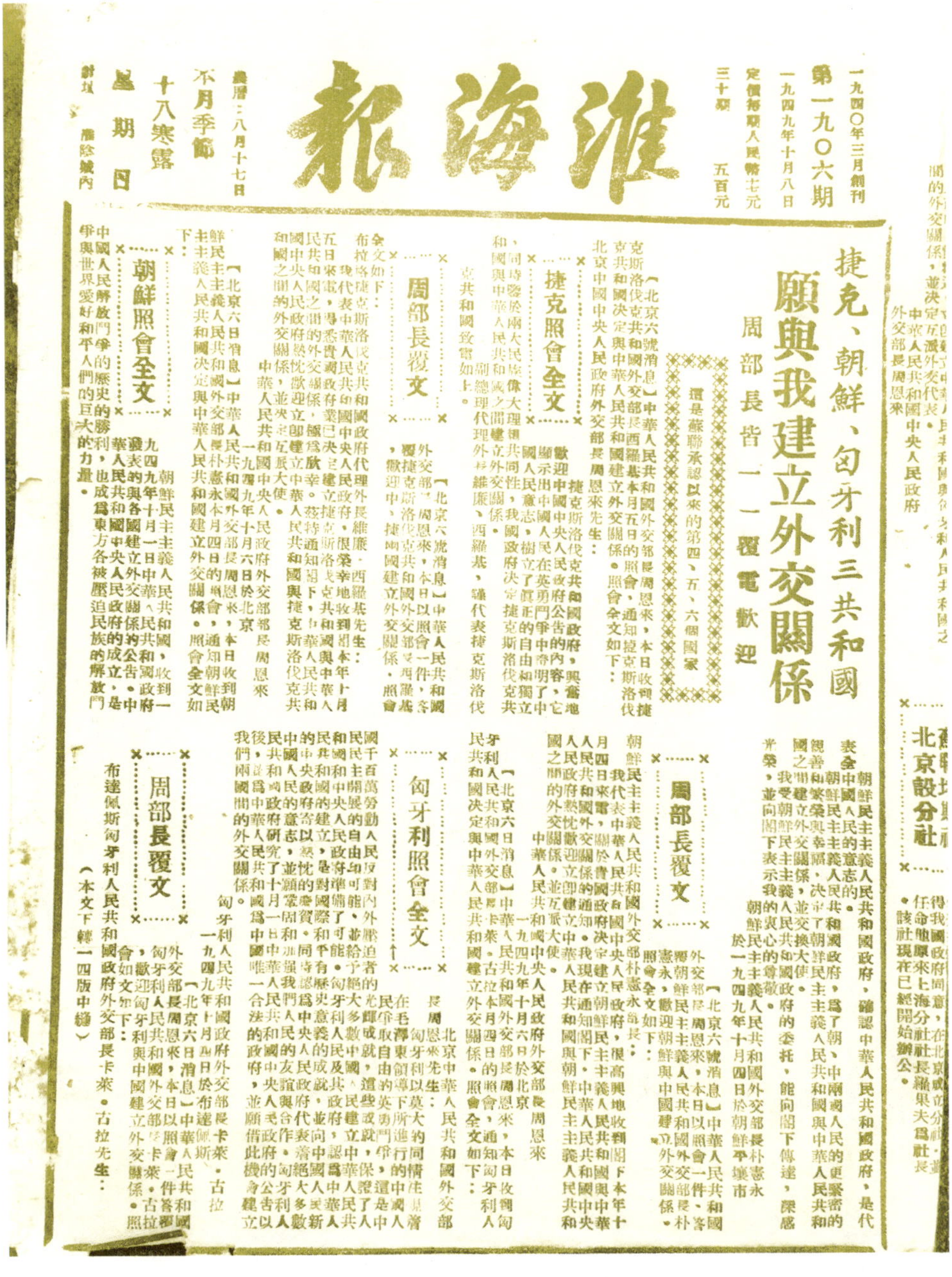

图5-4-5　《淮海报》1949年10月8日头版

该报整版刊发捷克、朝鲜、匈牙利等国照会全文和周恩来复文。

图5-4-6 《人民日报》1949年10月8日头版

该报刊发《匈牙利、朝鲜、捷克、波兰相继与我国建立邦交》。

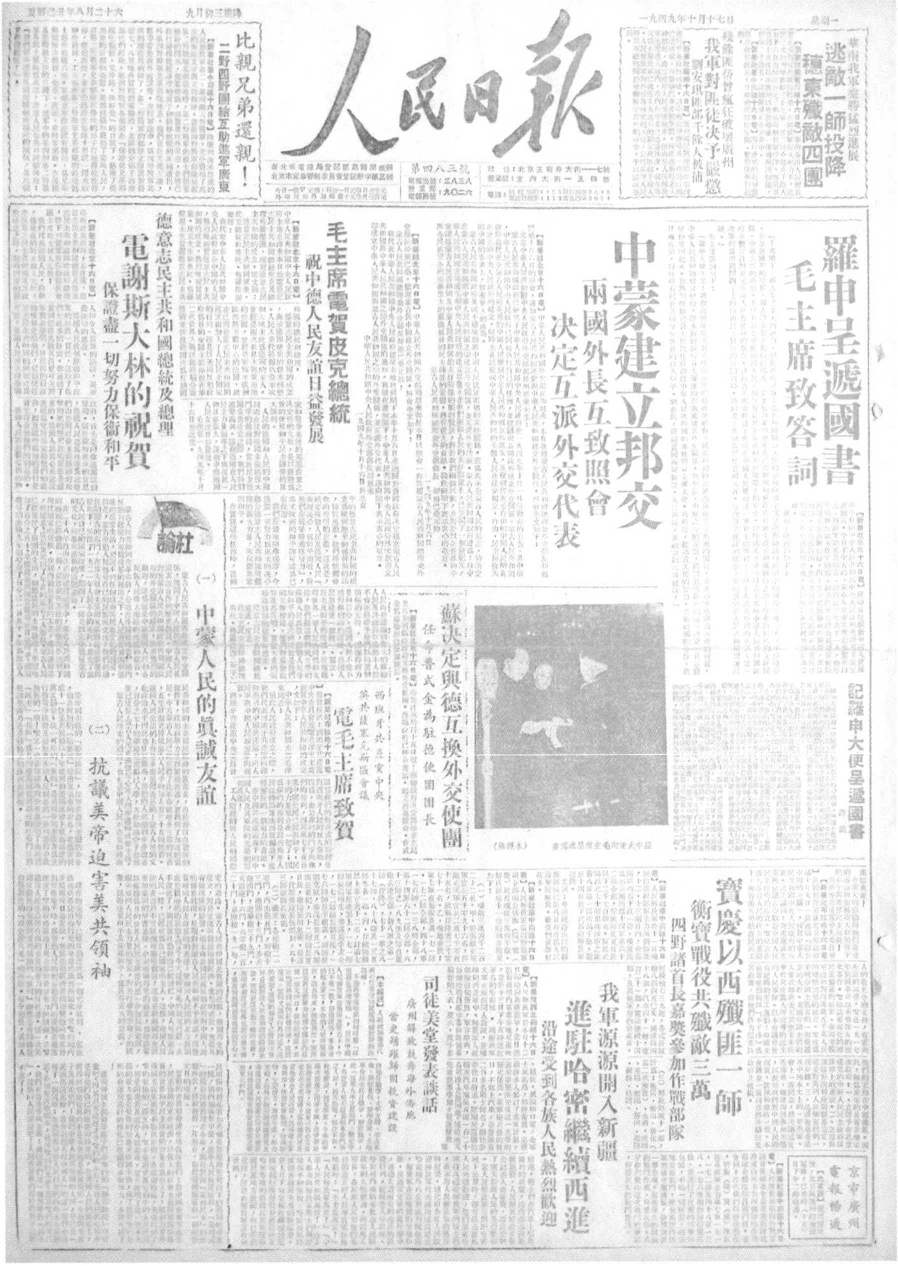

人民日報

華南我軍乘勝猛烈進展 逃敵一師投降 穗東殲敵四團

比親兄弟還親！ 二野四野團結互助進軍廣東

羅中呈遞國書 毛主席致答詞

中蒙建立邦交 兩國外長互致照會 決定互派外交代表

毛主席電賀皮克總統 祝中德人民友誼日益發展

德意志民主共和國總統及總理 電謝斯大林的祝賀 保證盡一切努力保衛和平

社論 (一) 中蒙人民的真誠友誼 (二) 抗議美帝迫害美共領袖

蘇決定與德互換外交使團

記羅申大使呈遞國書

寶慶以西殲匪一師 衡寶戰役共殲敵三萬 四野諸首長嘉獎參加作戰部隊

我軍源源開入新疆 進駐哈密繼續西進 沿途受到各族人民熱烈歡迎

司徒美堂發表談話

京市廣州電報暢通

图5-4-7　《人民日报》1949年10月17日头版

该报刊发中国与蒙古人民共和国建交的消息。

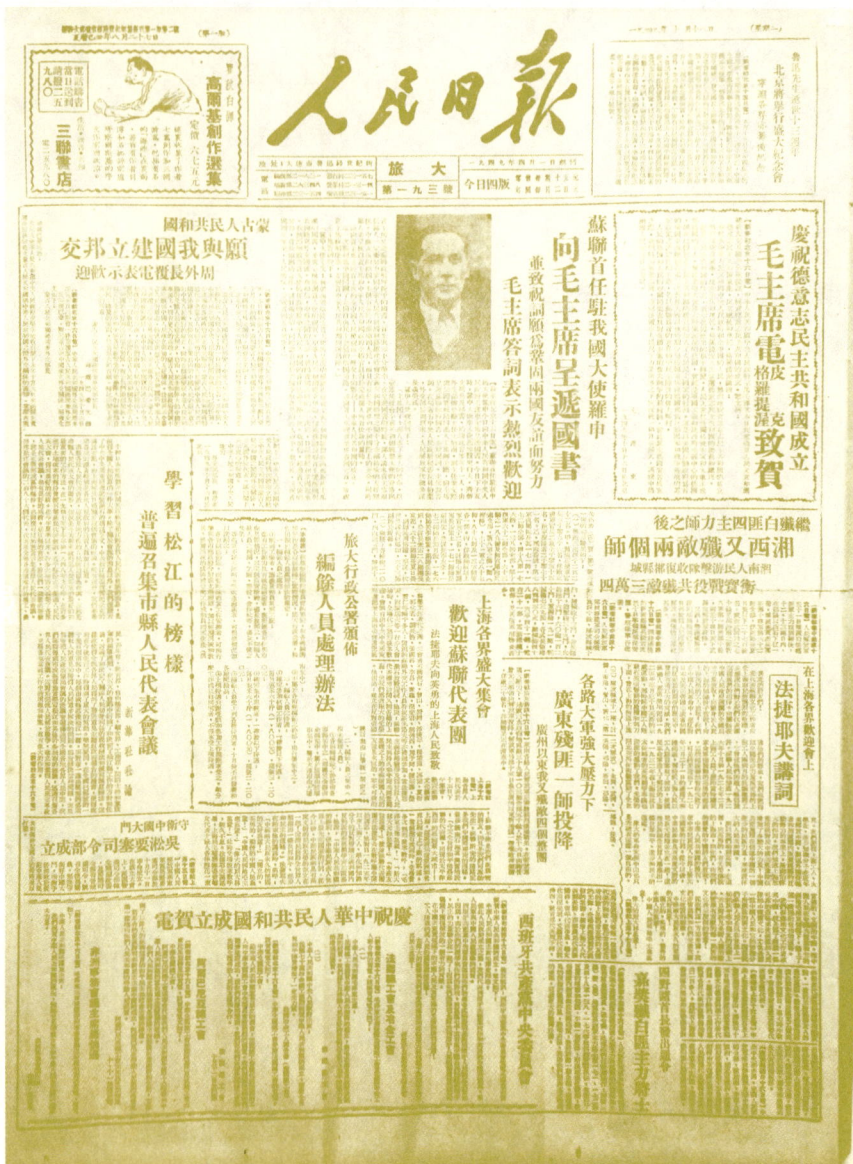

图5-4-8 《人民日报(旅大版)》1949年10月18日头版

1949年10月16日,苏联首任驻华大使罗申抵达北京赴任,并向毛泽东主席呈递国书,《人民日报(旅大版)》头版进行报道时配发罗申照片。同版还刊发了蒙古人民共和国愿与中国建立邦交的消息。

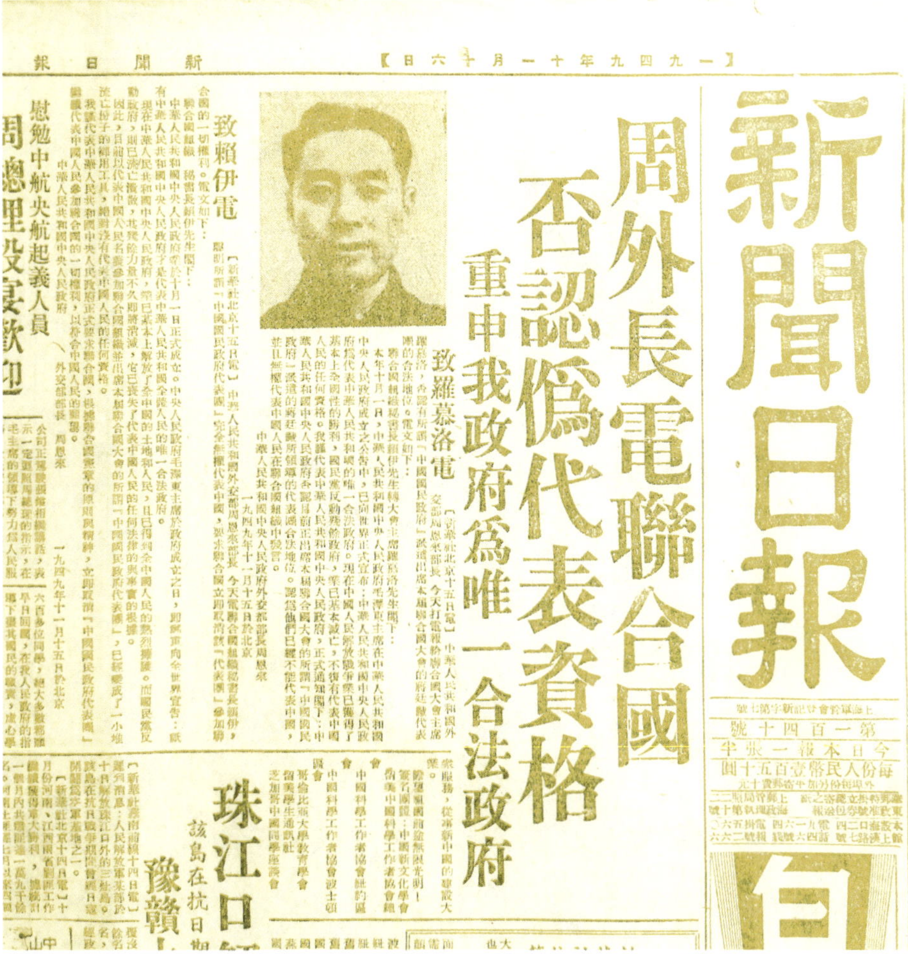

图 5-4-9 《新闻日报》1949 年 11 月 16 日头版

中华人民共和国政府始终坚持"一个中国"原则。1949 年 11 月 15 日，周恩来致电联合国秘书长赖伊，重申：只有中华人民共和国中央人民政府才是代表中华人民共和国全体人民的唯一合法政府。国民党政府"已丧失了代表中国人民的任何法律的与事实的根据"，要求"立即取消'中国国民政府代表团'继续代表中国人民参加联合国的一切权利"。《新闻日报》报道这一消息时专门配发了周恩来照片。

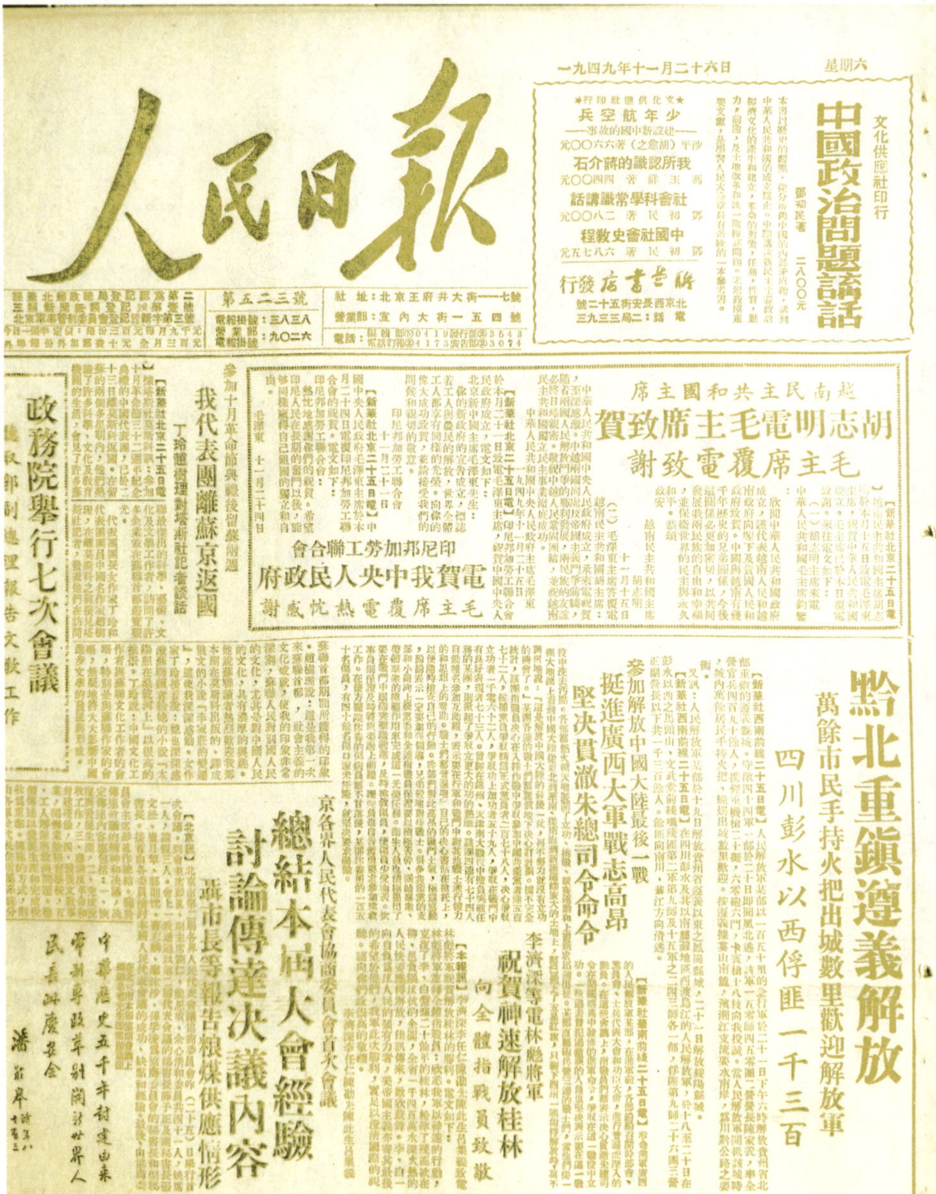

人民日報

星期六 一九四九年十一月二十六日

第五二三號

社址：北京王府井大街一一七號

營業部：宣內大街一五四號

文化供應社印行
中國政治問題講話
鄧初民著 二八〇〇元

★文化供應社印行★
少年航空兵
——建設新中國的故事——
沙平（胡愈之）著 六六〇〇元
我所認識的蔣介石
馮玉祥著 四四〇〇元
社會科學常識講話
鄧初民著 二八〇〇元
中國社會史教程
鄧初民著 六八七五元
新華書店發行
北京西長安街五十二號
電話：二局三三九三

越南民主共和國主席
胡志明電毛主席致賀
毛主席覆電致謝

【新華社北京二十五日電】越南民主共和國主席胡志明於本月十五日致電毛澤東主席，祝賀中華人民共和國成立。毛主席已於本日覆電致謝。來往電文如下：

（一）胡志明主席來電

中華人民共和國毛主席鈞鑒：

欣聞中華人民共和國政府成立，謹代表越南人民和越南政府向閣下及貴國人民和政府致賀。中國與越南有幾千年歷史的兄弟關係，今後這關係必更加密切，以共同發展我兩民族的自由和幸福，並保衛世界的民主與永久和平。

越南民主共和國主席 胡志明
十一月十五日

（二）毛澤東主席答覆電

越南民主共和國胡主席：

中華人民共和國中央人民政府成立，承來電祝賀，至深感激。中越兩國同處反帝國主義鬥爭前綫，隨着兩國人民解放鬥爭的勝利發展，兩民族的友誼必將日趨親密。敬祝中越人民團結，並祝越南民主共和國獨立民主事業獲致成功。

中華人民共和國中央人民政府主席 毛澤東
一九四九年十一月二十五日

印尼邦加勞工聯合會
電賀我中央人民政府
毛主席覆電熱忱感謝

【新華社北京二十五日電】印尼邦加勞工聯合會於本月二十一日致電毛澤東主席，祝賀中國中央人民政府成立，電文如下：

北京新中國主席毛澤東先生：

你的新政府的宣告成立，標誌着工人與農民的解放，世界全體工人都享有同樣的光榮。向你的偉大成功致賀，並請接受我們的問候和親切的敬意。

印尼邦加勞工聯合會
十一月二十一日

【新華社北京二十五日電】中國中央人民政府毛澤東主席於本月二十四日電覆印尼邦加勞工聯合會，電文如下：

印尼邦加勞工聯合會：

熱忱地感謝你們的祝賀。希望印尼人民在長期的奮鬥以後，能够同樣獲得自己祖國的獨立和自由。

毛澤東 十一月二十四日

政務院舉行七次會議

參加十月革命節典禮後留蘇兩週
我代表團離蘇京返國
丁玲離模斯科時對塔斯社記者談話

黔北重鎮遵義解放
萬餘市民手持火把出城數里歡迎解放軍
四川彭水以西俘匪一千三百

【新華社西南前線二十五日電】人民解放軍某部以一百五十里的急行軍於二十一日下午六時解放貴州省北部重鎮的遵義縣城。

參加解放中國大陸最後一戰
挺進廣西大軍戰志高昂
堅決貫澈朱總司令命令

李濟深等電林總將軍
祝賀神速解放桂林
向全體指戰員致敬

京各界人民代表會協商委員會首次會議
總結本屆大會經驗
討論傳達決議內容
聶市長等報告糧煤供應情形

图 5-4-10 《人民日报》1949 年 11 月 26 日头版

该报报道越南胡志明主席致电毛泽东主席祝贺中华人民共和国成立，及毛泽东主席的复电致谢。

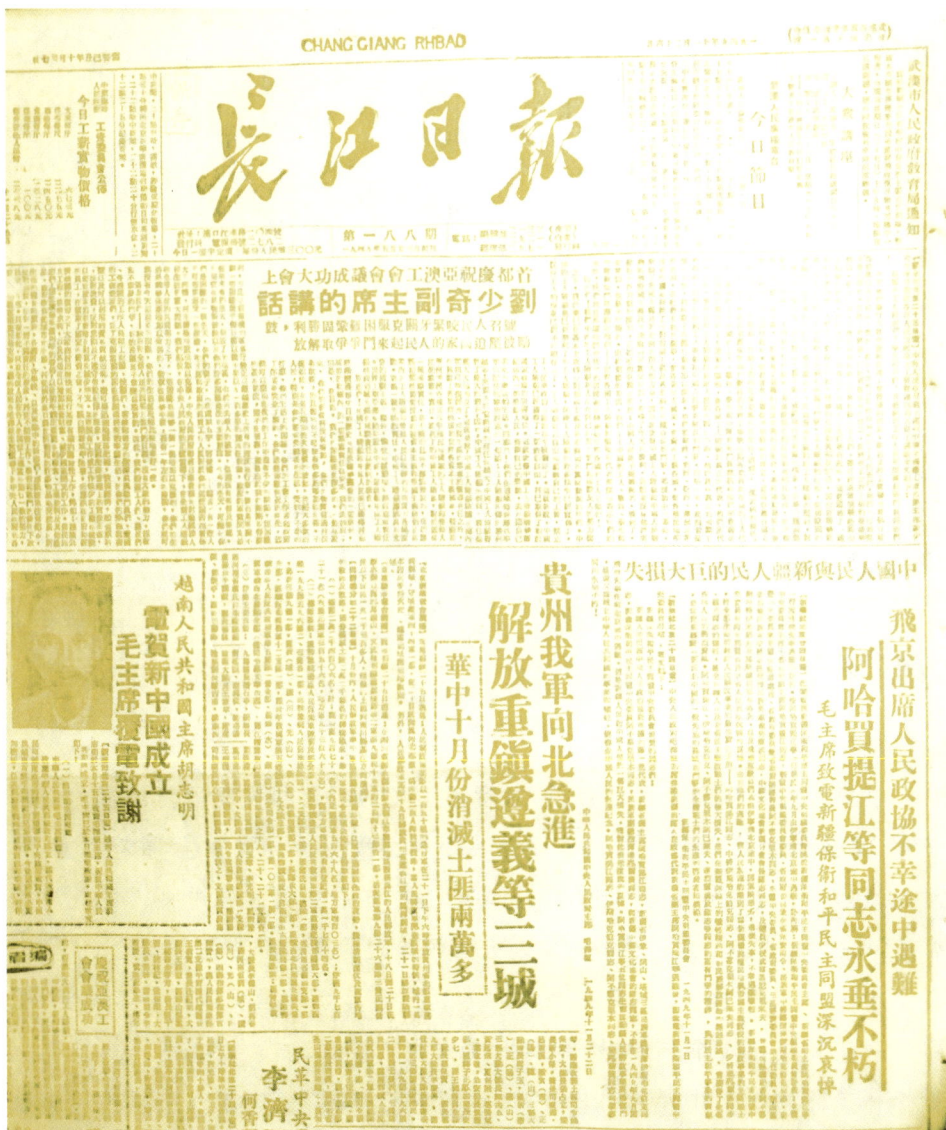

图 5-4-11　《长江日报》1949 年 11 月 26 日头版

　　该报在报道越南电贺中华人民共和国成立的消息时配发了胡志明主席的照片。

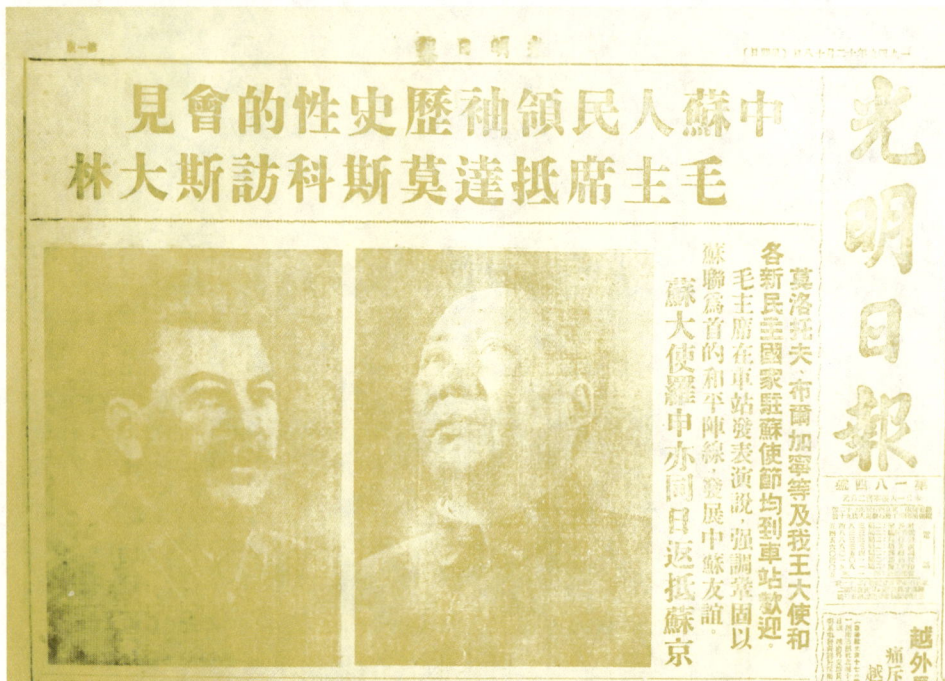

图 5-4-12 《光明日报》1949 年 12 月 18 日头版

　　中华人民共和国成立之初,面对帝国主义的封锁和恢复国内经济的艰巨任务,同强大的社会主义国家苏联第一个建立友好合作关系显得尤为重要。因此,1949 年 12 月 6 日至 1950 年 2 月 17 日,中华人民共和国中央人民政府主席毛泽东访问苏联,这是他第一次以大国领导人的身份登上国际舞台。

　　1949 年 12 月 16 日,毛泽东乘坐的专列抵达莫斯科雅罗斯拉夫车站时,受到苏联党政领导人布尔加宁、莫洛托夫等的热烈欢迎。当晚,毛泽东就到克里姆林宫拜访斯大林。《光明日报》以通栏大标题刊发《中苏人民领袖历史性的会见 毛主席抵达莫斯科访斯大林》,并配发毛泽东和斯大林的大幅照片。

图5-4-13　《新华日报》1949年12月18日头版

　　该报报道《毛主席抵莫斯科　斯大林当日接见》时，配发了毛泽东和斯大林的照片，所不同的是，一幅为当时悬挂在北京天安门城楼中央的毛泽东标准像，一幅为斯大林年轻时的便装照，比较罕见。

图5-4-14 《新闻日报》1950年1月20日头版

　　1950年1月19日，周恩来代表中国政府向联合国大会主席罗慕洛和联合国秘书长赖伊发出照会："中华人民共和国中央人民政府业已任命张闻天为中华人民共和国出席联合国会议和参加联合国工作包括安全理事会的会议及其工作的代表团的首席代表。"次日出版的《新闻日报》头版在刊发报道《张闻天为首席代表》时，加上副标题"周外长照会联合国并提出询问　匪帮代表何时开除　我代表何时出席"，并配发张闻天照片。

图 5-4-15　《群众日报》1950年2月15日头版

　　经过多轮会谈,1950年2月14日,周恩来和苏联外交部部长安德烈·维辛斯基分别代表中华人民共和国与苏维埃社会主义共和国联盟在莫斯科克里姆林宫签署《中苏友好同盟互助条约》。该条约于同年4月11日生效,有效期为30年。同时取消了1945年8月中国国民党政府和苏联政府在莫斯科签订的旧的《中苏友好同盟条约》。次日出版的《群众日报》刊发《对东方和世界和平民主事业的伟大贡献　中苏签订友好同盟互助条约》时,并配发毛泽东和斯大林的标准像,以及条约签订人周恩来的照片和维辛斯基的画像。

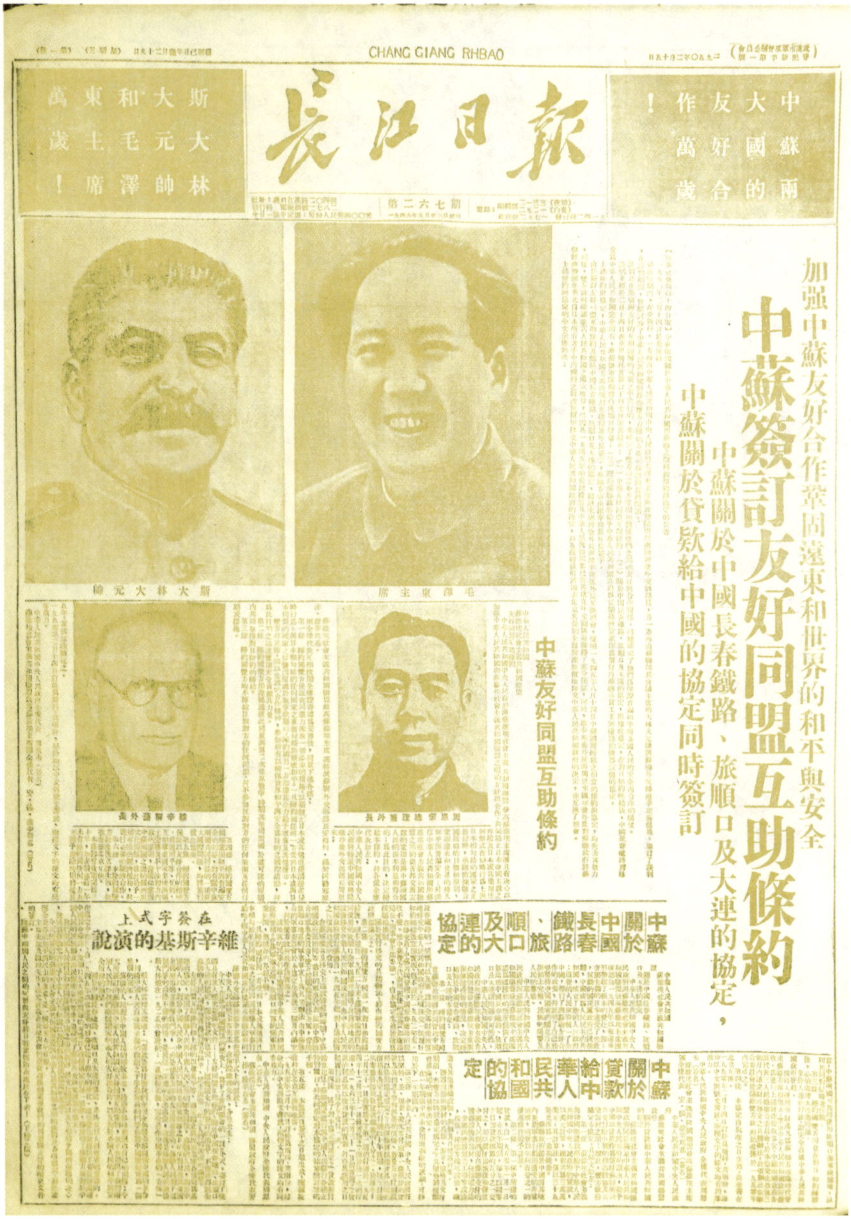
CHANG GIANG RHBAO

長江日報

斯大林大元帥和毛澤東主席萬歲！

中蘇兩大國的友好合作萬歲！

加強中蘇友好合作鞏固遠東和世界的和平與安全

中蘇簽訂友好同盟互助條約

中蘇關於中國長春鐵路、旅順口及大連的協定，

中蘇關於貸款給中國的協定同時簽訂

斯大林大元帥

毛澤東主席

維辛斯基外長

周恩來總理兼外長

中蘇友好同盟互助條約

在簽字式上維辛斯基的演說

中蘇關於中國長春鐵路、旅順口及大連的協定

中蘇關於貸款給中華人民共和國的協定

图 5-4-16 《长江日报》1950 年 2 月 15 日头版

该报刊发《加强中苏友好合作巩固远东和世界的和平与安全 中苏签订友好同盟互助条约》。

图 5-4-17　《新华画报》1950 年 3 月 1 日头版

　　为庆祝《中苏友好同盟互助条约》的成功签订，重庆新华日报社出版了《新华画报》，用图片和连环画的形式报道各地欢庆场面。

图5-4-18 《光明日报》1950年3月5日头版

　　1950年3月4日,毛泽东主席、周恩来总理圆满结束对苏联的访问后回到北京,次日出版的《光明日报》刊发《毛主席、周总理返抵首都》,并配发毛泽东、周恩来下车后在国歌声中肃立的照片。

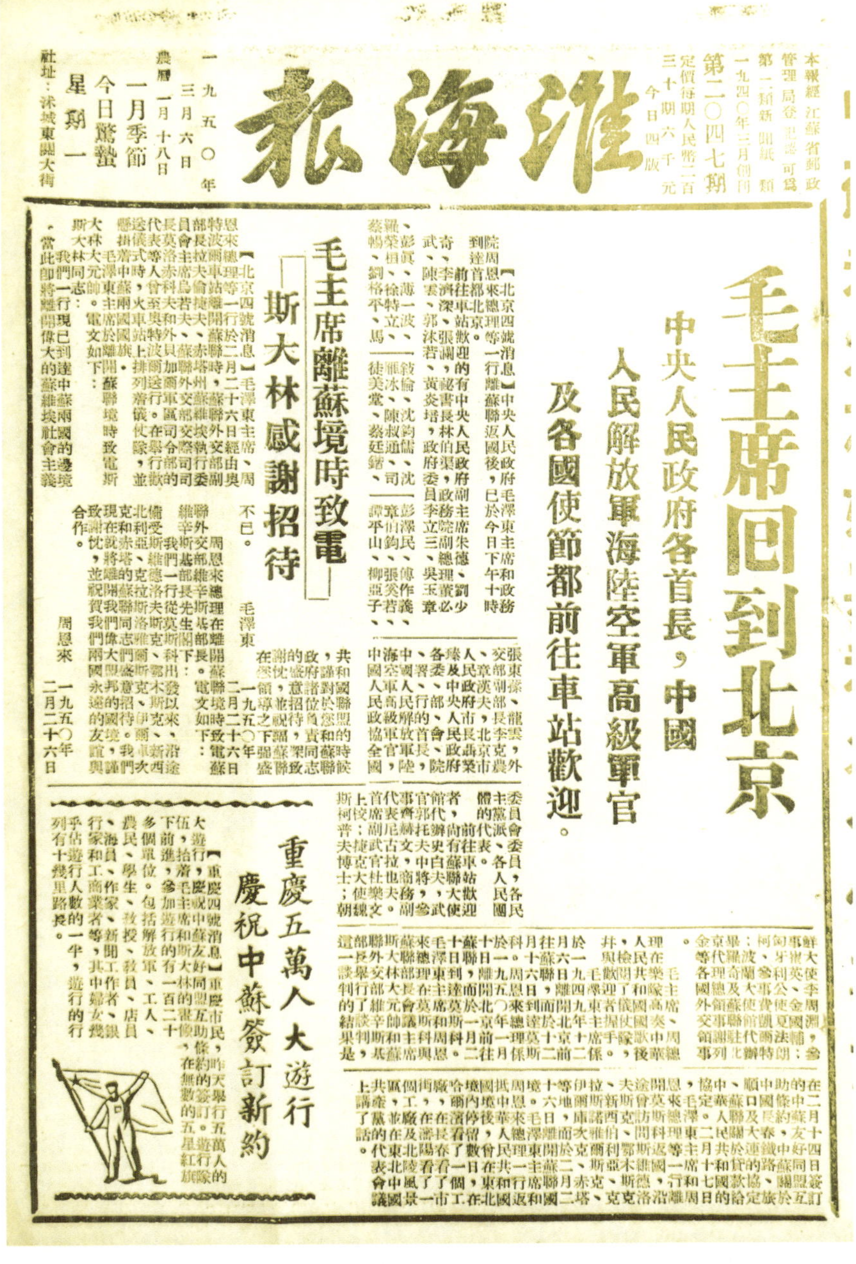

毛主席回到北京

中央人民政府各首長，中國人民解放軍海陸空軍高級軍官及各國使節都前往車站歡迎。

淮海報

毛主席離蘇境時致電
斯大林感謝招待

重慶五萬人大遊行
慶祝中蘇簽訂新約

图5-4-19　《淮海报》1950年3月6日头版

该报刊发《毛主席回到北京》。

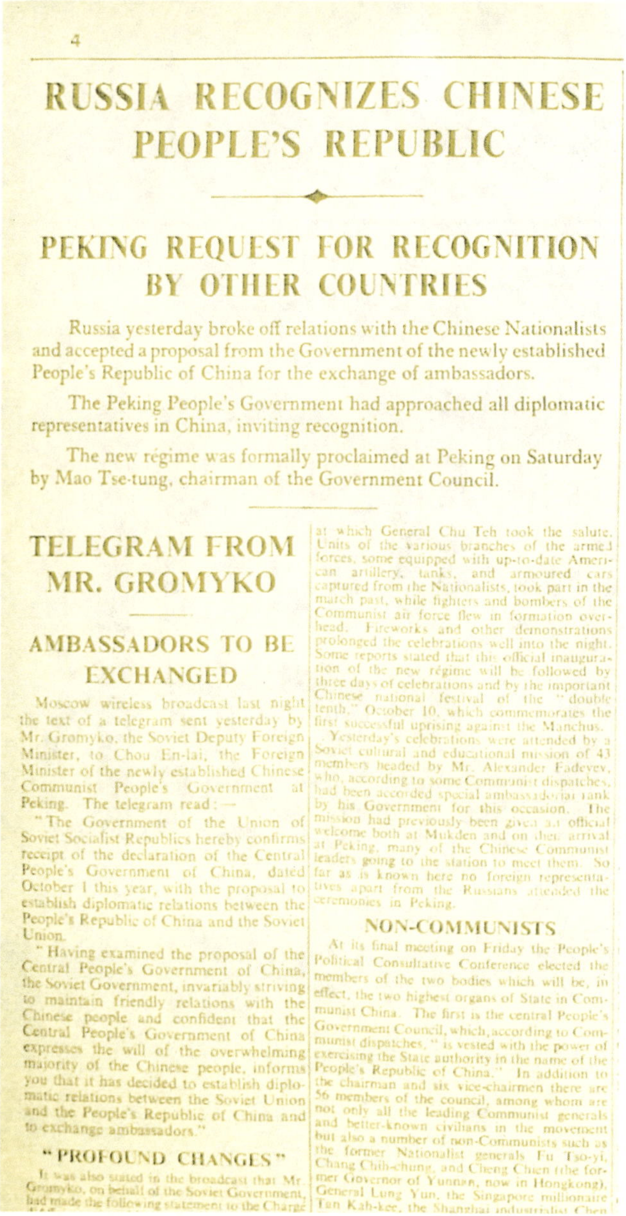

4

RUSSIA RECOGNIZES CHINESE PEOPLE'S REPUBLIC

PEKING REQUEST FOR RECOGNITION BY OTHER COUNTRIES

Russia yesterday broke off relations with the Chinese Nationalists and accepted a proposal from the Government of the newly established People's Republic of China for the exchange of ambassadors.

The Peking People's Government had approached all diplomatic representatives in China, inviting recognition.

The new régime was formally proclaimed at Peking on Saturday by Mao Tse-tung, chairman of the Government Council.

TELEGRAM FROM MR. GROMYKO

AMBASSADORS TO BE EXCHANGED

Moscow wireless broadcast last night the text of a telegram sent yesterday by Mr. Gromyko, the Soviet Deputy Foreign Minister, to Chou En-lai, the Foreign Minister of the newly established Chinese Communist People's Government at Peking. The telegram read: —

"The Government of the Union of Soviet Socialist Republics hereby confirms receipt of the declaration of the Central People's Government of China, dated October 1 this year, with the proposal to establish diplomatic relations between the People's Republic of China and the Soviet Union.

"Having examined the proposal of the Central Government of China, the Soviet Government, invariably striving to maintain friendly relations with the Chinese people and confident that the Central People's Government of China expresses the will of the overwhelming majority of the Chinese people, informs you that it has decided to establish diplomatic relations between the Soviet Union and the People's Republic of China and to exchange ambassadors."

"PROFOUND CHANGES"

It was also stated in the broadcast that Mr. Gromyko, on behalf of the Soviet Government, had made the following statement to the Chargé

at which General Chu Teh took the salute. Units of the various branches of the armed forces, some equipped with up-to-date American artillery, tanks, and armoured cars captured from the Nationalists, took part in the march past, while fighters and bombers of the Communist air force flew in formation overhead. Fireworks and other demonstrations prolonged the celebrations well into the night. Some reports stated that the official inauguration of the new régime will be followed by three days of celebrations and by the important Chinese national festival of the "double tenth," October 10, which commemorates the first successful uprising against the Manchus.

Yesterday's celebrations were attended by a Soviet cultural and educational mission of 43 members headed by Mr. Alexander Fadeyev, who, according to some Communist dispatches, had been accorded special ambassadorial rank by his Government for this occasion. The mission had previously been given an official welcome both at Mukden and on their arrival at Peking, many of the Chinese Communist leaders going to the station to meet them. So far as is known here no foreign representatives apart from the Russians attended the ceremonies in Peking.

NON-COMMUNISTS

At its final meeting on Friday the People's Political Consultative Conference elected the members of the two bodies which will be, in effect, the two highest organs of State in Communist China. The first is the central People's Government Council, which, according to Communist dispatches, "is vested with the power of exercising the State authority in the name of the People's Republic of China." In addition to the chairman and six vice-chairmen there are 56 members of the council, among whom are not only all the leading Communist generals and better-known civilians in the movement but also a number of non-Communists such as the former Nationalist generals Fu Tso-yi, Chang Chih-chung, and Cheng Chien (the former Governor of Yunnan, now in Hongkong), General Lung Yun, the Singapore millionaire Tan Kah-kee, the Shanghai industrialist Chen

图5-4-20　《泰晤士报》1949年10月3日第四版

　　最早报道中苏建交消息的西方媒体是英国的《泰晤士报》。《泰晤士报》在第四版头条报道苏联承认并愿与中华人民共和国政府建立外交关系。

第六章　欢度国庆

1949年10月1日下午,在天安门广场举行了中华人民共和国中央人民政府成立盛典,简称"开国大典"。举办开国大典的同时还举行了大阅兵。

举行开国大典时天安门城楼上没有悬挂国徽,原因是之前政协第一届全体会议讨论国徽图案时,与会代表对应征的国徽图案都不太满意,毛泽东建议:国徽可以慢一点决定。

直到1950年9月20日,毛泽东主席签署《中央人民政府命令》,正式公布中华人民共和国国徽图案,作为新中国第一个国庆节的献礼。

第一节　大阅兵

1949年10月1日,中国香港出版的《华商报》全部版面用红色印刷,刊发中央人民政府宣告成立的消息,在头版下方报道《庆祝开国大典　首都今日阅兵》,向世界预告开国阅兵及新华电台广播现场直播消息。

图6-1-1　《华商报》1949年10月1日头版

该报刊发《人民政协昨日胜利闭幕　中央人民政府宣告成立》。

图6-1-2　《福建日报》1949年10月2日头版

该报刊发文章，记述首都各界盛大集会及陆海空军大检阅的消息。

图6-1-3 《东北日报》1949年10月2日头版

该报刊发《中央人民政府宣告成立 朱总司令检阅海陆空军》。

图6-1-4　《吉林工农报》1949年10月2日头版

该报报道首都举行庆祝典礼、陆海空武装部队检阅的消息。

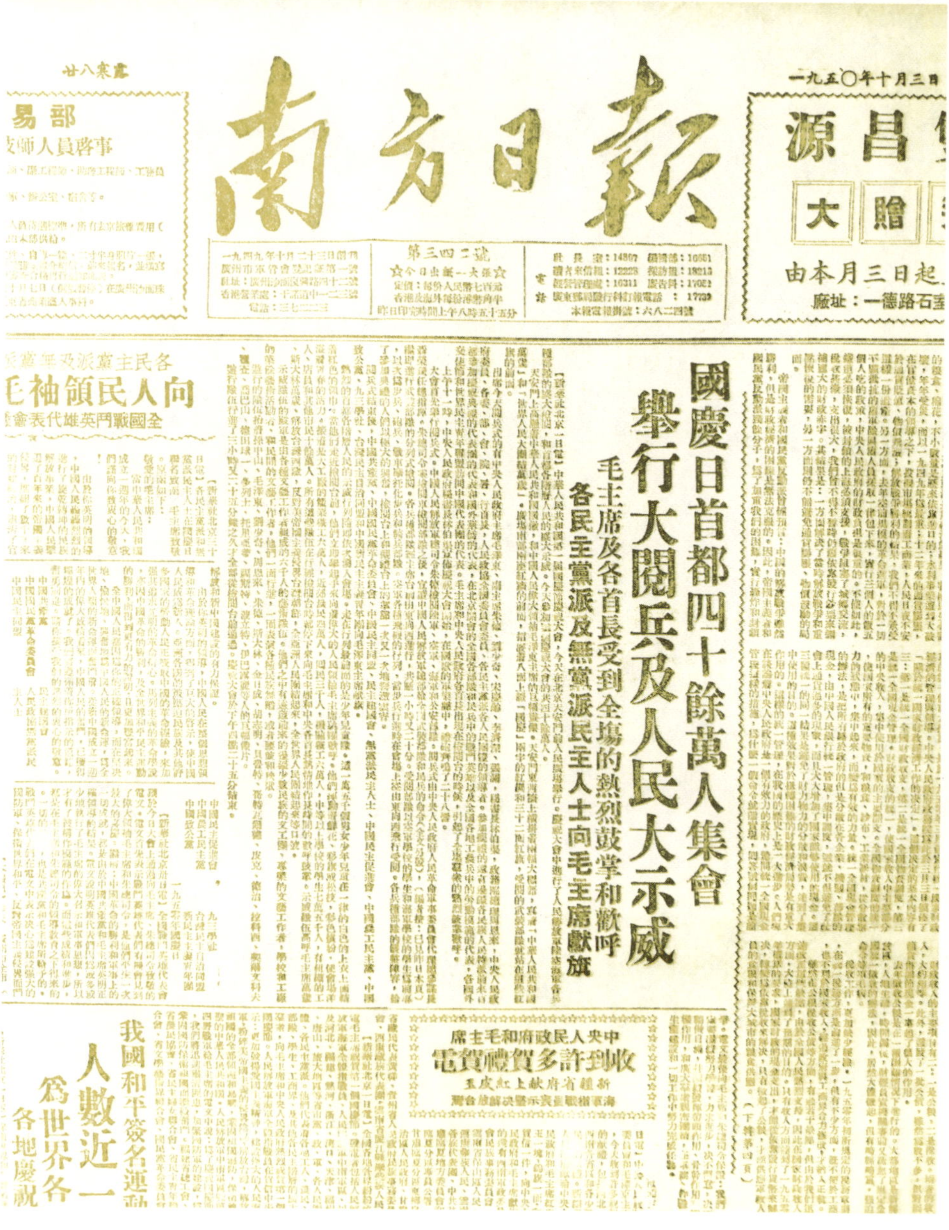

图6-1-5 《南方日报》1950年10月3日头版

　　该报刊发《国庆日首都四十余万人集会 举行大阅兵及人民大示威》，配了副标题"毛主席及各首长受到全场的热烈鼓掌和欢呼"。

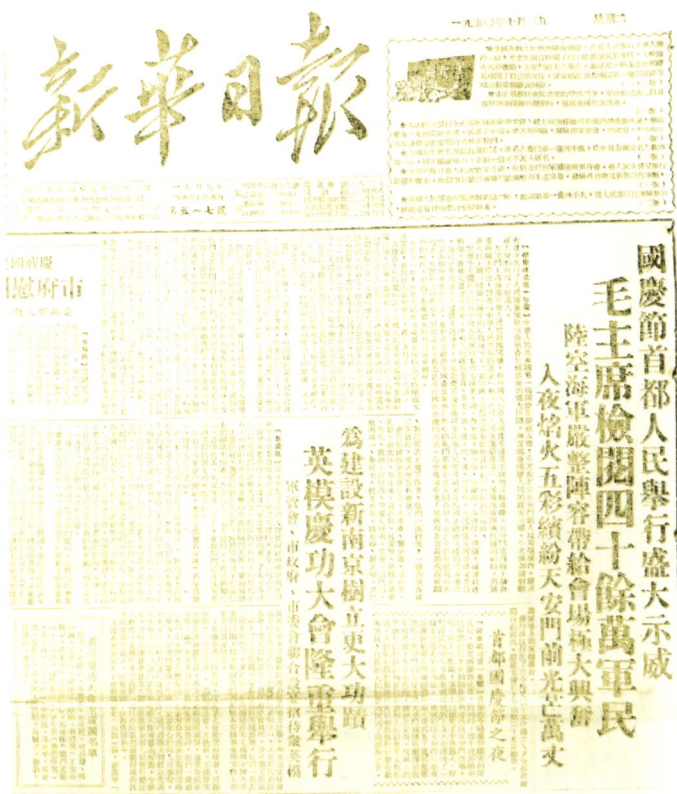

图6-1-6　《新华日报》1950年10月3日头版

　　该报刊发《毛主席检阅四十余万军民》消息："大会首先举行阅兵式。中国人民解放军总司令朱德检阅陆军、空军、海军和公安部队。阅兵式由中央人民政府人民革命军事委员会代理总参谋长聂荣臻任总指挥。朱总司令乘检阅车检阅部队之后，宣读中国人民解放军总部给全国武装部队和民兵的命令，继即进行武装部队的分列式检阅。各兵种部队经主席台前由东向西行进，共历一小时又二十分。受阅部队以空军学校的学生和海军学校的学生为前导，依次为步兵、炮兵、战车摩托化步兵和骑兵部队。空军各种飞机的行列，当步兵行进时在会场上空由东向西飞行受阅。各兵种部队的严整阵容，给了参加典礼的人们以极大的兴奋，检阅台上和观礼台上的掌声一次又一次地响彻云霄。"

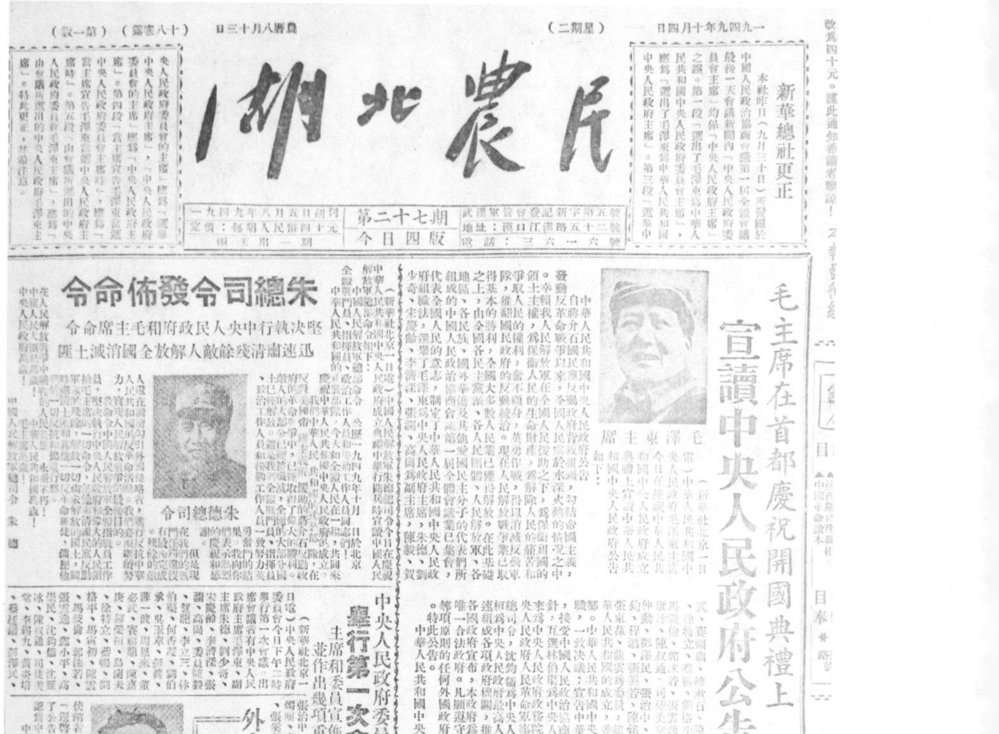
一九四九年十月四日（星期二）

湖北農民

新華總社更正

毛主席在首都慶祝開國典禮上
宣讀中央人民政府公告

毛澤東主席

朱總司令發佈命令
堅決執行中央人民政府和毛主席命令
迅速肅清殘餘敵人解放全國消滅土匪

朱德總司令

中央人民政府委員會
舉行第一次會議
主席和委員宣佈就職
並作出幾項重要決定

外交部長周恩來
致各國政府公函

周恩來總理兼外交部長

慶祝中央人民政府成立
首都舉行大閱兵
卅萬人提燈遊行

林伯渠秘書長

沈鈞儒院長

羅榮桓檢察長

图6-1-7 《湖北农民》1949年10月4日头版

该报刊发《首都举行大阅兵，卅万人提灯游行》。

图 6-1-8　《新闻日报》1949 年 10 月 5 日《画刊》第 9 期

　　1949 年 10 月 1 日,北京天安门广场成了 30 万群众汇成的欢腾海洋,下午 4 时,阅兵式正式开始。《新闻日报》以"开国盛典"为主题,整版刊登"人民武装大检阅"的照片,再现了天安门广场这次大阅兵的宏大场面。

图6-1-9 《解放日报》1949年10月9日第四版"百万人火炬游行特辑"

除了在北京天安门广场举行的阅兵外,在全国各地,人民解放军指战员通过参与群众游行等形式欢庆中华人民共和国的诞生。《解放日报》专门刊印"百万人火炬游行特辑",在刊发的14幅图片中有多幅参加大游行的人民解放军照片。

第二节　国徽献礼

从1949年7月中旬开始,《人民日报》每隔一天就刊登《新政治协商会议筹备会为征求国旗国徽图案及国歌辞谱启事》,其中国徽的应征要求是:"(甲)中国特征;(乙)政权特征;(丙)形式需庄严富丽","截止日期:八月二十日"。时间如此紧急,是为了在10月1日向开国大典献礼。

开国大典之后,全国政协决定,清华大学营建系和中央美术学院分别成立设计组,由著名建筑学家梁思成和著名美术家张仃各带一队,设计国徽。

1950年6月18日,中国人民政治协商会议第一届全国委员会第二次会议通过了国徽图案及说明。国徽图案由清华大学梁思成、林徽因等人的设计小组与中央美术学院张仃、张光宇等人的设计小组集体创作而成,后经清华大学营建系高庄调整。9月20日,中央人民政府发布命令,把此国徽图案确定为中华人民共和国国徽。

1950年9月20日,《人民日报》头版整版刊发国徽公布消息及国徽图案和方格墨线图、国徽纵断面图、《国徽图案说明》、《国徽使用办法》、《国徽图案制作说明》。同时还刊发《尊敬国徽,爱护国徽》的社论:"国徽鲜明地表现了我们国家的性质——工人阶级领导的以工农联盟为基础的人民民主国家。这样的一个新中国成立已将近一年了。中国人民从大陆上赶出了美国帝国主义,胜利地进行了并进行着消灭封建主义的斗争,宣告了帝国主义与封建势力在中国的总代理者国民党反动政权的灭亡,在去年九月间正式建立了中华人民共和国。我们的国徽就是这样的新民主主义革命斗争的胜利与新中国诞生的象征。""国徽和国旗同样代表着我们伟大的中华人民共和国的尊严,每个爱国的人都要尊敬国徽,爱护国徽,保卫国徽所代表的可爱的祖国。谁敢来侵犯我们神圣的祖国,我们就坚决把它消灭!"

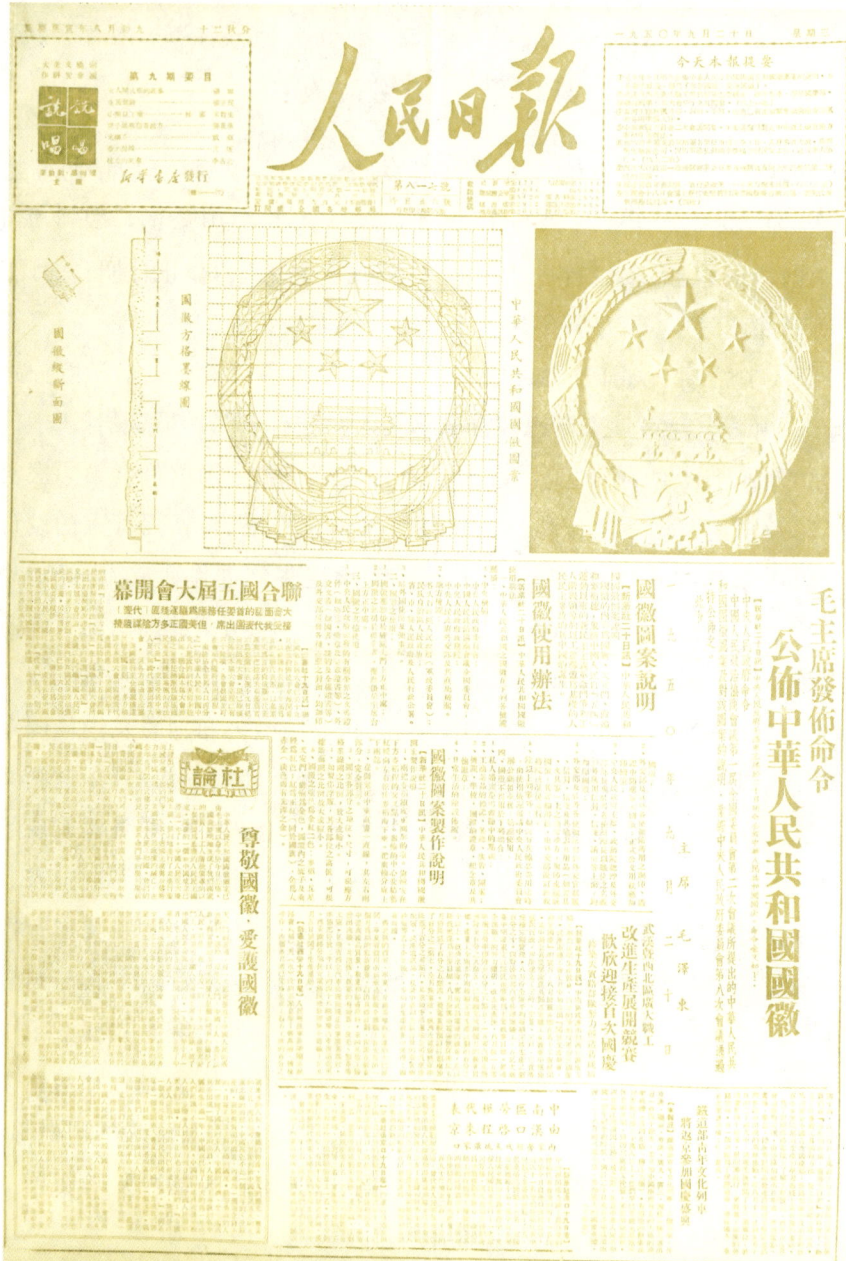

图6-2-1 《人民日报》1950年9月20日头版

该报整版刊发国徽公布消息。

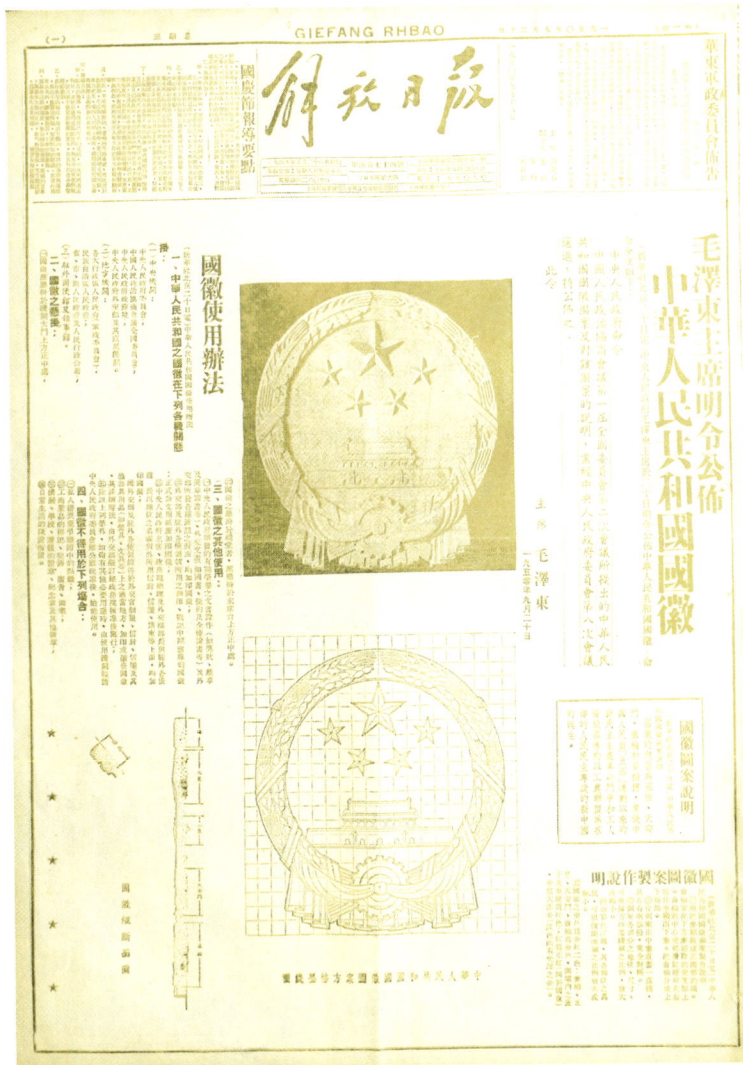

图6-2-2 《解放日报》1950年9月20日头版

　　该报头版是国徽公布专版,不仅刊发国徽图案照片、国徽图案方格墨线图、国徽纵断面图、《国徽使用办法》等,还套红刊发《毛泽东主席明令公布中华人民共和国国徽》,并用文武框突出刊发《国徽图案说明》。

　　随后,各级党报纷纷刊发中华人民共和国国徽公布消息及国徽图案,作为向新中国第一个国庆节的献礼。

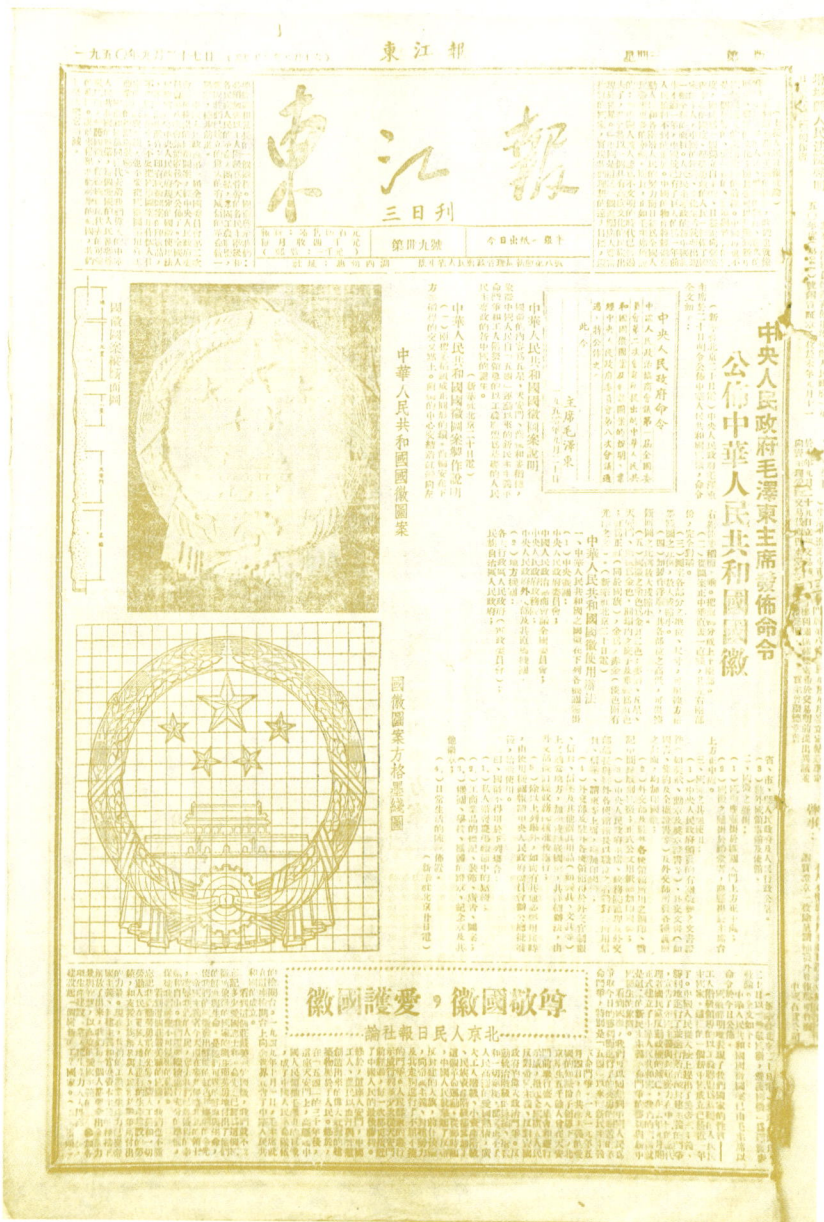

图6-2-3 《东江报》1950年9月27日头版

该报整版刊发了国徽图案照片、国徽图案方格墨线图、国徽纵断面图，还转发《人民日报》社论《尊敬国徽，爱护国徽》。

图6-2-4　《兴梅日报》1950年9月28日头版

该报刊登国徽图案照片、国徽图案方格墨线图、国徽纵断面图等。

第三节　歌唱祖国

　　参加开国大典的群众载歌载舞,但所唱的歌曲大都是解放区歌曲以及庆祝中华人民共和国成立的新秧歌和花鼓之类。直到1951年的国庆节来临前夕,文化部发出国庆节唱歌的通知,并公布《歌唱祖国》等一批新创作的国庆歌曲。从此,《歌唱祖国》唱响神州大地,唱出了全国人民热爱祖国的心声。

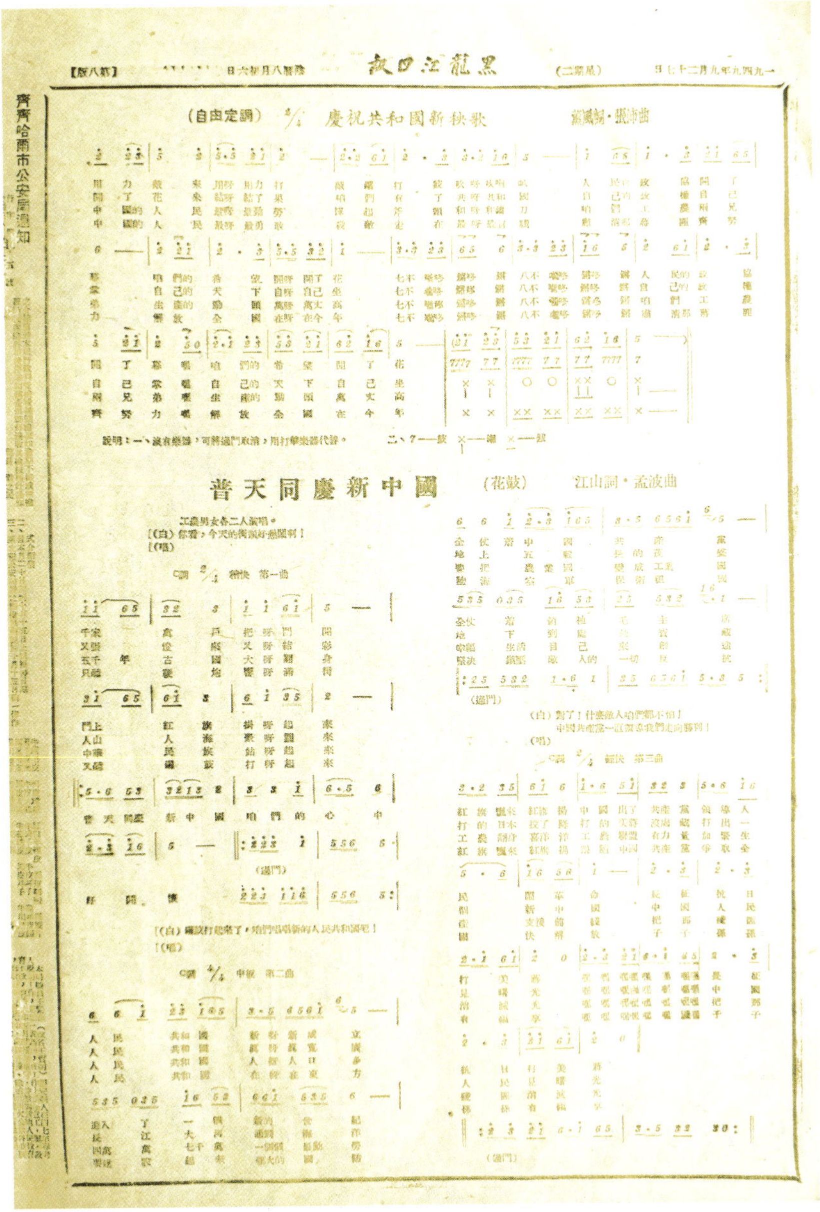

图6-3-1 《黑龙江日报》1949年9月27日第八版

该报第八版整版刊发两首国庆歌曲的歌词和曲谱：薰风作词、张沛作曲的《庆祝共和国新秧歌》，江山作词、孟波作曲的《普天同庆新中国》。

277

THE TIMES

PEKING UNDER THE COMMUNIST RÉGIME

图6-3-2 《泰晤士报》1949 年 10 月 4 日第十版

　　该报第十版刊登了多幅中国社会各界欢庆中华人民共和国成立的照片，其中有一幅即是群众打着腰鼓、扭着秧歌在大街上联欢。

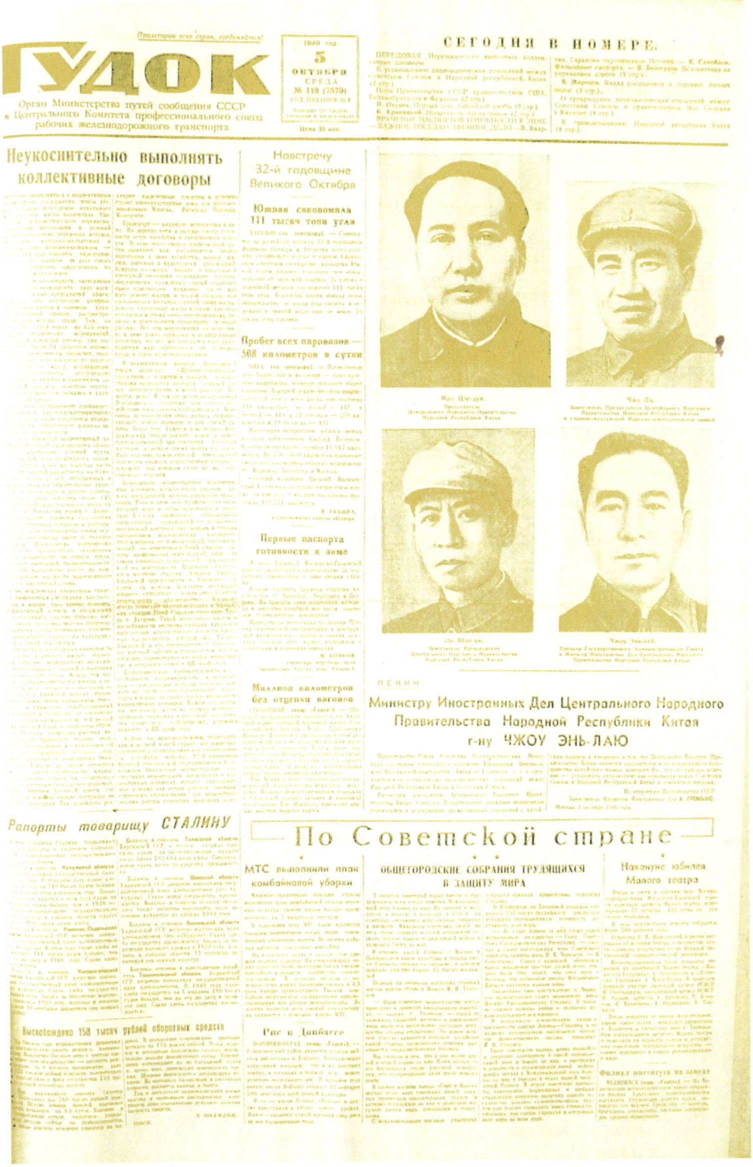

Пролетарии всех стран, соединяйтесь!

ГУДОК

Орган Министерства путей сообщения СССР и Центрального Комитета профессионального союза рабочих железнодорожного транспорта

1949 год 5 ОКТЯБРЯ СРЕДА № 119 (7570)

СЕГОДНЯ В НОМЕРЕ.

Неукоснительно выполнять коллективные договоры

Навстречу 32-й годовщине Великого Октября

Южная сэкономила 111 тысяч тонн угля

Пробег всех паровозов — 508 километров в сутки

Первые паспорта готовности к зиме

Миллион километров без отцепки вагонов

Мао Цзе-дун.

Чжу Дэ.

Лю Шао-ци.

Чжоу Энь-лай.

ПЕКИН

Министру Иностранных Дел Центрального Народного Правительства Народной Республики Китая г-ну ЧЖОУ ЭНЬ-ЛАЮ

Рапорты товарищу СТАЛИНУ

По Советской стране

МТС выполнили план комбайновой уборки

ОБЩЕГОРОДСКИЕ СОБРАНИЯ ТРУДЯЩИХСЯ В ЗАЩИТУ МИРА

Накануне юбилея Малого театра

Рис в Донбассе

图6-3-3　苏联报纸1949年10月5日头版

1949年10月5日，苏联报纸在报道中华人民共和国成立消息时，提到群众演唱歌曲《东方红》，并刊发了毛泽东、朱德、刘少奇、周恩来4位新中国领导人的照片。

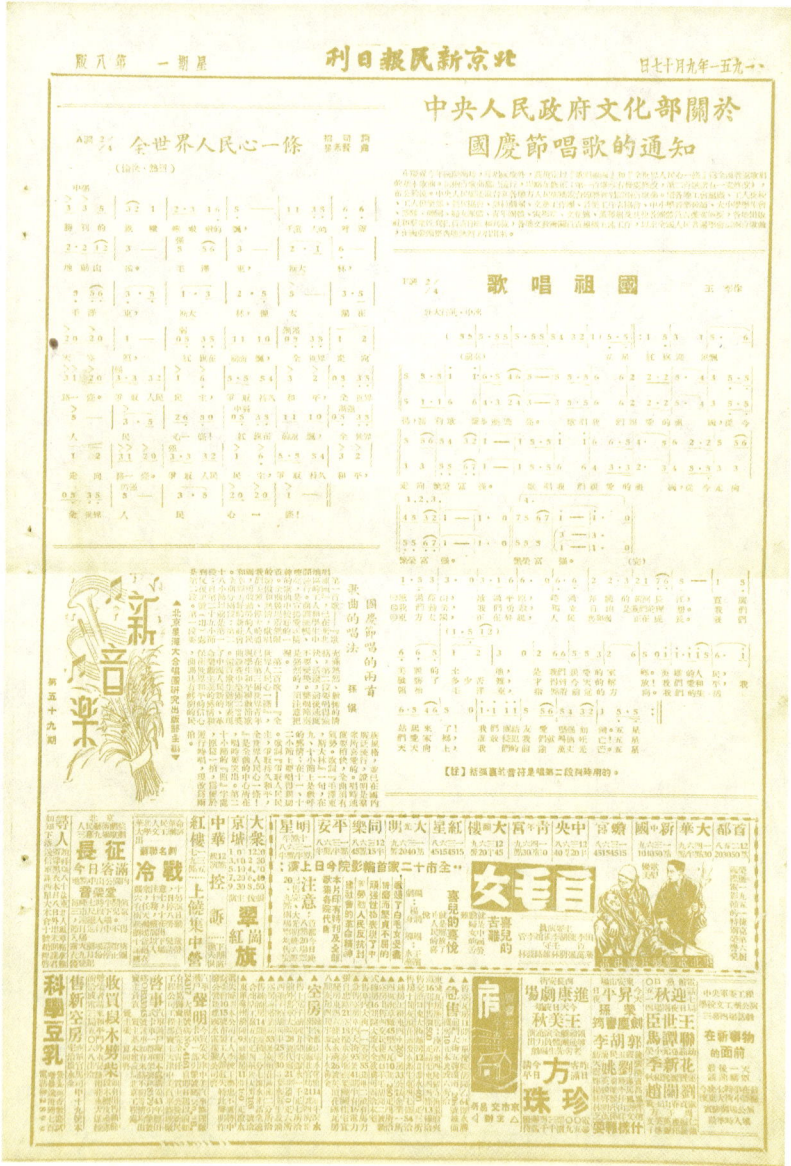

图6-3-4 《新民报》1951年9月17日第八版

该报刊发《中央人民政府文化部关于国庆节唱歌的通知》："在庆祝今年国庆节时，除唱国歌外，兹规定以《歌唱祖国》和《全世界人民心一条》为全国普遍歌唱的基本歌曲。"

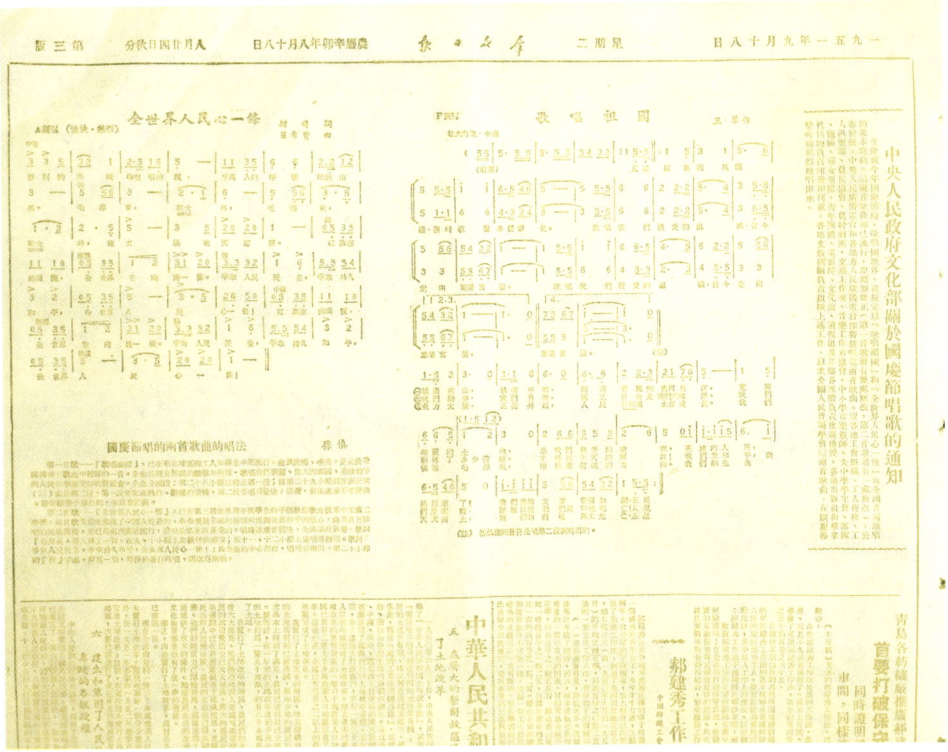

全世界人民心一條

歌唱祖國

中央人民政府文化部關於國慶節唱歌的通知

國慶節唱的兩首歌曲的唱法

中華人民共和

一郝建秀工作

首要打破保守

图6-3-5 《群众日报》1951年9月18日第三版

该报刊发《歌唱祖国》的词曲。

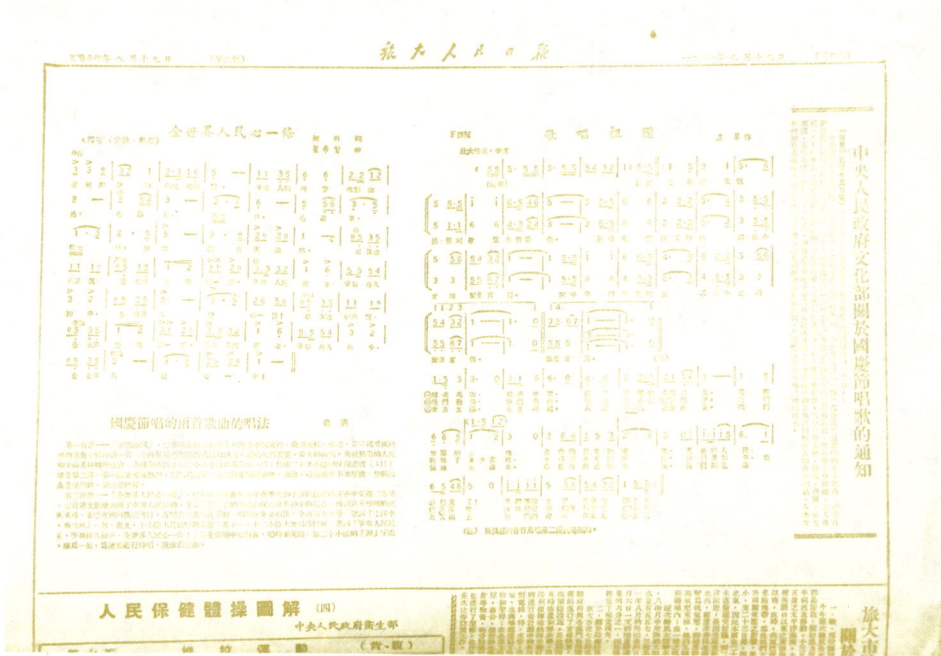

图6-3-6 《人民日报(旅大版)》1951年9月19日第三版

　　该报刊发文化部通知,并附《歌唱祖国》《全世界人民心一条》两首歌的歌词和曲谱,以及《国庆节唱的两首歌曲的唱法》等。从此以后,"五星红旗迎风飘扬,胜利歌声多么嘹亮"这一优美的旋律飘荡在大江南北、长城内外,传诵到世界各地,成为中华儿女歌唱祖国的共同心声!